李瑶音 著

云门鹅踪

中国文史出版社

图书在版编目（CIP）数据

云门鹅踪 / 李瑶音著. -- 北京 ：中国文史出版社，
2023.8

（实力榜·中国当代作家长篇小说文库）
ISBN 978-7-5205-4226-5

Ⅰ. ①云… Ⅱ. ①李… Ⅲ. ①长篇小说－中国－当代
Ⅳ. ① I247.5

中国国家版本馆 CIP 数据核字（2023）第 145405 号

责任编辑：全秋生

出版发行：中国文史出版社
地　　址：北京市海淀区西八里庄路 69 号　　　邮编：100142
电　　话：010 － 81136602　　81136603　　81136606 （发行部）
传　　真：010 － 81136655
印　　装：廊坊市海涛印刷有限公司
经　　销：全国新华书店
开　　本：787 毫米 ×1092 毫米　　　1/16
印　　张：16
字　　数：252 千字
版　　次：2024 年 2 月北京第 1 版
印　　次：2024 年 2 月第 1 次印刷
定　　价：58.00 元

楔　子

正月初七，人的生日。

洁白雪被下的京城，春节的喜庆掺入了"人日子"的欢欣，深巷大宅里时不时飘出各类食材的香味。七宝羹、拉魂面，讲究人家是必定要吃的。人日一过，该开工的开工，该春耕的春耕，年前回家的游子，过了这天又要远走他方。松散了的心要收回来，撒野了的魂要拉回来。

人日节这天不走亲串友，在家团聚。然而，户部尚书梁诗正府邸，一个节庆的小范围斗诗会即将开启。亲朋好友中善书能诗的早早聚集在梅厅，只待主人亲启诗会。

此时的尚书，正在书房复观他的奏陈："每年天下租赋只余二百多万两，应当节俭。慎勿兴土木之功、黩武之师，以维持盈余，保障国泰民安。"

皇帝十分赞赏这个提议，予采纳。他的臣服发自内心，但总感觉有点不那么对劲，伴君如伴虎，面对圣上，一切的谨小慎微都不为过。圣上今天赏识他，明天照样可以革了他，且不会眨一下眼……最好的活法是激流勇退，差不多就告老还乡吧！

"圣旨到！"

大门口传入惊雷般的呼喊声，震得门厅上高悬的大红灯笼摇晃起来。

"传梁尚书即刻入宫！"

真是怕什么来什么，正过节呢，这圣旨说来就来。梁诗正跌跌撞撞跑出去接旨。少顷，抬头定睛，那传旨的却已像道闪电，消失得无影无踪。

宫中急招。一众人速速备轿,扶尚书上路。

皇上的急急令,梁诗正不是没有遇过。曾在南书房行走的翰林院编修、乾隆帝的一支笔,对圣上的性情不谓不知。只是今日此刻,皇上的急招,叫他一时吃不准吉凶。难道"今年人日空相忆,明年人日知何处",将要印证他这个尚书的未来?厚重的官服下,他虚汗淋漓。轿中小小的铜火钵,那里面还在燃烧的木炭,炙得双脚发烫,可身子却寒冷发颤。轿内要没有这只铜火钵,就是一个冰窟窿,钱塘人梁诗正必成冰棍。

不不不,人日节是身而为人的节日,要尊重每一个人,连小孩都不能训,官府也不能在这一天处决罪犯……再是招惹圣威,皇上也不会拣这个日子问罪吧!

否定又否定,梁诗正这个文官肚内诗意全无,只剩十五个吊桶七上八下,尽是忐忑。

还好,不到半个时辰,擅诗文、工书法的户部尚书被飞毛腿样的轿工火速送达宫中。当他下轿前后扫视,发现汪由敦、董邦达几个学儒范朝廷命官已先他而至。这让他绷紧的神经即刻松弛下来——来的都是作诗写字的,不会是圣上雅兴突发,招来这些"百无一用"的文人,谈谈道德文章?

这是乾隆十一年,公元一七四六年的人日节。冰雪中的紫禁城,挂着艳艳的暖阳。整个宫殿晶莹剔透,光灿照人。

七元日为晴,即寓意人寿年丰,天下大同。这是"人民安,君臣和会"的光景,吉祥着呢!

梁诗正扶正官服,与其他词臣一一拜过,便笑吟吟带头步入帝宫。

清宫内府长春书屋。三十七岁的皇帝乾隆在宦官的伺候下,小心翼翼地展开重裱的钱选《王羲之观鹅图》。

当黄绢层层包裹的画卷慢慢展开时,龙颜大喜,连称"甚合朕意"。观赏片刻,他便拿起御笔,在画卷题签:"钱选《观鹅图》真迹,内府御玩。"接着,"神品"和"御赏"二玺,妥妥地盖印。

一缕阳光照射进书屋,瞬间令古画呈现出盎然生机,画上的人与动物栩栩如生,仿佛要走下画来,与当今皇上绵绵唱和……乾隆更是亢奋,即令接旨速达的词臣一起观赏鹅图。

"都来了?"圣上眼睛在图卷上,头也不抬地问。

"都来了，都遵旨到内府陪皇上品画赏诗，一个没少！"宦臣躬身答道。

圣旨传下，一个时辰内，梁诗正、汪由敦、励宗万、张若霭、裴曰修、陈邦彦、董邦达七位词臣前后脚急急赶到。他们悄悄抹去额头汗水，在皇帝身后站成一排，不敢出声。

乾隆终于抬头看向他的词臣，意味深长地点点头。梁诗正即刻领会圣意，领头走近宽大的书案，紧随着皇上的目光，俯身面前的《王羲之观鹅图》。

"钱选的诗情画意，是不是越看越叫人心驰神往？那里头没准藏着了不得的东西呢！"乾隆帝像似给他的词臣出了考题。

词臣们面面相觑，都不敢突兀。

沉吟中，梁诗正领衔在拖尾上起笔："乾隆丙寅人日敕示内廷诸臣同观并题句。"

汪由敦、励宗万、张若霭、裴曰修、陈邦彦和董邦达跟着起声，先后提笔题跋。

所有的题跋，喜色盈盈，连成一片歌舞升平景象。

君臣们仿佛都随着画上主人公的视线，在观鹅戏水，在进入书圣王羲之高远的艺术境界。一个个也跟着亢奋起来。

"皇上，羲之喜爱观鹅，却是用意非凡，看这鹅颈的曲线，看这鹅漂浮的姿态，用在书法上，那就是奇妙的神来之笔啊！"

"是啊，皇上，王氏功夫在诗外啊！"

"皇上，兰亭观鹅，妙不可言……"

词臣们的遣词造句必是引经据典，而说话除了文绉绉，在威严的皇上面前还必须谦逊谦逊再谦逊，无论是不懂装懂，抑或是真懂却得装傻，都得恰到好处地表现。此刻，词臣们已咂摸出皇帝的心意，于是你一句我一句地力挺钱选。

文人画家钱选，元初变革南宋画风的先行者。他喜欢赋诗在得意的绘画作品上，传世的绝大多数作品都有他的题诗或跋语。钱选的诗、书、画三联体，被后来的文人画家争相仿效，形成了中国绘画的传统特色。不过，在朝廷的唱和中，词臣们离画家的艺术世界仿佛越走越远，所有的应酬之词已不再谈诗论画，而是在揣摩皇上的心思，附和着皇上的题句，默契地求得君臣之间的平衡。

皇帝不再理会词臣们时而窃窃私语，时而又雀儿样地叽喳，他取过宦臣递上的上等狼毫，在画心左上方，用"丙寅御笔"诗云："誓墓高风有足多，独推书圣却云何。行云流水参神韵，笔阵传来祗白鹅。"乾隆在《王羲之观鹅图》

上看到更多的，似乎是王氏作为"书圣"的地位，而钱选的绘画艺术几被忽略，假如有人说，乾隆试图在《王羲之观鹅图》中寻找《兰亭序》密码，也不为过。

梁诗正提笔，小心翼翼地题上："他年待化冲霄鹤，此日闲看泛渚鹅。"

他道出了对圣上内心的诠释：水中鹅，突然一飞冲天，化作九霄云外之仙鹤。看似闲时观鹅，内心却激越飞扬，像九霄仙鹤意在鹏程万里……梁诗正钤印，呼应着皇上的激情。

各词臣接龙唱和，在各自的题诗下署"臣某"，并钤"臣某"印。

至此，开启了乾隆与钱选诗画中的"观鹅"对话，拉开了那一呼百应众人酬答的大幕。

圣意之下，所有的唱和都与钱诗韵脚相押，成了一场又一场的"观鹅大典"，一个又一个汉文化演绎的内廷雅集。

词臣们无法窥见的是，观鹅大典也让乾隆对康熙帝的六次南巡有了更深的感悟。他要效仿祖父南巡，不少于六次。

乾隆对秀丽江南的种种遐想，对那青山绿水间蕴含着深厚文化的向往，通过纸上观鹅在延展。他开始部署南巡准备事宜。乾隆十六年（1751），乾隆帝第一次南巡，并和他的祖父康熙一样，以杭州为终点，登上了绍兴会稽山……梁诗正这样来自江南的朝廷命官，自是伴驾或迎驾南巡。一七六三年，乾隆帝授他为东阁大学士。朝廷倚重他手中这支笔啊，无疑，他的笔头带着江南的文化基因，而基因中的神秘力量，无不牵引着坐拥江山的万岁爷。

乾隆帝第六次下江南，已七十四岁。乾隆帝的南巡，自是问政察民治河海，有多少人知道，撩拨着帝王内心另一根迷恋的弦，则是江南那神秘的文化渊源……南巡归京的乾隆帝，依然一次又一次地拿出钱选的《王羲之观鹅图》，举行观鹅大典。

宫廷之外，豪门之中、百姓之家，开始悄然流传起一个谜：《王羲之观鹅图》卷中有《兰亭序》真帖藏匿路线图。原本深信《兰亭序》真帖已不存世的，也开始把目光投向了"观鹅图"，一场夺图战，悄无声息地拉开序幕。

第一章

一

一九二五年，民国十四年。

钱府三小姐十八岁，嫁入冯家。

这年的农历三月，嫩绿的垂柳亲吻着河面。风儿拂过，冯家前门的河流溢出一个又一个圈圈，圈起嬉戏的鱼儿，跳跃的虾子；清澈的水面，倒映着河埠头开满花骨朵的桃树，盈盈绯色将缓慢流淌的河水渲染出一种灵动着的喜气……三面河流围着的绍兴宁桑冯家，大门内外张灯结彩、人声喧哗。大人在小跑，孩子们堆在门前的河埠头，嬉闹着等待着，等着长河的北头漂来一个仙女样的新娘子。

"新娘子来啰，新娘子来啰！"有人欢天喜地嚷起来。

看到了，漫漫水路上的婚庆船队，由一艘大船带领的十多条小船，载着送亲队伍和一箱箱数不清的彩礼。这些吃水不轻的船儿，真的把一位天仙样的新娘，从湖州府送来了绍兴府。

新娘钱云霞乃湖州府有名的钱大家族千金，嫁入绍兴府马山镇宁桑的冯家，可说是自主婚姻，也可说是父母之命。钱家是"千年名门望族、两浙第一世家"。居绍兴水乡一隅的冯家，只能算是名达一方的书香门第。

新郎冯珉泉的父亲冯鹤龄曾是清朝刑部师爷，因一桩冤枉官司不愿泯了良心去做，只得托病离京。回乡后，冯鹤龄携全家归隐田园，在冯氏祖宅快倾陷的老屋基地上扩建起大屋。比起钱家，冯家终归寒碜了许多。

对这桩姻缘，钱家开明豁达。钱氏家训从古至今："娶媳求淑女，勿计妆奁；嫁女择佳婿，勿慕富贵。"相比家世、财富，钱家更看重配偶的教养。三小姐的父亲钱仲霖说："小女嫁入冯家，有珉泉这样的贤婿，是钱家福气。再说，冯氏也是英才辈出之族啊！"这话，给了冯鹤龄一颗定心丸。

冯家这几年，长子成家育女，转眼三儿冯珉泉也快迎娶钱家千金，只是曾为朝廷师爷的冯鹤龄却一病不起。眼见时日不多，与钱家商议，婚事提前，让老师爷能看到第三个儿子圆满完婚。钱家三小姐就这样仓促上路，从湖州大码头启程，几天几夜的水路，赶来绍兴嫁与冯家。要讲老古话，这可是从吴国嫁到了越国，山高水长路途遥远啊，假如三小姐有委屈，这就是最大的委屈。

冯家产业厚重，冯鹤龄的嘱托也是沉重，他要后辈子孙记住，不得吃师爷饭，不得走仕途路；耕读传书守规立业，家族平安繁衍。他过世后，长子二子三子各执一房。但二子冯珞水自两年前跟人去上海学生意，再也没有回来。家人去找，他只说要留洋，留洋后再回家。这一两年就靠家书，知道他还活着，但到底在做什么，家里无人知晓。前些日子，家里托人带信唤冯珞水赶快回家，却音讯全无。

冯鹤龄一旦撒手人寰，长子为父，这大屋的执掌人即是长子冯钰昌，但老师爷心里看重的是三子冯珉泉，珉泉聪慧沉静，诚实守信，自小就不争不闹，没有钰昌那股霸气。而老师爷眼里的冯珞水，是毫无指望的新派人物，根本没有家的概念。这三大进的冯家大屋，原本正好一个儿子一进，相当每家一个大院。二儿子不回家，但只要活着，就得给他留着。然而，如果钰昌当这个大家长，老人留给二子的家产包括田地，很有可能都成了钰昌的了。

隐藏在老师爷心头无法放下的，却又不仅仅是这些……

可怜冯鹤龄即使到了可以撒手的时刻，心里的那份纠结仍在折磨他，令他无法闭眼。他再次唤珉泉进房，双目依然清澈地望着这个难舍的三儿："珉泉，这个三媳妇出身显赫，如果她在冯家受委屈过不惯，怎么向钱家交代啊！钱家对我们冯家是有恩的！呃，当初要是没有带你去湖州钱家就好了，你和三小姐也就没有了这个缘分。钱家愿意把三小姐给我们冯家，并不是他们没有更好的选择，而是尊重你和三小姐的意愿，棒子不打鸳鸯啊！"老师爷断断续续地把心思吐出，接着又慢慢话语，"勿讲这些了，爹爹相信你会得做好。爹爹不放心的还是那桩事，你一定要勤走云门寺，多去看支一禅师……这事爹爹只能托付给你了！"

"爹爹放心，我都记住的，我一定照您讲的去做！"珉泉还想说什么，忽听外头在喊："新娘子到了，新娘子到了。"

老师爷示意珉泉快快出去迎新。家佣帮他起身换上崭新的缎子长褂，准备到大厅接受新人跪拜。

冯珉泉匆匆披上新郎官红绸大花，在家人和宾客的簇拥下，来到离大门约三十米的河埠头，迎接已清晰可见船头张灯结彩的婚船。鞭炮声此起彼伏，孩儿们欢呼雀跃，亲戚们穿金戴银，连家佣也一个个穿戴光鲜，色彩缤纷地迎接新娘。

江南水乡大户人家的河埠头，相当于一个泊船的小码头。大石块铺就的河浜，筑牢河岸；靠着河浜，长石条筑就的大台阶伸向水底，台阶旁是牢固的石柱和木柱，拴住大小船只。冯家河埠头可以拴大船。当婚船越来越近时，冯珉泉按捺不住地走到河浜最边缘，暖流撞击着心扉，泪水不听话地要出来……多少个日夜了，自确定新娘的船队已经向着冯家驶来后，他就没能睡上一个囫囵觉，心里除了兴奋，更多是莫名的担忧，十多条船只日夜兼程，假如真有歹徒知道这是携带大量彩礼的婚船，万一路劫呢，尽管钱家已向沿途各官府打点，可这水路迢迢，四处荒野，加上春雨绵绵，谁可确保万无一失？只有每天派出的信使报了平安，他才可以眯缝一下双眼，放松一下自己。

近了近了，充满喜气的婚船实实在在到了眼前。当几个身手矫健的船夫，轻盈地飞落河浜，船上的伴娘簇拥着新娘步出船舱，冯珉泉却成了木偶，一时三刻不知所措，而内心发出的笑声就像这近午的日头，灿烂得叫人眩晕。家人先他一步趋前迎接新娘。在婚仪执事提醒下，他才记起要上船抱新娘。按吴越一些乡村习俗，新娘是要大家的舅舅抱进门的，但新郎没了舅舅，新娘就提出由新郎官自己抱进门。这是个新做法，冯家冯老爷查了半天礼仪典书，也没查出个依据，却也准予了新娘的新派想法。

冯珉泉悄悄铆足了劲，准备一个箭步跃上船头，三下五除二地把新娘抱进家（为此，他还帮船工抱了几天的甘蔗捆，偷偷练下抱跳功）。岂知，还未待他起跳，脚下的青苔已被他焦急的身子踩滑腻了，身子只是轻微摆了下就失去平衡，冲河浜埠口滑去，一旁的家佣似乎早有准备，眼疾手快，一把抓住珉泉的胳膊，可此时他的半个身子已经滑向河面。几个反应迅速的男人一拥而上，抓的抓，抱的抱，生拉活扯地把珉泉弄上岸。而此时，婚船上新娘一拨已经大呼小叫乱作一团。

新娘本人有定力，没被吓晕，只是捂住胸口瞪大眼睛屏住了气……

经此折腾，新郎已无力气抱新娘上岸。只有大哥钰昌代新郎抱新娘进家门。

刚舒出一口气的新娘，又要面对新的尴尬，抱自己进夫家的竟然不是自己的官人，而是一个替代品。想了一路的各种可能，这可是怎么也没有料想到的。大概这就是父亲讲的命中注定了，注定她要这样进冯家，要这样成为冯家的媳妇，从而……大哥钰昌已经当仁不让地来到面前，"弟媳不怪，大哥代小弟效劳，你可稳当了"。没少读书的钰昌，关键时刻却不知该背什么书，他拍拍脑壳，弯腰一把抱起了新娘。旁人赶紧让路，新娘突然大叫"鞋，鞋"，新娘的金丝绣花鞋掉落了河里，像只小船，晃荡荡要沉入河底。

抱着新娘的钰昌，放又不是走又不是，直怔怔愣在那里。

"等等，"只听"扑通"一声，三小姐的贴身丫头梨子已经跳入河中，三扑两扑抓住了绣花鞋。

湿湿的绣花鞋回到新娘脚上，新娘没再让钰昌大哥抱，而是挽起自家伴娘的手臂，走向夫君珉泉。珉泉在家佣搀扶下正自愧着，新娘云霞却朝他深深一躬。他竟然忘了回礼，而是不顾身上刚被擦伤的疼痛，一把抱起新娘，奋力跑起，进了家门。

一支船队几天几夜不停地行驶，把才貌双全的三小姐、湖州钱府钱老爷最信任的千金从湖州府送到绍兴府，囫囵送进冯家，于是，一个独具风格的新式女子，画儿一样，展开在僻静的乡间。乡邻乡亲艳羡的同时，悄悄地有了咬耳根的话题，新娘原是传统望族中一千金，但竟是一双天足，难怪那只掉落河里的绣花鞋像只小船……冯家人听了倒也没当回事，天足才好，城里早就兴天足了，幸亏三小姐倔强，当年把缠小脚的裹脚布剪了一回又一回，否则，她这双脚也就半残废了。

婚礼第三天，老师爷冯鹤龄在家人搀扶下移步后院，躺在藤椅上，接受迟到的远近亲朋的贺喜。

冯家后门离河浜更近，平时家里做事出入船只，平常亲戚朋友走访，大多从后院大门出入，方便。冯家三儿大婚，娶的还是湖州府钱家千金，这等大事，亲戚好友但凡得到消息的，能来的都会过来。一连几天，后门的小河一派繁忙，大小船只来回穿梭，来人无论贫富，都是穿戴整齐、神清气爽。无论贺礼厚薄，老师爷都让一一记下，日后回礼。

新娘和新郎一起陪着老师爷在后门河浜迎来送往，天气时阴时晴，老师爷心情也是跌宕起伏，高兴时，他对新人说，年轻时一高兴，会喝下三罐老酒，喝了酒就要像王羲之那样写大字，当然啦，这是妄为。王羲之酒醉写下《兰亭序》，成了天下第一行书，这等功力岂非吾等凡夫俗子可以要得的。只可惜，多少朝代过去，至今都无人见过《兰亭序》真迹。唉！

老师爷一声叹息，提醒了新郎官。冯珉泉弯下腰贴近父亲耳边，说："爹爹，云霞带来的彩礼中有好几箱是名人字画，你看放在哪里好？"

"其中有不少是我自己画的，不值钱。"云霞连忙补充。

"我去你家看过你的画。珉泉没法跟你比！"老师爷微闭双目，沉思起来。新郎新娘对视一下，心里都没底。老师爷开口，却先不说字画放何处，而是憧憬般讲起将来的事。大意是，冯家子孙一定要读好书懂学问，学问是树人之本，是立足社会之根，学问亦即财富，谁也偷不去；上一辈留下的田地产业都不如这些书画，家里的藏书藏画是够子孙好好过日子的；千万千万要把书画好好放起来，传世传家。"你们要把这些宝贝好好传给孩子，要他们懂这些宝贝，珍惜这些宝贝。冯家要有大学问家出世。"

儿子珉泉一个劲地允诺着父亲，儿媳钱云霞一对双眼皮下的长睫毛，不为人知地跃动了一下，开口对公公说："爹爹，我们记得的！"

"你和珉泉诗书为媒，千里迢迢结为姻缘，这何尝不是老天的安排？也是冯家有福，书香传人啊！"说到这里，老师爷突然又想起什么，对儿媳说，"那年你十二岁，你爹拿出一幅《观鹅图》，当然，这不是钱选的《王羲之观鹅图》，而是你的《观鹅图》。你爹说是你自己想着画出来的。是啊，真正的《王羲之观鹅图》在宫里，我们谁都没有看到过啊！你的《观鹅图》笔墨很稚嫩，但你小小年纪自己弄出一幅这样的画，不能不说心胸远大啊！"

"多谢爹爹夸奖，其实是听大人说得多了，心里就形成了画面！"

"也对。"老师爷点头。转而，他又忧心忡忡地问起，"珞水，珞水这个孽子，他到底在哪里啊？"

"爹爹，你放心，我们会找到他的。云霞说了，她家已经专门派人到上海，在疏通各种渠道呢，哪天找到二哥，押也要把他押回家……"

老师爷眼睛半开半闭地睡去，仿佛睡着睡着还在听门前门后河中的桨橹声。

睡了的老师爷再没醒来。

冯家大婚日第四天就办丧事。红白喜事，就这样一起完成。

二

给老师爷做完头七，一家人都已累得七仰八叉。同样累脱一层皮的新娘钱云霞，望着新房内还没有开启的那几箱书画发怔。临行前父亲钱仲霖与她谈了一夜，这些字画放在钱家只是点缀——湖州钱府钱家是吴越国开创者钱镠的后裔，千年朝代更迭，钱王仍是受百姓敬仰的王族。当年钱王治理下的吴越国，是遍地烽烟中的一个世外桃源，苏东坡赞叹吴越国盛景："其民至于老死，不识兵革，四时嬉游，歌鼓之声相闻，至今不废"，这就是"上有天堂，下有苏杭"的来历。钱家不缺书画，让三小姐带这么多贵重的书画到冯家，自有让冯家善待这个远离娘家媳妇的用意；往不好处想，万一有个天灾人祸的，这些书画可以救命，可以养活子女。还有关键的一处，就是让老师爷可以安安心心地走，不要对钱家嫁女带有一丝疑虑。

是的，钱家千金金贵，苏州、上海有太多的名门望族上门提亲，钱家就远不就近，除了两个年轻人自己钟情，钱府钱老爷真的无其他所图？精明的冯家老师爷，对钱仲霖如此嫁女，心里总有一种挥之不去的疑虑。

那年，钱家三小姐才十二岁，冯鹤龄受邀带上三儿冯珉泉来到钱府，几天盛宴，安排了孩子们诗词咏诵，一来二去的，三小姐居然和珉泉对咏上了，两个年龄相仿的孩子，在大人的鼓励下，诗词往来书信不断，到了男十九、女十八，一切水到渠成，两个人结为秦晋。冯珉泉是真心喜欢云霞，云霞也真心爱他。

钱家编织的是一个温柔的圈套，然而，同样在这个圈套里的千金小姐，却要承担起家族赋予的使命。

想着想着，钱云霞眼眶湿润了。

"想家了？"珉泉进屋，看到云霞的忧郁。

云霞赶紧挤出一点笑容，从字画箱里取出她的《观鹅图》对珉泉说："这是我刚画不久的，你爹爹说的那幅我留家里了。我爹爹一直把它挂在书房。"云霞要珉泉把它挂起来，"这是我家的观鹅图，看到它，等于看到了我小时候长大的地方。画上的王羲之不是王羲之，是我父亲。我是照我父亲的样子画的。"

云霞是想家了。忙乱了几天的珉泉，还没有从忽喜忽悲的气氛中出来，他抓起云霞的手，深深地叹了口气："真是难为你了，你给冯家带来这么多的好，我冯珉泉何德何能……"话没说完，珉泉喉头又发紧。

云霞又安慰起新郎官。

对刚进门的新娘，珉泉第一次聊起家常。这个家靠勤劳治家，家里的长工和佣人不多，各房日常事还得家眷自己动手，包括养蚕宝宝缫丝这些事，像大嫂这样的小家碧玉，有时也要帮家里雇佣的短工一起做的。但父亲交代了，云霞进门后，什么活都不用做，爱写诗画画就写诗画画，家里笔墨伺候就是，冯家要保证三媳妇不受一点点委屈……冯家的私塾不仅给自家的孩子教育，方圆数里乡邻乡亲的小孩，只要愿意，都可以来，私塾先生的启蒙教育是要跟进时代的……冯家不显山露水，书卷气中过着和睦平静的日子。

"云霞，我总担心你已习惯钱府热热闹闹门庭若市的生活，在乡下这个地方未免冷清。但我已想好，等忙完这些，与大哥安顿好家里的事，我会先去杭州谋个公职，到时把你接去，我们就在杭州过日子，这样的话，离你娘家也近。只要你喜欢，我会依你来做安排！"

云霞听了连忙摆手："不，不要这么想！我既嫁入冯家，就有责任做好本分。我并非贪图享乐之人，请夫君不要有顾虑。"把头靠在他的肩上，她轻声诵起钱家家训：内外六闾整洁，尊卑次序谨严，父母伯叔孝敬欢愉，妯娌弟兄和睦友爱；祖宗虽远，祭祀宜诚；子孙虽愚，诗书须读；家富提携宗族，置义塾与公田，岁饥赈济亲朋，筹仁浆与义粟；勤俭为本，自必丰亨（烹），忠厚传家，乃能长久。

看云霞坦诚可爱的模样，珉泉深受感动，也让他去掉了无形中的压力。他即刻忘了父亲早前"各房媳妇须经考才可进冯家密室"的叮嘱。这所谓的"经考"说白了，即没有几十年相处，没有各种内外因的加持，没有特殊情况，基本不可能让女人进入密室。他却毫无防备地告诉云霞，家中有密室，藏品中主要还是传世的名家书画，其中有赵孟頫的字、唐伯虎的画，这些重量级的藏品其实他珉泉早就想给云霞鉴赏，也不负两个人互相爱慕之心。没想父亲连钱家千金都不放心，去世前一直不肯松口，这家中珍宝他既没向才女媳妇炫耀，也不问新娘嫁妆中的书画到底是哪些。也可能老师爷在一只脚已跨入另一世界时，终究明白一切都是虚无，就把可解不可解的都扔给了后辈。

　　已是夜半，珉泉拉上云霞，悄悄离开新房，摸向密室所在。密室不远，就在他们新房楼下的另一头。

　　这是整个宅子最僻静的一角，原是冯鹤龄书房，后冯鹤龄上下楼已不是很方便，这间书房就当作了老师爷的杂物间。与书房连着的其他几间厢房平时都空着，有客人来暂作客房。书房门对着大屋第三进院子，院中有株老桂花树，桂花树下有口小石井，平时都由一个沉重的原木盖子捂着。与之相对称的是，院子的另一头有一只大水缸，积满了天落水，水里还漂着几朵浮莲，在月光下时隐时现，使院子透着一股精气。

　　珉泉打开书房，两个人轻手轻脚进入。夜深人静，大哥如知道珉泉这种时候带云霞进老书房，必然生疑。书房很大，珉泉手持的蜡烛只能照亮面前一小块空间。他把云霞带到一张案几前，案几上放满了练字的宣纸，珉泉蹲下敲了敲案几下面靠墙处，传出木板的声音。此处即密室入口，与整面墙连接得天衣无缝。

　　至此，珉泉坦言，密室入口有暗锁，但没有钥匙，需他和大哥同时一起打开。原本还需二哥在场，但二哥离家数年，父亲就把二哥的权力暂时取消，等他回家要进密室时，在征得兄弟同意后，才可重获开锁权力。这暗锁的形状就像一朵三角梅，故曰三梅锁。该锁利用错位原理，每个人左右拉拨其中一瓣梅，只要手势到位，三人配合默契，这锁自会打开。这也诠释了"兄弟同心其利断金"，弟兄中只要有一人心思在外心慌意乱，甚至心不在焉，断难打开这样一把神秘的暗锁。

　　"明天让大哥一起来开锁，把你的陪嫁字画放密室。我拿些名贵字画，让你在老书房看个够！"珉泉讲这话时底气十足。每年给收藏的字画做一些处理，主要是防虫蛀糜烂，近几年都是他在完成，但到密室取字画，大哥要配合。

谁知次日一早，大哥钰昌与珉泉把云霞的陪嫁字画放入密室后，却没有同意云霞进老书房看自家的收藏珍品。珉泉生气，说："云霞是钱氏后裔，来自宋朝皇帝都赞誉的'忠孝盛大唯钱氏一族'，况且，云霞的陪嫁字画也是珍藏品，如果父亲在，必定会给云霞这个特权。大哥实在多虑得不近人情！"

大哥不作辩解，扔下珉泉一人在老书房，顾自回自家的一进院了。

珉泉没法给云霞解释，枯坐老书房欲哭无泪。

不知过了多久，丫头梨子在门口唤他，说姐姐请他回屋。

面对云霞，珉泉一时成了哑巴。云霞却轻轻一笑，漫不经心地说："那年你来我家，看了多少名家真迹，没有赵孟頫的字，还是没有唐寅的画？你还记得吗？你那时说只怕这辈子再也见不到钱府这样丰富的宝藏了。那你说，我现在看不看你家收藏有什么关系吗？我知道，你觉得大哥冷落了我，其实我倒蛮理解他的。父亲刚走，他不能马上破家规，对不对？"

见云霞如此善解人意，珉泉马上轻舒一口气，唤来梨子，说"今天啥也不做，歇会收拾行李，明天就去云门寺"。

三

云门寺在马山镇宁桑村南面，从冯家到云门寺大约六十里，紧赶慢走要一天。太阳还没露脸，女眷坐上轿子，珉泉和几位年轻的挑夫，跟着轿子走起。

千年古刹云门寺，坐落于秦望山麓脚下一条狭长山谷，始建于东晋义熙三年（407）。史书记载，晋代大书法家王献之（王羲之第七个儿子）曾于此隐居。这里原来就是王献之的旧宅，王献之舍宅为寺，据说是义熙三年某夜，秦望山麓王献之的宅处屋顶忽现五彩祥云，王献之将此事上表奏帝，晋安帝便下诏赐号将此宅改建为"云门寺"，门前石桥改名"五云桥"。

云门寺历任住持者皆系当时著名僧人，首任住持帛道猷为东晋一代名僧，随后相继有竺法旷、竺道壹、支遁、昙一、弘明，等等，均为一代高僧。王羲之《兰亭序》真迹曾长期保存在此。中国书法史上许多名人逸事，也在这里发生。鼎盛时期的云门寺宏大热闹，陆游有字为证："云门寺自晋唐以来名天下。父老言昔盛时，缭山并溪、楼塔重叠、依岩跨壑，金碧飞踊，居之者忘老，寓之者忘归。游观者累日乃遍，往往迷不得出。虽寺中人或旬月不得觌也。"

阳春三月，山间田野碧绿一片，一行人走走停停，有花看花，有果摘果，那酸酸甜甜的野草莓，一路享用不完，丫头梨子嘻嘻哈哈地摘了一路。珉泉问云霞，梨子这丫头怎么像个小子？那天看她跳进河里捞绣花鞋，开头还以为是个小船工，哪有丫头不怕水淹的？再说农历三月的江南，尽管春暖花开，但河水还是冰凉的，这丫头在冷水中泡后也不见发寒热，真是了得。

　　云霞告诉他，梨子六七岁时就没有了双亲，乡人把她领进钱家，父亲就安排她跟着云霞一起读书，岂知梨子根本不爱读书，喜欢像男孩子那样不是爬树就是使棍，要不就到河里抓鱼摸虾，到了十四五岁才知道文静起来，缠着人教她识字断文。

　　"她比我小几个月，可比我厉害多了。你以后要小心，千万不能得罪她呢！"云霞朝珉泉莞尔一笑，"要不是有她跟来，我还真会觉得孤单。"

　　"倒也是，我不在你身边时，也只有靠她了。将来给她在这里找个婆家，让她也有个好归宿！"

　　从花花草草到家中琐事，小夫妻话题不断，云霞时而下轿与珉泉同行，时而呼唤摘野果的梨子跟上。不知不觉，在太阳下山前，一行人到达云门寺。

　　曾经声名显赫的云门寺，如今在颓败凋零。想当年，晋安帝、梁武帝、唐太宗、吴越王、宋太祖、宋太宗、宋高宗、清顺治、康熙、乾隆，多少皇帝器重云门寺，或赐名题额，或树碑建塔，或给予各种赏赐……全寺傍山而筑，有殿堂宇舍二百余间。门外有丽句亭，寺前有辩才塔，寺内有辩才香阁，还有显圣寺、雍熙寺、寿圣寺等副寺，在当时被称为"一山四寺""一主四副"，或"一本而四名"。至宋，云门扩为广孝、显圣、雍熙、普济、明觉、云门六寺，各有胜境，足见当时盛况。

　　眼下的庙宇，与四周青葱艳丽的大自然景色相比，更加显露出日益衰败的景象。云霞站在那里，心里跟着黯然起来。

　　珉泉拉她手臂，指往寺院门口："你看，住持在那里等我们了！"

　　一行人走向云门寺当家和尚。

　　"阿弥陀佛，一路辛苦了！"当家和尚支一禅师带着几位僧侣出门迎接。

　　云霞在公公的葬礼上见过他们，支一禅师是葬礼上的佛法主持，还有寺院八大执事之一的克己和尚。显然，冯家是这里的大施主，寺中主持与冯鹤龄交情不浅。冯鹤龄头七后，珉泉就带云霞来这里，如想疗愈心里伤痛，也许没有比这里更合适了。

进入寺院,一行人先坐下喝茶。

寺中的清明前头茶,香气撩人,喝进口中更是清爽得五脏六腑通透。像云霞这样家里什么好茶都不缺的,这会儿也不免惊叹"好茶好茶"。

有和尚接口:"施主若喜欢这里的茶,就在此地多住几日,这里山清水秀,可以采摘到很多野茶,也可以到寺院自己的茶园采摘,现在施主喝的是野茶,是寺院僧人自己采制的,留着给最尊贵的施主喝的!"

听闻此言,云霞仔细看了眼这位出家人,感觉个子不高的他,圆圆的脑袋上,有着肥肥的脸庞,上面满是讨好的笑,有一种令人难以言说的味道。一旁的珉泉悄悄说,他是寺里的二当家,叫释得,寺里与外头方方面面的交道,都是他在弄。这和尚还是二当家?云霞不由又注视了几眼。他那细小的双眼,透着闪烁不定的光亮,当她和他的目光相遇时,他却飞快躲闪。假如不是僧人着装,他更像是精明的生意人……云门寺一二百号人,包括扫地和尚种菜和尚烧饭和尚,有个精明的二当家,倒也应该。云霞让梨子把带给寺里的供奉一一摆上,供奉中有从钱家陪嫁来的一匹匹绫罗绸缎,可以让寺庙缝制菩萨的穿戴。

释得忙招人来接,更是笑得合不拢口。

阿弥陀佛,支一禅师双手合十向云霞致谢,平静的脸上却不带任何喜怒哀乐,而慈祥的双目之上,一对已像霜雪样眉毛,妥妥地横卧着,使年逾七十的他,仙风道骨中带着一股威仪。

禅师转着手中的佛珠,脚步稳健地带钱云霞观看寺院各处,冯珉泉在一旁时不时地解说几句。

云门寺自明末以后一直不振,殿宇由从前的五进,剩下三进。留有清代重建起来的一部分殿宇,是木构建筑两进以及东厢房数间。走入第一进,三开间山门,门楣上方书"云门古刹"行楷大字。禅师说,这是清朝早期建筑,明间兼作韦驮殿,东、西两次间已为民用。第二进三开间大雄宝殿,也是清代建筑,前檐下置"大雄宝殿"横匾,大殿内四根粗壮的雕饰石柱,仿佛在诉说着从前的鼎盛……大殿内目之所及一尘不染,洁净程度与外部的颓势形成两个极端。在寺院的东侧厢房北端廊壁间,存有明崇祯三年(1630)文学家王思任撰文、范允临行书,还有董其昌、陈继儒和董象蒙跋语的《募修云门寺疏》石碑。这长方形基座的太湖石碑，记述了云门寺地理位置以及募修经过。碑的背后，有一汪清泉，传说是王献之的洗砚池，碧绿澄澈的池水，水面上有几只蜻蜓在飞旋，带出一种晕眩的韵律，使池水显得神奇而诡秘。

寺院周围的"五云桥""丽句亭"（有历代诗人留下的赞美云门寺的诗词）等，已看不清原来模样，当时各副寺的残留废弃屋基则清晰可见，当年寺院建筑用的石板、石墩、石柱等遗物，散落在地面，有精美的雕刻还栩栩如生……寺中原有的献之山亭、献之笔仓、智永铁门槛、智永退笔冢、辩才塔（唐太宗赐建）以及陆游年轻时在此读书的云门草堂，都已随着整座古刹的倾圮，化作历史陈迹。

千年古刹曾经辉煌无比的昨日，在这块不无神奇的山水间，隐秘地显现着它昔日的风采。

那废弃的与依然矗立着的，无不讲述着千百年来与文化的深缘和顽强的坚守。

禅师因了钱云霞初次来，礼节性地介绍寺院：现今的殿、舍，能看到的云门寺与初始时的云门寺及全盛时的云门寺，已是天壤之别。无法改变的是，云门寺藏着千年之谜。据记载，王献之的第七代孙、南朝智永禅师驻寺临书三十年，他继承了王羲之的衣钵，精勤书法。智永侄子惠欣也在此出家为僧，叔侄二人都是书法大家，备受梁武帝推崇，因此云门寺曾一度敕改为"永欣寺"。智永有两个徒弟，一名智果、一名辩才，都是他的书法传人。隋炀帝曾对智永说"和尚（指智永）得右军肉，智果得右军骨"。据说智永练字笔头秃了，就取下丢进一个大竹筐，久而久之，积了十大筐秃笔头，智永便在寺前的空地挖了个深坑，把所有破笔头埋在土里，砌成坟冢，称之"退笔冢"，"退笔成冢"的典故就这样而来；因求书者甚多，以致寺内的木门槛也被踏烂，不得不用铁皮把它裹起，便就有了"铁门槛"的典故。

寺庙中最叫后人牵肠挂肚的就是《兰亭序》真迹之谜。普遍传说是《兰亭序》真迹一直由智永珍藏，他临去世前将其传给弟子辩才（一说辨才）。精于琴棋书画，博学多才的辩才尤其精于书法。他接手《兰亭序》后，秘不示人，并在自己住所房梁上凿了个暗龛，把《兰亭序》珍藏其中。酷爱书法的皇帝唐太宗李世民先后三次将辩才请到长安，想知道《兰亭序》下落。面对皇帝的百般盛情，辩才就是装憨作痴，只承认自己跟着先师智永时确有见过《兰亭序》，可几十年的战乱，这宝贝早已不知去向。后，唐太宗设计，派监察御史萧翼智取。狡黠多诈的萧翼带上唐太宗借给他的几件王羲之和王献之真迹字帖，潜入绍兴。他扮成书生模样，接近辩才。两个人一见如故，论琴棋诗画，颇有共鸣，于是通宵达旦诗酒唱和，酒酣耳热之际，有相知恨晚之感。获取辩才信任后的萧翼，一天，拿出自己临摹的梁元帝画《职贡图》给辩才看，说自幼跟父亲练习王羲之、王献之的书法，现虽流落他乡，但身边依然带着"二王"真迹。辩才要他取出来看看。第二天，萧翼果然带来几幅"二王"书法真迹。辩才看了好半天后说"真迹倒是真迹，可惜不是佳品。贫道有一王羲之真迹，颇不平常"。萧翼用激将法假装嘲笑辩才"数经战乱，王羲之的兰亭帖怎么还会在世呢？一定是赝品"，情急之下辩才说"是智永禅师临死前亲手交给我的，怎能有假？不信明天来看"。辩才就这样中计，道出实情。第三天，萧翼如约前往，辩才从屋梁暗龛里取出《兰亭序》。萧翼看后故意说其中有疑点，认定是赝品。萧翼又故意把自己的几件真帖放一旁让辩才比照，如此一来，辩才对萧翼完全放弃戒心，也不再把《兰亭序》放回暗龛，而是把它与萧翼拿来的几件墨宝，一齐放在书案，没事时就比对着看。最终，萧翼盗走了《兰亭序》。回到长安，萧翼获唐太宗重赏，而辩才犯欺君之罪，本应获刑，但唐太宗已得到《兰亭序》真迹，再就念其年事已高，不作追究，还赐他谷物三千石。不过，深受打击的辩才即患重病，一年后便去世。

《兰亭序》真迹被李世民命作死后殉葬品，同其他书法珍品一起随棺入墓。

"苏东坡有诗证'兰亭茧纸入昭陵，世间遗迹犹龙腾。'"珉泉接口。

"你信？"云霞问珉泉。

珉泉略作沉吟，答道："其实我更相信的是辩才赚萧翼的说法。《兰亭序》并未被萧翼骗走，萧翼拿走的是赝品。辩才不会笨到二王真迹只有朝廷才有都不知道，况且，一个浪迹天涯之人，怎会随身携带如此稀珍墨宝？辩才早就知道萧翼是朝廷命官。"

"那《兰亭序》真迹后来又去哪里了？"

是啊，去哪里了？珉泉笑着望向禅师。禅师又讲：唐末五代时，军阀温韬在陕西关中一带任节度使，"唐帝之陵墓在其境内者，悉发掘之，取其所藏金宝"，唐太宗的昭陵自是难以幸免。据说昭陵被打开时，那些陪葬的钟繇、王羲之等人的书法真迹都在,而且"钟王笔迹,纸墨如新,韬悉取之,遂传人间",这些被盗掘的书法珍品,宋朝时还有人见过。于是又有了一说,《兰亭序》是被盗掘出来之后再遗失。不过,温韬盗掘出土的宝物清单上并没有《兰亭序》,因此可能没有被盗,这又是一说。也有人说,《兰亭序》并未随李世民埋藏到昭陵,而是埋在唐高宗李治的陵墓中;更有一个说法是,《兰亭序》真迹并未随唐太宗下葬,而是被他的姐妹用伪本调包了,真迹依然留存人间。

"是啊,真迹依然留存人间,就是不知道在哪里!阿弥陀佛!"珉泉似笑非笑似嗔非嗔地摊开双手,举向天空。

禅师不再讲什么,而是垂目立定,轻诵起佛经。

四

有关云门寺典故,云霞没少听父亲说,父亲要她归纳分析各种说法,并且告诉她,更大确定性是《兰亭序》真迹仍在人间,只是历经千年风雨,真相被掩藏得更为隐秘,后人如要拨开谜团,找出谜底,纵然有前赴后继的牺牲精神,恐怕也难得正果。然而,真有后人在履行着这样一种使命,且不计个人安危。"这就是家国情怀!"钱仲霖对女儿说,"如果外人还没放弃对你家宝物的掠夺之心,我们自己就更不能放弃守护之责。尽管我们都不清楚祖先把宝物放在了哪里,甚至还在不在,但是小偷和强盗都已进了家门,我们不能听之任之!"云霞明白父亲的意思,哪怕是被动地守护,后人职责所在,不言放弃。

然而,这《兰亭序》的谜底还没解开,钱家已被盯上……现在钱家必须截住与《兰亭序》相关联的一幅名画,这就是元代画家钱选的《王羲之观鹅图》。钱选是钱家湖州宗族之先人,《王羲之观鹅图》是钱选依据王羲之一首诗画出来的,传说中的另一版本,就是《王羲之观鹅图》藏有《兰亭序》存放处密码,为找出密码,乾隆皇帝已经在图上不知圈圈点点了多少笔墨。当然,钱家对此可以完全不信,因此图问世时,钱选如果知道《兰亭序》的去向,或者看到了《兰亭序》的真迹,他应该给钱氏后人有所提示,或者……钱家没有确凿证据可证此真伪,眼下钱家着急的是,此图卷已随其他名贵书画被溥仪带出紫禁城,完全有可能落入日本"浪人"之手。云霞想不通的是,日本浪人凭什么认为《兰亭序》真迹还在人间?这些日本浪人会不会来云门寺?云霞像被冷风吹了脖子,突然耸起了双肩。一旁的珉泉赶紧把手中拿着的厚围巾替云霞围上："我们进去吧，师父也累了！"

一个小和尚跑了过来，跟禅师说："师父，用膳了。"

小和尚年约十二三岁，还带着少年的海豚音。他跑在禅师前，引大家进膳房。其实，他认识钱府来的客人，曾经也是钱府一员，只是出家人不可随便表露喜怒哀乐，尤其是跟班小和尚，更要懂规矩。他只与梨子用眼神打了招呼后，就一直低着头跑前跑后。

此时，二当家释得带了几位僧人走来，其中有位快走到近前时，云霞发现和其他僧人的着装有所不同，见到女客时，也不像其他僧人那样立刻低眉垂目，而是毫无顾忌地拿目光在每一个人身上扫射，没有一点躲避的意思。云霞不由多看了此僧人几眼，记忆深处突突冒出气泡，此人有点眼熟呢！

她驻足，扭头又看，但释得已在一旁挡住了她的视线。珉泉在唤她，她当作又在远望四周，要把这里的一切，像拍照那样刻记在内心的底片上。

夜晚的云门寺宁静得离奇，惨淡的月光下，物体是突兀的寒冷的，假如没有远处传来一两声狗吠，寺里安排给居士住的庙舍会显得更加阴森。晚膳后的珉泉随支一住持到了禅房，说是听禅师讲经。云霞有梨子陪着，想到寺外看看夜色下的云门寺。梨子却说，刚到第一天，都没搞清东西南北，万一扭了小姐的脚腕什么的，也不好交代呢！

云霞没坚持，倒不是觉得梨子有理，她是担心珉泉回来后找不到她们会着急。烛光照着的房屋，重叠着一个个黑影，两个人得不断地说话，否则都听得到对方心跳的声音。奇怪的是平时话语很多的梨子，一对满是疑问的眸子，东瞧瞧西看看，像要看透黑暗中藏着的什么，有一句没一句地应答着云霞。

"你在看什么呢？有鬼吗？"当云霞对梨子说出这句话，马上就后悔，这不是自己在吓自己？

梨子倒马上收回自己失态的样子，又嘻嘻哈哈起来："小姐，出门在外，别鬼不鬼的，你不怕，我怕的。"

"这世上还有你怕的东西？给谁听呀！"云霞打开箱奁，取出一本诗集，"你说说，这个云门寺怎么样？看出从前的厉害了吗？"

梨子收起笑容，装出一副神秘相："小姐，你还真不要说，这地方不简单的，说是败落了，可还有这么多和尚，把我们湖州那几个庙的和尚加起来，也没有这里多。不过，这里的和尚是不是有点爱财？你看那个二当家，叫什么释得的那个，肥头大耳的，哪像个出家人？好像蛮爱财的，看到我们供奉菩萨的铜钱，他就眉开眼笑，一个劲说善哉善哉，有钱就善吗？"

"那你有供奉给菩萨，他不说善说什么？再说，那个哈喇菩萨不也肥肥的？嗳，你什么时候变得学识五斗，看人剥皮啦！"云霞笑出声来，把翻开的诗集又合上。

"小姐，这可是你问我，我就照实说了。其实我也知道，和尚不爱财，他们怎么活？我是想说，云门寺二当家……唉，不说了不说了，我也不知该怎么说，这地方玄，不过玄得蛮有意思。小姐你说呢？"

这丫头，居然把球踢回给了主子。是的，民国了，所谓贴身丫头，已和主子平起平坐。主子嫁到绍兴，不是丫头自己一定要跟着，云霞也断不敢让她来绍兴。梨子有权力安排自己的命运。

像往常那样，云霞又要给梨子讲故事了。好吧，今天就讲个苏东坡和禅师的故事——

有一天，苏东坡跟着佛印禅师在禅堂打坐，忽然问禅师，禅师，你看看，我这样坐着像什么？佛印禅师端详一会儿说道，很庄严。我面前的学士眉眼慈柔含笑，身相端庄，就像一尊佛祖。听禅师这么说，苏东坡很满意。过了一会儿，佛印禅师转而问苏东坡，学士，你看看我，坐在这里像什么？苏东坡心想，平时被你这老和尚占尽上风，弄得我灰头土脸，今天何不借这个机会给你一点颜色看看。苏东坡便回答，禅师，我老实告诉你，你就像一堆牛粪。佛印禅师听了毫不介意，只是呵呵一笑。苏东坡以为这回可胜过佛印禅师了，很是洋洋得意，逢人便夸口自己的聪明，使佛印禅师无言以对。苏东坡的妹妹苏小妹听了哥哥的这一胜利，叹了口气，对哥哥说，你输了！苏东坡不明白，问妹妹，怎么是我输呢？明明是禅师认可我的回答嘛！苏小妹说，哥哥，人家禅师心中是佛，他看你就是佛，而你的心中是牛粪，所以你眼中的禅师就是牛粪啊！

"以佛心看人看万物，一切是佛的庄严显现；以粪屎心观人观万物，一切都充满臭秽污浊。有无佛心，在于修行，修行是否成功，就看你有无离却凡夫心，进入如来之境。"

"小姐，我们来云门寺不是要像和尚那样来修行吧，那要住多长辰光？你嫁到绍兴，可不是来做尼姑的哦！住三天，顶多住三天，以后可以再来。一个新娘子，刚到夫家，先到寺庙住，这算什么呀，老爷知道了，要怪我的！千年古刹嘛，过来玩玩是可以的。"

云霞知道，梨子又要自顾自地絮叨下去了。她翻开诗集，不再与梨子话语。

云霞不知道的是，梨子决意要跟云霞一起离开故乡时，是向老爷发了毒誓的，任何情形下，她都会舍命护主。从小陪伴小姐，两个人亲如姐妹，而让梨子最无法离开小姐的是，小姐什么都懂，她自己写自己的名字都歪歪扭扭，没有小姐点拨，这会儿她可能早就在哪个犄角旮旯，不男不女没心没肺地活着，甚至生不如死。梨子不想让小姐在这个诡异的地方多待，心里实在也是没底，总觉得每尊菩萨的背后都藏着什么，每根柱子的后面都有一个阴影，每块大石板地下……入夜后，她都不敢在这样的地方独自巡视，一出大门就感觉压抑，感觉哪里都藏着一只怪兽，随时都会伸出可怖的爪子。她不想吓自己，更不想吓小姐。她只想早早回到安全的地方。

梨子不再自顾自说话，开始迷迷糊糊打瞌睡，走了一天，困了。云霞兀自沉浸诗中，"九日山僧院，东篱菊也黄；俗人多泛酒，谁解助茶香。"这是唐朝诗僧皎然的《九日与陆处士羽饮茶》，皎然识茶香，独得品茶三昧，也正是他的倡导，以茶代酒的茗饮风气一时盛行。而此刻云霞并非要欣赏皎然的诗，或是他的茶道之学，而是要在诗僧专讲茶的诗中寻找隐藏的密码。《王羲之观鹅图》家里连赝品都没有，即使有，她想她也不懂如何与皎然的诗比对、找出密码。可见，她现在所做的都是无用之功。

远嫁绍兴前夕，父亲才告诉她，当年冯鹤龄是因为湖州吴兴胡吴两豪门的官司被迫辞离京师。胡吴两家各自指认对方是贼，说是偷走了《兰亭序》真迹藏匿处的路线图……官司打到朝廷，一开始朝廷根本不信，什么《兰亭序》真迹，千年的事，早就灰飞烟灭，再说，如果真有真迹藏匿路线图，为什么不早早按图索骥去找来就是，而是等着人家来偷？两豪门说，这所谓的路线图只是一首诗和一幅画，到目前为止还没有人可以解读出来，所以藏家只能一直收藏着，没想家里出内贼，被对方收买，把诗僧贯休的画偷了出去。这画正是贯休从皎然的诗中读出了一张路线图，随手就画了出来。谁要能看懂这图，就可以找到《兰亭序》真迹所藏之处。朝廷要两家描出贯休画中大致内容，可两家都说贯休的这幅画横看竖看都不一样，题为寺院隆冬，图中似有山水流转怪石凸显……再看看，好像还有罗汉在树中。上辈传下诗帖和画，要一起看，才可辨识出其中奥秘。然而代代相传皎然的诗帖和贯休的画，却是无人能识破其中奥秘，不想，现在画被偷走，等于整屏被割走一半，两家都不落好。朝廷让还留有诗帖的那家拿出诗帖，结果两家都拿出皎然的诗帖"真迹"。这样的官司，朝廷罕有遇到，说是荒谬吧，可都振振有辞无可辩驳。再说，此时的朝廷已是自顾不暇，就把案子交予刑部，让刑部先验明哪个是皎然诗帖真迹。

案子落到了冯鹤龄手里，他当然知晓，这是如日中天的胡家，见吴门日渐衰弱，便起了歹心，要用诬告手段，掠取吴家镇家之宝，于是收买了吴家长子身边人，获取收藏秘密后，就使出这么一招。胡家非常清楚，凭他们在朝廷的势力，没人敢吃了豹子胆得罪他们。即便他们做得再荒唐，官司必赢无疑。面对如此局面，冯鹤龄只能暗自叫苦，假如勾结胡家冤枉吴家，这辈子他就不要做人了。但如果秉公办案，那就等着恶人收拾他吧！思来想去，只有称病辞职回故里。

然而，辞职也非易事，明白人都知道，这是师爷要溜号呢！骑虎难下之际，他突然想起曾经有过交往的钱仲霖，正巧，钱仲霖在京师，也早就听闻这起官司。他帮冯鹤龄疏通，使冯鹤龄甩脱了灾星，堂堂正正地回乡做贤士。

有一年，冯鹤龄专程到湖州钱府答谢，与钱仲霖喝了个半醉。老师爷酒后吐真言，告诉钱仲霖，无论是胡家还是吴家，所谓的贯休画的《兰亭序》真迹线路图都不会是真的，就是有，怎么会在他们手上？那会在谁的手上？钱仲霖太想知道了，可冯鹤龄酒醉心不醉，又款款地吐出一句："《王羲之观鹅图》那上面有料，几代帝皇琢磨了一遍又一遍，还是没有猜出你们钱家做的迷局啊！"冯鹤龄意味深长且又神秘莫测的笑声，给钱仲霖留下深刻印象。最让钱仲霖捉摸不透的是，冯鹤龄师爷在迷迷瞪瞪中，重复地讲一句话："皎然，有王羲之家族血统。"

一代高僧皎然，不仅是唐代著名大家，也有称其为茶僧，湖州长兴人，吴兴杼山妙喜寺住持。他与颜真卿、灵澈、陆羽等和诗，留存有四百多首。他是谢安十二世孙，谢灵运的十世孙，谢灵运的母亲是王羲之与郗璿的独女王孟姜的女儿刘氏，这就是王氏家族血统来源。

皎然多才多艺，和当时的一些士大夫文人多有交往，并帮助茶圣陆羽完成了《茶经》；他倡导的"品茗会""斗茶赛""诗茶会""顾渚茶赛""剡溪诗茶会"，与兰亭诗会中的曲水流觞，有异曲同工之妙。

皎然的诗中究竟藏着怎样的密码呢？父亲说，他倒是熟读了皎然的诗，却不知贯休从哪里看出诗中藏有路线图，如果说皎然的诗中有兰亭序密码，那还不如说《王羲之观鹅图》有路线图更靠谱些。糟糕的是，此图已流出宫廷，被外贼盯上。钱家宗族各支脉分头行动，钱仲霖要做的是，打探出《王羲之观鹅图》去向，钱家各宗亲将不惜一切代价，把它买回来。钱仲霖琢磨，冯鹤龄对此画之谜了解一二，否则，他不会这么确定，贯休的画与皎然的诗没有关系。现在女儿已是冯家媳妇，冯鹤龄却撇下一切就这么走了，也不知他带走了谜底，还是……

云霞觉得自己的婚事已不纯粹，自她嫁入冯家，艰难之途也许从此开始。

五

珉泉在禅房打坐还没回，烛光在摇曳，隐隐地院内有了嘈杂声。突然，寺外有炸雷一般的声音响起："着火啦，着火啦！"

顷刻，梨子一个激灵，跳到云霞身边，随口吹灭了蜡烛。与此同时，珉泉的声音也在门外响起："云霞，云霞！"

"姑爷，在这里！"

梨子拉开房门，珉泉三步两脚跨进，拉上待立在黑暗中的云霞，说："我们先出去看看。梨子你在屋中守着，应该没什么大事！"

珉泉和云霞循着声音最响的方向小跑，眨眼跑出寺院，只见寺院南面不远处，浓烟滚滚中蹿出贼亮的火光，照亮了夜幕一角；噼噼啪啪像鞭炮一样的燃烧声，划破了寂静的夜空，听着不无可怖。两个人看到僧侣接二连三地从寺里跑出，带着各种盛水的家什，拥往火场。

两个人正茫然间，支一禅师出现了。

"没事，没事。人家回去歇息，阿弥陀佛！"二当家不知从哪里冒出，满脸堆笑地对大家说。

珉泉和云霞回房，进门后发现梨子躺在床上。没待两个人说什么，梨子一个鲤鱼打挺跳下床，手指云霞的箱奁示意她检查。云霞疑惑地翻起自己的东西，似乎没发现有什么被拿走，突然想起离开屋子前顺手搁在桌面的那本诗集已不知去向。

"有谁来过？"云霞问。

梨子指指门外，嘴上却说："唉，走了一天，困死了，你们出去后，我实在熬不住，就困到了床上。该死！"她边说边眨眼睛，示意门外有耳。

云霞明白了，一定是有人知道她和珉泉出寺后，潜入屋内，梨子在黑暗中发现有"小偷"进入，就躺床上装睡……但她不知道这小偷到底想来偷什么。钱财？出门的盘缠都由梨子保管着，小偷翻她的箱奁肯定没戏，可诗集没有了，小偷拿诗集做什么？难道？云霞不敢往下想，满是质疑的目光望向自己的新婚丈夫。

珉泉更是一头雾水，首先他与梨子才相处几天，对梨子的风格完全懵懂，一时搞不懂她要表达什么。云霞想了想，对梨子说："你先回房休息，其他事明天再说。"看梨子有点不想离开，她装作轻松地笑了一下，"没事的，我们不会有事，有人可能做小偷上瘾了，以为我们带了很多钱财出来呢！"

"可是小姐，这里是寺庙，是行善的地方，怎么会……"梨子看看珉泉，没再往下说。离开湖州时老爷再三交代，到了别人家里可不能像从前那样随随便便了，遇到什么事情先要跟小姐说明白，至于小姐要不要跟其他人讲，那是小姐的事。小姐知道，离开娘家什么话可说，什么话不可说。千万不能给小姐惹麻烦。梨子不再说啥，整理好床品，回了隔壁自己的房间。

云霞也故意大声说："洗洗，睡。"

新婚小夫妻上了寺院安排的"蜜月床"。此时，云霞才轻声和珉泉说起了悄悄话。

"知道吗？丫头一定看出了小偷是谁！"

"黑咕隆咚的，她是猫眼睛？"

云霞要他仔细想想再说。云门寺到底怎么回事，他们这次过来与寺庙有什么冲突的地方？是支一禅师要这样做，还是另有蹊跷？

珉泉欲言又止，只是紧紧抱住了云霞。片刻，云霞感觉到有泪水滑进了她的脖子，珉泉在轻泣。"爹爹走得太急，我还没做好准备，可这千斤重担……"

云霞抹去珉泉脸上的泪水，俯身贴紧他的脸。

两个人耳语般，开始以下对话——

"还记得七年前，我和爹爹去你家时的情景吗？"

"你说呢？……那天要不是有日本浪人闯进我家，我还不知道你的厉害呢！"

珉泉跟着父亲到钱府的情景，云霞历历在目。那天，母亲告诉她，绍兴客人来了。家里天天来客，云霞并未把母亲的话听进心里。近午，只听到前庭嘈杂声起，好像来了什么要员那样，感觉阵势很大。梨子跌跌撞撞跑来说，来了一个什么日本人，跟老爷要什么字呢！

云霞好奇，就和梨子去了前庭。

那是个日本浪人，穿了件盖住脚面的足裙，佩了一把长刀，坐在那里，咿哩哇啦说着什么。一旁有个多年没见的远亲，叫钱几何的，帮着替他翻译。听了半天，云霞终于明白，这个日本浪人，居然要看《兰亭序》唐代临摹本。

《兰亭序》临摹本据说是当年唐太宗得到王羲之《兰亭序》后，命欧阳询、褚遂良、冯承素等人分别临摹，拓数本以赐皇太子及诸王近臣。湖州钱府确有收藏唐代《兰亭序》临摹本，但是否唐太宗命欧阳询他们临摹的，实在也是无证可考。然，这样的临摹本能够传世下来，对藏家来讲，一般肯定秘而不宣。奇怪的是，日本人怎么会知晓？上海、杭州、苏州这一带名门望族星如棋布，各类收藏均似一座座宝山，日本人一上来就盯住钱家，难道与这个钱几何有关？可钱几何并不知道湖州钱府的收藏秘密，况且他矢口否认与日本浪人有什么关系，他说是他的一位朋友托他带这个日本人过来的。日本人自己说，他认识钱府钱老爷呢！

钱仲霖在上海是有见过这个日本浪人，名叫佐木次郎，在一个朋友家里，双方只是客套了几句。没想到偶尔一面，日本浪人居然跟了过来。

在日本浪人纠缠之际，早已来到的冯鹤龄父子俩一旁静坐着，不知如何是好。钱仲霖隐忍心中的不满，婉转地告诉日本浪人，他提出的要求过分了，钱家做不到。岂知，这个日本浪人觉得中国就是他们可以撒野的地方，竟然赖着不走，咿哩哇啦地讲个不停，时不时还抽动一下佩着的长刀。钱几何估计不敢把他的话全部翻译，两边都不敢得罪地打哈哈。

钱家提出，已是午饭时间，请客人到餐厅吃饭，日本浪人就是不起身，谁都看出，这个无赖就是要逼钱家拿出字画，哪怕不是收藏珍品，只要钱家钱老爷给他看了字画，或者带他进了书房，等于赏了脸给他，如此，日本浪人想什么时候来钱府就来，谁也挡不住。可钱老爷偏偏不愿给他这个面子，但也不想失了礼节，双方就这样僵持着。

不想，一旁冯鹤龄十二岁的儿子打破了僵局，只见他双手托举一字轴，文绉绉地对钱老爷说，这是冯家收藏的宋代字画条幅，爹爹带来钱府，就是要给老爷看的，可不可以让这个客人一起品赏？

钱老爷想了想，觉得不失为给双方下的台阶，便欣然答应。日本浪人果然大喜过望，拿出放大镜，毫无顾忌地挤到最前面，贪婪地寻找起什么，当见到条屏中的"鹅"字时，还不加掩饰地提到了钱家元代画家钱选的《王羲之观鹅图》。

朝代更迭，人事纷杂，除了王羲之《兰亭序》，历代奉为极品的传世字画，大多逃不过被盗窃的命运。钱选的《王羲之观鹅图》倒是深藏皇宫，但随着中国最后一个王朝的覆灭，此画和其他诸多皇家宝藏一样，难逃厄运。假如此图真的藏有密码，一旦破解，那么《兰亭序》真迹之谜也就大白天下。然而岁月飞逝，人如星宿一代代流去，这些谜真也成了千古之谜，离真相越来越远。可不知从什么时候起，国之近邻日本朝野对中国文物的窥视，发展到巧取豪夺，像《兰亭序》真迹这样的无价之墨宝，也成了他们的梦中猎物，一时间，上海滩成了日本"浪人"逍遥之地，中国文物，尤其在中国已真迹难觅的古字画，越如星辰般迷离，就越是他们千方百计想要获取的，于是，豪门世家、流浪皇室、败落门第……成了日本浪人绞尽脑汁要挤进的地方。

尽管，钱家早就有了防备，且湖州钱府吴越堂钱仲霖已开始行动，决意阻止《王羲之观鹅图》流出国门，然而，对于日本浪人这么快地闯入，钱府还是始料未及。

"我丈人老爷要把你嫁给远在绍兴的书生，是不是那个时候就决定了？"在温暖的被窝里，在云霞柔软的手臂中，珉泉突然幸福地抛出这个问题。

云霞略思片刻，不无调皮地答道："你就不想想你自己的唐突？刚到我家，当着这么多人的面，还有一个佩刀的日本浪人，竟然敢自作主张跳出来说事，你还以为你可以做和事佬，还是当英雄？要知道，庭议时刻，我家可没人敢这样跟老爷说话的呢！"

"对了，是你，你一定就在那一刻相中了本书生！"

"去去，看你得意的，好像我们全家就看上你了，非得把我远远地送来一个叫作绍兴的地方？"

"错，错，应该是我死心塌地相中小姐，钱府三小姐，我的日月星辰，我的好命！没有你，此刻我就是个空心人，都不知道如何去完成爹爹交代的那些事，我……"

调整了思绪，珉泉讲出了让云霞不无震惊的事。

比云霞大一岁的珉泉，在父亲病前，只是隐隐约约感觉到家中似乎隐藏着什么秘密，父亲在有意无意地培养他的快速反应能力，让他这个文弱书生关键时刻能保全性命的同时，还要有一种担当。假如没有这种能力，迎亲那天他早就滑入河中，也不会忍着身子被擦伤的疼痛，抱起云霞就跑。

"不说我丈人老爷是怎样帮我父亲离开了京师，就说我父亲回到老家后吧——"珉泉告诉云霞，把官司打到朝廷的胡吴两家，事情并不会因老师爷的离去而消停，胡家那志在必得的气势，把早已破败不堪的吴家逼入绝境。吴家眼看世传的皎然诗集难保，想着如被恶人抢走，还不如交给冯鹤龄这样的良心师爷，于是就追老师爷到绍兴宁桑，要他收下诗集真迹，说那幅贯休的画，早就给家中的败家子拿去抵了赌债，胡家不明就里听信传言，要明着抢画，岂不知，就是把吴家的人全部杀光也拿不到贯休的画。接下来他们就要抢皎然的诗集了，之前胡家并不知道吴家有皎然诗集真迹，只是想着先借朝廷之手，把贯休的画诓到手再说。老师爷思之再三，答应了吴家的请托，收下诗集，给了吴家一笔银钱，还承诺，一旦吴家恢复元气，随时可来冯家赎取诗集。吴家听后千恩万谢，临走前还告知，所谓皎然的诗和贯休的画，根本不可能有《兰亭序》真迹藏匿线路图，这都是吴家老祖宗的臆想，搞得后人什么都不做，都去找路线图，结果家业败尽，还招来外贼，这不，报应了。

"那，这诗集藏你家密室了？"云霞问。

"哪里，那时我家大屋还没有修好呢！"珉泉捧起云霞的脸颊，看了足足有一两分钟，黑暗中，五官是模糊的，但他能感觉到妻子眼中含着的泪光，感觉得到妻子那娇美的脸庞，满是关切和期待。他下了决心，把心里可以袒露的那部分说给了妻子。

原来，冯鹤龄无意拿到诗集真迹后，倒是有了一种从未有过的负担，总觉得这宝物不属于冯家，冯家只是代为藏匿。既然是替人家收藏，那就要和自家的东西分放，万一哪天自己不在了，后人也可厘清。此时他想到了云门寺，冯家有祖先曾是云门寺高僧，到他这里，和云门寺支一禅师也相知如旧。最无法解释的是，冯鹤龄一直相信《兰亭序》书帖是辩才赚了萧翼，如果没有其他有依有据令人信服的说法，那么书帖真迹完全有可能还没有离开云门寺，说不定在寺庙的哪个犄角旮旯里好好躺着呢！

他把诗集真迹放到了支一禅师的面前。阅人无数、经历颇丰的禅师面对一代宗师的诗集真迹，也不免激动得流下泪水。他向冯鹤龄保证，无论如何都会保管好这样的宝物。还说，若不是钱家出面担保，冯鹤龄难逃坐晚清大牢的厄运，冯家要报答钱家，拿出最珍贵的藏品都不为过。这也促使了后来冯家父子赶到湖州，带上古字画答谢钱家。也就这次，让钱仲霖明白，冯家非普通藏家。结果，钱仲霖什么都没要反倒贴上女儿，与冯家做起儿女亲家。

"我父亲真不是个算账的，给你们家赚了！"云霞忍不住笑出声，赶紧把脑袋埋进了丈夫胸口。

"你们家，你们家，这不也是你的家吗？"珉泉亲吻起妻子，要将无限的爱意把妻子包裹起来。可云霞挣脱出他的手臂，弯着脑袋又问："那你知不知道《王羲之观鹅图》的事？"

珉泉一下子愣在那里，不知道该如何回答。

做妻子的突然意识到丈夫累了，不能让他再费脑，当晚的异常还没弄明白呢，但只能留待白天再解。"好吧，好吧，睡觉，累了！"云霞再次抱紧丈夫，啥也不想地要把全身心交给丈夫。

说起来还在蜜月中，可两颗渴望相依的心还没有完全放松下来，却是一波未平一波又起……钱仲霖交给女儿的使命是，见机行事摸清情况，如果冯家真的与国宝传世有关，那么钱云霞的任务就是在暗中配合冯家……做冯家的好媳妇，这就是钱云霞今生最好的归宿。

迷迷乱乱，云霞又想到了初见丈夫的那一刻……倏忽间，一个清晰的形象出现在脑中，佐木次郎？日本浪人佐木次郎？对了，晚饭前看到的那个眼熟的僧人是日本浪人佐木次郎，没错，就是他！那年珉泉十二岁，她十一岁，七年了，她记得，这矮个胖墩的日本人，当他满脸堆笑时，眉毛是往两边垂挂……她赶紧推醒正要沉沉睡去的丈夫，告诉了这个不可思议的发现。

睡意全消的两个人，穿戴整齐后，坐拥在蚊帐内。珉泉想起梨子的安全，云霞却胸有成竹地要他放心。这个时候的佐木次郎，不会对一个侍女有所动作。两个人相依，等待白天的到来。

六

天色微曦，两个人去推梨子的房门，不见梨子在内。正狐疑着，小和尚出现了："梨子姐姐去茶堂了，师父请施主前往喝茶！"

支一禅师已在茶堂。烛光下，梨子在帮着烧水煮茶，见到小姐和姑爷，眨了眨眼睛，说："昨晚看你们睡得晚，就没喊你们。见当惠小师父忙，就过来做个帮手。"

小和尚既是禅师身边传令官，又是勤务官，此刻又成了"施茶僧"，布施茶水，插草熏香，做得干净利索，一点不像才十二三岁的男孩。

茶桌是粗大的原木做的，很粗糙，但桌面却擦得像镜面一样光滑。每人面前放着不小的茶盏，珉泉面前的茶盏，和禅师的一样大。禅师说："珉泉已从小小少年升级做了丈夫，你之前来云门寺用的茶杯就要换成盏了。"

"阿弥陀佛，谢谢，谢谢！"珉泉双手合十，"谢谢禅师！"

云霞面前的茶盏相比还大了些，托起茶盏，看它底部，还能看到瓷土。云霞看出来了，这是"建盏"，还是建盏中最高级的，黑釉上面有鹧鸪斑，也有叫滴泪釉。像这样的建盏，实际上已失传多年，就是钱家这样的豪门贵族，流传下来的已经不多，云霞也是在家里招待最重要宾客时才可一睹其真容。她心里暗想："这个云门寺，还真不简单！"

禅师似乎看出了云霞的惊奇，却不露声色地问珉泉："你还记得老师爷来这里用的茶盏吗？"

珉泉这时才仔细看起每个人面前的茶盏，当眼光落到云霞面前的茶盏时，眼中开始湿润，迟疑着不敢说出心里的确定。自记事起，他和父亲每年都要来云门寺，父亲和寺中僧侣斗茶猜诗还是很早之前的事了，近几年世事纷杂，父亲和禅师喝茶都是静静的，说话都降低了声调。对于父亲使用的茶盏，他并非刻意记在心上，但来往次数多了，自是有了印象。

"新娘子现在用的和你父亲用的是一样的建窑茶盏，你爹爹用的那只，我已经放了起来。"

听到禅师提到建窑，珉泉才猛然想起，父亲有跟他说过，穷啊穷，三担铜（意思是最穷人家还能有不菲的底子），云门寺好东西多着，是他们俗门之家极少见过的，也只有到云门寺，他才可以用建盏喝茶。男孩心粗，当时他并未听明白父亲话中之意，也就没细想建盏为何物。

见珉泉懵懂，云霞开口解说，宋代除了五大名窑，还有其他的窑，比如柴窑、建窑。建盏就是福建建阳建窑的东西，建盏跟一般的瓷有很大不同，看外观它是黑瓷，景德镇的瓷是白瓷、青花瓷，都是白底上釉。建盏上的是石灰釉，石灰釉烧制后就变成黑的，但这种釉烧制中会出现挂釉，釉流下去就形成各种各样的斑，浅浅的白色的点子，或者白色的条状，叫作鹧鸪斑。建盏早已失传。

禅师颔首称是。

此时，无论是珉泉，还是云霞，本该对支一禅师心怀感激，能得到如此霸气的茶具招待，这意味着，冯家在云门寺的地位是何等的尊贵，他们在禅师的心目中有多重要——宋代以后，尤其是明清，茶客们喝茶之前要斗茶，茶客之间既斗谁的茶好，又斗谁的茶具更好，而斗茶时如拥有一个很了不得的茶具，即已先声夺人。进入民国，已无斗茶之风，但能拥有已是古董的稀世茶具，并用稀世茶具招待来客，可见规格非同寻常。然，一对新人已被昨晚搅得心绪烦乱，急于想弄明白支一禅师的葫芦里到底卖的什么药，或者云门寺……？

"喝茶，喝茶！"禅师双手捧起茶盏，向一对新人敬茶。小夫妻急忙起身，回敬禅师。

黑瓷白茶，泉水煮沸后泡出的茶香，无不令人心旷神怡，这让小夫妻暂时有了一种出世的感觉……推杯换盏间，当惠把一本古线装书放到了云霞身边，随即双手合十："阿弥陀佛，物归原主！"

"当惠，你还认识我吗？你长高了，我差点认不出你了。那年你在钱府还不到八岁吧！"云霞从他手中接过古籍，不无疑惑，"这？"

梨子过来，手摸了下当惠的头顶，望向支一禅师，见禅师朝她略一点头，便无所顾忌地讲起——其实昨晚摸进小姐房门的有两个，前面那个把自己包裹得只露出两个眼珠，没人能在黑暗中看清是谁，但当他正要翻动小姐的箱奁时，突然响起很恐怖的狗叫声，硬是把这个贼吓跑了。不久又进来一个，他看我躺在床上，迟疑了一会，之后就轻手轻脚地到箱箧边，把被前面那个贼翻出来的、小姐的绣花鞋什么的放回箱内，盖上箱盖，之后拿走了小姐的诗集。

"后面这个就是他！"梨子说完，手指身边的当惠，还"扑哧"一声笑了出来，"他还是白天的穿着，也不鬼鬼祟祟，再黑我也看得出来。"

珉泉和云霞更是一头雾水。

支一禅师出声了："那第一个贼是日本人佐木次郎，他原本昨天就要离开寺院，在听说你们要来后，就找借口不走了。怎想他昨晚就急不可待地要去偷盗你们的东西。"

原来，昨晚柴房莫名其妙着火后，禅师心里就交织起各种不安，暗下让当惠去看守珉泉小夫妻的住房。

果然，作为日本僧人的佐木次郎，在当惠小和尚的眼皮底下做起了鸡鸣狗盗之事，当惠情急之下装狗狂叫，凶猛的狗吠声还真吓跑了佐木次郎。当惠进屋想看明白佐木次郎得手没有，原以为里头无人，没想到床上躺着梨子，他喊又不是不喊又不是，就着月亮射进的微光，顺手拿走了桌上半掩的诗集。这古诗集和师父当宝贝看的那个差不多样，他担心贼再回来偷走。拿了诗集，他急急赶到师父这里。师父一直在忙，他竟然熬不住困意，抱着诗集睡了过去，直到次日凌晨师父喊他，才想起摸出诗集。

没错，这是诗僧皎然的诗集，但师父手上的是诗集真迹，也就是老师爷托禅师代为保管的那本，而老师爷三媳妇的这本是后人临摹的。小和尚哪知道这些，但珉泉他们还是赞赏了当惠的机智。

贪婪阴诈的佐木次郎一想到湖州钱府后人来云门寺，就认定机会难得，无论如何，他要在离开寺院前捞上一把……岂知，支一禅师早已看透他的不良居心，对他有了设防。这让他左右遇挫，步步惊险。

"这个日本人并非僧人，而是早就混迹上海滩的日本浪人，这个叫佐木次郎的日本浪人七年前就闯入了湖州钱府。"珉泉说。

哦！禅师告诉他们，佐木次郎来到云门寺已半年有余，是当地官府一幕僚介绍的，说是交流日本禅学，云门寺就留了他。但没多久就发现他对佛法知之甚少，而内心时不时流露出来的对珍宝的极度渴求，让人感觉出某种不祥。禅师要二当家对他做个了断，二当家倒是从哪里打探到，说佐木次郎曾经去过湖州钱府，钱府不仅好酒好肉待之，还请他观赏了家藏字画。"不过，我曾经听老师爷说起过日本浪人闯入钱府的事，听了释得所讲，就想去宁桑与你爹核实一下，不承想你爹病来如山倒……唉！"

一阵沉默。

梨子突然想起昨晚柴房着火，说不定就是这个佐木次郎干的，这是调虎离山计呢！

"禅师——"云霞正要接着说什么，外面却突然传来惊恐的叫喊声，不一会，有僧人一边大喊着"师父"，一边扑进门来，身上灰色的僧人短褂，满是血迹，"出事了，出事了，那个日本人杀人了，他杀了……"

几乎前后脚，更多的僧人一拥而入，纷纷向禅师报告，日本人佐木次郎杀人了。

"释得在哪里？"

"他去追佐木次郎了，日本人逃了！"

有人结结巴巴地告诉禅师，佐木次郎杀的是守库僧，守库僧还没断气，大家正在七手八脚地想法救他，但估计没指望了。禅师压住内心的震惊，紧闭双目起身，静思了那么几秒钟，随即跟着众僧人赶往寺院库门。

云门寺藏库在寺院的后边，库房由大石条垒砌，大半部分深陷在地下。

库门前，众人喧哗。这里本是寺院重地，很少有人出入。平时有三个守库僧，他们是首己、二己、三己，均是身手不凡的武僧；特别是首己，武艺精湛不说，还像带自己亲弟弟那样，带出了年少聪慧的三己。三个人，轮班守护库门。守库僧一旦发现异常，还可点燃一旁的柴垛。寺院守钟僧如发现库门烟火升起，就要即刻敲响钟声……可今天守库僧竟然连报警都来不及就遭毒手，这杀手就不是一般歹徒。

"师父，师父，在这里！"

众僧人让开一条路，只见被害的守库僧浑身是血，躺在门板上，气若游丝。

"师父来了，首己，你醒醒，醒醒！"有僧人拿针扎守库僧首己的脚底，不断地呼唤。

支一禅师蹲下身子，拉起首己的一条手腕，摸其脉搏。

守库僧似乎感觉到寺院老大来到身边，在断气前，硬撑开双眼，吐出最后几个字："日本人……二……他……他们……"

"我来了，师父，师父！……"一个大声的喊叫，淹没了守库僧首已的话语。

众人抬头，只见二当家释得满头满身的汗泥，气喘吁吁地出现在大家面前。

"那个狗日的佐木次郎，竟是个小偷。我追他到若耶溪边，他不得不扔下偷盗之物，跳水逃去。"释得把背着的一个包袱放到地上，摊开在禅师面前，"师父，你看——这里面有好几个建盏，估计佐木次郎这个狗日的，把库藏所有的建盏都偷了，要不是为了逃命，这些到手的宝贝他哪会放手！你看，这里面还有其他……"

禅师摆手，没让他再说下去，而是要他立刻收拾起这些东西，赶紧把刚刚咽气的守库僧抬进寺内将息房，清洗干净后换上全新的袈裟。

佐木次郎以日本僧人的身份潜入云门寺，只是为了偷盗几个建盏？显然不是。尽管，日本人特别迷信建盏，并把这种技艺引到日本后，制成的盏上有一个一个灰白色点的茶具，他们把这种盏叫作天目，建盏也就成了日本茶具中很重要的一种。而以佐木次郎这样的浪人代表，可以在中国的土地上为所欲为，那终极目标绝非只是平常的珍宝。怎奈，云门寺决非等闲之地，表面上的库藏只是一个假象，里面放着的绝不是顶级的稀世珍宝，真正的世传珍品放在绝对的隐蔽之处，除了寺院住持和极少几个僧人知晓，外人绝对隔缘。

佐木次郎曾想拉释得下水，不想释得在他面前一口咬定，寺院世藏库就这一个。当佐木次郎发现自己的身份已暴露，觉得与其被云门寺逐出法门，还不如自己悄悄溜走。溜走前，他要顺手牵羊，凭借自己偷鸡摸狗的伎俩，从寺院库房捞走点什么。哪知，还没行动前，听闻钱府千金——现在的冯家新娘要来云门寺，他顿时像打了鸡血样又亢奋起来，事不宜迟，他决定在钱府千金到达当晚立即动手，之后就直捣寺库。岂知一开始就失手得离谱，不知哪里藏着的疯狗跟他过不去……他对寺院藏库本不抱太大希望，不说守库僧不好对付，就这三道库门的大锁并非易解之物。可他岂甘空手而去？日本浪人极致的冒险精神让他如癫似狂，不顾一切地扑向猎物。果真，他被守库僧堵死在库门前，无法施展他浪人的刀剑之功。他进退不得。突然让他狂喜的是，有人暗中助了他一把——库门从里面被人打开，他闪身进库，迅疾对准愣怔中的守库僧首已猛力刺砍……可怜遭遇暗算的首已，功夫再好，终是不敌明刀暗箭。

七

支一的禅房，只有支一禅师和释得两个人。

禅师坐在那，低眉颔首，一言不发。

释得额冒冷汗，接连不断地喝水。

不知过了多久，释得开始向禅师"坦白"："师父，这事怪我。我太心急，想着寺庙就要修缮，需要大量的钱，就相信了这个日本人，以为他真的可以让日本寺庙出钱帮助我们，就留下了他，哪知留了个祸害！"他偷看几眼禅师，见禅师依然纹丝不动的样子，接着说，"我记得师父跟我多次说过，出家人不要眼睛盯着铜钱，不要试图向信众诈钱财。可寺庙一大家子，哪里都要花钱。庙产的那几亩薄地，只能给大家填饥荒，真的要做点佛事啥的，只能靠四处化缘。世道乱，化缘也越来越难，有钱人大多数已不相信这烂泥菩萨——"说到这，释得马上意识到犯了大忌，目光呆呆地定格在禅师身上，不过，也就那么一两秒，他很快反应过来，"扑通"一下，跪了禅师面前："阿弥陀佛！师父，我对佛陀不敬，刚才说的不算，不算，我只是想说菩萨菩萨，请菩萨显灵，保佑我大云门！"

禅师已经起身站立在他面前，双手攥紧了佛珠，圆瞪双目，目光中透着威严，似要做出一个严肃的决定。但很快，禅师让自己恢复了平静，他唤来当惠。

小和尚当惠进来，点燃了佛祖面前和两旁最大的几支蜡烛。霎那，禅堂内光亮一片，东面墙上一幅大大的鹅字，醒目清凌，相传这是临帖王羲之的真迹。这也是云门寺主持禅房内数百年不变的悬挂物。鹅，高洁高雅高贵，当年王羲之少年得志，之后的仕途却不得志，满腔的抱负无法实现，但是他却不随波逐流屈从世俗，最终辞官归隐。王羲之喜欢鹅，与他追求卓尔不群的独立人格是一种巧妙的吻合。还有就是，王羲之从鹅的姿态和游水的姿势，悟出了书法的神妙所在……支一禅师望鹅降怒，收起严厉的目光，近乎淡淡地问："首已是怎么被杀的？"

师父终于问到要害处了，释得觉着已无法掩盖自己的不满情绪，就带着委屈的口吻说起："师父不该隐瞒寺院还有另一个藏宝之处。"

禅师不置可否，没有要做解释的意思。

释得只能自顾自说下去。他说，佐木次郎确是来收宝的，不是偷，是拿大价钱买，因为他说他是为日本天皇效力，日本那边给了他大笔资金。他以为寺院二当家一定知道寺院所有的秘密，包括寺内所有的收藏。当他把寺院前后左右都摸了个遍（包括寺院方圆十里内），就得出一个结论，云门寺真正的收藏不在这个众僧都知道的后院石窟，而是另有密踪。他要收买释得，让释得带他找出绝世之宝。财迷心窍的释得拿了佐木次郎的好处，却给不到他想要的，自是不敢。他就哄佐木次郎，石库中真的有他想要的东西。他甚至承诺，哪天把住持禅堂挂着的"鹅"字取下给佐木次郎。至于做不做得到，他没想那么多，他只想获取佐木次郎承诺的大笔的钱。至于佐木次郎是否真有那么多钱，他宁可信其有。

释得没法向禅师露底的是，官府有人说了，等寺院修建成功，哪天支一住持圆寂，他就可以名正言顺地当上大和尚，做云门寺方丈——支一禅师至今都不敢称自己为方丈，因为历经创伤的云门寺，已从规模庞大的寺庙群败落萧条至今模样，按世俗之见，这寺院内的最高当家叫住持，更为贴切。而释得的野心是，一旦他做方丈，对了，一定要做前呼后拥风风光光的大方丈，除了所有寺僧皆俯首听命于方丈，寺院全部资产也归属于他。这让他真的想钱想疯了，这钱，除了可以用来修复扩建寺庙，还可用作他途……他明白，自己的佛法修行离方丈这个身份实在太远，可他平日里为人处世那套圆滑和精明深得官府喜好。他担心的是支一住持，住持对他提防着呢！

眼下又冒出佐木次郎这事，这完全有可能让支一住持对他的最后一点希望彻底破灭。他不敢道出全部真情，但他又糊弄不了心如明镜的老禅师。讲到守库僧被杀，他做了如下描述：凌晨三四点，他突然有某种预感，便早早起床来到藏品石库。平时住着守库僧的石库旁小屋，没见人。他赶紧推石库门，门竟然是虚掩着，他连喊几声首已，没有回音。他回小屋取了僧棍，径直进入漆黑黑的石库。渐渐地，他听到了打斗声，越往里走，声音越响。他又喊了守库僧的名字，这次首已回应了："师父，救我！佐木次郎盗宝，快快快……"朦朦胧胧，他看到一身武行打扮的佐木次郎往库门外逃，他拦截，最终不敌他的刀剑，被他逃出寺院。他喊上其他几个僧人，紧追其后，在若耶溪边，这个日本人面对湍急的溪流，只得丢下赃物，越溪逃命而去。

"我真的不晓得佐木次郎已经杀了首已。黑咕隆咚的，我只顾追他。如果晓得人已被他杀死，我一定会死追到底，让他偿命！"

对释得的信誓旦旦，支一禅师怎会全信？但守库僧首已亡，一切都成了死无对质。

疑团在禅师心中膨胀：库门钥匙谁给的？门锁有三道，每道锁都有它自己的原理，都不需钥匙；住持和二当家，还有就是八大执事中的值日执事，三个人记住各自那道锁的开锁技巧，打开一道后，后面的接着打开第二道，最后的第三道最复杂，住持在开这锁前要打坐默诵密藏经，而除了守库僧首已守在门口，任何人都不得靠近住持。如果说前两道门锁都利用了错位原理，而这最后一道名曰"龙中取刺锁"，则非普通物理原理可简单解释……一座寺院的藏库，如果说哪个武林高手说打开就可打开，况且在这么短的时间内，进去后还可以窃到库中深藏的珍品。没有内鬼配合，万难做到。

这内鬼是谁？守库僧？八大执事中的一个？是……这些执事平日里协助住持，料理寺内各种事务，同时也承担保护寺产的责任。

支一禅师射向释得的目光，已是非常复杂。这个二当家，最早由别的寺庙过来，跟了他十多年，因这个释得在与外界沟通中能说会道，又有一套理财的路数，于是在官府的说道下，让他做了二当家。这还引起了八大执事的非议，尤其是克己，他本已是铁定的住持接班，没想让释得就这么取而代之？有什么办法，官府说支持云门寺大修建，但寺院自己要筹一部分款。全寺院僧人，也就释得在钱上会动脑筋，住持要发挥他的专能，不能拿着金饭碗讨饭。官府就是这样启发支一禅师的，让支一禅师没得选择——明知释得有不少小毛病，时与佛门清规格格不入，可还是不得不把他放到八大执事前面。

释得不敢接住持的目光，他清楚住持必将对他产生怀疑。他要把低头认罪的姿势做得最好，但他绝不承认他就是内鬼。

支一住持召集八大执事会晤。

执事们义愤填膺，可没人能说清楚这事到底怎么发生的，对首已当时跑出库门的情景，也是各说各的，就那位身上满是血迹地跑来向住持报告的僧人，也迷迷瞪瞪地说，记不清谁是第一个发现首已被砍。好几个僧人几乎同时发现了浑身是血的守库僧，他倒在柴垛不远处，估计是想点燃柴垛报警的……为了救他，几个僧人的衣服上被沾了血迹，可他们并不确定自己是不是第一个发现者，也无法确定守库僧被砍倒地已有多久。

"查门锁，门锁有无打开？"克己执事显得十分冷静。

最后核查，藏库三道门锁完好无损，这库门是怎么给打开的……众僧恐惑。

大殿内响起声震屋宇的百人诵经。

云门寺钟声敲响，这是对死亡僧人的送别，也是对死亡僧人新生命诞生的迎庆。

佛教看生死，这是轮回，是一种解脱，意味此期生命终结，另一期生命开始。而此时的支一禅师，内心深处却感到那样地无助。他无法预测的是，明天的云门寺究竟还会有怎样的灾祸，那些在他手中，他必须要保住的国之珍宝，到底还会不会遭遇厄运，他的生命一旦也进入轮回，那么谁又可以接手大任？老禅师紧闭的双眼有泪水渗出。他觉得自己已无法安然入定。他唤当惠，去叫来冯家后人，他有事交代。

从上午到晚上，一天里，珉泉和云霞很想帮老禅师做点什么，可又不敢贸然行事。

寺院的凶杀和宝物遭窃事件，就在他们的眼皮底下发生了。凶手和盗窃犯同属一人，是七年前他们见过的那个日本浪人……所有的一切，竟是有着无法避开的祸因。他们内心受到的震动，一时无法用语言形容。

前半夜柴房着火，后半夜便是藏库被盗、僧人被杀，这个叫佐木次郎的日本浪人，还真不是浪得虚名，一夜间把个云门寺搅得风急浪高……

见当惠小和尚来唤，夫妻俩急匆匆赶到禅堂，先向禅师问了安。

禅师示意他俩坐上蒲团，把烦乱的心绪先平静下来。

"师父，是不是释得与日本浪人串通在一起了？"年轻人到底耐力有限，憋了一天的珉泉，终于忍不住向禅师求证。

禅师立即用手掌做了个停止动作，接着启口："无证据的事说不得。罪孽罪孽啊，当时就不应该留下这个日本人。不仅留下了他，还对他有所企图，这与佛家信仰背道而驰。报应啊报应！是老衲糊涂了，招致灾难！"

"禅师——"

小夫妻俩不知该怎么安慰老禅师，而让珉泉更为焦虑的是，父亲交代的事，眼下深受打击的老禅师，不知是否还有能力给予帮助。

"这么晚了请你们过来，是因为老师爷的生前之托，我必须跟你们交个底。"

珉泉坐直了身子，暗想，该不会《皎然诗集》真迹也被盗了吧！

支一禅师沉吟片刻，望向一对新人一字一顿地说："老师爷让保管的东西，眼下安然无恙，但是，如今世道不安宁，云门寺哪天又会发生什么，老衲实在无法估量。加之，老衲随时会有轮回的一天，这些东西不不早早有个新的安排，老衲何以对天对地？想来想去，还是要你们自己拿个主意……"他没有告诉年轻人，云门寺有一个真正的隐蔽处，藏了最为珍贵的东西，其中包括一批国宝级书画。这事只有他和另一位高僧知道。这位高僧如要来这里，水路加陆路要三天三夜，所以，这么多年，他来云门寺都没有超过三回。可他们是真正的挚友，遵守着佛门的教义，分享着佛法的智慧，互补着对方的需求。他们相约，谁先轮回，后面这个就要替代完成对方未竟之事。只是路途遥远，万一中间有什么差池，那就难说结果是否如愿。就这样，禅师觉得已难保证对老师爷的承诺。他琢磨着，假如湖州钱家方便做这事，也不失为一个好办法。他让小夫妻一起来，也就想着该让新娘子出面做点什么了。

这事可说是冯家自己的事，假如禅师真的没法继续给予帮助，冯家除了感激，得尽早想出新办法，这是上策。现在禅师提了出来，显然他已预知到一种威胁，会说来就来。可能会比遭遇日本浪人更惨。这种最坏的打算，谁也不愿说出口，但必须想到。年轻夫妻相互对视了那么几秒，一时想不出良策。一切来得太快，让人束手无策。

珉泉忍不住，又要提二当家的事："师父，你要重新确定二当家，或者早早提名可以接任云门寺住持的人，这个释得一定要提防！"

"像云门寺住持，从前是由皇帝从全国的高僧中选出任命。"

云霞却说："现在是民国，住持应该由众僧推荐，或者前一任住持提名，再由政府审核批准。师父，你有权力……"

支一禅师制止了云霞的话语。他很想说，朝代替更，官府很多东西在变味；释得与当下的官府走得近，到时会有人替他包办一切的。但禅师没说出口，他不能向年轻人作出这样的表达，出家人谨辞慎言，是起码的修行。

在想不出更好的办法前，唯有打坐。

夜深了，云霞先回房。珉泉继续陪着禅师。珉泉想告诉禅师，家里是有珍藏宝贝的密室，可父亲说了，这本诗集他向上一家物主做了承诺，可以来赎回，而家中收藏是纯粹的祖传，不涉及其他附带的条件。假如把这样的东西和纯粹的家藏放在一起，哪天子孙不管三七二十一，只认财不认其他，那是连祖宗十八代都要被骂的。老师爷生前最不放心长子钰昌，所以《皎然诗集》的事都没向他提过半个字。他毫无保留地把此事委托给了支一禅师，绝没想过禅师会有为难的时刻。然而，珉泉就不知道该怎样来表达这些，万一引起禅师误解，只怕再解释也没用。

奇怪，禅师好像知道他心里在想什么，反而安慰起他："人生，不以物喜，不以己悲；佛说，人生在世，就要学会放下，随缘随喜。"禅师说了这几句，转而又觉得不那么贴切，放下，能轻易放下吗？解脱，能随便解脱吗？他想了想，又说，"从长慢慢计议吧！"

第二章

一

从云门寺回来，转眼就是初夏。一进入江南的梅雨季节，常常是一天之内，天气时阴时晴时雨，有时天空明明挂着大太阳，突然会飘落下淅淅沥沥的小雨。屋内所有的东西都是潮黏黏的，搞不好，衣服被子还有股淡淡的霉味。板凳桌椅什么的，总是悄无声息地在生长着白毛花，擦掉了，不到两三个时辰又长出来了。擦掉、长出、擦掉……空气中散发出的霉味，充斥冯家大屋的角角落落，家人和佣人每天都在用各种土法去污除霉。

有人专门在烧水，用开水擦干净家什，白毛花就不会疯长。有人在弄炭火，衣服晒不干，就要烘干，要不马上出霉味。有人拿着一包包干茶叶，放入衣柜等需要去湿气的地方……"这个黄梅天，真叫烦人！"每到黄梅天，人们都会说几句这样的话，抱怨一下。

抱怨归抱怨，人们依然乐此不疲地想尽各种办法，过好每一个黄梅日子。

今年的黄梅天，对梨子来说可就真的不轻松了，除了要帮小姐打理好自家小院的杂事，她还得和小姐一起去学着养蚕。相比在湖州钱府，她是多么轻松快活。"唉，烦人的黄梅天！"她也叹气了。

湖州和绍兴季节上没有区分，从入梅到出梅，一个月加十天；两地的黄梅天脾气也一个样，到处都是潮潮湿湿的。然而钱府毕竟是豪门，梅雨季节吃的都有讲究，像薏米、红豆这些祛湿的食物，每天都有大厨花样翻新地做；佣人每天会勤换衣服，从上海学来的很多做派，让钱家人在任何季节都可以过得舒舒坦坦……就过日子来讲，冯家自是没法比的。云霞看出了梨子的烦躁，也悄悄问过，是不是想回湖州。梨子矢口否认："小姐都来这里了，我回湖州做什么？"

云霞想说，有什么不习惯的讲出来，我们试着来改变一下。可一阵什么怪味飘来，让她即刻呕吐不止，才吃下不久的一碗馄饨，全部吐在了院子里的葡萄架下。梨子马上取来热水，给云霞清洗。

"小姐，我们进去吧，这天上下太阳雨，溽热溽热呢！"

"屋里更加气闷，还是外面可以透透气！"

"现在已经下午了，你中饭没吃，刚吃的馄饨又吐了。我去弄个菜瓜给你！"梨子把藤椅擦干净后，转身要去厨房。

"等下再说吧，我现在什么都不想吃！"坐在椅子里的云霞拉住了梨子，要她也坐下，"你也歇一歇，忙到现在，累了吧！"

梨子坐下后，慢吞吞地说："累，倒也没有怎么觉着，就是，就是……"梨子支支吾吾半天，接着说，"小姐，你是不是有喜了？这一两天你都没怎么吃饭，吃一点还吐。姑爷去请郎中，怎么到现在还没来？"

"他去绍兴城还有其他事。"

云霞没有回答梨子喜不喜的事，而是一会儿望着院子里那棵老桂花树、老桂花树下面的那口小井。一会儿又看看井边上那公公的老书房，心里的疑团越滚越大——这口小井，她来后还没用过，里面水有多深都不知道，因为上面的盖子被一把锁锁着，要用水，出后门就是清澈的河水；喝的水，前面大院有大井。这口小井，基本就是一个摆设，或者储备。不过院子里有了这么一口小石井，四周的景致就生动了许多，美颜了许多。然而，一连几天，小井上面盖子的锁时不时又被打开，问梨子，梨子也不知道。而老书房，几个晚上都发出奇怪的响声……

梨子又在唠叨什么："为什么还要小姐去养蚕？小姐在娘家何曾做过这种事？你不能去养蚕的，我替你去不就可以了吗！"

云霞想了想，说："等身体没事了，还是要去的！"

她没说这是珉泉对她的要求，也是冯家的规矩。她想告诉梨子，养蚕宝宝要注意很多事宜，特别是这黄梅季节。

其实，梨子对养蚕宝宝的事不比她知道得少，在湖州乡下，几乎家家户户养蚕，她啥也不明白的时候，就知道蚕宝宝是怎么上山的。只是实践经验和云霞一样，几乎等于零。"我知道蚕宝宝从孵化出壳到上山结茧，差不多都要一个月。蚕宝宝很爱干净，不能太热不能太冷，喂给它的桑叶要新鲜……蛮讲究哦！我们湖州那边的蚕娘，这个时候最是辛苦了！"

"湖州蚕娘辛苦，绍兴蚕娘就不辛苦啦？一样的咯！"

说着蚕事，蚕事就来了。一位年轻长工挑来两捆稻草，放到他们院子的廊檐下，说："长房那里吩咐，把稻草扎成蚕山后，送到养蚕室。"

养蚕室在大屋外院的一个储物房，平时放些桨橹之类的杂物，有时整条船放进里面维修。

"不知道我们小姐身体不舒服吗？姑爷去请郎中，到现在还没回呢！"梨子有点不耐烦。

"这个，我不知道，是长房那里吩咐下来的，要不你们去问一下管家。不过这也不是急活，慢慢做，蚕宝宝上山还早，也用不着这么多稻草。多出的稻草，你们可以铺石板路啥的，黄梅天路滑。"

"好的好的，你放着吧，我们会弄的！"

云霞示意给长工倒茶，长工却急匆匆离去。

来冯家数月，云霞和梨子对冯家的长短工经常分不清，在冯家做佣人的，大多是沾了亲带了故的，因为绍兴话听起来硬邦邦，所以总觉得他们经常在吵架。有时听到前面院子在大声喧哗，梨子就跑去看，原来他们在嘻嘻哈哈打闹，互相泼水取乐。相比前两进院子，这第三进珉泉夫妻的院子安静温馨了许多。夫妻俩的书房，经常不是珉泉写字填词，就是云霞画画作诗。从云门寺回来后，整整一个多月，小夫妻卿卿我我，在院中度过平静的蜜月。

这几天云霞身体不适，闻到厨房味道就要作呕。每月女人的假期也不来了。估计是有喜了。珉泉今日一大早出门，坐上家里的小乌篷船，去绍兴城请名医了。

然而，珉泉还没回来，事体来了，她和梨子要赶紧扎蚕山。这活放在平时，算不了什么，可一天没吃什么的人，浑身乏力手上没劲，只有梨子一个人做了。望着梨子忙碌的身影，云霞心里终究有点过意不去，对她说："我让珉泉给你带块好点的料子来，不知他会选否。"

“衣服都够了，又买什么料子？要不放着，哪天你想把我嫁出去的时候，都做嫁衣吧！”

“嘿嘿，想嫁人了？舍不得舍不得，你趁早丢了这念头！”

“哈哈，你以为我舍得？我还想做孩子的干妈呢！”

两个人逗乐，干活的轻松了许多，不舒服的也不那么想呕了。说着说着，云霞在躺椅上迷迷糊糊似睡非睡了一阵。毛毛雨不知什么时候停了，毛毛的太阳也突然干净起来，云霞抬眼看到了晴空，但太阳已西斜，傍晚来临。

赵妈进来，问三少爷回不回来吃晚饭。

“他说的是晚饭前赶回，不过出门人由不得自己。大家不用等，你们先吃吧！”云霞说。

“那，三少奶奶你呢？你一天都没吃啥，给你熬了点桂圆红枣粥，还想吃什么说一声，做做很快的！”

“不用了，我会叫梨子去弄的，不用太麻烦！”

“那好那好，少奶奶你歇息，有事让梨子喊一声，我先到前头去弄了！”

云霞和珉泉尽管啥也没说，但少奶奶有喜了，这一消息竟在大屋中悄悄传开了，梨子也是有人问她，她才一拍额头，梦醒般小声呼喊：“真的真的喔，我怎么没想到这个好事！”

大屋里突然宁静了许多，似乎都注意了，不把噪声灌进三庭院。云霞和梨子一下发现，这两天很少听到有人在那里大呼小叫的，除了淅淅沥沥的小雨，小雨滴落在葡萄架上的沙沙声，院子，不，整个大屋安静了许多。

有人在后院的河埠头喊：“天要黑啦，港里头没有看到船，三少爷说不定今天不回来啰！”

夜晚将来临，长长的河道看不到船只，一般情况下，出门的船就有可能当晚回不来，等次日天亮再归。毕竟，夜晚行船安全性低，带客人更不妥当。

“姑爷今晚不回来了？城里的医生是不是很难请啊？”梨子自言自语，干活在减速。

“梨子，你先吃饭去吧，吃完给我盛碗粥，粥里放点盐就好了。”云霞听了珉泉可能回不来，等待了一天的心情，不免黯然。但要力气必须要吃饭，她要吃。要不两个女的有点什么，脚都走不动。她想到昨晚，等珉泉到半夜，隐隐约约听得老书房有争吵声传出，是不是他在与大哥争吵？珉泉回来后，只是跟她说："黄梅天，密室需要去潮，白天做这事不方便，所以只好和大哥在晚上做。大哥脾气古怪，这时候总是不愿听取好的建议。"但是，那个疑团搅得云霞没法入睡。她实在忍不住，推醒了珉泉，告诉他，最近有几次，一到夜半，老书房就有动静。珉泉听了，半睡不醒地说，这是老鼠。老房子老鼠多。可这么多老鼠，不会把字画都咬碎吗？珉泉听云霞这么说，立刻惊醒。起身点亮油灯，可这时的老书房很安静。珉泉静坐了一会，说了声"老鼠精作祟呢"，就拥了云霞倒向枕头。

密室放有捕鼠器，加上其他防鼠法，冯家基本不担心书画会被老鼠啃。珉泉讲的"老鼠精作祟"，也只是一句玩笑话。不过，无论白天还是晚上，云霞已不敢走到老书房门边，只怕被什么诡异之物吓着。

珉泉的日常事务真多，大哥时不时叫他做这做那，连私塾里孩子对先生不恭的事，都要叫他去处理。

让云霞和梨子不解的是，白天都很难见到大哥钰昌的人影，也不知他在干什么。最近几日他家倒是来来往往的人很多，大门前的河埠头总是停了一些看上去蛮体面的大小船只。时不时地听家佣说，"官府来人了"。昨天珉泉还冒出一句，"大哥什么时候热衷跟官府打交道了？"

今晚珉泉回不来，她和梨子要早早回房。

一切收拾停当，梨子进屋陪云霞。

桌上的油灯，是那种叫美孚灯的煤油灯，小小的玻璃灯罩，里面的灯芯总在结灯花。就着油灯的光亮，云霞开始做宝宝鞋，鞋上的图样是她白天画的。

梨子不会针线活，当年钱家看她打打杀杀像个小子，也没强迫她学。云霞在家时，也很少使针线。看到云霞拿针线，梨子头就大，加上白天干活累了，她那伏在桌上的脑袋，很快昏昏欲睡起来。

云霞没有叫醒她，想着把这不熟练的针线活做得差不多时，再喊她回屋去睡。

不知过了多久，梨子醒来，看云霞别别扭扭地穿针引线，便说："小姐，你的嫁妆里有那么多宝宝用的穿的，生十个孩子都用不完，你还做什么喔？"

"啥也不做，我们两个你看我、我看你呀？"

"你看书呀，你看书的时候蛮得意的，对对，看书眼睛累，白天再看。你就讲故事吧，很久没有听你讲故事了，难得姑爷今晚回不来，你就讲一个吧！"

"讲什么，鬼故事？"

"嗳，等等，等等！"梨子跳起，跑去插上了门闩。

"那鬼还怕门吗？你是不是做了什么亏心事啊？"云霞笑说。

"敬鬼神，敬鬼神！"梨子装模作样地拜起天地。

云霞大笑不止，手指梨子，上气不接下气地说："你个活宝，你要笑死我呀！"

"不笑，不笑，肚里的宝宝会骂我的！你笑疼了肚子，他还不大闹天宫？"

忽地，梨子想到了什么，神秘兮兮地压低了嗓音："昨天我终于看到大哥的娘子了，好像真的有什么病，整个脸都被头巾包裹住，三四个人围着扶着，从船上下来。进了房间后再也没出来。"

关于大哥钰昌的夫人，大屋的人讳莫如深。提到她都摇摇手，说声"回娘家了"，啥也不再讲。有次云霞憋不住问了句珉泉："我们的大嫂去娘家这么久了，还没回来？"珉泉不仅没有回答，还认真地对她说："不要问这种事，皇帝不急太监急呀！"

这让云霞好不高兴，也更加奇怪，自她嫁入冯家，就婚宴那天匆匆忙忙见了几位家人一面，之后没几天就去了云门寺。从云门寺回来，听说大嫂回娘家了。又一两个月过去了，这娘家也不可能留女儿这么久啊，除非……

"不要提大嫂的事了，如果她真的生病，有人正式告诉我们了，我们才可以去看望她，是不是？"

"好像是这样的。不过大嫂这次没把女儿带回来呢！"

"很多小孩都喜欢在外婆家的。"

"那小姐，你的小孩以后可不要赖在外婆家不回来喽！"

"不是还有你嘛，你去抢回来啊！"

"你看你看，才刚嫁到冯家，就帮夫家说话了呀！"

两个人嘻嘻哈哈地闲聊，时间打发得好快，也不知油灯灯芯啥时烧没的，"噗"一下就灭了。两个人的声音戛然而止。

夜，突然像一口黑锅，把两个人罩住。

"小姐，小姐。"梨子轻声呼唤。

云霞伸手抓住她，声音降到最低："别说话。"

她拉上梨子来到窗边——老书房那边又在"闹鼠"了？

透过窗缝，望楼下的老书房，却是啥也看不到。但怪异的声音实实在在存在，而且比前几次明显。梨子也听得分明，老书房"闹鬼"了！

梨子指指房门，似乎在问，要不要打开？云霞想了想，摇摇头。凭她们两个？无论是抓"老鼠"，还是捉"鬼"，哪是对手？

两个人又好奇又惶恐，坐在黑暗中想不出主意。

睡吧，别管了。云霞想。"小姐，今晚我是睡不成了，只能陪你到天亮啦！"梨子这么想着，睡意已经跑了个精光。她还想，等小姐睡着了，她一定要下去看看，要是真碰到鬼，她才不怕。

两个人还没想好，门外突然响起轻微的敲门声。"开门，阿霞，是我！"

吓一大跳的两个人很快听出，这是珉泉的声音。梨子赶紧开门，珉泉闪入，后面还跟着一个年轻人。门又被轻轻掩上。

"油灯灭了！"梨子轻声说。

"别点！"黑暗中，珉泉朝老书房方向指指，示意大家坐下，"这是绍兴金诚伯伯的徒弟张医师，金诚伯伯让他过来一下。"

"哦，张医师，张医师你好！"这样的场景，让云霞颇觉尴尬，一时不知该说什么。

珉泉知道吓着这几位了，他三言两语讲了事情经过。

原来珉泉到了绍兴，很快就找到了名医金诚。金大医是老师爷好友。他主攻西医，因最早学的是中医，所以中西医结合，在绍兴一带颇具威望。珉泉知道金诚伯伯是大忙人，请他出诊，未必合适。可云霞在岸上已是晕眩，如坐船到绍兴，只怕有闪失。好在月前他曾托信请大医到乡下玩，现正好可亲自登门相邀。

大医真的很忙，但见世交儿子登门，也是高兴。听了珉泉叙说，先就表示了祝贺，十分肯定地说，老师爷又有好事啦！

他要珉泉在绍兴住一晚，答应第二天去宁桑。珉泉却说，云霞还没一个人在院里过夜，怕她孤单，他还是回去，明天一早再来接金诚伯伯。大医想了想，就让家人找来自己的学生张一弓，让他当晚跟珉泉去宁桑。张一弓医生与珉泉的二哥年龄相仿，大珉泉好几岁，已跟金大医数年，对确诊怀不怀孩子的事，对他来说不是看病。

令人诧异的是，当珉泉带着张医师的船抵达后门河埠头时，发现了一条他不熟悉的船，拴在他的船桩上。他生疑；让船工把自己的船又绕到前门河埠头。前门河埠头停着大哥的船，证明大哥在家。他想把张医师引见给大哥，但家佣说大哥没在屋里。他想，可能是太晚，大哥不想见人了。他就带上张医师穿过两个庭院，来到第三进院子。还未踏入三庭院前，他下意识地望向老书房，让他大吃一惊的是，有条黑影从里面闪出，飞快蹿出后门，眨眼间消失在夜的河道里。本该大喊，但此人速度之快，他根本来不及反应，等他想张嘴，"飞贼"早无踪影。他决定不吭声，因他带了张医师，要保证张医师的安全；他不能打草惊蛇，因他发现老书房还有动静。他要叫上几个年轻力壮的，把老书房围起来。

"梨子，你跟我一起下去，我盯住书房门，你去叫来几个厉害的角色。今天我倒要看看，那里头到底是怎样的大老鼠！"

珉泉把云霞交给张医师关照，他和梨子悄悄下到院里。

让他俩目瞪口呆的是，老桂花树旁的老书房，窗子里面有不小的光亮在抖动，是谁，家里除了大哥和珉泉，没人会在晚上进老书房？难道是大哥？这么晚，他在老书房干什么？

那棵一到秋天就会芳馥四溢的老桂花树，在此刻的黑暗中变得鬼魅起来；那口小井的盖子被打开了，犹如一头野兽张开了大口，在夜色中随时可以吞噬一个活物。

珉泉要梨子先别动，他准备贴近老书房的门。就此时，书房门大开，大哥钰昌走了出来，差点和蹑手蹑脚的珉泉撞个正着。钰昌好像已知道二弟来了，手臂一甩，做了个欢迎的姿势："请进，大哥就在等你呢！"

二

走进老书房，一股稻草的霉味扑鼻而来。

珉泉先看了眼屋内那张案几，案几上昨晚还放满了宣纸（大哥少有的晚上叫他来这里），现在却放着几个陶罐，案几下面的密室入口处，一直到门口的地面，铺满了稻草。稻草上面也不知道是些什么垃圾，使得屋内的霉味呛人肺腑。

钰昌让珉泉扒开密室入口前的那堆稻草。

珉泉扒开稻草，令他惊惧的是，密室通道的门已经敞开，像张开的猛兽大嘴，嘲笑着珉泉的幼稚与迟钝。

"你，你怎么可以这样做？我要今天不回来，还不知哪天会知道你竟是这样的人？！"珉泉气愤得再也控制不住自己的情绪，两手攥紧了拳头，恨不能朝钰昌的脸上砸过去。

"二弟息怒，这事昨晚跟你商量过，但你年纪轻轻却顽固不化，大哥只得出此下策。本来就不想惹你，所以想你不在的时候把事做了，免得吵吵闹闹地叫大家听了不好。既然你回来了，我也明人不做暗事，全给你看了，你想怎么分，要多少，大哥听你的就是！"

"你先告诉我，你是怎么打开的？没有我的钥匙你怎么开的锁？是不是刚才溜出去的那个帮你的？他是谁？"

这三角梅暗锁，是需要弟兄在场一起开的。假如没有一定的技术，要在短时间内原封不动地打开，几乎不可能。

"这个大哥不用瞒你，是有高手在帮大哥，也不是今天才弄，肯定要弄几天的。"

"那么一连几个晚上，都是你大哥带了盗贼在做这见不得人的勾当啰？什么昨天晚上跟我商量，其实你已经早就把东西偷出去了，你是先斩后奏！"

"好了，二弟，不要说那么难听。轻声点！"

"你做都做得出来，还怕什么难听！"

"我这不也是为了冯家吗？"

"大哥，父亲刚走啊，你就要违背他的嘱托，还说为冯家，你这是什么道理啊！"

"我不是说了吗，老爹留下的田地产业毕竟不是钱币，如今政府在卖官位，我们哥俩却只能眼睁睁地看，心有不甘啊！可是你死活不肯拿出钥匙，逼着你哥要这样做……我知道，老爹活着时对我不那么待见，连去云门寺都只带你。他的这些收藏说是给我们以防不备，但你有没有想过，真有风吹草动，谁还会拿钱换这些吃不得用不来的东西？现在正好有人愿意拿官帽和金钱跟我们交换，我们为什么不做？不做才傻！大哥不卖田不卖地，就拿几幅字画和几个罐罐给冯家做件大事，让你去做官老爷，错了吗？"

"大哥，你是真糊涂了吗？爹爹活着时一再交代，不走仕途。你违背嘱咐，还独自盗卖祖藏，这是罪孽啊！再说，这祖传的家业，二哥也有份，至少也要征得他的同意吧！"

"我倒是想征得冯珞水的同意，可是他鬼影都没有啊！你先看看，这是已经给了买方的藏品目录，不要又说我独吞。"冯钰昌把一张出售藏品目录单放到了冯珉泉手中。

冯珉泉一看，上面还有云霞的陪嫁字画，不由眼冒金星。他气得手指钰昌，咬牙切齿地说："冯钰昌，我告诉你，你不能这样卑鄙无耻！你自己在外面吃喝嫖赌，养外室，让大嫂生无可恋，女儿也不想回家。现在父亲刚走，你居然盗窃祖传珍宝不说，还把刚进门弟媳的嫁妆都要偷去卖，你到底是人不是人？！"

"嗳嗳嗳，你不要这样骂我，不要这么激动好不好！你听我说嘛，不是我要卖你那新娘子的东西，是人家买家提出来的，说钱家三小姐来冯家随嫁字画几箱几箱的，卖出几件又怎么了。我想想也对，为了你，为了冯家，就那几幅字画，云霞还会当回事？谁让你的老婆娘家那么招人招眼么？"

"你听着，你必须把云霞的嫁妆追回来。其他的先不跟你算账！"珉泉态度坚决，没有任何商量余地。

冯钰昌深知两个弟弟的脾气，珉泉善良，但真要倔起来，他这个大哥绝对不是对手。况且，他不是不知道自己的过分，为满足私欲已经无所顾忌。他想了想，叹口气说："云霞家带来的字画是日本人要的。出的价钱也不少。我去试试，看看还能不能要回来。唉！"

"日本人？哪个日本人？叫什么名字？"

"我怎么知道？是我那位衙门里的朋友，他说日本人出的价钱高，而且对钱府的东西很感兴趣，要我拿出几件给他。本来我想都不会去想卖弟媳妇的东西，又不是我家真的没钱！"

"刚才被我看到的那个是谁？"

"那是来弄锁的，那门打开了可就是锁不回。还没全弄好，就听到你的声音了，不就怕你嘛，让他先走了！"

"这位高手是本地的？"

"你问这些做啥，你怕他来我家偷啊？告诉你，一行有一行的规矩，做这些事的高手，绝对不会干偷鸡摸狗的勾当。"

面对这样的大哥，珉泉欲哭无泪。他把手中的目录单子揉成一团，很快又把它展开，盯着单子的目光茫然无助。

"二弟，这卖掉的藏品还不到百分之几，大哥有数的。"

"是啊，一百只碗才卖出一只，你是不是想这样对我说？"

"你就跟老爹一样迂腐。你想过没有，等我们兄弟有了一官半职，什么好东西没有？"

"你——"珉泉像头困兽，在老书房里转圈。

这时的冯钰昌似乎有点酒醒了，看着被自己气坏的老弟，只想快点收场。"行了，行了，我明天就去把弟媳妇的东西要回来。反正你也不稀罕做官老爷！"

"爹爹地下有知，一定在大哭不止。你哪像有文化的人？你与街头小偷有什么区别？你，不可理喻！"

珉泉摔门而去。

冯钰昌愣在那里。他不仅伤了弟弟的心，而且违背了祖训。如果真的有鬼魂，说不定今晚老爹就会来捉他。他不无心悸地环顾四周，忙着封上密室的暗门，再用稻草把该堵的地方堵上。

当他锁上老书房门时，黑暗中冒出一个声音，差点吓他个半死——"大哥，这是封条，我家姑爷说，请你把门窗先用封条封了，其他事等白天再说吧！"

是梨子，她来和他一起贴封条。

冯钰昌不由得想，这二弟还真不能欺负了，明天一早赶紧去要回云霞的东西，否则，难说二弟不会用刀砍他。

正是三十而立的冯钰昌，因长期蜗居乡村，视野局限，心胸狭窄，假如索性是一字不识的农民，又不会有太多想法，偏偏从私塾到私塾，脑子里之乎者也不少，求仕途求功名之心早就顽固不化，并非老爹一两句话就可打消念头。他要拿钱买仕途和功名，有了仕途和功名，他再附庸风雅，快活一世。

原本，他下面还有两个妹妹，但都夭折了。这使他更珍爱自己的生命，死了都要做风流鬼。他觉得自己的父亲就是一个守财奴。

官府有人开始盯着他的财富，他却像条上钩的鱼，把这些人的目光引进了家中祖藏……

珉泉对大哥彻底失望。

让珉泉细思极恐的是，大哥居然引来了日本人，而这个日本人大哥根本就没有见过，却可以让大哥乖乖地往外拿家里的珍藏……爹爹跟他说过，家中密室的门锁，是仿照云门寺内的藏库门锁，用了三套，只要其中一个不打开，其他的打开也没用。因二哥这么多年没回，爹爹把他那套钥匙分别给了长子三子。现在大哥叫来高人解锁，那么珉泉手上的钥匙是不是都不再有效了呢？如果是，就不难解释云门寺库房门锁完好而外贼可以进去，其实分放在三处的钥匙，至少两处的失效，那天只有放在一处的钥匙，神不知鬼不觉地打开了库门。那么，这又是哪一处的钥匙呢？支一禅师肯定不是，只能是释得或者八大执事中值日的那个。

珉泉把这个想法告诉了云霞。云霞想了想，说："这个锁吧，既然有钥匙能开，那么不管什么样的锁，怎么样的弄法，总是可以打开的，锁这个东西，就是防君子不防小人。可是不用锁，还能用什么？只要被贼盯上了，很难躲！"

天，又在下雨，窗户外雾蒙蒙的，看不出上午几点。应该是已过早餐时间。珉泉还想睡。云霞却推了推他，问他昨晚到底怎么回事？老书房到底发生了什么？

珉泉愧于向云霞交代，只得继续装睡，赖着不起。

云霞只好自己先起床，和梨子一起招待客人。

同样是凌晨才睡的张医师，也刚起来。大家洗漱后来到餐堂，长房的都已吃了，留下的是三房的早餐。

"三少奶奶，厨房还有银耳羹，要不要给你盛一碗？"厨房家佣赵妈过来，一一问候。

"有梨子在，不用辛苦赵妈了！"

赵妈走后，张医师对云霞说："现在来看一切正常，只要不劳累、不着急、不受气，啥事也没有。因是头胎，平时适当活动活动，有利生产。"

"张医师，那我们小姐生的是男孩还是女孩？"

"这个就不好说了。你希望小姐生男孩还是女孩？"

"我当然都好咯，是女孩我就把她打扮得像个仙女。是男孩嘛，给他养条狗，让狗狗带他游泳，永远不会怕水。"

"水乡没有怕水的。"

张医师和梨子有一搭没一搭地说了起来。昨晚老书房发生了什么，他们提都不提，也不过多猜测。一家自有一家事，旧夜过去，第二天又是新的。

早餐后，还没见珉泉下来。云霞让梨子去叫。梨子回来说，姑爷不知去哪里了。

张医师提出要早点回去，能不能搭乘别人家的船。梨子说出去问问，如有去绍兴城的船最好。

"不用的，让家里开船送你回去好了。吃了中饭再回，珉泉应该很快会来。让他带你到附近走走。摘点枇杷什么的带回家。"云霞说着，去找放水果的筐。

"我来我来吧！"梨子让她和张医师坐到客厅去。

三

两个人刚落座，珉泉进来了。

"我去看了大哥大嫂。大哥出去办事了，我问大嫂要不要请张医师看看。大嫂没说看还是不看。等下再说吧！"

张医师点头，建议珉泉先吃早餐。

珉泉说他已经吃了个粽子，准备带张医师出去走走。

"怎么样？阿霞没问题吧！"珉泉轻拍云霞的肩膀，不无忧虑的目光中，期待着最大的喜讯。

"没问题，一切正常！你就等着开开心心做父亲吧！"

喜讯让心里的大石头落地，珉泉眼中闪起泪花，目光深情地看向云霞。说："我母亲在我十三岁那年离开我们，后来父亲再也没有续弦。我把大嫂当母亲，看我脚上的鞋，是大嫂做的。云霞来后，父亲真是开心，就那几天，他都能喝得下稀饭了……唉，他要能看到孙子出生，就无遗憾了！"

"人生就是这样，太多的遗憾，太多的始料不及。活着的每一天都要好好过才是！"张医师接着珉泉的话头说。

云霞让梨子拿了一只大号的篮子，要她陪着去摘果子。

张医师阻止梨子出去，说："好好陪着她，你现在的主要任务就是保护宝宝。我们两个大老爷们，怎么都可以！"

两个大老爷们出门而去。

难得的黄梅天晴日，空气是湿润的，田野吹来的风凉爽舒适。水乡的各类植物，一遇到阳光就使劲地拔节生长，静下心来，都可听到竹笋破土时必必剥剥的韵律。

两个人边走边说，在一片竹林前的大石块坐下。都是血气方刚的年轻人，昨天一路就已经讲了不少，今天要讲的好像更多。但大多数时间是珉泉在问，张医师在说。珉泉毕竟身处乡间，信息闭塞，加上老师爷不想儿子过多热心国事，所以对外面瞬息多变的时政民情民意，几乎耳塞一样无知无觉。听了眼前的张医师讲述，有胜读十年书的好奇。

"爹爹不让我们涉足政治，只让我们一心只读圣贤书。我知道，爹爹以前有不少朋友闹辛亥革命，有的就生生被清朝政府砍了脑袋。我爹爹胆小怕事，带着一家人躲到了这乡下。我没想到的是，金诚伯伯也是辛亥革命者。我爹爹非常敬重他，临走前还说，有什么紧要事，可以去找金诚伯伯。"

张医师说道："你父亲是对的，金大医带了我几年，我学到的不仅是医术，更是为人做事的根本。否则，我会像很多年轻人那样，浮夸浅薄，没有灵魂，没有依托。现在，你找到了金大医，需要时可以随时去找他，他对青年才俊很是看重，有机会就提携。现政府也非常重视他的意见。"

两个人越谈越高兴，越谈越投机。

珉泉已把金伯伯的这位高徒当作了知己，张医师则把珉泉归属为可以发展力量，是可以造就的国之栋梁。

日头已近当空，两个人赶快拿起笋枪和篮子，挖笋的挖笋，摘枇杷的摘枇杷，还有早熟的杨梅，晚熟的桑果子，他们像当年做孩儿头时那样，摘了先放进嘴里，填满了肚子。

不吃饭了，不吃饭了。一人抱着一支支白白胖胖的鲜笋，一人拎着冒尖的水果篮子、肩扛笋枪，满载而归。

张医师礼节性地用了餐，急着要赶回城里。珉泉解开他的御用小乌篷船，安排人送张医师回去。看到船舱里那么多乡下土产，张医师连忙说："太多了，吃不完，拿出一半吧！"忽然，他又想起什么，拉过珉泉轻声说，"你嫂子不愿看病，家人也不用太勉强，只要她不吵不闹，但一定要有人看着她，以防意外。从你讲的情况来看，依我的判断，她是患了焦虑症。这种病在没有发作前，病人可以长久地不说话，反之也可以非常狂躁。你们要注意的是，轻生是这种病最后的结局，除非有奇迹出现。当然，这个奇迹主要还是看你大哥对你大嫂珍不珍惜……"

"珉泉，珉泉，请张医师带上这个！"云霞跑来，拿了一小篮香包，"这是上午梨子做的，就要端午了，张医师家小孩喜欢的！"

梨子跟在后面："小姐不要跑，我来给张医师就好啦！"

"你不是忘了吗？"

梨子突然间脸红起来，不敢看向张医师，转移了话头："小姐你不可以这样跑的。等下姑爷说我怎么办？"

云霞扭头看珉泉，珉泉看张医师，张医师看了一眼尴尬的梨子，一脸茫然。

"哦，哦，这香包是好东西，驱虫辟邪！我拿一个够了，家里就我一人。"

两个女人对视了一下，笑意在脸上慢慢凝固。

船儿驶离了冯家后门的河埠头，慢慢往绍兴城方向驶去。岸上的人不时地挥手，直至船儿消失在朦胧的视线里。

回到大屋，珉泉说去看一下大哥回来没有，就往前院去了。梨子有点发呆，拿着香包的篮子不知放何处。

云霞很想问明白梨子，老书房到底发生了什么。可梨子一上午都不提，她就没好意思问。更叫她琢磨不透的是丈夫珉泉，昨晚一回房蒙头就睡，啥都没说。上午赖着不起床，等她起来下楼后，他又不知去向。

"小姐，你歇歇，我去扎蚕山。"梨子放下香包，给云霞搬了躺椅，依旧放葡萄架下。

"扎什么蚕山，你没看到稻草都没有了？"

果真，放在后院廊檐下的稻草没了踪影。

什么时候没有的？这大半天的，梨子居然没有任何察觉。

"好像昨天晚饭后就没有了，我还以为他们跟你说了，不用我们做了。"

"怪了，怪了，没人打个招呼的呀？就是这院里一根草，有人要拔掉，也总要说一声的嘛！"梨子在院子里东瞧西望起来，自己也说不清要找什么。

"哎，哎，别转了，晕不晕嘛？拿个竹床来躺一会，等下说不定又有什么事要做，又急！"

梨子的竹床还没拿来，天空忽又飘来乌云，眨眼间，细细的雨丝飘落，落在葡萄叶上，沙沙的声音就像很多蚕宝宝在吃桑叶，脆生生的，满是鲜香的味道……云霞闭上双眼，听着这大自然赋予的乐音，摸着还没有任何动静的肚子，却感觉到了天使降临的瑰丽和神圣，心怀感激地进入了惬意的梦境。

珉泉到前门的河埠头看大哥的船，河道里来来往往船只不少，没一条像大哥的。他早上起来后直接去了大哥那里，大哥正要出门，向他保证拿回云霞的东西，却没告诉他去哪里要回。去镇上吗？要不要得回，也早该回来了。不会是去绍兴城里了吧？

他开始后悔对大哥太不了解。平时与大哥来往的人，十之八九是酒肉朋友，他懒得搭理。这些人靠着祖上传下的几亩地，游手好闲吃喝玩乐，甚至经常心血来潮，动不动到杭州上海逛个把月，等到身上找不出一个铜板，才想到回家。大哥突然与官府打起交道，说不定还是这些人在撮合。

父亲在时，大哥还有所收敛，父亲一走，他干脆晚上经常不回家，与外面养的女人搞在一起。这样下去，再多的家产又能经他折腾多久？

珉泉越想越害怕，就不知道该如何制止这位离奇出格的大哥。

他返回后院，看到云霞竟然睡在雨中的葡萄架下。他立即跑去一把抱起她，喊道："阿霞，阿霞，你怎么回事？下雨都不知道？"

云霞睁开双眼，朦朦胧胧中，似在喃喃自语："很是凉爽呢！"

"贪凉快，也不能淋雨啊！"珉泉把云霞抱上楼，赶紧替她换下了湿漉漉的衣服，盖上了薄薄的丝绵夏被。

梨子呢？这个梨子去哪里了？怎么云霞淋着雨睡觉都不知道？珉泉又急火火下楼，喊道："梨子，梨子，你人呢？"

梨子的声音从后门河埠头传来，急煞人的那种："姑爷，姑爷，在这里，快来，快来！"

珉泉急忙跑向后门，还没走出门，就看到梨子和船工扶着半死不活的大哥，拽往家里。

"怎么回事？怎么回事？"

珉泉上去要背大哥。船工却说："他被人砍了，屎尿都拉在了身上！"

珉泉这才发现，大哥的裤子上不知是血还是尿，污秽一片。浑身的臭气熏得人脑袋发晕。

"刀砍在小腿，包扎了。身子也在河里清洗了一下。"船工说。

几个人七手八脚地把冯钰昌抬到二进院，打开了二弟冯珞水的房间。

"我去舀河水洗竹床，碰到了大哥的船，没想大哥成了这个样子！"梨子对珉泉说。

"是啊，出去时还好好的，怎么也没想到会是这个样子。大少爷怕丢脸，叫我不要停到大河埠头。幸好梨子小姐到小河埠头拎水，否则的话，我都不晓得去叫啥人来。大少爷不想叫人家笑话啦！"

脸色惨白的冯钰昌待大家把他清理干净后，一一作揖，还专门对梨子说："梨子小姐，大哥让你见丑了！将来只要大哥死不了，一定给你找个好婆家！你大人大量！"

听到大哥对梨子说什么"你大人大量"，珉泉知道完了，云霞的东西大哥是要不回来了，所以他连梨子都要这样讨好。珉泉感到一阵恶心，接着就是无限的悲凉。

梨子和船工退出房去，冯钰昌和冯珉泉四目相对，都不敢先开口。终于，珉泉看到大哥的眼中流出泪水，万般无奈地说出自己今天的遭遇。

冯钰昌上午到了马山镇，去了他的朋友镇长家。镇长是一镇之长，宁桑是他管辖之地，冯钰昌对一个小小镇长言听计从，也是人之常情。诡异的是，镇长是木偶，他的背后有操纵木偶的，让镇长到东，他不敢到西。这人可以在镇长家长年累月地住着，手上有一本民间收藏宝典，这宝典上所列珍宝，与当地名门望族宝库里的世传之物，基本不离八九。他不断地向镇长发出新计划，镇长就得照他的计划对准猎物下套子。冯钰昌在父亲去世不久就被这样套进了。对于这些，冯钰昌自是不知情，以为真的只要拿出一小部分祖藏珍宝，就可以获得一项官帽子戴，不说去绍兴府坐庙堂，至少可以和镇长平起平坐，宁桑冯家老师爷走了，可依然是响当当的望族。本事不大、无所成就的冯钰昌，竟做起这样一个梦。

"镇长是收宝商的朋友，你跟镇长是朋友，收宝商不肯归还字画，他何必还要伤害你？"

"我不是跟镇长吵起来了吗，我把收宝商的金条也拍在了镇长家桌子上。我跟镇长说，你不是讲日本人要钱家的字画吗？这日本人在哪里？我来跟日本人讲，我家兄弟不愿意，他要不退回，我兄弟可是会要了他的命。突然之间不知从哪里蹿出来一个恶棍，上来就一刀，如果不是我跳得快，这条腿就丢了！"

"恶棍？这一刀不是那收宝商砍的？"

"那个贼骨头，听说我去要回字画就不再出来，平时一起打麻将时人模狗样的。估计杀出来的那个恶棍是他带来的，不像我们这一带的人。"

"没开口说话？"

"镇长马上把他推了进去，长啥样子都没有看清楚。镇长自己都吓死了！"冯钰昌说到这里，突然想起什么，"好像听他哇里哇啦地叫了句什么。矮呜墩墩一个……喂，会不会这个恶棍就是个日本人？现在我们去绍兴城里，总会看到一两个日本人在街上大摇大摆的，对了对了，砍我的那把刀，就是那叫什么……"

"日本浪人身上佩的那种？"

"是的是的，跟绍兴街上的日本浪人那种一模一样。没有错，不过，砍我的那个，穿得不像日本人。"

"大哥，你知不知道，一个叫作佐木次郎的日本浪人杀了云门寺僧人。"

"不就是你们去的那几天吗？你们回来没有讲，后来我听别人在讲，还说官府在捉那个日本人呢！不会是今天砍我的那个就是佐木次郎？"冯钰昌目光呆滞地望向珉泉，满脸的惊恐。

珉泉不敢说是，也不好说不是。既然日本人都跑镇长家去了，光天化日之下，冯钰昌的脚脖子还被砍了一刀，显然，一张看不见的网已经悄悄地罩来，除非这镇长，镇长后面扯木偶的，发现有更大的猎物，否则，宁桑冯家不会有安宁日子了。

"你事先一点都不了解那个收宝人的情况？"

"狗屁镇长只是说，这人背景厉害了，从上海到京城都是上头的人，与他关系不一般。还说，洋人的使馆他随便进出。他来乡下，就是替这些朋友办事来的。"

"照这么说，你今天还算是运气的，这一刀没伤筋动骨，只是破了点皮肉而已。大哥，破财消灾，现在只能这样想了。"

"二弟，大哥对不起你，大哥太没用了。唉，这世道！"

冯钰昌呜呜地哭了起来。

珉泉起身走出屋子，仰天长叹一声，抹泪而去。

四

云霞又没吃晚饭，说夜冷。梨子在屋里生了盆炭火，驱赶黄梅天夜里的寒气。

珉泉安排好大哥的事，增加了夜晚看护院子的人手。去看了大嫂后，一个人匆匆扒了几口白饭，吃了几筷子霉干菜烧肉，累得只想倒头就睡。可云霞的字画，大哥见不得人的勾当，让他怎么向云霞开口？况且这事的背后又不那么简单，这叫一个弱女子如何接受？云霞又怀着孩子，不能叫她生气。但不告诉她，以后让她知道也不好玩，至少他的心里过不了这道坎。

他拖拖沓沓地走进房间，还是没想好说还是不说。

"都弄好啦？"云霞躺着问他，好像有点心不在焉，跟平时等他回房的神态不一样。

是不是梨子跟她说了什么？但是梨子已经悄悄离开，他想跟她通个气的时间都没有。他坐到床沿，看到云霞的脸庞绯红，目光迷蒙。他下意识地摸一下她额头，再摸摸自己的，不对，云霞身上有热度！

"阿霞，你在发寒热？"他赶紧挽起云霞的脖子，也是热热的，他慌了，"你怎么了，怎么了？这么热？！"

"不热，有点冷呢！"云霞的声音软软的。

"梨子、梨子，快来！"他抱起云霞，忽又放下，赶紧拿一床厚被子盖到她身上。

梨子跑来。

"小姐发热你都不知道？"

"她说有点冷，我以为她只是冷，就生了炭火。怎么又热了呢？"

珉泉见梨子颠三倒四的，想来这一天也把她忙昏了头，就什么也没再说，拉过椅子让梨子坐下，自己到楼下烧水熬汤去了。他要先把云霞的体温降下来——从中药罐里掏出去湿拔毒的中药材，像冬瓜皮这种都是，冯家长年靠这样的药材解决头疼脑热的小毛病。珉泉还有一点不知道的是，这样的中药，不影响胎儿的正常生长。张医师告诉他，孕妇一定要休息好营养好，特别是心里不能太累。

"云霞，真的对不起，你来到冯家后没有消停过。本想带你去云门寺好好歇歇，不想……唉！"珉泉心里默默说着，道不尽的自责。

药汤熬好，三个人一起喝了。

珉泉跟着梨子来到过道："没跟小姐说什么吧？"

"她什么都没问，我什么也没说。没法说，比如大哥干吗被砍了？我也不知道啊，这些都要姑爷自己去说的呢！"

"是的，是的，等她身体好些，我自是会跟她讲。"他把梨子送下楼，又走到老书房门前看了看。门窗都已封得严严实实，猛一眼还看不出。原本门上有一个大大的"鹅"字，是二哥模仿王羲之的，父亲把它贴到书房门上，是想二哥呢。现在"鹅"字没有了，估计是大哥嫌纸破旧，弄掉了。

家佣过来："三少爷，是你吗？大屋现在一个时辰巡查一遍，大少爷院里我们特别盯紧了——你别看大少奶奶白天黑夜的没声音，她可机灵呢，再夜沉，只要有一点点响动，她就会尖叫一声，哪个小偷敢去？"

珉泉望向天空，天空漆黑一片。没有星星，没有月亮，只有梅雨季节湿度很大的大气压，空气凝重得仿佛可以拧出水来，令人压抑和沉闷。

这一夜，珉泉屋里的人睡得死沉死沉。早晨，厨娘赵妈也没来叫吃早餐，梨子破例睡了懒觉，归她养的蚕宝宝，也由别人帮喂了桑叶。不过这一觉还真没白睡，近午时分起来后，云霞身上的热度退了，珉泉也恢复了精力。梨子原本已开始酸溜溜的肩胛骨，也恢复了正常。

午饭后，天空悬着毛茸茸的太阳。

云霞要去外面透透气。珉泉挽着云霞来到水榭。坐在水榭的靠椅上，望着静静的河流，似乎谁也不想打破这宁静的时光。

有鹅群出现在水面，吭吭的叫声迅即把河水搅热了。一只只高昂着脖颈的鹅，顶着戴有桂冠的脑袋，在河面上优哉游哉的样子，很是令人羡慕的。珉泉说："为什么王羲之爱看鹅，你家老祖喜欢画王羲之看鹅，眼下这景致，就告诉了一切秘密所在。这世上，还有比鹅更养眼的动物吗？"

"当然有，比如孔雀，比如……"

"那是普通人一般很难看得到的。你说你到现在为止，看到了几回孔雀？看到它时它还未必开屏。开了屏，很漂亮，但也是闹闹的，无法让你安静。水面上的鹅就不一样了，水本身就是灵动的，两相映衬，相辅相成，妙趣横生啊！"

云霞感觉，今天的珉泉像煞了多愁善感的才子，但又觉得，他此刻的叹鹅，是不是一个重要话题的前奏。

果然，珉泉拉起她的手，像是下了决心，不容反对地提出："阿霞，我们离开这里吧，这里不是我们可以建功立业的地方。这老屋里漫延的味道，我知道，你不习惯，你一直忍着，让自己习惯。可是，很多东西不是我们习惯了就可以适应，这世上什么都在变，这是我们无法抗拒的。我们必须出去，哪怕出去看看精彩的世界，都要好过这样抱残守缺地封闭自己。"

云霞看着面前这个似乎在慢慢成熟的男人，心里曾经的愁肠百结开始逐渐消融。她怯怯地问："去哪里？"

"我们先去杭州。爹爹的朋友金诚伯伯在杭州有一个院子，现在只是住了一个亲戚，给他们看门。平时他们去得不多，我们可以先到他们那里落脚。"

"在杭州我们可以做什么？"

珉泉没有马上回答，他犹豫着，要不要把和张医师的谈话和盘托出。

"我可以去教书，你呢？也去学校当教书匠？"云霞问。

珉泉想了想："西泠印社有空缺，到时金诚伯伯出面，应该可以去那里谋个职。"他没有告诉云霞，这次初交张医师，双方都留下良好印象，张医师动员他加入共产党，可他还没有答应，父亲那"君子不党"的教育对他可谓是深入骨髓。

"我们很快就要去吗？"

"想是这么想，但爹爹刚走不久，大哥又是这个样子，你又有了身孕，这所有的一切，都没法让我们说走就走。等下我就要和大哥去对账目，估计又会有一番争执。唉，家是一本难念的经，幸亏有个好老婆，替我分担了许多！"

珉泉的肺腑之言，云霞自是感动，而更多的是对丈夫的心疼。她摸摸他的脸庞，说："你瘦了很多！"

"你也一样。这样的不吃饭，怎么活？我已经让他们去上海给你带城隍庙点心。只要你喜欢的东西，告诉我，一定会想办法去弄。"

"你怎么知道我喜欢城隍庙小吃？"

"梨子说的，不会错吧！她说小姐这几天想死上海的城隍庙了。我听了，恨不得把整个城隍庙去给你搬来！"

云霞知道，这不是珉泉的油嘴滑舌，他就是这样想的，只要有一丝的可能，他必定会去做。昨晚的发热，真的是把他急死了。好在她底子厚，喝了药汤，猛睡一觉，瘴热就这么退了。

真的很想让珉泉解答几个疑问，可转而一想，珉泉不说，自有他的道理。她若追着问，必定给他压力。逼他撒谎，更是糟糕。到该说的时候，相信珉泉会坦白。

她想告诉他，昨晚她做了一个离奇的梦，梦中，她又到了云门寺，进入禅堂，里面空无一人，墙上挂的鹅字不见了，替代的是钱选的《王羲之观鹅图》，图上的王羲之不是王羲之，而是钱氏本人，王羲之书童也变成了冯珉泉，远处的山是湖州的渚山，当年诗僧皎然和陆羽煮茶吟诗的山间，还可听到山泉流下的潺潺声。白鹅从山溪漂流而下，珉泉捧上笔墨，先人钱选又画又写，河面上的鹅越来越多，它们爬上岸，摇摇摆摆地进入竹林深处……禅师进来了，《观鹅图》又恢复为《王羲之观鹅图》，上面在动的人马上定格，一些密密麻麻的印章和题字，占满了画卷的空隙处，都快看不到鹅了。禅师在画卷前端详，嘴里在念经，但他念的并非"阿弥陀佛"，而是"兰亭序兰亭序兰亭序"，还拿着一本古线装书，与画面上的景致逐一比对。忽地，禅师不见了，变成了面目模糊的黑衣人，光头黑衣人显然是僧人，这僧人还认识她，叫她名字，要她过去帮他拿一盏灯，就着灯光，他在测量每个印章的大小……她很怕，竭力要看清他的面目，此时，珉泉喊醒了她，扶她喝汤药。

她还是没有告诉珉泉这个梦。日有所思，夜有所梦——珉泉可能还会问她，是不是日里头都在想这些东西？但她感觉奇怪的是，这个身披黑色僧袍的无脸人，是在向她暗示着什么，或者……

"想什么呢？"珉泉见她陷入沉思中，轻声问。

天，又像要变脸了，河里的大白鹅却还在优哉游哉——它们在欢迎小雨滴的降临呢！

梨子过来，说大哥在找二弟。

珉泉离去。

云霞要梨子去拿可以画画写字的折叠木桌，带文房四宝。

"小姐要画画？等下会不会下大雨，飘进来的雨水把画打湿！"

"你看这几天有几场大雨？都是毛毛细雨，一点不爽气。我倒是想它干干脆脆落个爽快。这雷声大雨点小的，终是枉然。"云霞借天喻道，把个梨子弄得丈二和尚摸不着头脑。云霞催她，"快去，也把针线笸箩带着。我画，你绣，你要学会女红，以后嫁人也算是一技之长。"

"你要画什么？我会绣吗？"

云霞直指水中的鹅，那傲视一切却又憨憨傻傻的大白鹅。

"小姐，人家都绣鸳鸯，你要我绣这呆子一样的憨头鹅，要是绣出来了，更没有人要我了。不会是你要我嫁一个憨头鹅那样的男人？"

云霞大笑："嗳，还有你这样饶舌的！憨头鹅是谁？憨头鹅是梁山伯，是祝英台这么叫他的，你能嫁给憨头鹅梁山伯那样的人吗？"

"那我去做蝴蝶好了！"梨子嘟嘟囔囔地走了。

云霞还在那里笑得忍不住声。

第三章

一

嫁入冯家第二年，云霞生下一个女孩。

夫妻俩给女孩取名为"冯诗"。

宝宝快要满月时，大屋里开始弥漫起满月酒的味道。

冯诗的到来，为这座大屋带来了生机。多少年了，冯家大屋没有新生儿的啼哭声，也没有童子军的击械声。晚上前后两扇沉重的大门一合，整座大院即像沉睡的巨兽，死寂一片。有的家佣，家就在附近，只有在白天才能见到他们的身影。以前，冯钰昌还呼朋唤友地闹腾闹腾，自出事后，他学乖了，连外室那里都很少去了。倒不是说他怕挨弟弟骂，他是惜命。

冬天的太阳，把人们从屋里拉了出来。院子里晒满了东西，珉泉和云霞院里，数宝宝的尿片多，像万国旗那样把第三庭院都占了。一个包着头巾的脑袋，从"万国旗"下面钻了出来，胸口抱着一个包袱，低头来到正抱着宝宝晒太阳的梨子面前。梨子抬头一看，吃了一惊，接着把宝宝放进睡桶，忙不迭地拿凳子："大少奶奶，你怎么来了？有事喊一声，我过去就是！"

大嫂下楼了？刚送走前来贺礼的宾客，还没顾上给孩子喂奶的云霞，赶紧过来见大嫂。大嫂打开包袱，里面是她娘家拿来的糯米锅糍，是给刚生完孩子的产妇娘吃的，说吃这下奶。这是传统风俗，是产妇娘家里送给产妇的营养品。

云霞想，大嫂是真好了，面色不再那么蜡黄，眼睛不再那么浮肿，手上的指甲也都剪干净了……她看到婴儿木桶里的宝宝，开心地笑。

才几天的宝宝，并没理她，闭着眼睛，哼哼唧唧的顾自可怜。"囡囡要吃奶了。"她伸手去抱她，把她抱到了云霞这里。

"大嫂坐，大嫂坐！"云霞让大嫂坐到了自己身旁。

大嫂微笑着看宝宝吃奶，心里的结好像在一一打开。云霞关切地问起，他们的女儿冯琴过完年不久又去外婆家了，啥时候回来？

"宝宝要姐姐回来吃满月酒的！"梨子说。

"外婆家小孩多，冯琴这丫头喜欢热闹。这几天就去叫她，让她回来吃冯诗的满月酒！"大嫂回答。

大嫂笑起来还是蛮好看的，整齐的两排牙齿，像镶嵌的一粒粒小珍珠，带着清丽和可爱。

"哦，冯琴回来吃满月酒后，就不要让她老住外婆家了，让她多跟我们冯诗玩玩！"梨子大声说着，从云霞手中抱过刚吃了奶的宝宝。

"对对，跟冯诗玩，我们和冯诗玩！"

冯钰昌不知从哪里冒了出来，钻到了"万国旗"的这一边。"哈哈，冯诗，我的宝贝侄女啊，让你大姊姊多抱抱，叫她给我生个大胖儿子！这个儿子就叫冯棋，你们几个琴棋诗画，把冯家的大旗拉起来，看谁还欺负我们？！"

大嫂听了这话，笑意盈盈的眼中，带着明显的憧憬。

冯钰昌改邪归正，冯钰昌的老婆病也好了。大屋里传出久违的欢声笑语，一家人进进出出的节奏中满是欢快，准备宝宝满月的喜宴拉开序幕。红喜蛋是一定要的，加上桂花云片糕，得挨家挨户地送。家佣送帖的送帖，采购的采购，个个忙得不亦乐乎。珉泉去云门寺送喜礼了，要明天才回。回来后就要和大哥一起拿出几幅家藏字画悬挂各房，风风光光气气派派地给冯诗办个满月酒，也让冯诗在襁褓中受到字字画画的熏陶。冯钰昌说了，这天，他要把绍兴城名气最大的诗翁请来，席间斗诗吟唱，就让小侄女在一旁听，要让小侄女的名字名副其实（逢诗）。冯钰昌这么做，也是他的一种自我救赎，他无法说出口的还债。

"我们冯诗是吉星，你看，说不定明天又有什么好事登门！"冯钰昌总不忘逮着机会拍弟媳妇的马屁。他想，弟媳从不问被盗字画的事，要不就是二弟还瞒着她，要不就是弟媳宰相肚量，可以撑船。这样的弟媳，他还不一个劲地撸顺毛？他和老婆一起，逗起已睡在木桶里的冯诗，一连声地说："吃满月酒啰，我们要吃满月酒啰！"

大屋所有的人，似乎都在期待这小天使的满月酒，想象着那天的喜庆和热闹。

离冯诗的满月还剩两天，一位年轻信差火速来报，湖州来电，湖州钱府吴越堂（钱氏宗脉在江浙一带有五十九支，同宗不同支）钱仲霖病危，嘱三小姐立马赴娘家见父亲最后一面。听报，云霞震惊万分，离家不到一年，父亲怎会说病就病，而且一病就危？

本来，等冯诗满月后，他们就要带上冯诗回湖州看望老人，没想，这满月酒席刚张罗完毕，邀亲朋好友赴宴的帖子才送完，却突然遭遇这等变故，真是世事难料。云霞和珉泉都顾不得多想，把一切交托给大哥后，就匆匆收拾行李，带上梨子和婴儿，叫上最机灵的船工，乘坐自家的乌篷船，快速赶往湖州。

湖州钱府，云霞离家前还健健康康、像是老虎都打得死的钱仲霖，此刻躺在病榻奄奄一息，但双目仍然带着无限希望无限期盼，却又不无遗憾地望着三女儿，转而又头晕目眩起来，梦呓般要女儿背家训："家国天下？"

"爹爹……"女儿泪珠滚落，紧抓父亲的手，"先有一家、后有一国，最后形成天下。"

钱仲霖断断续续地出声：钱家自古以来遵从祖训，私见尽要铲除，公益概行提倡。利在一身勿谋也，利在天下者必谋之；利在一时固谋也，利在万世者更谋之。做人要有社会担当，不做蝇营狗苟的"小我"，要做利国利民的"大我"，弱则发奋图强，强则振兴中华，这是钱氏子孙要自觉背负的使命。你身为钱家女儿，要和钱家男儿一样不辱使命。爹爹对不起你的是，你的两个姐姐都太柔弱，她们能照顾好自己就不错了。弟弟还只是黄口小儿，将来能不能助你一臂之力，实属难料，至于其他堂亲表亲都各有命运赋予的使命……原本想有爹爹在，是你的后盾，没曾料爹爹会遭如此毒手……要让你吃苦了。

钱仲霖泪流满面，上气不接下气。女儿打开手中的包袱，泪水滴在颤抖的双手上，她擦干净双手，将包袱中物件给爹爹看，里面是她出嫁那天穿的绣花鞋，那差点沉入河底的绣花鞋。之后这鞋再也没穿过。随身带上此鞋，除了钱氏吴越堂钱家有祖训"嫁出的女儿并非泼出的水，女儿哪天想回娘家，路就在脚下"，重要的是，这绣花鞋里藏着爹爹的锦囊妙计——爹爹要她记得，万不得已时，拆开此绣鞋，里面有爹爹的见地。

望着女儿，钱仲霖又轻声叹出一句。钱云霞没听清，俯身在父亲嘴边。"唯有天下太平，才有家国春秋"，这下女儿仿佛听明白了，她在父亲的手心写了"明白"两字。父亲轻微地点下头，要她见一个人。

那人进来了，低眉垂首，双手合十，瘦削的身子流露出无尽的哀伤。

"当惠？是当惠小和尚？！"云霞满脸诧异。

父亲告诉她，其实他和云门寺支一禅师的交情非同一般，那年去看望禅师，带了当惠过去。当惠是安吉钱家的后人，父母双亡，他流落湖州街头。一帮跑江湖的，教他偷鸡摸狗的行当，还要他偷大户人家的。一个寒冷的冬天，他蜷缩在钱府斜对角的凉亭里，不时望一眼钱府大门口的灯笼，手中的树枝在地上画来画去。出门回来的钱仲霖看到这一幕，下轿去看。发现这小叫花子在不停地写着"钱"字。你这样写写，钱就来了吗？小男孩告诉他，他们家姓钱，跟这挂灯笼的人家一样。可是他们家从来就没有什么钱，所以父母生病也没有钱看……就这样，他把当惠领回了家，因为他发现当惠聪明厚道，看到有钱的钱府，他没有偷，他认祖。当惠还很仗义，自己进了钱府温饱不愁了，就跟老爷说，还有一个叫钱阿钿的小小孩，比他小，也是孤儿，可不可以把他也接来钱家。他可以把自己一半的食物给他吃。为了考验他，钱府真的把钱阿钿找了来。一连几天，当惠也真的把分给自己吃的一半给了钱阿钿，钱阿钿却不会说声谢谢。云门寺支一禅师听说后，说当惠是悟性极高的大善之人，请求钱府让当惠进云门寺，希望当惠能成长为一代高僧，哪怕当惠长大后还俗，也是栋梁之材。想到支一禅师身边也需要一个靠得住的后生，钱府就忍痛割爱，让当惠跟了支一禅师。

这次，当惠来湖州已好几个月，协助钱仲霖到天津办一桩大事——父亲还没说，云霞已隐隐约约感觉到是桩什么事了。父亲已经没有力气讲述整桩事的经过，当惠拉了一个人进来，她疑惑地叫了声："李进哥？"

"小姐，是我，从前的小厨李进。那年老爷的朋友带我去了天津，后来做了大厨，总是想报答老爷，哪里会想到……"李进哽咽着，断断续续地讲出老爷遭害的经过。

事情要从民国七年，公元一九一八年说起——

这年的二月十七日，宣统十年戊午正月初七，人的生日。紫禁城内养心殿东套院，臣工们清点字画之所。这里平常也是陈宝琛教溥仪临池学书、体会王氏志向的所在。

屋外大雪覆盖，屋内炭火烧出的热度，把整个室内气温弄得燥热异常。已被废黜七年的宣统皇帝溥仪召集他的小朝廷，在这里举行《王羲之观鹅图》收藏题跋。这是新一轮的《王羲之观鹅图》题跋，也是半年前这位十三岁的逊帝，和他的小朝廷突然对《王羲之观鹅图》产生了极大兴趣，接着，由帝师陈宝琛提出，呼应乾隆丙寅人日的雅集大事，用比乾隆皇帝还要大的排场，在人日这天，让陈师父"奉敕"重新开题《王羲之观鹅图》。参加题跋的人共有二十一位，除了陈宝琛，还有伊克坦、朱益藩、梁鼎芬、袁励准、耆龄、赵世骏、载泽、载润、溥伦、宝熙等。于是，《王羲之观鹅图》上的印章和题跋像乱七八糟的大杂烩一锅炖，不管符不符合章法，全都弄了上去。《王羲之观鹅图》成了溥仪词臣题跋最多的清宫藏画，也成了最不可思议的存世书画宝藏。

其实，这些王公遗老借此评论书画是假，而为"恢复祖业"说古道今是真。而皇室宗法对绘画藏品题跋是有规矩的，即，在面对有祖宗题跋的藏品时，逊帝要恪守家法，避免与祖宗争享名望。这次，溥仪没有和诗，他明白，高宗乾隆的印和跋，远比钱选的画作和诗词重要。乾隆的印和跋，是至高无上的皇家标志，并阐明了此藏品的所有权，以及永久的合法性。溥仪只能像嘉庆皇帝那样，加盖印玺。他在《王羲之观鹅图》上钤下两方收藏印玺，即"嘉庆御览之宝"下的"宣统鉴赏"玺，以及画心右下方乾隆"宜子孙"玺。溥仪对这一轮的《王羲之观鹅图》题跋，是带着复辟希望，是被王公遗老唆使的一出闹剧。

一九二一年，溥仪十六岁，有一天，叫太监打开建福宫那边一座库房。库房内，满屋都是堆到天花板的大箱子，箱皮上有嘉庆年的封条。谁也说不清箱内是什么。溥仪让太监打开其中一个，里面全是手卷字画和精巧异常的古玩玉器。这些都是当年乾隆喜爱的珍玩字画、金银法器。乾隆去世，嘉庆就下令把那些珍宝玩物全部封存。建福宫一带，有许多殿堂的库房，都被这些珍宝填满了。

其实，建福宫是名副其实的皇家宝库。长大成人的溥仪，也察觉到了宫中对宝库的疯狂偷盗。洋老师庄士敦曾告诉他，地安门街上的许多家古董铺子，铺子老板不是宫里的太监就是内务府官员，里面卖的大多是从宫里偷出去的东西。

对此，溥仪根本无法遏制。他有了逃出紫禁城的念头。逃出去，带上这些稀世珍宝，到国外留学也好，做流亡皇室也好，出手一两件字画，说不定就可以舒舒服服过几年——皇帝典当家产过日子，已不是秘密，一九二三年逊清皇室向北京汇丰银行借款，以各种金器八十件作为抵押，借款八十万元，弥补了皇室二百八十万元的亏空。按当时的金价，仅册宝一项就四十万不止，其余的就等于白送。与其这样的白送宫廷收藏，还不如带上珍宝周游列国。

于是，从一九二二年到一九二三年，御弟溥杰"奉旨"入毓庆宫伴读，成了溥仪带宝出宫的帮手。溥仪以赏赐溥杰为名，把宫内所藏字画和古籍运出宫外，其中有宋元版珍贵古籍二百一十部，唐宋元明清古代字画两千多件，里面包括顾恺之的《洛神赋》、唐阎立本的《步辇图》、周昉的《挥扇仕女图》、五代顾闳中的《韩熙载夜宴图》，等等，这些无价之宝，共装了八十多个大木箱，在溥仪的堂弟溥杰护送下，放到了天津英租界十三号路一六六号楼。

钱选《王羲之观鹅图》卷于一九二二年十二月二十五日"赏于溥杰"，被带出宫。

一九二四年冯玉祥发动北京政变，十一月五日，末代皇帝溥仪被赶出了紫禁城。而此时，他已把清宫所藏中最珍贵的精品，转移得差不多了。

溥仪出宫后，先躲进了日本公使馆。

一九二五年二月二十三日，溥仪带了全家，连同宫女、太监、遗老遗少一行秘密前往天津，在天津张园住下。日租界张园又成为溥仪的"行宫"，藏在张园内的故宫文物和珠宝即达七十多箱。

此时的溥仪，积极策划谋事，意欲恢复祖业。一年后，他又想起了《王羲之观鹅图》，当他再次展卷欣赏此图时，面对祖宗的题跋印鉴和王公旧臣的和韵，既感伤无限，又感慨至深，无以言表。溥仪想到五年前头一次题跋后，《王羲之观鹅图》从北京到天津，从禁宫到张园，和其他宫廷旧藏一起，所经历的各种磨难，心里的不安全感就疯窜，令他恢复祖业的欲望更强烈。

《王羲之观鹅图》开始了张园内的唱和……湖州钱府吴越堂获此情报后，决定马上潜入张园，不计任何代价，要把《王羲之观鹅图》收回钱家，至少不能让其流落到异国他邦。

钱仲霖亲自出马，带上前来协助他的二已和当惠。二已就是云门寺守库僧中的老二。加上钱府的两名随同共五个人，走运河水路前往天津。钱仲霖以江南画师的身份赶赴天津张园，为溥仪刻碑。其他的人是为张园送太湖石——张园主人张彪的第十二个儿子张挺与溥仪年龄相仿，情趣相投。他在伴驾溥仪时，每每到花园的假山就会讲到太湖石。张彪知道后，就让人到江南选最好的太湖石。

　　山西榆次人张彪，曾任清代两湖统制，是张之洞"洋务运动"的得力干将，有"中国近代陆军第一人"之称。他既是晚清王朝的旧臣，又是中华民国的"建威将军"，这使他处于非常矛盾之中，他对朝廷和皇上感恩戴德，要"保皇"，却又有革新改良倾向，同情革命。辛亥革命后，他的部下黎元洪七次请他出任湖北军政府都督均遭他的拒绝。他隐居津门，于一九一五年建了豪华宅院张园。一九二四年十二月四日，孙中山和夫人宋庆龄来到天津，住进了张园，二十七天后才赶赴北京。这期间，汪精卫、孙科、张作霖、马千里、黎元洪众多风云人物前来张园，使张园一时成为民国政治的聚焦点。

　　然而，距孙中山离开不到三月，张园的门外就挂出"清宫驻津办事处"的匾额，散居四处的遗老遗少，社会各派势力，在复辟的旗帜下汇聚到此。所来之人中，还有张作霖、段祺瑞、吴佩孚这样一些旧军阀。

　　张园整栋房子的建筑采光很好。花园别墅内有小桥、溪流、泉池，也有假山、八角龙亭、石桌和石凳，园中到处是花草树木，曲径回廊。此前，张彪曾将此园租给了外地商人，一时成了天津著名的娱乐场所"露香园"。钱仲霖去过那时的"露香园"，对里面的设施还记得清楚。

　　张家侍奉溥仪，讨溥仪之好，特定制了英国惠罗公司的欧式家具，宅内是西洋式的装潢。溥仪所选择的住房（平远楼东侧房间），以及新床的摆放位置，竟然与此前孙中山的居室和床位不差分毫。一个是民国的国父，一个是亡命的皇帝，水火不相容的两个人物，在天津张园选择了同一栖身之处。这个栖身之处内部，所用之物中西结合。一层有个会议室，里面摆放的是中式木椅和八仙桌。孙中山在这里和民国巨头们开会，而溥仪在这里和他的小朝廷，开始了对《王羲之观鹅图》新的唱和。

　　二月初，农历年三十一过，钱仲霖几个就来到了天津。曾是湖州钱府帮厨的李进，如今是张园的大厨。他是老东家在张园的内线，是主要情报来源。原本老东家想安排他做宫廷厨师的（钱府几代都给皇家提供江南厨子），没想皇帝自己都逃出了宫廷，而李进却阴差阳错，进入张园做起大厨。溥仪带宝入住张园，这对钱仲霖来讲，有种"神助也"的感觉！

当李进告诉他，张园要刻一块石碑，上书"前清宣统帝行宫"之字，他脑中马上就有了进入张园的计划，照这计划，他们可以堂而皇之地进入张园。

江南画师来了。接门口护卫报告，张园管家正为安排《王羲之观鹅图》唱和，忙得不亦乐乎。什么江南画师？早不来晚不来，这个时候来凑什么热闹？但要给皇帝刻石碑的事是有的，只是还来不及定下用北方的巧匠，还是江南画师，这得听皇帝的，可皇帝这会儿哪有心思过问这事？既然画师已到，那就先住下。张园管家发了话。管家其实也没搞明白，这江南画师到底是谁请来的？可他还来不及核实，很快就把此事给忘了。

因为管家发话安排住下，钱仲霖就在张园外面的用工屋，名正言顺地住了下来。

第二天，二月三日，溥仪召集的《王羲之观鹅图》卷题跋在张园举行。之前的一月十六日，溥仪让郑孝胥把《王羲之观鹅图》又重新做了装裱，因《王羲之观鹅图》卷已题满跋和诗，不重裱，已没法再往上题了。三天后，郑孝胥就把重裱的《王羲之观鹅图》卷呈溥仪。

在召词臣集体唱和前，溥仪已多次展卷欣赏此图，面对祖宗的题跋印鉴，想至深处，不免泪湿衣襟。而那些王公旧臣的和韵，也每每勾动他感情的神经，不由感慨系之。

这天的张园风和日丽。连下了几天大雪的天津城，大街小巷出现了各种叫卖声。闹中取静的张园内，新一轮的唱和就要开启。午后，大门口接二连三出现外观颇具气派的黄包车，车上下来的，不是身穿各种锦缎棉袍，就是身披各种兽皮大氅，个个戴着毛茸茸皮帽，鱼贯而入。

江南画师到张园镌刻石碑的，要看石碑竖立的位置。他跟着这些人物，进了张园。

领班郑孝胥在厅内迎接诸位，毕竟已是逃亡之帝，全然没有了朝廷威严以及繁文缛节。而这新一轮题跋唱和，没见清朝宗室成员的影子，倒是出现了日本人的身影。李进说，这几个日本人都是日本领事馆的，与郑孝胥非常熟悉，已经到过张园多次。

　　郑孝胥，二十二岁时通过科举考试取得福建省乡试解元，开始步入仕途。三十一岁东渡日本，成为日本大阪总领事，中日甲午战争爆发后回国。一九二三年，溥仪任命郑孝胥出任总理内务府大臣一职。溥仪出逃京城，郑孝胥希望借助日本势力助溥仪复辟，他不愿承认的是，日本却只想借助溥仪的影响力，帮他们控制中国。

　　郑孝胥经历了戊戌变法、立宪运动、辛亥革命这些变革运动，已经六十五岁的他，还是一个诗人和书法家，在书法上的造诣十分深厚，尤其擅长楷书、行书。光绪三十四年，公元一九〇八年交通银行成立，"交通银行"四个大字为郑孝胥所书。而溥仪对郑孝胥的器重，更因为他是溥仪心目中"恢复祖业"的依托。

　　郑孝胥率各位进了会议室。会议室中间的八仙桌已改为长方大桌，这大桌是由六张方桌拼起来的，上面垫了毡子，毡子上面又铺了鹅黄的锦缎。围着大桌，四面墙边放着椅子，椅子中间的主位，是一张包着宫黄色椅套的大铜椅。各位甫一坐定，一个太监的声音款款唤道："皇上来了！"

　　尽管已经没有了"皇上驾到"的威严，但这句"皇上来了"足以让这些到这里陪伴圣驾的人感到隆恩浩大了。有人带头跪了下去，"皇上！"其他人也跟着一个个溜到地上。他们中有人首次面圣龙颜，实感荣幸至极。

　　溥仪近前把他们一个个扶起："免礼，免礼，请起！"

　　几位有名的诗人和书法家，以及日本领事，还真免了礼，没有下跪。但与溥仪对揖时，不免尴尬。

　　溥仪在象征性的龙椅上坐下。一旁的太监把《王羲之观鹅图》双手举过头顶。

　　"朕，今邀诸位共赏《王羲之观鹅图》，请你们不拘一格，直抒胸臆；朕相信，你们会在图卷上看出'不绝的希望'，会有满腔的热情……"溥仪没说很多，他发现今天的题跋唱和，宗室成员几乎不见一个，他们在隐匿。这让在北京时被宗宰包围的溥仪，突然感到从前的日子已一去不返，唱和题跋，也许只不过是一种兴奋剂，催生出种种幻觉，让人在假想中沉醉。

　　溥仪声音沙哑地嘱郑孝胥展开《王羲之观鹅图》。太监把《王羲之观鹅图》交到他手上，他把它放桌面上轻轻展开。一圈的人即刻伸长了脖子，接着，一个又一个的身子凑到了桌面……多少个朝代，多少个帝王，在上面留下了风流的印记，又激起了多少人的遐想和迷思——这上面到底留下了怎样的谜，谁又能解开这个谜底？

命题，作字。一旁的文房宝桌上，放有乾隆帝用过的端砚，印泥是上等朱砂研制的，毛笔有狼毫的也有鼠须的……只见郑孝胥提笔在画卷上题："仰止乾隆感慨多，应天法祖道如何？家鸡莫泥山阴体，笔陈中兴有观鹅。"字里行间直截了当地代表他的皇上，宣扬复辟的主张。而刚健的书风，又自成一格。

与五年前陈宝琛的题诗一对照，溥仪自是欣赏郑孝胥。郑孝胥不仅忠实地传达出皇上的款款心曲，还用"观鹅"表达了他的"中兴"方略。纵观《王羲之观鹅图》题跋中所有逊清词臣的措辞，没有比这更让溥仪动心的了。如果说，陈宝琛是他认为最忠心的人，郑孝胥却是那种令他心醉、令他激情澎湃的人。

此时的郑孝胥慷慨激昂，声泪俱下："诸位，当今皇上帝国的版图在哪里？我来告诉你们吧，帝国的版图将超越圣祖仁皇帝一朝的规模，那时京都将有三座，一在北京，一在南京，一在帕米尔高原之上……"

热泪蒙眬了溥仪的双眼。前来参加唱和人，无不被郑孝胥的激情感染，他们用袖子拭去了渗出眼角的泪水，呼出了"吾皇万岁万万岁"，接着，有几个年岁大的，"扑通、扑通"跪拜在地，号啕大哭起来。

一时间，张园仿佛回到了前清，纷纷效忠的场面，像煞戏台上锣鼓钹镲一起放声的剧中高潮……这天，溥仪第三方收藏印玺"宣统御览"的钤，盖在了《王羲之观鹅图》上第二十九则溥侗的诗跋与第三十则郑孝胥的题跋之间。

这一切，在窗外的钱仲霖一一收入眼底。钱仲霖不知道的是，之后的三个月时间，有近二十人"奉敕"和韵题跋，围着《王羲之观鹅图》，张园热闹喧哗了好一阵子。

当唱和进入晚宴，最后一抹晚霞快要消失时，钱仲霖突然感觉到楼上一扇窗户内有目光在窥视他。事不宜迟，今晚，他们必须动手拿到《王羲之观鹅图》，否则，这样的机会不可能再有。是否计划已经泄漏？这是钱仲霖一直在担心的。他的担心不是毫无来由，刚才，他就看到那个会议室里面，站在日本人边上的那个中国人脸相有点熟，在哪里见过，就是想不起来。尽管此建筑室内采光不错，但他在室外看室内，还是需要一定角度才可看清某些东西。可他不能随便变换角度，不能靠近窗口，更不能在一个位置站太久。还没想起这个日本人的翻译到底是谁，他就得避开。

他掏出怀表看，离行动时间已不到一小时——他们几个必须在皇帝送客、场面松散、守卫注意力分散的那几秒钟内，干净利索地把画卷取走。

让钱仲霖有种不祥预感的是，原本这个时候应该出现在园内的当惠他们却不见一个影子。说好的，这个时候是他们几个送太湖石的时间，可晚宴已经开席过半，却没有看到他的人。他们在哪里？

钱仲霖隐身在假山下，想隔断从各个阴暗处射出的目光。有人过来了，他想避开，却已不及。这是一个年轻人，走路急匆匆，好像还不看路。都快要撞上他了，才朝他边点头边说："对不起，对不起！"把一个小纸团扔到了他的脚下。

钱仲霖看四周没人，赶紧捡起小纸团。摊开一看，上面写着："速离，危险！"

这年轻人是谁？面目清秀，干练挺拔。跟谁很像？他的女婿冯珉泉，他像冯珉泉！他难道是珉泉的二哥珞水？冯珞水，离家多年的冯珞水，他没见过，但听说他的左眉梢上面有一颗痣。可不，这年轻人眉梢之上是有颗痣呢！

钱仲霖不敢再想下去，震惊之余，他得赶紧决断，是继续还是撤离。显然，行动已经败露，现在撤离可能还有活命。这以后，就可能再也没有这样的机会了。此时，大门口传来越来越响的吵闹声，隐约听得当惠夹在中间嚷嚷。糟糕，当惠他们有危险了！

钱仲霖不知道的是，当惠他们把太湖石送到门口，发现门卫增加了日本租界警察。日本警察让园里出来的人把石头弄了进去，其中有个中国人出来，和日本兵嘀咕了几句，就让二已跟了他进去。当惠急了，嚷嚷起来，不仅因为今晚他是主角（老爷他们都是为他取画给他打掩护的），而且想着让老爷听到，情况有变。原本还有第二方案，那就是由李进把当惠几个弄来。如果这样，李进就完全暴露了。

而此时，已经没有选择，钱仲霖必须尽快要做的是赶快带上这些年轻人离开这里。天已完全暗下来，他往大门口摸去。此时回廊里却传来金属器械的打斗声，二已的声音清晰地传来——"佐木次郎，你个混蛋，你杀了僧人，逃到这里，我要向皇上告发你。"

佐木次郎？他怎么逃到这里来了？糟！没有回旋余地——钱仲霖跑向回

廊，抽出身上藏着的匕首，刺向了黑暗中被二已叫作佐木次郎的那个人。那个人"叽里呱啦"地一声喊，手中锋利的刀剑砍向钱仲霖，且刀刀对准要害。几个回合下来，钱仲霖已被伤到多处，二已手臂上也被砍了一刀……有急促的脚步声跑向花园，好像人很多。

"老爷，我们赶紧走，他们的人来了！"二已说。

犹豫之间，锋利的刀尖刺进了钱仲霖的腹部……恍惚中，钱仲霖感到有人用一根木棍将那个日本人挡了一下，否则，这一刀会当即要了他的命。

几乎同时，李进带了当惠他们跑了过来，背上受伤的钱仲霖飞奔出张园。

二

云霞听完李进的讲述，一个接一个的疑问抛向李进。

"到底是谁泄漏了计划？"

"后来老爷回想起来，他看到的那个日本领事翻译叫钱几何，他带那个佐木次郎来过我们府上，那时他还不是日本领事馆的翻译。"

"那，他是怎么知道我们的计划？"

"毛病就在这里，如果有人向他告密，他也不一定告诉日本人。那天张园门口，是他让二已进了里面。"

"二已进了张园，又怎么碰上了佐木次郎？"

"二已说，钱几何带他进了张园后，让他自己去找管家要太湖石的钱。可他在园里迷路了，结果就碰到了佐木次郎。"

"那个日本人不是佐木次郎，佐木次郎不是长那样的！"当惠对云霞说。

云霞糊涂了。她靠近父亲，抓着父亲的手，想听父亲说话。双眼紧闭的父亲，从微弱的气息中吐出十分清晰几个字："当惠没说错，佐木次郎没有那么高，很胖！"

"那天也奇怪，原本当惠他们被挡在门外，我并不知道。就是老爷说的那个年轻人——应该是你家二哥。他来到厨房，说大门口有人找我。我出去才知道，日本警察不让他们进。我就说当惠是我表弟，他们是来帮皇室干活的。日本警察有认识我的，平时没少贪吃我的东西。他们就睁一只眼闭一只眼地放他们入内。此时当惠他们已经误了与老爷接头的时间，进了园子，却不知上哪里去找老爷。这时，还是你们的二哥，跑在我们前面……其实张园的人完全可以抓住我们，但他们没有这样做，没有对我们赶尽杀绝。"李进接着说，"但是，他们对老爷下手真的是太狠，就没想让他活！"

听李进这么一说，云霞又忍不住哭泣起来，边哭边问："二已呢，他不是也中了一刀吗？"

"他只是伤了皮肉。直接回了云门寺！"李进又补了一句，"那个日本人，应该是被珉泉的二哥一刀毙命的。"

没有人再想说什么，李进也已疲惫至极，坐在椅子上，脑袋靠着墙，双眼迷茫地望向天花板，无助中带着凄惶。

满屋子死亡的气息。

冯珉泉进屋，来到老岳父床边。

尽管一只脚已踏进另一个世界，但钱仲霖还是感知到女婿在身边，他微微睁了下眼睛，说："贤婿，云霞和孩子都要靠你了……"

"爹爹，你放心……"珉泉强忍住哭声，握住了岳父的手。

"国之不幸，家不幸。家国家国……国有败类，钱家也有……云门寺，云门寺有败类，佛门不幸，要告诉老禅师……"钱仲霖的声音越来越小，然而，当他吐出最后一口气前，却突然加大了音量，说："郑孝胥，一定会被日本人做掉！"

所有在场的人都吓了一跳，云霞从椅上跳了起来。

钱仲霖抓住女儿的手突然滑落。

一切戛然而止。

不到五十岁的钱仲霖就这样撒手人寰。这是一九二六年三月底，他的外孙女冯诗刚满月。

钱仲霖去世后，湖州钱府失去顶梁柱，家族顷刻处于风雨飘摇之中。

几房的人过来，要云霞的母亲王氏分了家族收藏。母亲站在廊院前，面对好吃懒做、只会盗卖家产去吃喝嫖赌的后生说："你们要祖传家藏没有，要命有一条，你们可以在我的尸首上踩过去，看祖宗能给到你们什么！"

母亲的刚强，让云霞深感骄傲。但有一个阴影罩着，总让她走不出——一连几天她总在想，假如不是要和二已杀那个"佐木次郎"，父亲这次应该不会丢命，应该可以毛发无损地回来。尽管大事未了，但每个人都可以全身而退。问题到底出在哪里？二已在云门寺就熟悉佐木次郎，但为什么到了天津张园就分辨不出？还有珉泉的二哥，他是怎么会在那里的？他想救父亲，但最终还是未能如愿——挡刀的那一棍，应该是冯家老二，他为什么要在暗中保护父亲……

哀伤中的云霞，几乎没有奶水可以喂冯诗，梨子到农家买羊奶给孩子吃。珉泉和李进到乡下去采购土特产，乡下正是青黄不接时，两个人时有空手而归。他们不得不佩服钱仲霖老爷。之前这么一个府邸，辉煌的时候每天流水席不断，似乎满府邸都在吟诗酬唱。也就这几年，典的典、当的当，把钱都用到那上头去了，老爷还为此搭上了命，却换不来《王羲之观鹅图》一个角……那么，钱府自己的世传收藏到底怎样可以得到保护？

还没有人想到这一层。不管钱仲霖走之前有没有做出安排，但他走后，整个府邸的灵魂没有了，大家像失心疯似的，不是到处乱窜，就是萎靡不振，钱府上下，除了一日三餐照常上桌，其他事项几近瘫痪。珉泉作为三女婿，当仁不让地担负起善后一些事宜。哪天才能带上老婆孩子回绍兴，已不是他可以考虑的了。

这天，他和云霞计算着什么时候可以回绍兴，去云门寺，告诉老禅师，寺院的那个内鬼应该可以揪出来了。当惠来了："姐姐、姐夫，夫人让你们去老爷书房！"

当惠小和尚到了钱府，换上了平常衣着，称呼他人也就不用"施主"两字了。但他已经习惯双手合十，面对他人的时候，还是一副小和尚样子，机灵中带着虔诚。

"姐姐、姐夫，什么时候我可以回云门寺？禅师在等我，我要向禅师讲明白钱老爷的事。不知道他是不是还在给老爷做法事？"

去书房的路上，当惠满腹心事的样子。

"是的，禅师一定在挂念。忙完这里，我们要尽快回去。你先去帮李进哥哥做事，等下姐姐再找你。"

当惠点点头，不再跟他们进书房。

钱仲霖的书房很大，特别那几根柱子，有烟囱那么粗，顶着柱子的石墩，看着沉沉的，仿佛要屹立千年——只要书房在，家业就不倒。云霞小时候捉迷藏时，只要爹爹在，她就喜欢往这里头藏。而每年春秋一次的诗词歌赋酬唱，这里必定是观赏极品字画之处，二三十人在里面，都还宽裕舒畅。

如今人去屋空，连书房外的蜡梅花也早早谢了……

云霞母亲在书房，还不到十岁的弟弟云竹也在。戴了重孝的弟弟，满脸的凄惶，让云霞夫妻俩不忍多看。

"吃早饭了吗？"珉泉关切地问他。

弟弟点点头，涣散的目光是迷茫是惧怕。

母亲开口："请你们过来，也是你们父亲生前交代的一些事，要告诉你们。对钱家来说，儿子女儿一个样，嫁出去的女儿并非泼出去的水，女婿是半个儿子。老爷去得快，许多事都来不及安排。特别是那些祖传家藏，钱府只要还有一个人，最好不外移。家藏家藏，不在家里，何谓家藏？所以，你们要帮母亲重新清点核对一下，放妥了。这个书房，以后就由我陪着你们弟弟，在这里念书，在这里守着这些字字画画！"

钱府的书画收藏，与当地许多豪门一样，和金银珠宝分开，一般就放在主人的书房。有的在书房隔间置放，有的在书房地下挖库房，而云霞家里的字画，都放到了书房的阁楼。阁楼有两米多高，通风干燥，这让年代再久的绢纸藏品，可以避免潮侵虫蛀。每年字画的修复和核验，是少不了要做的，一般是在梅雨季节前后。

古代的能工巧匠，有一套独特的计算方法，他可以借助视觉上的错觉，把实际存在的事物，搞得没人能看得出。钱仲霖的书房就是这样，屋里屋外就是看不出阁楼的存在，顶多，人们还以为这屋顶有点平。

这让珉泉也开了眼界，觉得自己的父亲就像个小财主，弄个什么密室，搞了几套锁。结果被大哥三下五除二地解套，那锁有什么用？还有云门寺那么大的石库……钱府的字画就这么放着，那些珍贵的线装古书，也就这样公开放在红木书架上。书架真多，放满了各种书籍。民国最新出的也不少，甚至还有外文书。

云霞的《观鹅图》就挂在通往阁楼的那面墙上。珉泉过去仔细看起来，觉得和家里的那幅比，还是这幅拙气得可爱。

"云竹，你和姐姐一起把梯子移过去，让你姐夫上去先看看，我们要怎么弄才好！"

珉泉听了，连忙亲自动手。他知道云竹生下来就体质不好，家里太用心养，养成了一个胆小怕事、身体三天两头闹病的男孩。岳母叫云竹搬梯子，其实是说给女婿听的。以后这个弟弟，这个家，他就要多担当些了。云霞的两个姐姐和姐夫，不是已回南京，就是回了上海，两个姐夫做的什么事业，珉泉一直没有搞明白。钱仲霖对子女似乎有偏心，三女儿钱云霞应该是他最信任的了。两个姐姐像是很明白这一点，父亲身后这么多事，她们也不想操更多心，能拔腿走人，就不想多留一刻。

云霞和珉泉一起爬上了阁楼。

珉泉突然想起，云霞家有《兰亭序》唐代临摹本。那年他第一次来到这里，遇到的佐木次郎，居然提出要看《兰亭序》唐摹本。这个当年唐太宗命人临摹的，能传世至今，绝非易事，而钱府的收藏基本是密藏，重量级的绝不公布。可又是谁，泄露了这个秘密呢？他把自己的想法告诉了云霞，云霞也懵懂迷惘。

"当年进出钱府的人一拨接一拨，越想保密的事，越是传得快。怎能说得清是哪个泄的密？我们还是先找出这个临摹本，这可是钱家的性命……"云霞说。

两个人连忙对着清单，开始了寻找。层层叠叠的字画箱，有的还找不见编号了，这加大了劳动强度和难度。他们怎么动脑，也无法加快进度。而且，主人在时，这书屋、这阁楼，基本处于恒温状态。没了主人，屋里没了可以取暖的火盆，整个屋子就出奇的冷。两个人尽管戴了手套，还得时不时把手放入棉衣内捂热。

云竹和母亲也没有闲着，在楼下清点书籍。

一连几天，在书房寻找，忙活，母亲已经累得直不起腰，可那幅《兰亭序》唐摹本依然踪迹全无。

"不用再找了！"几棍子都打不出一个闷屁的云竹，突然开口。

母亲不解地盯着他。

"云竹，你知道在哪里？"云霞急切地问。

"我要知道在哪里，还和你们一起找吗？"云竹沮丧地坐在一只箱子上，心里似乎已经明白，他们所做的一切已没有任何意义。

母亲突然晕倒在地，手上的清单却揣到了胸口，死活没有松手。

"姆妈，姆妈！"儿女们手忙脚乱地摇晃着母亲。

珉泉赶紧出去叫梨子，梨子却已在门口。

她进来就给夫人揉胸敲背，掐人中。

母亲很快清醒过来。看到已成了花脸的儿女，还在用脏手摸着汗水和泪水，心中的悲凉更是无处哭诉。她已经知道这《兰亭序》临摹本的去向，但她无法说出。就是说了，也于事无补。这个《兰亭序》唐摹本放在一个特殊的装置中，还是她的大女婿父亲当年从国外带来，说适合放年代太久的古书画。老爷走前跟她说过，这个装置只有大女婿能开……几个孩子中，她最宠爱的除了儿子云竹，还有就是最大的女儿。这个大女儿却是自私，总是嫌娘家给的不够，时不时地要来跟她软磨硬泡地缠几天。可是，大女儿和这个大女婿是怎么进的书房？怎么找到了它？莫不是趁老爷归天之际，这两个人浑水摸鱼，从她房中取了老爷书房钥匙……罪孽啊罪孽，母亲心堵得喘不过气，脸色灰白灰白。

"为这些，你们爹爹丢了命。不想，家里还……你们爹爹冤哪！我是罪人，没看好你们爹爹的东西，没帮他保住祖宗的宝贝，我活着还有什么意思？！"

痛苦万分的母亲，要用头去撞柱子，云霞和云竹死活抱住她。云霞哭道："弟弟还这么小，你不能这样啊！"

梨子大声说："夫人，留得青山在，不怕没柴烧。人要紧，身体要紧，其他都可以想办法的！"一个丫头，在钱府耳濡目染，说出的话竟然可以让人一下有了希望，哪怕这希望仅是微弱的火花一闪。

夫人慢慢安静了下来。望着梨子，她突然问："你在绍兴习惯吗？"

"绍兴和湖州没啥不同的，生活习惯都一样。只是会想夫人和老爷。"

"老爷扔下我们顾自走了！"云霞母亲又要哭。

此时，李进在门口，唤大家去吃饭，还说给夫人炖了木耳雪梨。都快一天了，书房的人还什么都没吃呢！

三

一样的水路回绍兴。咿咿呀呀的橹桨声中，珉泉似乎听到了一种和音。他推开乌篷船的小窗，望到与船尾相距四五十米左右，有一条比他们的船小一点的乌篷船，跟在后面。

河道里，船跟着船，同样的航线，常有的事。只是相距这么近，除非是一个船队的，一般很少。这船的船工是年轻人吧，想超船？有意思。

珉泉放下了小窗。

云霞终于问起当惠："你们到了天津，有没有跟什么人接触过？比如二己，他一直跟你们在一起吗？"

"姐姐，出家人不能妄议，所以有些事很想跟老爷说，但又不能说。姐姐今天问我了，不知该不该说。"

"只要是事实，没有什么不该说的。哪怕说错了，也没关系，又不是故意说人坏话。"

当惠看了眼一旁的珉泉。珉泉说："你就实话讲，禅师不会怪你多嘴的！"

于是，当惠告诉说，那天到达天津后，老爷住进了张园，他们几个住船上，因为太湖石也要有人看着。夜半时，他出去方便，舱内不见二己，他以为二己也出去方便了，可外面还是没有二己。他担心二己掉河里呢，就往周边河面睃巡了半天。二己不会上岸玩去了吧，但老爷吩咐了，四个人不能分散，不能单独离开其他人。二己一个人上岸，到底干吗去了？他想不出理由，就进舱又睡了。黎明时分，他醒来，还是不见二己，往外看，就见二己从岸上急匆匆跑来，溜进了船舱，悄无声息地躺下了。

除了当惠，其他人都睡得死死的，应该不知道二己离船上了岸。

"这个二己有多大了？为什么禅师派他过来？"

"我知道这个人，他是云门寺武功不错的那几个里的，所以就让他当守库僧。这次禅师让他来协助我岳父，估计也是这个原因吧！"

"师父曾经想换人的，但老爷传来话，说，既然定了，就不换了。所以最后还是二己和我一起来了。"

"二己明明看到过佐木次郎，为什么要诓老爷？"

对云霞这个问题，两个男人都回答不上。

"要是梨子在就好了，她一定会说出个所以然。"云霞说这话时，真的恨不得梨子就在面前。

梨子没法跟他们一起回绍兴，她要协助夫人，把一些事处理得差不多时，才可脱身。

"有一件事不知该不该说。"

"说吧，好当惠，姐姐信你！"

"就是首己被佐木次郎砍的前一天，我看到他们在吵架。吵得很凶。首己骂二己是祸害，是日本人的奸细。二己骂首己是饭桶、傻瓜。"

"禅师不知道这些吗？"

"师父不问，我不会多嘴。寺庙里，经常会有和尚吵架，一般他们不会当着师父的面吵。"

"你们平时是怎么看二己的？"

"他是守库僧，我们很少看到他。"

小和尚当惠看着很累，自钱老爷把他召到湖州再去天津，直至钱老爷被害，他一直绷紧着弦，他能告诉云霞的也只有这些了。

船儿在吱吱扭扭地响，已经驶离湖州城好几十里。

去年这个时候，一支船队十里红妆地在这水道上，把钱云霞风风光光地送往绍兴。而今，一条小乌篷船，载着麻衣缟素的断肠人，凄凄惨惨地离开湖州。不满一年，物是人非，前后两个天地。

宝宝冯诗开始啼哭，珉泉和云霞轮流抱她。

当惠小心地帮着拿出牛奶，放到自己的胸口取暖。

当惠自己还是个孩子，但不幸的命运，让他过早地经历了人间沧桑。当惠不多言，佛家有戒"开口即错，动念即乖"。当惠心里自有很多的明白，只是无法言说。二己是他父亲没法管了，才把他交给了寺庙。他的那些武功基本来自野路子，上来就有可能把人打爆了头。他看不起首己的"花拳绣腿"，自然也就不服首己的管。禅师好几次训诫他，看他老实了许多。哪知背着禅师，二己就张狂，对八大执事，他也只听克己和尚的。

其实，寺院并不平静，几百号人，哪怕是挑水的，还是扫地的，也有你是我非的争议，如果真能断七情六欲，也就用不着修行了。当惠跟了老禅师几年，明了许多道理，很多时候，以"沉默是金"来管理自己，吃亏的时候，用"吃亏是福"来安慰自己，这让他在成长中少了许多烦恼。

"师父在等我们了，船啊船，快一点！"当惠急得时不时出舱去帮船工。

乌篷船，脚划手摇，船尾再加个摇橹的，依然是水路漫漫，急不来。

夜晚，船也不泊岸了，借着月光，珉泉和船工轮流划船，一路不停地前行。奇怪的是，白天在他们后面的那条乌篷船，也没有泊岸，一样地咿咿呀呀划水而行。看来真是同路的了，夜行船，相伴而行，也好，尽管陌生，也是有了照应。

离宁桑还有五六十里，云门寺已经有僧人来接了。

他们下了船，坐上马车，急急赶往云门寺，而跟在他们后面的那条船，仍然在往前行驶。

一到寺院，出门接他们的释得就眼圈红红地告诉他们："师父已经辟谷半个多月了，谁都不见，我这里很多事，也不知道问谁去！"

当惠听了，飞一般往院库边上的小屋跑去。以前师父辟谷，不会超过七天，现在怎么有半个多月了呢？师父这是怎么了？跑到小屋门口，当惠停住，他知道，师父辟谷是不能打搅的。他倾听，小屋内没有任何音响。近旁的院库大门紧闭着，守库僧也不知去了哪里，只有不远处的溪流在告诉他，这里还有生机。

他发现小屋窗台上有个瓷碗，赶紧取了跑向溪水。师父辟谷后要喝水，他清楚。

珉泉他们过来了。

"师父，钱家和冯家的人来了！"释得在门口喊。

没有声音。

珉泉和云霞跪了下来，齐声说："师父，我们来了。师父！"

小屋的门终于打开，支一禅师静静地站在那里，深陷的双目依然清澈，两道白眉更像两把利剑，高耸着，似乎随时会劈向既定目标……

"师父，师父，水，水——"当惠端着一碗溪水，跌跌撞撞地跑来。

是夜，住持禅房。老禅师垂泪不止。"是我害了你们父亲。本不该派二已去的。只是想到二已武功了得，给你们父亲当保镖总是可以，但后来也想到这个人太鲁莽，说不定会惹事，可是时间紧迫，再换已不合适，只得让他去了……"

珉泉和云霞跟着垂泪，不知该怎么安慰禅师。

原来，这个二已是锁匠的孩子，当他父亲发现他把专术用在歪门邪道上后，告诉他迟早会死于非命。可小小年纪就是不改，父亲毫无办法，就把他送来云门寺。进入寺庙后，他跟了一位武僧舞枪弄棒，因了他的聪明，武僧去世后，他就成了云门寺功夫僧人。日本浪人佐木次郎进云门寺那年，使了法子拉拢他。

"一开始，他也没理那个日本人，后来，他总想把首已排挤掉，就想着如何利用日本人。那天首已本来不会死，就是他在库里帮了佐木次郎！"释得说。

"那库门也是他开的？"云霞问。

"就是嘛，这个混蛋从小就拿这个本事去造孽，最后他的技术都超过了他爹，他爹害怕，也没有办法管住他了，只好把他送进寺庙。想着以为他修行好了，哪知他……唉！"释得边说边摇头，"还好，这家伙暴露了，他不暴露，我还要替他背黑锅！"

"他去天津又怎么遇上了佐木次郎？"珉泉问。

"佐木次郎逃走后，二已跟他没有断绝关系。钱老爷一到天津，二已就去找了佐木次郎。这个佐木次郎已经臭名昭著，日本领事馆也不敢公开用他，但他跟着皇帝的宝贝走，说是在天津开了古董店。二已知道，当天晚上就去找了他。"

"那这次他们的交易目的是什么？"云霞总想把盘恒在脑中的十万个为什么都弄明白。

"我想，这两个混蛋要借此发笔横财是肯定的，他们以为皇帝也好、日本领事也好，至少会给到他们一笔赏金吧，再一个，二已不想送死，他觉得这事做不成，他脑子蛮活，想着还不如神不知鬼不觉地帮皇帝和日本人做事，好过跟着钱老爷送命！"

"那他为什么又要让日本人杀死钱老爷？要不是他，老爷会死吗？"当惠终于冒出一句。

"这个么……"释得转而一想，又说，"这还得问他自己，为什么张园的日本人明明不是佐木次郎，他要当着钱老爷喊'佐木次郎'，害钱老爷被那日本人刺死！"

"二已现在哪里？"珉泉问。

"关在寺院的戒房。他还没有回到寺里，就有人送来了情报。后来钱府也来了密信。我们就把他关了起来。到底怎么处置他，还得听你们的意见。眼下，像这样的人送官府，恐怕官府也不一定有精力，只会怪我们寺院多事！"释得这样说也不是毫无道理，民国动荡时期，正值国共第一次合作，政府忙于国计民生，要让一个千疮百孔的国家强盛起来，真还顾不上寺庙里的打打杀杀。释得最担心的是，政府要知道云门寺如此乱象，随时有可能封了庙门，哪还会出资再修建？想当方丈？趁早还俗吧！

沉默。

禅师望着东面墙上的大"鹅"，仍是痛苦不已地懊悔："憨头鹅，你为啥不提醒我，那天首已断气前，说了一个'二'字，明明就是在告诉我，是二已，可我为什么就没有想到是二已！我这是心智迷失啊！"

"师父，是我们太善良！"少年当惠说出一句大人话，让在座每一个人都感而叹之。

所有人的心，在翻江倒海，注定这是一个不眠之夜。

四

早上，刚蒙蒙眬眬闭上双眼，宝宝醒来要吃奶了。云霞正找奶，当惠已经拿了羊奶过来，告诉珉泉，禅师让他过去。

云霞喂着孩子，心里忐忑不安，刚从禅师那里回来不久，怎么又有事了呢？不会又是什么鬼马魅牛的，还活不活！

不到一个时辰，珉泉回来了，上气不接下气的样子。看到云霞和孩子安好，长吁一口气，紧催着云霞收拾走人，说禅师安排的马车已在大门口等。

"不是还要给两个爹爹做法事吗？"

"不是时机，再说！"

云霞指的两个爹爹，一个是钱仲霖，刚去世，做法事给他超度；一个是老师爷冯鹤龄，周年忌日，让他在那个世界安好。

怎么突然就不是时机了呢？云霞转而又说："我要送给禅师的《观鹅图》还没有给他呢？"

"下次再给他吧！"

"你以为是我画的那幅？是我爹爹画的，他说麻烦了老禅师，何以为报，要我把这画给到他，他看后一定会明白我爹爹的意思！"

"可是禅师现在很忙，过段时间我们再来！趁大哥他们还没有出发，我们赶紧回去。"珉泉抱起孩子，挎上包袱——原本明后两天，大哥他们就要过来，要在云门寺给父亲做年祭法事，此刻，他却要带上老婆孩子快快撤离。

云霞满腹狐疑地被带离寺院。

当惠送他们上了马车。没有看到释得和其他僧人，他们像逃难一样离开了古刹。

　　路上，珉泉才告诉她，二已昨晚逃出寺院，但今晨在秦望山崖壁下发现了他的尸体，好像是中毒而死。释得向禅师指天发誓，说这事一定是寺内的人干的，被关押的二已靠自己绝对逃不出去。看守他的僧人，表面看是被出逃的二已掐死的，实际是死前已被下了药。想到一连串的事，禅师感觉到云门寺潜伏着凶煞恶鬼，不知什么时候，又会出来咬人。

　　"他想到了你和孩子，要我马上送你们回去。他自己的生命安危早已置之度外，他说，这事如不弄个水落石出，云门寺将永无宁日……但是，我看禅师的身子已经很虚弱，辟谷这么久，不知道对他的身体是好还是不好。他好像对二已的死还是有所料的，就是没有想到这么快。他说，恶，总是先走了一步。"

　　回到宁桑冯家大屋，一家人又热闹起来。但碍于钱家老爷去世不久，每个人又得把高兴压住一点，不能显得没心没肺地嬉闹。

　　大哥过来了，要来逗冯诗，也想问清楚珉泉，为何取消了两位老爷的法事。

　　珉泉把他拉到屋外老桂树下，悄声问："那个帮你来开密室锁的，是不是云门寺的二已？"

　　冯钰昌满脸诧异和尴尬，结结巴巴地问："你在云门寺看……看到二已了？是他……他……他，告诉你的？"

　　"他已经死了，我们连个见面的机会都没有。"

　　"死了，二已？二已死了？"

　　"是的，云门寺已不再有这个祸害了！我们也不用担心他来偷冯家的。不过，大哥你不知道，这个二已与佐木次郎勾搭成奸，害死了我岳父！"

　　"还有这种事？二已这个鬼，居然还做出这种伤天害理的事？"

　　"佐木次郎还在，说不定哪天还会再来绍兴！"

　　冯钰昌脸上的肌肉僵硬了，目光呆滞地望着地面。珉泉没再理他，顾自忙去了。

　　吃饭时，见大哥没有下来，云霞问珉泉，是不是把父亲遇到二哥的事告诉了大哥。珉泉愣了一下，回答说："二哥现在到底在做什么，为什么在张园，我们都不知道。大哥对二哥的存在状态好像已经麻木，现在跟他提什么二哥，估计他没多大兴趣。"

正说着，大嫂带着冯琴过来了。

冯琴拿个拨浪鼓逗冯诗。冯诗在睡桶里晃着小手，蹬着小腿，嘴里咿咿呀呀的同时，还吐出一连串小泡泡，这让七岁的冯琴兴奋不已，"你们看，你们看，小毛头变金鱼了！"

这小毛头，常常是饭桌上的话题。此刻，除了冯琴，好像每个人心里都装了一大堆心事，无以言说。

默默地扒拉饭粒。大嫂突然开腔："你们总说的那个日本人佐……佐……"

"佐木次郎！"连冯琴都记住了这个名字。

"他到底要做啥？为啥你们大哥一听这个名字就鬼附身似的不舒服！"

珉泉看一眼云霞，对大嫂说："这个日本人到我们国家收宝来了，之前老在我们江南一带贼一样蹿，现在又盯着我们的皇帝老儿去北方了。"

"听说他还杀了云门寺的和尚？"

"大嫂连这都听说了？"云霞想，要把自己封闭起来的大嫂，耳朵还是开放着呢，说不定，她什么都明白。

"唉！"大嫂深深地叹了口气，夹了几口青菜，搁下了饭碗。

当餐堂只剩冯珉泉一人时，大哥冯钰昌下楼来。

"到底又发生什么了，都准备好了的佛事，怎么就取消了呢？支一和尚身体还好吧！前一阵，听说他在辟谷，我想他这不是在养生吧，这么大的庙，不好管啊！"

"家家都有难念的经，何况是几百人的庙宇，老禅师真的不容易。"珉泉给大哥盛了一碗饭，要他先吃饭。

"我哪吃得下！你到现在都没有跟我说清楚呢！"

珉泉心想，大哥主要还是听了"佐木次郎可能还要来"心里就慌，要他把话说明白了，他才会安定。至于做不做法事，还在其次。但他又不能马上告诉他云门寺目前的状况，不能给支一住持惹麻烦。他只能对大哥说："老禅师辟谷后需要调整。冯家和钱家老爷都是他的好友，做这样的法事，会让他筋疲力尽。我们还是另择日子，对大家都好！"

"钱家钱老爷是支一和尚老友？之前你们没有告诉过我呀！"

"我和云霞都是这次去湖州，才听我岳父钱老爷说的。"

"呵呵，有意思！难为我爹爹了，要这么老远地给你娶一个老婆回来，这里头名堂还蛮多的！"

"大哥，这话啥意思？"

冯钰昌没有回答二弟，他放下了饭碗，起身就往珉泉他们的后院走去。边走边回头唤珉泉："过来，你跟我过来！"

大哥把他带到三进院的那口水井边。珉泉这才发现，井盖换了金属的，锁也换了特大号。打开井上的铁皮盖，里面就发出风铃那样的响声，当然，要比风铃大。原来，铁盖下面吊了一只摇铃，当盖子被掀起时，那摇铃就撞响，响声在井壁上回旋，飘出井口……"知道我想做什么吗？"大哥表情怪异地看向二弟。

二弟珉泉自是一头雾水。

大哥先笑了起来："不知道了吧！我这也是被你逼出来的。唉，老大为老不尊，欠了你和弟妹，也把我家的秘密让外人知晓。想着哪一天说不定有锁匠来偷开我家密锁，我就心堵。就想用一条隐线，连接密室门和这井里的铃，一旦密室门被打开，井里的铃声就响……"

"隐线呢？连上密室门了吗？"

"不就是等你回来，把老书屋启封，我们再琢磨怎样把隐线埋好吗！"见珉泉还是丈二和尚摸不着头脑，冯钰昌只好自嘲起来，"好了好了，我这种小伎俩根本入不了你的法眼。反正锁匠老倌二已死了，这种发明以后派作其他用场吧，我一介书生，还想搞火器呀？二弟不见笑咯！"

尽管，珉泉还不是十分清楚大哥这项发明的最终效果，但对大哥的这个奇思妙想并不反对。他甚至觉得大哥并非平庸，假如不是在这样一个闭塞的乡村一隅，他也许是一块好料，是可以为人类作贡献的大才。

他和大哥一起启开了老书房的封条，打开了门窗，让傍晚的风吹走屋里的霉味。

他替大哥掸去了椅子上的灰尘，让大哥坐下。他坐在大哥的对面，接着，对大哥说："我和云霞想好了，我们准备去杭州工作一段时间，看情况，如果不怎么样，我们就回来。回来和大哥一起好好经营这份祖传的家业。"

冯钰昌在这突如其来的计划面前蒙了。当然，这计划是二弟的，但计划牵动着他的生活，他不能不好好考量。

"我知道，爹爹刚去世一年，我也答应过爹爹和大哥一起兴家立业。但是，这一年里，我们家、云霞娘家……唉，很多时候，我是那样地无能为力。就是大哥被砍了，我都不知去哪里要公平！"

　　"去杭州又能怎么样？连住的地方都没有，你们不是更苦！"

　　"爹爹的朋友，金诚伯伯的房子借我们住。如果工作顺利，我们可以在杭州买个房子，到时大哥一家过来，也有地方住。"

　　"那，这么大一个屋院，我们不要啦，我们都去做杭州人啦？田地产业，田地产业，这是我们的命根子啊！我们从小，爹爹就像老和尚念经一样，要我们记住，农民万万年！"冯钰昌急了，拿手比画着，最后，手指案几下的密室暗门，像个家长一样数落起来："一开始是老二，出门后再也没有回来，气得爹爹差点要剥夺他的继承权；现在你又说要离开这个家，你叫我这个老大怎么办？三进院子，你不走，我们两家还可以帮老二打理打理。你一走，这里里外外一大堆的事，我一个人怎么忙得过来？光这屋子里的家藏，想想就脑壳痛……你讲讲看，我还要不要活命？"

　　珉泉关上了书房门，让大哥冷静下来："所有事，我们都可以商量好怎么做，我又不是不管家里的事了。杭州离家也不远，随时都可以回来。说不定还能找到二哥，把他拉回来。"

　　"爹爹说了，这个孽子，他回不回来都无所谓了！弟弟结婚，父亲去世，他都可以不回来。他还是我们冯家的人吗？"说到这里，冯钰昌突然想起了什么，从上衣口袋里掏出一封信，"你看，这是昨天吧，赵妈一早去淘米，开门从地上捡来的。他说自己是不孝之子，说什么忠孝不能两全。他忠什么？对谁忠？嘿，我们冯家冯珞水真有出息了，他难道是皇帝身旁的大臣？就是大臣，也是要给老子出丧的呀！你看看吧，这就是你的二哥，跟我们捉了几年的迷藏！"他把信给了珉泉，鼻子哼哼的，一肚子出不了的气。

　　珉泉看信封第一个字，就知道是二哥的笔迹。二哥从小临摹王氏行书，那飘逸的笔锋，带着自己的机灵和魔性，让你永难忘记。

　　二哥来过了，他来过了——珉泉心里难抑激动，手忙脚乱地从信封里抽出信笺，可令他失望的是，如大哥所说，这封家书寥寥数言，几乎没有感情色彩，只是让家人知道，他还活着。

　　"他的字，真的比王羲之的还金贵呀，就那几个，把我和你打发了，这个人就是我的大弟，你的二哥！"冯钰昌还在生气，生那个"忠孝不能两全"的大弟的气。

珉泉把信还给了大哥，幽幽地说："总比没有好！"

老书房霉味太重，珉泉提出有太阳的天气整理一下，也把密室的书画拿出来透透气。他想到云霞从娘家带来的字画，也不知给大哥卖出去多少，这次整理后，大哥应该不会再动歪脑筋了吧！

老书房断断续续整理了半个月。

珉泉一家离开冯家大屋已是五月下旬。走的前夜，大哥冯钰昌喝醉了。醉后的他一会儿哭，一会儿笑。一会儿说两个弟弟抛弃了他，一会儿又说他不要这样的弟弟，他一个人照样会撑起冯家大业……冯珉泉也喝得头晕，想到白天去父亲坟上，看到有二哥烧的纸和添的新土，他心里的疑问和难受，更不知向谁诉说。

云霞和大嫂过来扶各自的丈夫，冯钰昌自是不理，坐在那里还要一口口地灌黄酒。珉泉没再喝酒，而是一遍遍地问云霞："到底要怎样的事体，才能让一个人连家都不能回？"

几乎要倒地的冯钰昌，好像听到了二弟的问题，大了舌头说："对了，叫你老婆回答，你老婆是才女，是湖州钱府千金，她什么都知道，她是我们这里头最明白的一个，是我们冯家最聪明的人！……鹅、鹅、鹅，曲项向天歌……拿笔来，我要写鹅！"

冯钰昌折腾到半夜，由管家和家佣，半抱半扶地回了自己房。

早上，日头穿过了圆洞门，大哥冯钰昌还没有起来。

珉泉和云霞没法再等，抱了孩子，上了船。

大嫂和冯琴在岸上频频挥手，冯琴更是眼泪鼻涕满脸糊糊的，大声喊着："冯诗，要回来跟姐姐玩啊，宝宝要回来啊！"

云霞抱着孩子站在船尾，老远了，还在那里大声回音："宝宝会回来的，会很快回来的。大嫂、小琴，你们快回去吧！"

船儿先到绍兴城转了一卜，到金诚伯伯家小聚。伯伯又派张一弓张医师陪他们去杭州。

兜兜转转，船到杭城已是第三天近午。

第四章

一

杭州清泰门外，金家小院。

前院有竹子和桂花树，后院有蜡梅和石榴。正是七月石榴花开，已经快一岁半的冯诗，刚吃完饭，就摇摇摆摆地去捡掉落地上的石榴花。一块小石子绊了她一跤，她"哇"地一声大哭。此时，一双大手抱起她，替她擦去眼泪："不哭，不哭，摔一跤长一尺，冯诗要长十九尺！"

应声跑出来的梨子，看到一位器宇不凡的男子，抱着宝宝，一时发蒙——"你，你，哦，你是哪里来的贵人？"

身着淡灰长褂、脚蹬一双乌亮皮鞋的男子却先问："你家主人在吗？"

"你是指金先生，还是冯先生？冯先生在！"

"那，我就找冯先生！"

听到声音的冯珉泉从书房出来，看到抱着女儿的男子，惊得说不出话来……

还是来者先开了口："老三，不认识二哥了？"

"二哥，你是二哥！你从哪里冒出来的？我们都想死你啦！"

梨子赶紧接过宝宝，看着几年未见的兄弟相视着泪眼蒙眬，那种突如其来的悲喜交加，也叫她百感交集。

"二哥进屋，二哥进屋！"梨子把孩子放进摇椅后，赶紧泡茶洗果子，手脚麻利地张罗起来。

这是一栋二层的木结构小楼，楼上楼下总共八间房，楼下除了客厅，还有采光很好的书房，也是金诚大医的工作室。现在，这间大书房暂作珉泉的书房和工作室，楼上还有金大医的小书房。书房两侧，是珉泉一家的卧室和梨子的房间。

冯珞水进屋后，就仔细看起了屋内的设施，目光中透着似曾相识的温馨和感慨。

"金伯伯说，你和爹爹都在这里住过。"

"是的，爹爹要我跟金伯伯学医，我不喜欢五脏六腑的捣腾，最后就成了爹爹不喜欢的半个牙科郎中。"说着，他想起了弟媳妇，问，"弟妹呢？"

"刚去学校。"珉泉说，"我们来杭州后，她就到小学当了老师。离家不远，走走也就十来分钟。今天下午学校有事，她早点去了。"

"哦，刚才那姑娘就是弟妹娘家的丫头？你们还没有解放她？"

"二哥可别这么说，人家是自愿留在这里，和云霞情同姐妹。她可以湖州杭州地来回住，想什么时候回湖州拎起包袱就走，她还是冯诗的干妈……哎，先不说这些，我要听听二哥这么多年到底在做什么，爹爹和我们真的想你啊！"

冯珞水脸上有了悲切，他低下头坐到书房大画桌的一旁，喝了口弟弟递过来的绿茶，要弟弟把门关上，开始轻声讲起自己这几年的际遇——

他已经改名为冯国明。那年因不愿学医，就到上海去考了证交所经理的位子。正当他股票做得风生水起的时候，和金伯伯一起搞辛亥革命的人找到了他，几次三番动员他加入了国民党。正值国共两党合作，他们几个不同党派的人成立了一个护宝小组。护宝小组的主要任务，就是阻止国宝流失，特别是对末代皇帝从紫禁城带出的珍宝要死死盯住，绝不能流出国门。这就是为什么，他会在天津张园遇到钱仲霖老爷。那次，钱老爷的行动被云门寺二己和尚告密后，正在日本领事馆当翻译的钱几何紧急通知了他们。钱几何就是他们的内线，溥仪到天津不久他们几个就潜入了张园。得知钱老爷行动暴露，他就想法让钱老爷终止行动，并让钱几何设法牵制二己，最好让二己死在日本人的刀下。

钱几何把二己带进张园后就扔下他。他告诉园中一个日本人"花园里那人要杀皇帝，赶快捉了他"，日本人听后就要抓二己，岂知二己的蛮力不是一个日本人可以对付的，两个人就对打起来，狡猾的二已居然使招引来钱老爷，让日本人的刀刺向了钱老爷。

"这么说，钱几何是我们的人？"

"你想想，如果不是他在暗中保护，你岳父他们几个能逃出张园吗？"冯国明告诉珉泉，钱几何是德清钱氏乐善堂家后人，留学日本，回国后先在国民政府做翻译，后来就进了日本领事馆，成为国共两党在日领馆的内线。

珉泉震惊，把桌子上正在修缮的古本拿起放下，放下又拿起……忽然，他又问："那天刺我岳父的刀被挡了一下，是不是二哥你挡的日本人呀！"

冯国明的眼中闪起泪光，半天，才艰难地说："二哥慢了一步，否则，你岳父也有可能不会死。"

"二哥这样拼死相救，钱府一家已经很感激了，遗憾的是，我岳父直到去世，还怀疑钱几何是帮日本人的，哪想他在帮我们自己人，唉！"

"这是没办法的，假如我今天不来，不告诉你这些事，你和爹爹大哥他们不也认为我不是个东西吗？而且，以后的日子里，或许死了，都会被当作坏蛋，当作大流氓大汉奸。人家只看到你成天和坏人在一起，没看到你做了好事，没看到你为国家为人民牺牲了生命，你在人家眼里就是个坏蛋，又能怎么样？"

"二哥，你不回家，是不是不想连累到家里啊！"

"我也不是不回，爹爹去世后我到他坟上了，那几天你们去了云门寺。一年前，你们离开大屋来杭州前一天，我也给爹爹上坟了。只是每次去都是白天躲在船里，晚上绕着大屋走几圈。那天天刚蒙蒙亮，我看到赵妈出来淘米洗菜，就上去和赵妈说了几句。我交代赵妈不要告诉你们。"

"你进家里不行吗？"

"老三，爹爹是'君子不党'，我在爹爹眼里已是小人了；我的职业是隐蔽性的，当然，要糊弄一下老爹也不是不可以，但是大哥这人既精明又糊涂，万一他管不住自己的嘴巴——家里人多嘴杂——那是要出人命的，你还记得大哥说的那个镇长的朋友吗？那个收宝商，他就是帮倭寇做事的，是那个佐木次郎的老板雇佣的。佐木次郎已经臭名昭著，他不能公开出入日本领事馆，他的老板在日本领事馆做事，是盗窃中国文物的老手。我们明里暗里与他打了不知多少回合，知道这倭寇心狠手辣，一旦让他们知道我们的底细，那还不被他牵着鼻子走？无论如何，我们绝不能连累家人！"

珉泉还不是十分明白，他总觉得二哥可以悄悄回家的，他不知道的是，父亲生病那阵子，二哥自己也受了伤，在医院躺着。

"还记得你们从湖州回绍兴时，你们后面的那条小船吗？"

这时，冯珉泉想起，那条与自己的船相隔四五十米，不离不弃地一直跟在后面的小乌篷船，便连连点头："记得，我们不停，它也不停，很怪！"

"没想到你二哥在里面吧！"

"那肯定是想不到的！二哥，难道你已经发现有人要害我们吗？"

冯国明见弟弟紧张起来，连忙解释说："你们夫妻俩带个小宝宝，加上当惠，一个大小孩。一路摇啊摇的，晚上也在船上，你说当哥的放心吗？万一有什么，钱府已不是当年，谁会当回事？正好，二哥也要去绍兴办事，就公私兼顾了！"

这么多年，等于是二哥在暗处，家人在明处；暗处的二哥暗暗地在保护着家人，保护着许多他要保护的人。这让珉泉的内心五味杂陈，不知该向二哥如何表达。

二哥还告诉他，国共合作失败，他们的护宝小组也已解散。如果有功的话，也是前功尽弃。前途渺茫，接下来他个人将何去何从，面临十字街头。"我的很多朋友都是共产党人，他们也有叫我脱离国民党加入共产党。哎，你倒是说说，我应该在哪个党好？"

冯珉泉是政治上的逍遥派，从小受父亲影响，两耳不闻窗外事，一心专读圣贤书。后来结识了张一弓医师，特别到了杭州后，对国家大事世界大事关心起来，却从不参与社会上各种与政治相关之事。张一弓动员他加入共产党，他只一句话，"共产党是好，但我对自己加入一个政党，还没有做好准备。"

冯国明对弟弟的这个状态非常理解。一切顺其自然，一家三兄弟，能有一个加入政党，为建立国家新体制新秩序新社会贡献一生，也不失为合理配置。弟弟埋头于古书堆，至少生命安全，不用像他这样走南闯北，四处奔波——有时几乎提溜着脑袋，行走在刀锋上，根本没法去想啥时候生命就消失了。而一旦消失，他到底是好人还是坏人，是英雄还是狗熊，没人能替他说明白。这也是深埋在他们这些人心底最无法排遣的遗憾。

他对弟弟说，他累了，想休息一下。

"好的，好的，我马上给你把房间搞干净。你先在这上头睡一会！"珉泉把藤躺椅移到二哥身边，把他随身带来的皮箱子，紧靠内墙放置。

二哥又告诉他，今晚金大医要过来，赶紧把他的房间清洁清洁。

"金诚伯伯要回杭州？你怎么知道？他什么时候告诉你的？"

珉泉一连串的问号，让二哥有点难以招架，他先把身子落进躺椅，接着，反问老弟："你有没有想过，这么多年，金诚伯伯一直在关照我们吗？"

"难道，二哥走到今天，全是因为金诚伯伯吗？"

"话这么说不准确。我只能说，金诚伯伯是你二哥的引路人！尽管，我没有学会他的医术，但他的为人，他做事的风格，都值得我们年轻人学习……"二哥说着说着，眼皮突然耷拉下来，不再吭声。

二哥真的累了，睡着时，那深陷的眼窝，毫无保留地暴露了他的疲态。珉泉越看心里越难受，这么多年，也不知他吃了多少苦头，遭了多少罪。他如果不出去，在老家大屋，早就应该生儿子享清福，老婆孩子围着转……他轻手轻脚出门，打了井水，洒在房门前石板上，让哥哥睡得凉爽些。

梨子已经哄宝宝睡了。珉泉让她出去买点菜，也顺便去学校一下，告诉云霞二哥回来了，早点回家。

"买只鸡，金大医要来！"

"绍兴的金大医？那……"

梨子抑制不住惊喜，似乎还想获得更具体的信息。珉泉突然若有所思，赶紧说："二哥没说张医师来不来，不过有可能会来，你就多买些吃的，还有黄酒。"

面有喜色的梨子，挑了一个最大的篮子，大步蹬蹬地出门而去。

二

夜晚，金家小院的天井里，响起了平日少有的热闹声。

六十多岁的金诚大医带着他的学生张一弓，来和他的另一个学生相聚。这个学生冯国明与他上次在绍兴见面后，又过去了一年。这一年风云变幻，政坛动荡，年轻人的抱负常常付之东流，国家依然千疮百孔……中华民族何去何从，个人理想何以实现，这位把很多年轻人送上了革命道路的辛亥老人，此刻，望着天上的明月，心里却是挥之不去的黯然。

一桌人喝着绍兴黄酒，一个"愁"字却在席间蔓延。金大医不干了，他喊来云霞，说："你和梨子把孩子抱来，我们要开开心心热热闹闹的，没有孩子，没有女人，我们吃的什么家宴！来来来，都来，宝宝过来，让爷爷喂你一勺鸡汤！"

女人和孩子都上了桌。

珉泉让梨子与张一弓坐一起。梨子羞涩的样子，让冯国明看出了破绽，却也不道破，装作敬酒，把梨子与张一弓敬在了一起。梨子说没有这样敬酒的，珉泉说，酒桌上没那么多规矩，喝酒就是，别扫兴。梨子真的替张一弓喝了，一旁人都说"作弊"，梨子却说："张医师不会喝酒，刚才已经喝了不少了，再喝，醉了怎么办？"

"他醉了，跟你有什么关系？"

梨子急了："上次他喝醉了，还不是我替他洗的衣服！"

一桌的人大笑，金大医连说："有意思，有意思！"

有云朵过来，把月亮遮了。天井立马漆黑一团。宝宝唔唔呜呜地要哭，云霞说："哎、哎，月亮婆婆快出来，出来送你一只大白鹅……宝宝要看大白鹅！"

月亮从云朵里钻出来了，周边又一片亮光光。

金大医突然说："云霞，听说你会画《观鹅图》，什么时候画一幅给金伯伯。金伯伯这辈子既没有看到过王羲之的《兰亭序》，也没有看到过你们钱家老祖钱选的《王羲之观鹅图》，后人都在凭着自己的想象写着画着，一个朝代，又一个朝代，离我们远的东西是越来越远了，到最后，是怎么搞丢的都不知道。唉，天道无常啊！"

"金伯伯，我岳父有幅《观鹅图》，他自己画的，要给云门寺支一禅师的，但我们来杭州后一直没时间去。这几天你在杭州，帮我们看看我岳父到底画了什么，还有，西泠印社又有了几幅好字画，你什么时候有时间，我可以陪你去看！"

"好啊，好啊！"金大医接着又问，"你在西泠印社的工作还应付得过来吧？"

"还可以，不用坐班，这段时间就在家里修缮一些古本，其中有的已是孤本。"

"这样的工作，首先就是要耐得住寂寞，要细心。我知道，你就适合做这样的事。来杭州是对的！"

"多亏金伯伯，没有你，我们哪会有这样的机会！"珉泉说。

"我也是替社稷网罗人才，你们能各司其职各尽所能，即是功德圆满。"

"让我们敬金伯伯金老师一杯吧！"冯国明起身建议。

其他人立即响应，举杯碰向金大医。

宝宝睡着了。家宴到了尾声。

蓦然间，有人在敲门。梨子过去开门，却不见人影。

金大医要两位学生到他楼上的书房。

之前，珉泉一家还没入住这里时，金大医都在楼下会客谈事。

楼上的书房相对小了些，但精致的摆设，典雅的格调，令人舒适和怡逸。两位学生坐下前，先去关了门窗。金大医打开一个抽屉，从里面拿出一份报纸要两位先看。这张出自上海滩的纸媒，里面较为详细地阐述了国共两党的合作过程，以及最后分手的缘由。

看似中肯的说道，其实出入很大。"这样的东西我们只能作参考。我们要有自己的思考，自己的判断！"金大医说。

张一弓看一眼冯国明，说出了自己的看法："我认为，国明应该放弃国民党身份加入共产党。当然，不公开！"

"难道，你还要我在地下？"

"不是这个意思，我觉得……你与那么多共产党员一起工作了这么久，只怕国民党已经把你归到了共产党那里。你不加入共产党，以后哪边都不认你，怎么办？"

冯国明看向金伯伯。

金伯伯仿佛沉浸在自己的思索中，久久没有出声，任由两个年轻人各自说道。

"不管是哪个党，只要他是人民的政党，可以带领老百姓治理好这个国家，我就加入哪个。可是，现在……"

年轻人处在了焦虑之中，看不清前面的灯塔了——金诚大医完全明白，社会的复杂性远非他们想象那么简单，此时，他们的忧虑、愁苦需要正确地排遣，而不能非此即彼，武断地下结论。他缓缓地说："以不变应万变，目前来讲，国明还是在原来的轨道上保持慢行，可能实际些。依我之见，我们这个国家是唐僧的肉，随时有可能被侵犯，特别是这个倭寇，从十四世纪开始，就侵扰劫掠我国沿海地区，近代资本主义列强侵华，日本也扮演主要角色，中日甲午战争从我们这里掠夺了大量书籍、文物、白银等不说，后又借什么中日贸易，明里暗里地盗我国宝。这倭寇，最有可能发动侵华战争。到那个时候，国共还是会第二次合作，枪口一致对外。所以，目前来讲，我不赞成国明马上放弃国民党身份。当时，你们两个一个选择了国民党，一个选择了共产党，也是根据你们自身的家庭出身，对照两党的目标，做出符合自身条件的选择。我认为这是对的，事实也证明，你们相互理解相互配合，为国家尽你们的才干，做出了你们的贡献。对你们两个学生，我唯有骄傲……"

金大医替两个年轻人分析了大形势小环境，作出了自己的判断。最后，又意味深长地对冯国明说："两千五百年前的《孙子兵法》，对间谍的使用有着这样的规矩，这就是'非圣智不能用间'，'非仁义不能使间'。'用间'成功的组织，必定在'圣智'和'仁义'方面占有绝对优势，因为地下的秘密较量，同样是人心的较量。如果你确定了哪个党是绝大多数人心选择，那么你就为他在隐蔽战线冲锋陷阵，义无反顾。"

这一夜，冯国明睡得很香，连弟弟两次进他房间，他都没有惊醒。

几年了，"失踪"的哥哥突然出现，珉泉惊喜之余，还是有很多问题纠结得难以入眠，他要找二哥多聊聊，可二哥睡得那样死，对任何响声都没有反应。

上午，二哥很晚才起床，仿佛把几年的缺觉都补了。

此时，金伯伯在书房正看钱仲霖的《观鹅图》，云霞在一旁。

冯国明进来问嫂子："嫂子今天不用去学校？"

"星期天，不用去，孩子不上学！"

"哦，我都忘了星期天。"转而他又问，"一弓呢？"

"他和梨子一起去买菜了。"云霞说。

听此，冯国明笑了起来，说："我怎么觉得他们俩有故事呢！"

金伯伯看着画，头也不抬地说："有故事才正常啊！"

"是的，他们俩第一次见面时就有好感了，特别是梨子听说张医生是孤儿后，心里还难受了一阵子。珉泉跟张医师说了，张医师听说梨子也是父母双亡，对梨子也是特别好，每次来杭州都要给她带好吃的。"

"不就是绍兴腐乳、绍兴萝卜干这些嘛！"珉泉不知什么时候进来了，插嘴说。

"这就对啦，他至少把梨子当亲人啦！"金大医说。

"这不是只剩一层纸的事吗？我们今天就给他们捅破，让他们干干脆脆结良缘，两个天涯同命人，还有什么更合适的？"

"二哥，你不知道，梨子的心气还挺高的。这事我问过她，她说不着急，毕竟人家是有学问的医师，她只会写自己的名字，万一哪天人家又看上了有文化的小姐，她不就死蟹一只？她说有缘不怕时间考验，她要用时间来证实缘分。你看看，自从来杭州后，她一直在识字写字，这个就是她的！"云霞把一个自制的练字簿给二哥看。

金大医在那里一连声地："好，好！"不知是在说钱仲霖画得好，还是说梨子爱读书学习好。

"那一弓呢，他又是怎么想的？"

"他也是，拖泥带水不干脆，说自己天南海北的，女孩子跟了他只怕要吃苦。"珉泉对二哥说，心里似乎在怪张一弓不够主动。

"哦！"冯国明对此不再说什么，而是问冯诗在哪里，他要去抱抱她。

珉泉带二哥离开书房。

书房只剩云霞在金大医一旁，她问大医，父亲这画到底要告诉禅师什么。

大医让她仔细看画中的鹅。这水中的鹅还不少，至少有八只。其中一只像被拧断了脖子，还是翅膀出了问题，有大半个鹅头被翅膀遮住。"这里有一只鹅是不健全的。"金大医说。他还指着那看鹅的人物，与《王羲之观鹅图》上的人物完全不一样，那穿戴有点像僧人，连边上的小书童，看着也像小和尚。这也是云霞的疑问，是不是父亲在画支一禅师看鹅，一旁的就是当惠？

画上的远山，青翠中有条隐隐的溪流，但奇怪的是，溪流的颜色居然是赤色……鹅池里面也有隐隐的朱砂色。

"要尽快把这画送给支一方丈！"金大医凝重的神色，让他顷刻之间看去老了好几岁。他的声音，在云霞的耳中也顷刻严肃起来，"这画，其实是你父亲在向老方丈传递一个重要消息。一年多了，它还在你们这里睡觉。我不知道，现在赶紧送去还来不来得及，但肯定要送，要尽快！"以这种方式传递信息，首先肯定事涉机密，再者就是事关重大，而画中透露的信息，也只有他们之间明白其中内容，旁人只有靠想象揣摩。这样的传递信息方式，一旦被耽搁，假如后果很严重，传递者可不就是罪人了……

云霞满脸愧色，马上应诺："我让珉泉明天就赶去云门寺，一定尽快！"

"珉泉一个人去？最好有个人一起去！"金大医担心路途有变数。

这时，梨子在天井里大声说话："二哥，你是贵人哎，好长时间都没有看到青壳甲鱼了，今天一去那里就看到了这个，你说，清蒸还是红烧？"

倏忽，金大医有了主意，他对云霞说："就让梨子去吧，梨子认识方丈，她会跟方丈说清楚一些事。叫张一弓陪她去，路上好照应！"

云霞听了，深感金大医想事周全，就一连声地谢金伯伯。

两个人把画依然用绢包好，外面又包了一层油纸。装进了紫檀木盒。

吃午饭时，云霞把这事说了，大家都觉得让梨子和一弓去最合适。

"既然这样，何不吃了午饭就走？到绍兴后，明天上午就可以去云门寺了！"

冯国明的建议，深得大家赞同。但张一弓迟疑地问："这次，原本我要陪先生去上海的，那我去了绍兴，先生怎么办？"

"不是还有我吗？我陪金伯伯去上海不是更好吗？"冯国明说。

"你离家这么多年，这次又不回绍兴看你大哥啦？"张一弓问。

"等金伯伯从上海回绍兴时，我可以一起回，不急。"

金大医却说："国明，忘了告诉你，这次我去上海，可能要住一年半载的，没那么快回绍兴。你倒是可以下午就和他们一起去绍兴，看了大哥就回来，我就在这里等你。这样，一弓也就不用马上来杭州，绍兴那边还有不少事要他去做。"

"我先想想。"冯国明这次确实想回绍兴老家休养一阵，心里也真想大哥了。但如果要陪金伯伯去上海，他只能回绍兴住一个晚上，想必大哥反倒要埋怨他，还不如再做计划。他知道，金伯伯这次去上海有着重要使命，一弓陪不了他，他冯国明就义不容辞。

午饭后，梨子和一弓上了路，冯国明却和弟弟珉泉一起陪金伯伯去了西泠印社。

三

一眨眼，过去四年，被金诚大医不幸而言中的是，这年，日军在东北发动九一八事变，霸占了中国东北三省，侵华战争开始。同年十一月，末代皇帝溥仪在日本的帮助下，从天津潜赴旅顺，不久到奉天。一九三二年三月，日本扶持溥仪在东北地区建立"伪满洲国"，溥仪成了"伪满洲国"皇帝，此时，他随身带走的文物中，已经没有了钱选的《王羲之观鹅图》……

跟着末代皇帝从北京跑到天津，曾经做了天津古董店老板的佐木次郎没有跟着去东北，他和他的幕后老板目光已从这个"伪满洲国"皇帝身上移开，而是又转回到他曾经杀掠偷盗过的地方。

转眼又到了一九三七年卢沟桥事变，掀开了日军全面侵华的序幕。

这年冬天，日本浪人佐木次郎带着一股侵华日军，偷偷摸进了绍兴云门寺……一早，已躲到云门寺避难的冯家大哥大嫂，来找禅师谈粮食的事。此时的杭州等地已沦陷，很多人从城里逃来避难，库存的粮食很快就要吃光了，要尽快想办法去找粮食。他们推开禅房的门，眼前的一幕却让他们震惊万分——已经八十多岁的支一禅师被五花大绑在柱子上，旁边的几个日本兵，拿枪对着正要进门的人。那个让冯钰昌从骨子里既恨又怕的佐木次郎不知从哪里蹿了出来，皮笑肉不笑地对着他们夫妇俩，用已经很溜的中国话说："很好，很好，宁桑冯氏冯家的老大来了！冯先生，别来无恙！"

冯钰昌把老婆扯到身后，把已经跨进门的那只脚，本能地收了回去。

"哈哈，别害怕，只要你们能告诉我，云门寺库藏宝贝去哪里了，你们，还有你，尊敬的支一大和尚，你们统统的飞黄腾达！"佐木次郎朝其中一个日本兵使了个眼色，那日本兵过来把冯钰昌夫妇推进屋，赶到了屋角。

此时，原寺院的执事克己带了几个日本兵进来了，他朝佐木次郎让人难以觉察地摇了摇头。佐木次郎那张本来就不好看的脸，此刻变得更加难看，不知是笑还是哭。他与日本兵耳语了几句，日本兵就给支一禅师松了绑。

"你现在自由了，可以去你任何想去的地方！"佐木次郎对禅师这么说。

禅师没有说话，而是盘腿坐上蒲团，闭了双眼，默念起佛经。

佐木次郎走到屋角，问冯钰昌："冯先生，可以告诉我，宝贝在哪里了？"

冯钰昌声音颤抖地说："太君，我真的不知道宝贝的事，我不是寺庙的，不搭界的！"

"嘿嘿，那就去你们家，你们冯家有的是祖传的宝贝！"佐木次郎转身问克己："克己和尚，我没有说错吧！"接着，他又手指克己，朝向禅师，"这个和尚被你们赶了出去，我现在把他带回来了，他是我们大日本的朋友，朋友，我们会给他大大的财富，以后，他就是这里的方丈，这里统统是他的！"

克己早几年就被云门寺赶出佛门，那是禅师在看了钱仲霖给他的《观鹅图》后。钱仲霖自己画的《观鹅图》告诉禅师，寺院有内鬼，这个内鬼不是普通的和尚，如不铲除，必将给寺庙带来灾祸，是血流满地的灾祸。接着，禅师终于查明，二己后面的人是克己。见二己败露，为杀人灭口，克己把二己从关押的庙宇中放了出去，又在二己的食物中下了毒，最终又把毒死的二己推下悬崖，造成二己失足跌下悬崖的假象。寺院八大执事之一的克己早已对支一不满，原本这个二当家的位置是他的，被释得占了，苦于无法改变。突然来了个日本浪人佐木次郎，对克己竭尽拉拢之能。克己觉得机会来了，默许并指使二己配合这个日本人……一切罪孽都有因果，也自有报应。克己在已经掌握许多证据的禅师面前无法抵赖，只得听任惩处。他知道，禅师不会杀他。果然，不杀生的禅师只能将他逐出佛门。岂知，他竟然把侵略者带进了寺院，带进了佛门净土——他要帮侵略者掠取国宝。他所不知的是，这些国宝早已被转移。就是来不及转移的那些，他们也绝对找不到。

佐木次郎觉得在这里已经捞不到他想要的，一个恶毒的念头跳了出来："看来，你们的佛主是要你们去赴难，这样才可以得道，哟西，我们大日本成全你们，统统去死吧！"他转而告诉那些日本兵，想要什么可以统统拿走，然后摔门而去。克己紧跟在其后，逃一样蹿出。

几个日本兵把禅房里可以拿的，都包裹在了一起，墙上那幅"鹅"字也被取下放进他们包里。他们强盗一样拿走这些佛器及字画，离开禅房前，点燃了屋中的布帘……

日本兵在云门寺疯狂地烧杀抢掠，大多数舍所被焚烧殆尽。那天，从云门寺冲起的火光有几十丈高，连传说中的王献之洗砚池，那碧绿澄澈的池水也被烧沸了，清泉上的蜻蜓无处可藏，被煮熟在水中。

到云门寺避难的人四处逃命，金银细软撒了一地，日本兵哈哈狂笑着统统占为己有。

等日本兵撤离，释得才从躲藏的溪沟里爬出。他想，禅帅一定没了，这座已经被烧得面目全非的古刹何以藏身。他双腿发软，瘫坐在满目灰炭的庙址前，呜呜哭了起来。

"别哭了，哭有什么用！"

释得抬起头，眼前站着一个挺拔的身影。"当惠，是你？师父呢？"他怕是自己看错了，眼珠都快瞪了出来。

师父在慢慢朝他走来，一旁还有冯家大哥大嫂和三已。

大嫂已经半死不活的样子，由大哥半抱半拉扯着。

三已扶着禅师，步履维艰地往前走着。

释得一下恢复了力气，起身跑向禅师："师父，师父，你们还在，我还以为……"他又哭了起来。

三已对他说："别哭了，快去找点路上要用的，我们走吧！"

"去哪里？"

没有人理他，无论是三已还是当惠，这个时候都恨不得踢他几脚。什么二当家，生死关头只会扔下大家自己逃命，要不是躲在禅房隐壁后的当惠和不顾性命飞奔而来的三已，老禅师恐怕已经在大火中升天了。

冯家大哥心里也是有愧，当禅房烧着时，他只能死活拖拽已经神志不清的老婆，根本顾不上老禅师。

现在，几个人终于逃出生天，但面对一片灰烬，岂是"崩溃"两字可以形容。在只剩几根石柱石梁的寺院大门前，禅师终于匍匐在地，泪流满面地仰天哀号："佛祖啊，降罪于我吧，我姑息养奸，招来如此灾祸，报应啊！我不下地狱，谁下地狱！"

四周传出越来越多的哭声，并向这里汇聚。

没有逃远的寺院僧人，汇拢到了支一住持身边……

夜半，冯国明带着十几号人出现了。他们带来的粮食，给了决意不肯离去的僧人，对要离开这地方的僧人给了路上的盘缠。冯国明之所以知道云门寺要断粮了，是大哥冯钰昌托人带的信，没想到，翻山越岭专拣古道蛇行而来的他们还是来晚了，这里已遭侵略者蹂躏，几近毁灭……冯国明和他的手下没有迟疑，带上支一禅师一行径直往德清县境内的云岫寺进发。

云岫寺住持，就是与支一禅师有着生死之交的清空法师。这里也是云门寺另一个珍宝隐藏匿处。一批国宝级书画在这里多少年了，安然无恙。云门寺最后一批主要珍藏之物，三个月前已经转移到云岫寺。支一和清空这两位法师，以他们的智慧相约，谁先轮回，后面这个就要承担起完成后续事宜之责。现在的云岫寺是安全的，它位于德清县武康镇东南五公里，山中的烟霞坞，林木苍郁，竹树成林，还有飞泉瀑布。寺庙在环山拥抱中，显得深沉幽静。

宋代辛弃疾有诗"山上朝来云出岫，随风一去未曾回"。云岫寺始建于宋淳熙八年（1181），后几度兴废。元至正五年（1345）重修。明嘉靖间毁，万历间重建，寺庙大为改观。云岫山旧有青云塔，故又名塔山。清乾隆初遭战火，寺院再度衰颓。光绪十三年（1887）复兴，住持广严禅师奉旨进京，钦赐龙藏（清内务府所刊佛教藏经）十二部及全副銮驾，慈禧、光绪帝、恭亲王分别手书"藏经阁""清净圆通""大雄宝殿"匾额。那时僧徒有七八十人，殿屋九十九间半，大钟一口，大香炉一只。后又历经战乱，香火渐衰。

此时的云岫寺，尚存宋代风格的大雄宝殿以及清代修建的金刚殿、配殿、观音殿、藏经楼、斋堂、戒堂等，还有四十余间住房，占地两千多平方米。

支一禅师在决定把《皎然诗集》放到这里前，冯国明告诉他，云门寺珍藏已经不安全，从各方提供的情报分析，日本人很快会进入这些地方，掠取中国的珍宝。在冯国明帮助下，支一禅师顺利地把云门寺主要珍藏转移到了这里。于是，冯国明也知道了《皎然诗集》真迹的事。他没想到，自己的父亲还真迂腐得可爱。

随支一禅师一起到云岫寺的，除了当惠，还有三己。二十五岁的三己当年到云门寺，与当惠的年龄相仿，他其实是拥有《皎然诗集》真迹吴兴吴家的后人。吴家破落后，后人各寻生路，父母生了太多孩子的三己就被送进了云岫寺。聪明的三己，是被清空法师带到了云门寺，希望三己能在古刹云门寺得佛法真经。云门寺看重三己小小年纪仁义诚信，就让他跟着首己做守库僧。首己被杀时，他才十三岁。现在，寺院又被日本人烧了，心里的仇恨，有如一座随时都会爆发的火山……

十多年过去，当惠也从一个少年，一个跟在师父后面屁颠屁颠的小和尚，长成了英俊的青年僧侣，不承想，突然被侵略者毁灭了身心的居留地，内心的痛苦，自是不言而喻。

两个年轻僧侣都没有想到的是，云门寺的二当家释得没有跟师父一起到云岫寺，而是还俗去做生意了。

让两个年轻僧侣同样想不到的是，此时的冯国明已是中共德清县地下组织的头。他的公开身份是县城牙科诊所和照相馆的老板。他们住在县城一大户人家旧宅，每天客来客往的热闹非凡。一九三七年八月，国共第二次合作，中国进入全面抗日。冯国明潜伏的千年古镇——德清县城，是杭州到上海的中转小码头，小火轮驶出码头拐个弯，就是古运河。冯国明在这里的主要任务是给新四军提供情报，提供医药等急需物品。作为杭州上海的地下中转联络站，公开的和秘密的迎来送往，都需万无一失地完成。

这时的冯国明和妻子已育二女一子。儿子冯棋，比冯诗小六岁。冯棋上面有两个姐姐，一个叫冯画，一个叫冯书。

一九三八年，二十四岁的三已还俗，进入冯国明的照相馆做学徒，实际是地下情报员，经常要冒着生命危险，把获得的日本兵"杀光、烧光、抢光"的行动情报及时送往抗日部队，并告知相关村镇火速疏散。

同年，钱仲霖老爷的预言成真，郑孝胥在长春被日本人毒死，时年七十八。一开始，郑孝胥唆使溥仪与日本人达成协议，成立"伪满洲国"；后来，郑孝胥又抵制和反抗日本压制溥仪。这让日本人对郑孝胥失去耐心，日本军官震怒之下，让郑孝胥非正常死亡。作为政治家的郑孝胥连死亡都是个谜，而作为书法家的郑孝胥，他书写的"交通银行"牌匾一直在向人们展示其艺术风采。

听闻郑孝胥被毒死，云霞和珉泉都惊异万分，他们没想到父亲的预言这样准。

这时的冯珉泉已失业一年多，自日本侵略者进入杭州，西泠印社就停止了一切事务。他想在家专心金石篆刻，但毕竟国家陷入战火，书房已不再平静。他时不时地帮二哥收集和传递一些情报，照料从前线退下来的抗日官兵。这些抗日伤兵，主要还是金大医那边安排来的，一般不是张一弓接送，就是梨子接送。有时，二哥冯国明那里也会安排新四军伤病员过来。一时间，金家小院成了抗日地下医院，房间不够用时，书房的大桌铺成病床。已经十二岁的冯诗，学会了护理，帮大人照顾伤病员。

云霞仍在小学教书。冯诗两岁那年，她怀了二胎，不小心早产，一个男婴没了，之后就没有再生。

梨子和张一弓终成家眷，却是忙忙碌碌地在绍兴、杭州、上海，来回地奔波，顾不上生孩子。

战争让人们颠沛流离，家之不家，国之不国。

四

一九三八年的初冬，佐木次郎真的带日本兵闯入了绍兴宁桑冯家。

这时的冯钰昌夫妇正在收拾行囊，准备第二天再回杭州老三家。自云门寺惊魂后，他们夫妻俩不是在老二家住，就是在杭州老三家住。已经十八岁的冯琴，在杭州念师范，和同学一起，总想着去部队，参加抗战。日本兵到绍兴后，他们没再让冯琴回绍兴老屋。天冷了，夫妇俩回来取冬衣，顺便收拾下房屋。家佣都各自逃难去了，厨娘赵妈也跟着云门寺僧侣去了云岫寺。这么大一个宅院无人打理，屋子结满了蛛网，天井里满是枯枝落叶，空气是腐霉的……一幅颓败荒凉的景象，让人从心底泛起绝望。

夫妻俩真的不想离家，特别是冯钰昌夫人身体越来越差，总是睡不着，睡着了也是乱梦三千，之前的那种魂魄不在的症状又回来了。返杭州的日子拖了一天又一天。没想到，佐木次郎竟尾随而至。

佐木次郎带日本兵一进冯家，就熟门熟路地直闯第三进庭院。

他让日本兵砸开古井的盖，敲破接天落水的大水缸。他手指日本兵对冯钰昌说："你要不拿出家藏珍宝，他们会把你老婆扔进水井喂王八！哈哈！"

这条豺狼，他连中国老百姓爱把乌龟放井里的事都知道，完全没把中国人当回事了。冯钰昌绝望，祖传珍宝肯定不能拱手让人，可老婆呢？

"八格！"日本兵在呵斥。

"不要敬酒不吃，吃罚酒！"佐木次郎脸上开始出现狰狞的表情。

突然，只听得冯钰昌夫人一声大喊"不活了"，随之，一把锋利的剪刀刺向了佐木次郎，佐木次郎像狼一样嚎叫，跳到一旁。几乎与此同时，几把刺刀一起刺到了女人身上，刺破了她的心脏……

国明和珉泉的大嫂，就这样倒在了血泊中。冯钰昌靠着廊柱，身子很快瘫软在地，脑子一片空白……

当冯钰昌清醒过来，已不见佐木次郎和日本兵。这些日本兵的内心是贪生怕死的，尤其在一个窄小而陌生的环境中，见领头的已遭进攻，便不愿恋战，更不敢去寻找什么密室，他们很迷信，对那种隐秘的地方有畏惧之心。而差点被刺瞎的佐木次郎更是慌乱地蹿出屋外，那几个刺死了女主人的日本兵，紧跟着撤退。

冯钰昌慢慢想起，老婆手上的剪刀划破了佐木次郎那张兽脸，流下的血滴到了井沿上，他恶心得要呕。一时间，他都不敢爬向血泊中的老婆，他用指甲狠狠地抠胸口，祈求着这一切只是个噩梦。

偏偏，这一切分明是噩梦般的真相——冯家再次遭难，只不过冯家的密藏暂时保住了。之后，冯钰昌再没离开这大屋，而是守着妻子的魂，悲伤凄凉地过起无望的日子。

佐木次郎并未在江南立刻消失，他心里还惦记着湖州钱府丰富的宝藏。然而，钱府在城里，这不是佐木次郎这样等级的强盗可肆意妄为。他那次能到钱府是因为他们整个国家的"海盗船"还未登陆，而是几个散盗，捷足先登上了这块富饶的土地……接下来，佐木次郎这条饿狼，又想蹿回钱府。

有情报到了冯国明这里，佐木次郎正在湖州一带，和日本驻军打得火热，下一个目标就有可能是湖州钱府。

"好吧，正愁你不来，等你，家仇国仇一起报！"

冯国明设计，给佐木次郎挖下了陷阱。

这是一九四四年，有消息传到佐木次郎耳中——冬至这天，钱云霞的大姐和姐夫从上海回湖州。他们这次回来要向母亲忏悔（钱云霞的母亲病重，将不久于人世），他们夫妇俩在父亲去世时拿了家藏的《兰亭序》临摹本，十多年了，其实他们心里一直纠结着，已在伪政府谋了个小官职的钱云霞大姐夫，决定和妻子一起到湖州归还字画，让母亲去世前原谅他们。消息传到佐木次郎耳中，他狂喜不已，马上带了几个日本兵，不管三七二十一地扑往湖州钱府。

坐在日本兵的车上，佐木次郎对自己说，真是天助也，快二十年了，他对钱氏收藏垂涎三尺却终难下手，不想，他即将结束在中国的"浪人生涯"之时，天降大运，他窥视已久的宝物快要上路……当他喜不自禁飘浮在云里雾里时，行驶到湖州郊外青山岭的车子突然爆胎，接着就是"嗖嗖"飞来的子弹，打得他们抬不起头来。

他们遇到了抗日武装的狙击。十几个日本兵死的死伤的伤，最后只剩下一两个在反抗，假如不是城里的日本兵出来增援，佐木次郎和他带出的日本兵将全军覆没。这次，佐木次郎不仅美梦破碎，而且真的残废了——他的一条腿骨被子弹打碎。

按照冯国明的计划，佐木次郎这次必须被彻底消灭，但不想又被他逃脱了。不过自此佐木次郎这个魔鬼在中国江南大地暂时销声匿迹，有情报指认，他又蹿到了中国的北方。

钱府的宝藏，显然已岌岌可危。云霞说服了母亲，把一部分转移到了云岫寺，其中包括《兰亭序》临摹本（云霞的姐姐、姐夫真的归还了这一宝藏）。此时二十出头的钱云竹扔下古书，开始强身健体，时不时去云岫寺找当惠，一起练练把式。

有一天，冯诗来到云岫寺，碰到了舅舅钱云竹。她问舅舅，知不知道一个叫钱几何的，他在天津时，帮了外公一把，但外公去世前还以为他是汉奸。

钱云竹说，听家里讲起过。

冯诗告诉他，钱几何已不知去向，家里已经很久没有他的音讯了。他是跟着郑孝胥他们随溥仪到东北的，几年后，郑孝胥被日本人毒死，钱几何接着去向不明。

"钱几何的儿子叫钱之君，他到前线参战受伤了。现在我们的金家小院养伤，等他伤好了，我带他来云岫寺，你们可以一起练武，他进过军校。"冯诗讲着钱之君时，眼光中透出倾慕和爱怜，把纯情女孩的心思表露无遗。

钱云竹这个舅舅并未明白外甥女的心曲，以为外甥女只是给他介绍一个可靠的朋友，就连连说好，希望外甥女冯诗把这个朋友早点带来云岫寺。

可是，冯诗在七年之后，才把钱之君带到舅舅面前。

这是一九四五年的十月，在这之前的八月十五日，日本宣布无条件投降，九月二日正式签订投降协议，至此，日本侵华战争结束。钱之君兑现承诺——打败侵略者后结婚——抗战胜利，钱之君娶了冯诗。

婚礼在杭州酒家举行。依然一身戎装的钱之君，英俊威武，却又不失儒雅，深得众人赞誉。八十有余的金大医代替钱几何，作为男方长辈在婚礼上致辞。致辞简短，却是耐人寻味，思之动容。"国家终于赶走了豺狼——在这举国欢庆之际，钱家和冯家再次喜结良缘，大喜大贺啊！先说吴越钱王后裔，是英才辈出，家族枝繁叶茂，一辈又一辈后人修身、齐家、治国、平天下，为中华民族美德得以传承代代作贡献。今天，新郎的父亲无法亲自为一对新人致以贺词，但相信他在遥远的地方看着这对新人，祝福新人……"

此时的珉泉，看到云霞抹不完的泪，就挽起她的手臂，带她离开酒席，来到安静冷清的西湖边，在亭子里坐下。

夜的西湖寂寥又神秘，除了几对情侣在隐秘的暗处相依相偎、轻声细语，白日里那朗朗的生气，几无可寻。

"日子过得真快，女儿都嫁人了！"冯珉泉把放在胸口的妻子手掌轻轻拍了几下，不无感慨地轻言。

"是啊，二十年前，我从湖州坐船，摇啊摇，摇到绍兴，摇到你们家河埠头的情景，就在眼前……"

"唉，可惜钱几何至今下落不明，估计已经不在这世上了。"

"这个女婿，我们不可以亏待他的，你既是他的岳父，也是他的父亲啊！"

"知道，知道，放心，我会给他双倍的父爱！"转而，珉泉又半开玩笑半认真地说，"要不，你也给他画幅《观鹅图》，让他知道我们家对鹅的特殊感情？"

云霞"扑哧"笑出声来，抽出手臂拍了丈夫一下。然而，很快她又默默无言地望向湖面，欲言又止。

有人在酒家门口呼喊他们。竟是二哥冯国明家中的厨工来了。他快步走到冯珉泉身边，悄声说："冯国明无法参加婚礼，详情事后再告。"不到一分钟，那厨工已消失在深沉的夜幕。

"明天新娘新郎和冯琴一起去绍兴吧！"冯珉泉开始心神不宁起来，二哥又怎么了？一整个夏天，极少有他的消息。寄送婚庆喜帖倒是有了回音，可除了祝贺，没有他想知道的任何消息。照着信封上的地址去找，在近西湖的劳动路上找到一个石库门，却是大门紧闭，怎么敲都无人应声。他很想乘船去那几个二哥常住的小城寻找，但二哥有吩咐，任何时候只能他来找他们，他们绝不能轻举妄动去找他，否则就是自找麻烦，弄不好便被一网打尽。

"去绍兴，去绍兴！让新娘新郎去绍兴，给大伯好好看看！"有人在大呼小叫。

冯家老大冯钰昌，怎么也不愿来杭州出席婚礼。他已经把自己彻底封闭起来。女儿冯琴一直单身，她想回老家陪父亲，却已经不习惯乡下的生活，但又舍不得丢下父亲，就没去北京继续上学，而在杭州一所中学教书，生活波澜不惊。

"自从大嫂被害……"珉泉本想说，他经常有回去陪大哥，但他没再往下讲，大喜的日子，不讲晦气话。

大家又回到喜气洋洋的婚宴，举起手中杯酒，向一对幸福的新人献上最诚挚的祝福。

喜庆中的人们，谁都不知道，此时的冯国明正在四处隐藏的路上，而且染上重病却无法寻医。他很想回去绍兴老家。已是全身浮肿、脸色灰暗的病入膏肓之人，回到出生的地方，可能是他最迫切的愿望了，但他依然担心牵累族人，在三已的扶持下，久久下不了决心。

五

一九四五年六月，新四军奉命北撤后，冯国明又陷入险境。

原本他可以跟新四军走，离开隐蔽之地，但他要坚守，迎接解放大军南下。再说，新四军撤离时，很多东西都来不及带走，那一箱箱档案资料掌握着很多人的政治命运；那好不容易购置到的西医药品，可以救活不少性命；还有那筹集资金的两个实体——照相馆和牙科诊所……要处理好这些，需要时间。最让他抬不动腿的是，他认为自己在德清这一带已建立稳固的关系，一旦解放全中国的号角吹响，他可以毫不费力地把胜利的旗帜插上城门。然而，事态的发展并非如他判断，很快，他就被伪县政府列入黑名单，县长亲自签署了秘密通缉令，在此通缉名单上，冯国明被排在第四个，黑粗的毛笔字把他框在"共匪谍报队长"一栏。

获此情报，冯国明立即把家人分拆成三组，他带上小女儿，妻子带上儿子，大女儿和三已他们几人一组，三组分三个方向，连夜离开县城。

他们在云岫寺集中，最后，妻子和几个孩子在当地百姓的掩护下，回上海边上的娘家暂时躲避。冯国明带着三已往绍兴方向慢慢潜行。

为躲避追捕，他们昼伏夜出，开始还在德清境内的莫干山区一带，在进步村民的掩护下，做一些发动工作，以迎接新中国的成立。但黎明前的黑暗真是乌漆一团，追捕的风声越来越紧，他们必须离开德清。一九四五年下半年，他们迂回曲折地往绍兴老家潜行。有时候在山洞里一待就是许多日子，几乎没有什么可以果腹的。此时的冯国明已四十五岁，早已积劳成疾。看着自己迅速垮下来的身子，他不得不对三已说："照这个样子，回不了老家，你不用再管我，还是快点去找部队吧！"

三已死活不肯扔下老板，硬是背着老板，千辛万苦地找到了冯家老屋。

夜半，当冯家大哥开门，看到鬼不鬼人不人的他们两个，差点又要把门关上。直到听清大弟叫他的声音，才惊魂甫定地把他们迎进门。

在家住了没有多少日子，冯国明就气绝身亡。临走前，他交代大哥，不能把他埋在家族坟地，随便找个荒山野岭葬了就是，否则，会连累家族。大哥和三已只得听从，趁着夜深人静，找了个僻静地方，把他给埋了。

珉泉和云霞，还有冯琴，从杭州赶来时，已与冯国明阴阳两隔。冯国明的妻儿更是音讯不通。

大哥说："他总算回家了，再也不用南征北战了！"

三已止不住嚎啕大哭，冯琴也跟着大哭起来。冯琴不仅哭大叔叔凄惨，也哭母亲的不幸，更哭命运给冯家带来的种种灾难……云霞把冯琴紧紧抱住，泪水却也是止不住地流。所有人都泪水纵横。

忽地，老屋的自鸣钟"当"地敲响，时间进入一九四六年元旦，又一个新年，在大家无暇顾及的星移月转中开始了。

几天后，一行人又匆匆赶到了云岫寺。云门寺支一禅师圆寂，他们向老禅师作最后的告别。当晚，清空法师叫上珉泉和云霞，把《皎然诗集》真本放到他们面前，告知，支一禅师已把此事交代给他，现在是他们带回诗集，还是把诗集交给吴家后人？

"吴家后人，他在哪里？"珉泉和云霞双目相对，满是迷茫。

"远在天边，近在眼前。但他应该是交不出赎金的。"清空法师即把三已就是吴家后人的真相，一五一十地告诉了珉泉夫妻俩。

珉泉和云霞听后悲喜交加，觉得这是老天爷最好的安排。

"他和我二哥也算是战友之情了，没有他，我二哥现在都不知尸骨何处。这诗集给他，当是物归原处，请法师交与三已吧！"

清空法师见夫妻俩态度坚决，就唤来三已，道出诗集真情。

三已猛一听到这样的事，一时懵懂，不知该如何是好，只是一个劲地说：

"不要，我不要！"他幼时听父母念叨过《皎然诗集》，但到底怎么回事，他唯有懵然。出家人，断绝欲念，平日里，他根本不去想这些事。还俗后，跟着冯老板做革命之事，见多识广了，感觉生活有奔头了，更不会去想这样的事了。

"我们不会要什么赎金。你和我二哥亲如父子，我们怎么可能……再说，我父亲当年就是替你们保管的，既然你就是吴家的人，就请取回吧！"

"可是，可是……我就是拿走了，也没地方放的。不如仍然请法师保管？"

三已说得也没错，外面天天在打仗，说不定哪天他也去战场了……没人再说什么，法师只好把诗集又收回。

不想，两年后，这本诗集差点和其他价值连城的珍宝被窃贼一起盗走。

这是一个没有月光的初夏之夜。几条黑影悄悄潜入了云岫寺。因连年战争，很多青壮年上了战场，寺庙的僧侣越来越少，云岫寺也只剩下十多个僧人，看管着越来越少的庙产，维持一个破败不堪的庙宇。也不知怎样透露的风声，突然冒出盗贼，直奔庙中密藏而来。

此时庙里的僧人，除了当惠和一两个年轻和尚，其他不是太小就是太老，哪是这帮盗贼的对手。盗贼先把清空法师和当惠绑了扔到柴房，把其他人关进了一个屋子里，就熟门熟路地到达藏宝处，肆无忌惮地掘开了地库的门……黎明前的黑暗，黑得伸手不见五指。宝藏就这样被盗了！

消息传到杭州，已是第二天的晚上。事发第三天，珉泉和云霞跌跌撞撞地爬到云岫寺，面对一片狼藉，双双栽倒在地……同来的冯琴声嘶力竭地叫喊，喊声传到了三已耳中，此时的三已正扶着清空法师，呆坐在庙后一块石板上，听到喊声，立马奔来。

清醒过来的珉泉和云霞，只见法师在不住地拜天拜地，不住地呼唤菩萨，要菩萨保佑被盗宝物完璧归赵。现场有几个官府派来的黑衣警察，东看看西看看，也不跟人多讲一句。三已说，屁用都没有，一帮只会扰民的狗，说不定这中间还有与盗贼勾结一起的呢！

那本《皎然诗集》还在。法师说，是当惠在一层层丝绵兜包裹的外面，又用油纸包扎了一层又一层，埋在了柴房的墙角，才免遭浩劫。

"当惠傻了！"三已说后，又哭。

事情发生后，当惠一连几天都没有睡，每天只有一副表情，也不哭。到了第三天，他就一个劲地说："奸细，奸细……"问他谁是奸细，奸细是谁，他又是一脸茫然，然后就是把被单披在头上，谁也不理。

"消息传到县城时，我正在牙科诊所帮师母接待客人。师母让我扔下手中事，急急赶过来。那时看到当惠还神志清醒。真后悔，应该要想办法叫他好好睡一觉的！"三已后悔不已。

所有的人都在后悔不已，可是后悔有什么用？再说，兵荒马乱的，这些宝贝不放这里，又能放哪里去？

夜又来临，云岫寺四周响起聒噪的虫鸣声，把夏的溽热，罩在了这断墙残垣的庙宇。庙宇内，每一个内心已经崩溃的人，不吃不喝也不说话，脑子混沌一片，混沌中抑制不住地闪着一丝期望，期待这一切都是假的，都是噩梦……"奸细，奸细……"当惠的呼叫声不时惊起，使黑夜忽而死寂，忽而爆炸，一种令人窒息的毛骨悚然，在四周蔓延。

六

宝藏就这样被洗劫一空？钱云霞和珉泉在寺院待了三天，依然无法从噩梦中走出。这些比自己身家性命还重要的宝藏，到底是怎么遭浩劫的，两个人敲破了脑壳都无法想明白。

寺庙背倚玉屏峰，周围有大牛山、轿子顶、猢狲山、宜秋岭等，可谓群峰环抱，竹翠松茂，祥云华盖……那飞贼流寇到底来自何处，究竟是什么样的孽障？

云霞走出禅堂，又来到藏宝之处。

这是前有水池后有峭壁的一处空地。之前这里有个竹子建的磨坊，但磨坊里除了一块大磨盘，就是其他杂什，把个磨坊堆得挤挤挨挨。没人会来这里磨面。宝藏就在这下面，假如真有火灾什么的，一侧是水，一侧是崖，能防能守，还能坏到哪里！

天底下很多事情却是这么不可思议地发生了。可反过来想想，有矛就有盾，有藏就有偷，有防就有攻……况且，宝藏这个东西最是说不准，同样是若要人不知，除非己莫为。一旦被贼盯上，绝无秘密可言。

宝藏被启，磨坊也被毁。压着大磨盘的地面，再往下陷去，露出一个大坑，有如一只大眼，惊异地望向天空，时不时地抛出一个个冷酷的问号……钱云霞再次走近这里，逐渐清晰的意识，留意起脚底下的方寸——这个刚遭浩劫的地下，该有盗贼留下的蛛丝马迹。

她的脚尖碰到了一块瓷片。望着瓷片，脑中忽闪出一道光亮："这不是建盏吗？"

是的，这是建窑茶盏，但已被摔成碎片。这碎片上面的鹧鸪斑，在光线下还十分耀眼。那泪滴一样的挂釉，仿佛在默默地哭泣，和伤心人同陷悲情而无法自拔。

云霞捡瓷片，一片又一片，拨开薄薄土尘好像还不少。一定是盗贼在慌张中掉落了这些顶级宝物。宝物成了碎片，心疼的还是宝物主人。把这些建盏从绍兴弄到这里，已是非常不易。眼下这么多碎片，估计完整的已不多。盗贼啊盗贼，你有本事都拿走倒也罢了，好歹宝物还在人间，可你把宝物毁了，这世界又少了多少的盼头！

钱云霞坐倒在地，浑身的虚汗把衣服都湿透了。快正午，日头悬当空，人被晒得更晕。云霞慢慢起身，兜了一衣襟建盏碎瓷片，挪向那个有泉眼的水池。

水池被绿荫围着，还没走到池边，就已感觉到丝丝凉意。云霞做了个深呼吸，用胳膊擦了下眼睛，才发现有人在那里洗东西。

洗者也听到了声响，抬头看向走下池边台阶的云霞。云霞这才看清是寺庙的和尚在洗芋头，而用来刮芋头毛茸茸表皮的，就是那建盏的碎瓷片。

"你手上的瓷片……？"

钱云霞疑惑的目光，把洗芋头的和尚吓得不轻。他站起的腿哆嗦了一下，捏瓷片的手下意识地藏到了身后。"施主，你……你……？"他觉得自己的舌头半僵在嘴巴里，说不出一句完整话。

"你洗吧，我等你。"

"哦，你洗，你洗。"和尚赶紧收拾起一篮子的芋头，又结结巴巴说，"有的芋头不用……不用刮皮，就烧……烧毛芋头！"

逃一样走了的和尚，没忘把刮芋头的瓷片留下："你要给你，我也是那地方捡的。"

钱云霞没再挪步，而是坐到了一旁干净的石块上，垂下有点眩晕的脑袋，微闭了双眼。宝物成了碎片，碎片成了刮芋器……当地百姓家里没有专门的刮芋器，捡个碎瓷片刮芋头，最是寻常不过，即使有的瓷片是千年古董的组成部分，那又怎样，碎了、废了，没有生命了。和尚捡了建盏的瓷片，在这里刮芋头，嫌它不够锋利，又拿石子砸了下，瓷片碎成更小的一片片，和尚拣出比较锋利的那片，把毛芋头的皮刮干净了。

和尚离开了多久？云霞没法计算。她有点后悔，怎么不问问他，为什么盗贼会这么轻而易举把宝藏兜底掏空？

建盏的碎片从云霞的衣兜一片片滑落，落入脚下松软的泥土。风儿吹下的花瓣盖住了它们，也许，这是它们最好的归宿。

望着被瓷片锋利的边角划得左一道右一道血痕的双手，云霞却感觉不到疼痛，她的心已经被剧痛割麻木了，被无望掏空了。剩下的心思要琢磨，要和大脑紧密配合……

"阿霞，阿霞——"

冯珉泉磕磕绊绊找来了。"回去吃饭吧！"满脸汗水的他，摘下一片大树叶，给云霞扇起风来。

云霞起身到池边洗手，又一屁股坐在石阶上。珉泉坐到她身旁，感觉池水很凉，就要用手舀起来喝，云霞打落了他掌心的水："别喝，刚洗过毛芋头！"

珉泉立刻甩脱手中的水，两只手往衣服上猛擦——洗过毛芋头的水又脏又痒，要是喝了，肚肠都会蹿出来，还了得！

见珉泉猴急，云霞想笑，却是怎么也笑不出来。她只能问他："那个年约三十的僧侣是谁，在这寺庙做什么，这之前她怎么没有见过？"

珉泉问了特征，好在年轻和尚不多，他对云霞说："这不会是呱啦和尚吧？"

"对对，是有一个叫呱啦的和尚！"云霞忽然想起当惠被老爷领进门后没几天，又把一个比当惠还小的男孩带进了钱府。这个男孩见当惠进了庙门好玩，也嚷嚷着要做和尚。后来被带进云岫寺，住持安排他跟了叽里和尚学做庙务。大家就顺着叽里和尚这个"叽里"，往下随口叫他呱啦和尚，这"叽里呱啦"俩和尚，人家这么叫，他们就这么应，最后自己都忘了师父给取的法号。她当年见过的呱啦，还是个四五岁的小男孩儿。眨眼间，一个纤长的光脑袋青年僧侣出现在面前，她哪里会把当年那个小孩联系起来。

"你觉得这个呱啦和尚？"珉泉感觉到云霞似乎发现了什么。

云霞摇摇头,又深深地叹了口气。说:"出事那晚他应该在寺庙的。我们在这里几天,怎么就没有听到他说些什么呢?"

"这庙里的年轻人就这么几个,出事后,他主要还是跟叽里和尚下山去做方方面面的事体,还要弄吃的。你见不到他,也是有原因。"

"我们是不是要和他谈谈,说不定他了解一些东西。这寺庙的人,也就他和叽里和尚接触外面最多,听到的看到的最多……想起来了,他还是钱氏家族的人,跟当惠一样,都是父母早逝的孤儿。当年还是当惠向老爷求情,把这个已经学会偷盗的小孩带进了钱家。那时他还不到五岁,大了变了样,根本认不出。他有个姓名,叫钱阿钿,对不对?"

"好像是。"

钱云霞又想到了什么:"很奇怪,当惠已经三十出头,可还是二十几岁时那个样子,现在傻了,样子没变,还是清清爽爽的。这个钱阿钿看着就老相。"

"相由心生。当惠是菩萨心菩萨相,都说他脑子傻了心不傻。"

"阿弥陀佛,佛祖保佑当惠快快好起来吧!"

"也幸亏有赵妈照应,当惠不会吃大苦。赵妈坚持来庙里做饭是对了!"

珉泉搀了云霞:"我们先吃饭。吃了饭再去找呱啦和尚!"

午饭草草了事,两个人问清了叽里和尚与呱啦和尚经常在的寺屋,慢慢走去。

叽里和呱啦管的那些庙产,主要是些日常用品,大多与吃喝拉撒有关。叽里经常会在厨房出现,会叫暂时没事的呱啦帮一下厨。这几天云霞也有看到过叽里的身影。她想此刻这两个人最好在一起,最好能通过他们获得一些蛛丝马迹。

两个人走进一间小屋。这是用竹子搭建的屋子,外面是稻草掺合的泥巴墙。

"叽里师父在吗?"珉泉朝屋内喊。

屋内传出几声咳嗽,接着一个年轻僧侣走了出来。当他看到近午时分在水池边遇到的女施主,一种复杂的表情即刻出现在张皇的脸上,他很快扭过脸去,朝屋内叫起师父。叫声中流露出胆怯的颤音。

屋内没有回音,年轻和尚双手合十,眼睛望着地上:"告知来访者,师父有点咳嗽,在休息。"

"你就是呱啦小师父吧！"

"贫僧就是。"呱啦眼睛不敢正视他们，合十的双手在微微颤抖。

"我们可不可以先跟你聊聊？来，就坐在这石板上吧！"冯珉泉拉了钱云霞先坐到了小屋前一块大石板上，招呼着呱啦和尚也来坐下。

呱啦却站在那里没有动，而是十分戒备地问："施主要聊什么？"

"就是宝藏被盗的事，小师父那天该是也在寺庙，能不能详细谈谈你知道的一些事？"钱云霞对他说。

呱啦全身地不自在了，他背转过去，口齿结巴起来，说："这……这事，我……我……我们已经跟……跟清空大师父说，说清楚了。你……你们要是还想，还想知道什么，还是跟我师父，我师父，我去请他来跟你们说吧！"话还没讲完，他就闪进了屋，隐身了。

钱云霞心中不由升起疑云。思索片刻，她起身说，进屋。

珉泉拉住她："僧侣之地，女客不宜直闯。我们还是等等叽里和尚吧！"

等了半天，再不见一个和尚出来。"我进去看看！"珉泉起身。

屋内光线昏暗，一时间珉泉看不清人在哪里。

"师父，有施主来了！"

闻声，珉泉才看到蜷缩在屋子一角的呱啦。

那个咳嗽声又响起，屋子另一角有个身影从竹榻上起来，闷声闷气地问："哪位施主？"他好像很快看清了来人，下榻，说，"我们去外面。"

也是，屋子像个储藏间，乱七八糟堆满杂物，脚都没处放。一股怪味笼罩在屋内，令人窒息。珉泉退了出来，望向天空深深地吸了口气。

叽里和尚本是善谈之人，但自宝藏被盗后，那张平常话语不断的嘴突然被贴了封条般，吐不出一个字来。他闷闷地走出屋，蹲在了一棵树下。

"我们想和呱啦小师父谈谈。"冯珉泉对叽里和尚说。

"就是那天晚上的事？他不是也被吓傻了吗？"叽里和尚说。

"那天晚上他在寺庙哪里？有没有和盗贼相遇？"钱云霞问。

"我们都被盗贼绑了，他也一样。"

"他是和你们绑在一起的吗？"

听女施主这么问，叽里和尚面色不悦，但他还是解释了："他那时正出去方便，盗贼见到他，就把他绑起来扔进了茅棚。"

"他一个人在茅棚吗？"

"还会有人陪他？"叽里和尚开始不耐烦，"这些事，清空法师都已经问得明明白白。你们可以找他再问问！"

陷入僵局。

直觉告诉钱云霞，事有蹊跷，必须与呱啦小和尚直接对话。可看这样子，呱啦自己已经明确拒绝，叽里和尚不想配合，僵持下去没有任何结果。她越来越觉得要采取一点强硬手段。突然，她冲屋内大喊一声："钱阿钿，你给我出来，为什么要躲着我！"

无论珉泉，还是叽里，都被吓了一跳。更叫人惊异的是，钱云霞在屋前转了个圈，捡起一根柴棍，居然要闯入小屋……珉泉眼疾手快，一把拉住她，说："不能这样，这是佛门，我们可以找住持！"

"住持？住持半条命都没有了，现在哪一个在真心替住持着想，替这个寺庙着想？能躲则躲，能逃则逃，能……"

"不说了，我们不说了，回去吧，我们回去吧！"

钱云霞也不知哪来的力气，一巴掌把冯珉泉推得远远的，狠狠地吐出一句："你还是不是个男人！"

此时，小屋里出来了呱啦和尚，只见他挑了一担箩筐，箩筐里也不知装了什么，有点沉。他挑着担子快步离去，就是不说一句话，连叽里和尚问他去哪里，他都不回答。

钱云霞急了，追上去要拉住他的担子，冯珉泉却死死抱住了她："不要这样，不要这样！"

"他的担子里放了什么？我要看，我要看！"云霞此时几乎认定这个呱啦的箩筐里必有文章，但珉泉想，云霞要这样去搜查僧侣，必定查不出什么，反而触犯了佛门，落下笑柄，不好做人。他必须阻止云霞这种近乎疯癫的行为。

钱云霞挣脱不了冯珉泉的拼死拦截，她只好冲着呱啦快速离去的背影大喊："我们的《兰亭序》，我们的宝贝，不要弄坏了……求你啦！"那带着无限哀伤的乞求声，在劫后余生的寺庙上空飘忽，显得那样地无助，那样地肝胆俱裂。

这时候除了钱云霞，可能谁都不会去想，这个呱啦和尚就是云岫寺的内奸，是傻了的当惠口中的"奸细"。连珉泉都无法支持妻子的火眼金睛，这一切都需要证据啊！

在叽里和尚激烈的咳嗽声中，钱云霞把手中的柴棍扔得远远的，"咚咚咚"走向住持经堂。但还没走一半，大脑突然失去意识，她直直地往后仰去……要不是珉泉紧跟在后面，她可能就这么倒下不再起来。

足足有半年时间，钱云霞在病榻上度过。

第五章

一

开春，冯珉泉又上云岫寺。这次他是来送别清空老法师的，没敢带云霞。其实，钱云霞已害怕再来这个地方了。

自庙宇遭浩劫，清空老法师就病痛不断。勉强拖至半年多，不得不归西而去。没过多少天，当惠突然不见，庙中僧人和附近老百姓找遍了几座山头，踪迹全无。这时候的当惠，病情似乎在慢慢好转，没有理由说失踪就失踪了。

冯珉泉又是郁郁闷闷下山，见到云霞很想告诉她"当惠不见了"，但最终还是忍住没说。

到了十月，中华人民共和国成立，五星红旗和大大小小的彩旗出现在大街小巷——老百姓期盼已久的和平年代到来。冯珉泉夫妇觉得日子终于熬出了头，动手把整个金家小院里里外外收拾了一遍，修书一封寄往北京，希望已经在京城驻扎下来的金诚大医一家，可以回杭州看看……

金大医忙着国家建设大事，根本没时间回杭州。

这年底的一件大喜事，就是大龄青年的冯琴和吴三已结婚。他们的小家就安在德清县城。冯琴仍在杭州当老师，三已进了县公安局。"我们是人民警察！"三已终于可以骄傲了。

结婚那天，云霞把《皎然诗集》真迹放到了三已手中，要他以人民警察的名义好好保管。此时的三已没法推辞了，他眼圈红红地从婶娘钱云霞手上接过《皎然诗集》，毕恭毕敬行了军礼——他始终认为自己是个军人，当年给新四军送情报，粟裕将军就对他说，万一身份暴露，立即归队，这里有你的编号。是的，还有冯国明，公开场合他叫他老板，实际上，他就是首长，粟裕将军就是他们的上司。战争结束了，三已这个编内军人转入公安，换了一种方式来保卫和平，他觉得责任依然重大。手捧《皎然诗集》，一瞬间不知所措。"好沉！"他对冯琴如是说，还暗暗抹去了额头的汗。

让三已更加沉重的是，来年春天，冯家大屋被收为村里集体资产，珉泉和他商量，问要不要找政府说说。毕竟，大屋密室内的收藏是家族几代的传承，没了大屋，意味着所有收藏必将面临遗散或者……三已当然知道这些收藏对一个家族意味着什么，可他又有什么办法可以抵挡潮流？也许，某种角度来说，他还是这个潮流的推波助澜者，不能在这个关口他又推翻了革命的主张。面对书生叔叔，他唯有叹气，爱莫能助。

倒是冯钰昌想开了，这位三已的老丈人说，这些房子，你们都不来住，交公就交公，还省得修修补补。"我老了，弄不动了！"他说他只要一间房就可以了。

"那，我们的收藏呢？放哪里去？"珉泉问。

"我就跟村里说，我只要住我父亲的那间书房。还不给吗？哪天我走了，你再去找政府。说不准，那个时候又不一样了！"

冯钰昌的脑子到底在想什么，没人能搞得明白。但他这样的主张，你也不能说没道理，况且，你如反对他，你同样也没有好办法。人求安稳，没被枪毙，倒也真是天大的幸运。

钱家也一样，房子大部分归为公有。其实，住在钱府老宅的人也不多了，钱仲霖的嫡亲儿子钱云竹，因从小身体不是很好，没有让他出去闯荡，否则，这么大个豪门宅子，可能真的没有一个钱氏后人在住。

钱家最后那些藏品怎么办？钱云竹跑来杭州问姐姐。姐姐让他在书房等着，她自己到卧室找出了那双绣花鞋。爹爹有说，里面的秘诀最好等朝代更替时取出。

是时候了——她拿来那把做女红的小剪刀，一剪剪地挑开针线，当鞋面和鞋底脱离时，一张油纸包着的小宣纸掉了出来。她抚平，几排蝇头小字跳出：

"云霞吾儿，见字如面……"泪水即刻涌出，她无法抑制地呜咽起来。

许久，抑制住悲恸的泪眼，父亲那沉重的蝇头小楷，渐渐清晰："政权腐朽，百姓涂炭，外寇乘虚而入，如此之国岂能不亡。仁人志士惟有以天下大同为己任，前仆后继，杀身成仁舍生取义。待那时，天下是仁义的天下，人道煌煌，生灵辉辉，还我朗朗乾坤，国家便是家国，吾儿可放下身外之物，不再为祖藏所累……"

父亲没有过多的笔墨。朦朦胧胧间，她扪心默默祈祷，希望通过父亲的笔墨，与父亲有个灵魂的连线。

经历了这么多磨难，剩下寥寥可数的家传祖藏，对他们来讲还有多少意义，实难估测。更不要说《观鹅图》什么的了。是的，国家已经成立人民政府，没有了战争，没有了强盗……政府主张共产主义，反对私产。这算不算天下大同？无论如何，把它们交给国家，也许是保护它们的最好办法。她无法确定，她是不是真的读懂了父亲的秘诀，唯一可以肯定的是，父亲不会反对她这样地理解。假如父亲还在，一定像他们一样，相信山河已无恙，天下将兴，新的时代已经到来。

钱云霞几乎没和珉泉作什么商量，就告诉钱云竹，把家里的收藏都交给人民政府吧，让国家去保护它们，这也是爹爹的意思。

"都交给政府？"钱云竹一时目瞪口呆。

"几十年了，被偷的偷，被盗的盗，命都搭上了，剩下这些，你还要怎么样？"

姐弟俩都清楚，就这些身外之物，让他们吃尽了苦头……也许，交给此时的国家，是最好的结局。

然而，回到湖州的钱云竹想想还是舍不得，他在把大部分家藏珍宝送到政府时，拿出了其中几幅珍贵字画放到了自己的屋里。到抗美援朝时，他又向政府捐献了一些珠宝。之后，政府安排他到一个文化馆当副馆长，他觉得自己的人生走上了正轨。

相比钱云竹，眼下的冯珉泉倒是赋闲在家的日子多。他的西泠印社断断续续，刚活过来，又憋死过去，一九四六年逐渐恢复后，一九四七年重修，一九四九年又停止。此时他已经是四十多岁的人，既无文凭，又无革命斗争经历，要找份像样的工作，真是难于上青天。

最让他们欲哭无泪的是钱之君，他是国民党军官，因为冯诗正怀孕，就没有跟老蒋去台湾。脱下了军装的他，进了上海一所大学教书，却很快被人告密，不仅被赶出校门，还被关进了监狱。他们的第一个孩子也没有保住。幸亏跟着金大医去了北京的张一弓作证，钱之君救过共产党人的性命，他才被放出监狱。政治审查严格的城市机构，显然已不是钱之君夫妻俩可以选择的地方。他们没有更多犹豫，回到了德清县城。这里是冯诗的大叔叔曾经战斗过的地方，也是钱之君从小长大的爷爷家。爷爷钱淼泉是德清钱氏乐善堂堂主，县城近郊一个村子，住着整个钱姓家族，爷爷家的一个粮仓，要管整个村子灾荒年的食粮。好在江南福地的德清很少天灾，钱之君和村里的孩子都没有饥荒的记忆。家里人最怕的是生病，钱之君的母亲就是因为生病，早早去世。爷爷奶奶把他养到十五岁，他的父亲钱几何把他带了出去。之后，他上军校，参战，直到日本鬼子投降，他可以回来看爷爷奶奶了，但两位老人都已不在人世，父亲钱几何也从人间消失……能回到老家生活，也是心有所依。县城有他的亲戚，乡下还有熟悉的族亲，他们不会孤寂。

冯诗跟着钱之君回老家德清，先做起扫盲老师，后又指导农民建起蚕种场，当起了育蚕养蚕的保姆，大街上来来往往的人，认识的都叫他们老师，倒也获得一分尊重。

日子就这样平淡无奇地过着，清澈的苕溪水慢慢地流经县城古镇，连接古运河；古运河把南来北往的船只引入苕溪河，人与货物在县城的小码头上上下下，县城也日益热闹起来。

一九五八年，湖州地区的吴兴县钱山漾遗址发现了家蚕丝线、丝带和绢片，这是长江流域出现丝绸的实证，说明四千五百多年前的长江流域已有养蚕、缫丝、织绸技术。湖州作为丝绸之府名副其实。这不仅让钱之君和冯诗兴奋不已，而且唤起了冯珉泉的极大兴趣。早在这之前他就从古书堆中发现蚕事最早的起源，而钱氏家族祖祖辈辈勤于蚕事的传统，让他觉得应该做点什么。女儿女婿从事这行后，他也成了半个行家，每每全家聚一起，就要聊聊这个话题。要知道，丝绸不仅给了衣着，还为文物收藏作了不小贡献。那时，把古籍放进丝绵兜里，把字画放进一层层覆盖的丝绵套里，再放进不会长蛀虫的檀木箱，几乎等于放在了恒温的环境。

丝绸之府的人，对蚕宝宝有着天然的感情。带着这种感情，冯珉泉和钱云霞开始经常往来德清，协助女儿女婿做蚕事。此时的冯珉泉已五十五岁，在图书馆的工作，让他可以接触很多讯息，女儿女婿已是蚕事专家，而他等于是专家的助理。

这天，冯珉泉夫妇俩又坐上轮船去往德清。初春，依然是水暖鸭先知。轮船在古运河上"突突突"地前行，沿岸却时不时会有一群群鸭子在戏水撒欢。

从坐木划船在运河行进到坐轮船往来于大小码头，时代终是在向前。珉泉夫妇几乎也没有了更多奢望，只想着日子能够平平安安地过，从前的已经过去，曾经的酸甜苦辣忘了也罢，人生能有多少年？两个人还没老呢，头顶已华发缕缕，云霞更是连眼睛都眯蒙了，又是近视又是老花的，读书写字要两副眼镜伺候……不过，她的听力依然敏锐，隔老远都能听到哪家农户养的蚕宝宝在上山了。

坐轮船从杭州武林门码头到德清，半天的路程，两个人不是看书，就是听其他乘客闲聊，行程也就不显得那么漫长和沉闷。轮船噪声大，乘客说话大多扯着嗓门，船舱里时而会发出肆无忌惮的大笑，把小火轮的"突突突"声和船头劈开的河道水浪声彻底掩盖。

钱云霞的耳朵并没有刻意去识别笑声的属性，忽地一个声音，像簪子一样扎来，让她打了个激灵。她抓住珉泉的手，示意别吭声。

"……王羲之的那个《兰亭序》，真货肯定没有了，但是唐代的临摹本也是价值连城啊，有人说故宫都没有这个东西了，唐朝之后的皇帝老儿都没有见到过这个宝贝。几年前，湖州开公审大会枪毙了一批坏分子，其中有个原来是和尚，晓得的人都叫他克己——是克己复礼那个'克己'，他真的克死了好多人，还克死了自己……说来说去，他是佛门败类，盗宝高手，手上有几条人命。解放后，他躲到湖州乡下，最后还是被群众揭发，抓了。他又揭发别人，说有人偷了《兰亭序》唐摹本，跟着日本人逃到台湾去了。这有什么用？人民政府不可能到台湾去抓犯罪分子，除非你克己自己有《兰亭序》，那就赶紧拿出来，看看人民政府能不能判你个将功赎罪。这个坏分子克己最可笑的是，他提出来，说只要能让他去台湾，一定会把《兰亭序》唐摹本拿回来交给政府。大家都认为他疯了，没再理他……审讯人员中有一个是我们老家的，觉得这个克己讲的唐摹本去向应该不会是瞎编的。但真的又怎样？没本事弄回来啊！再说，这个克己血债累累，该坦白的不坦白，尽讲些没用的。他被拉出去枪毙时，还在那里嚷嚷'我有《兰亭序》'……"

　　钱云霞坐不住了，她起身走到与她只隔了一排座椅的乘客那里，想加入他们的聊天。但还没有攀谈上，那位乘客就站起来说自己快到了。

　　轮船到了一个小镇码头，钱云霞只能眼睁睁看着那位"晓得克己"的乘客上岸。

　　一到德清，云霞拉着珉泉不是去女儿家，而是直奔冯琴和三已的家。

二

　　冯琴已把工作从杭州调到德清，她的大城市户口也落到了县城，这就意味着她的大城市人身份降格了——在户籍制度相当严苛的年代，相当于她为家庭作出了很大的牺牲。

　　下班后的冯琴正要做晚饭，见叔叔和婶婶来了，马上要出门去买熟食。

　　"别买了，你婶婶带了梅干菜烧肉，还有素鸡什么的，够吃了！"

　　"每次来，你们都自己带菜……我去叫冯诗他们也过来吃吧！一个老早，三已摸了一条鱼和一大盆螺蛳呢！"

　　"三已呢，还没下班？"钱云霞着急要见三已。

　　"他去接小雨了！"

　　冯琴和三已的孩子已经五岁，上幼儿园中班。人还在弄堂口，他那叽叽喳喳的声音就已经传进了家门。

　　见到喜欢他的婶婆，他更想发挥自己的表现力，但机灵的他，发现今天的婶婆好像没有以往见到他时的喜劲，就知趣地躲一边去了。

　　云霞拉了三已坐下就问："你知不知道那个克己已经被枪毙了？那个罪大恶极的克己！"

　　三已沉吟不语。

　　"你是公安的，你怎么会不知道？他就是在湖州被抓的！"

　　三已望一眼珉泉，看向云霞，开始沉闷地说道："婶婶，这个事我了解，我就是参与抓捕克己的公安人员。克己枪毙了，报了雪恨，但是，有些事还没有彻底搞明白。想来想去就不知道怎么向你们解释。假设克己还没死，也可能线索还没有断，其他要抓的漏不了网，说不定我们还可以追踪国宝的去向。现在这样，等于是后面的路断了……我担心你们接受不了这样的结果，所以迟迟不敢跟你们提这事。”

“唉，不管怎样，你告诉我们克己被枪毙了，大家心里也好受一点，这个罪人，终于恶有恶报！”珉泉说。

钱云霞想了想，却在那里摇起头来：“三己说得对，罪人枪毙了，可线索断了。我们的国宝呢？它们到底被弄到哪里去了？克己多多少少知道一些情况，假如可以顺藤摸瓜……”她说到这里，目光定定地盯住了三己，仿佛三己就是可以顺藤摸瓜的人。

三己也顾不上保留什么了，他对叔婶两个人讲开了克己的案子。

原来，三己一直在追踪克己，他一直在怀疑云岫寺被盗克己不会没有一点瓜葛。进入县公安机关后，他可以接触到大量信息，就对抓获克己有了信心。他判断，克己不可能跟国民党去台湾，他在国民党政府没有那种铁的关系；日本浪人佐木次郎也不可能带他去日本，他更没有本事去到其他国家。最大的可能性他在上海周边哪个乡下，找个偏僻之处苟延残喘，度此余生，能活一天是一天。绍兴他也不可能去，知情者太多。

三己充分发挥工作优势，开始逐乡逐镇地打听与克己相似的人。几年下来，从德清一带山山水水犄角旮旯梳起，一寸寸推进，直达湖州地区其他水乡山区。终于，在湖州与上海交界的乡下，有人报告了克己的行踪。三己征得上级同意，亲自带人到一个芦苇塘围着的小岛子上，捉住了罪恶的克己。

在三己面前，克己对自己在云门寺犯下的罪行供认不讳，愿意上缴他还没有挥霍完的金条银圆，这是他盗卖古董字画所得。他死活不认云岫寺的事，但供出云岫寺的呱啦和尚钱阿钿。

那是一九四九年四月，离解放军攻进上海已不到一个月。

钱阿钿找他问佐木次郎去向。钱阿钿讲，他知道佐木次郎要的《兰亭序》唐摹本在哪里，只要佐木次郎能亲自见他，他一定会把唐摹本交到佐木次郎手上。当然，他不要上海的房子，他要成箱的金条，到时，他可以与克己平分好处，然后，他们就各走东西。

克己很不满意钱阿钿这种做派，觉得钱阿钿愚弄了他们。要在从前，他都可以像捏蚂蚁一样捏死他。

为什么你觉得钱阿钿愚弄了你？三已这样问克己，克己马上支支吾吾转了话题。

钱阿钿要找佐木次郎，克己本不想理他，但钱阿钿说好处平分，这让他无法抗拒。几天后，早已变成瘸子的佐木次郎居然见了钱阿钿。原来，这个强盗佐木次郎实在太留恋上海滩，他被打瘸后曾逃离了中国南方，可一九四五年溥仪被日本关东军挟持去了通化，他又成为盗劫长春伪皇宫小白楼宝藏窃贼之一，溥仪从天津运来的珍贵国宝书画就这样在光天化日之下被抢夺一空。他没有盗到《王羲之观鹅图》，但他猜测宝图必会流向上海。他对上海太熟悉了，这个冒险家的乐土，什么事不会发生？他摇身一变，又以皮草商的身份蹿回上海。克己自然又成了他的助手。

遗憾的是，中国人民解放军解放上海的炮声已隆隆作响，佐木次郎在上海的美梦人生眼看就要终结。他现在要抉择的是回日本还是去台湾。回日本，意味着他再也不可能继续着他的罪恶人生，也就意味着像《王羲之观鹅图》这样梦寐以求的中国顶级国宝，再也不可能成为他的战利品。去台湾呢？他也想不出有更好的前景。无非台湾曾经被日本统治了五十年，是他们侵略、蹂躏、搜刮过的宝岛，还有很多的日本人后裔在那里。他去台湾还能继续为非作歹吗？没有答案。然而，呱啦和尚钱阿钿让他作出了去台湾的决定，而且，他还必须带上他一起去。

钱阿钿放在佐木次郎面前的是一个奇怪的装置。根据装置外的标注，这里面装的宝物就是《兰亭序》唐摹本，当年佐木次郎闯进钱府，连看一眼的要求都被拒绝，这让他愤恨的心一直无法平复……这里头真是他梦寐以求的？通过装置上面的透明水晶眼，他只能看到画轴的两头，看不到内容。装置上面有英文提示，需要根据程序逐项开启此装置，否则，不仅打不开此装置，即使打开了，里面会生成一种气体，把宝藏毁成灰烬……就是说，这宝藏除了自己原来的主人，其他人休想拥有。

你确定里面是放了《兰亭序》唐摹本？佐木次郎这样问钱阿钿。钱阿钿只能回答，他也是看了装置上面的标注才知道的。克己突然记起了别人讲过的事，告诉佐木次郎，这个装置里面是什么，问一下钱家大女婿就知道了，钱家大女婿就在上海。

找钱氏大女婿。佐木次郎决心把全上海梳个遍，要把钱家大女婿给揪出来。

现实是，从前他也许可以不择手段地疯狂行事，而在上海人民即将迎接解放军入城之际，他自己都快成瓮中之鳖，怎么可能再耍流氓？几天后，克己告诉他，钱家大女婿已经随国民党政府去台湾了，他却用怀疑的目光盯视克己，恨不得扇他几耳光。

时间不多了，佐木次郎不得不赶紧做出抉择。不管钱阿钿带来的这个是不是真的《兰亭序》唐摹本，他必须带走。他告诉钱阿钿，他必须跟自己去台湾。找到钱家的人打开了这东西后，如果没骗自己，就给他很多金钱，钱阿钿也可以马上回大陆。

钱阿钿已是没有退路，在佐木次郎几近绑架下，只得上了去往台湾的海船。

克己也只得答应一起去。但在码头上人挤人的乱哄哄场面，他装作没能挤上船，溜了。他说他担心到了台湾后找不到钱家女婿，佐木次郎会掐死他。这辈子，他没少挨佐木次郎的耳光，他曾经的一个女人看不下去，说了几句不满的话，就被佐木次郎一枪毙了。次日，佐木次郎又带了一个日本妓女，要送给他。

"他是魔鬼中的魔鬼"，这是克己对佐木次郎的评价，他被魔鬼缠上，身不由己。克己要为自己找借口。

没多久，上海的舞厅赌场都封了，克己没有了可以混迹其中的场所，也发现自己会被清算，就精简行囊，躲进了芦苇荡……此时的克己已五十四岁，佐木次郎与他年龄相仿。

不到四年时间，克己被捉拿归案。他好像早已有了准备，认定自己被抓是迟早的事。他就幻想可以坦白一些事情将功赎罪。他讲了，他这条命早已不值钱，政府留着他的好处是，一旦解放台湾，他可以帮着找到佐木次郎，这个魔鬼的手上还有不少我们的国宝没有出手，他在囤积居奇、待价而沽。克己为自保，真真假假扯了很多，可人民政府还是决定尽快把他镇压。

听到克己确已被正法，钱云霞忍不住了："为什么那么快枪毙他？让他死是很容易的事，可是我们还要用他来追踪宝贝啊！"

三已又深深地叹了口气。说："留着他追踪宝贝谈何容易？他的罪行一确定，和其他犯罪分子一起公审一起枪毙，造声势形成威慑力，作为政府，也只能这么做。我曾经提出来，克己没有全部交代，在他的吞吞吐吐漏洞百出的供词里面，还露出不少蛛丝马迹。我们继续审下去，说不定还能抓出几个犯罪分子。比如，云岫寺的案子，我就不相信跟他没有一点关系。他只是供出了钱阿钿，因为他知道钱阿钿远在天边，没法对质！"

"是啊，他们应该是同伙，否则，钱阿钿怎么会找到他？而且，肯定还有其他同伙克己不敢供认！"珉泉气愤地说。

"这样的人不应该马上杀掉的，一定要叫他坦白，继续坦白！"做好了晚饭的冯琴，过来插了一嘴。

冯诗和钱之君也到了，大家摆好桌椅开始用餐。

钱云霞自是没有了胃口，想到线索刚刚露出个头却又马上断了，心里头的那种懊恼与失望又引得她脑壳痛。她只是不停地往小雨碗中夹菜，自己碗里的饭扒了一口后，再也不想动筷。

"你就不要多想了，这也是没有办法的事。像克己这种罪恶滔天的，枪毙十回都不够。人家不就想他的罪已经够重了，还审什么？正好要枪毙一批，怎么也要轮上他了，还留什么？留着，他仍然不痛痛快快地坦白，公安也没那么多精力啊！三己你说是不是这样的？"珉泉劝说云霞。

三己赶紧咽下嘴里的饭，接口说："叔叔，你说的基本也是这个意思。婶婶，你就不要再多想了。也有可能，佐木次郎他们到了台湾后，一切不会如他们想象那样得逞。"

钱云霞疑惑地自说自话："他们要去找我大姐夫，我大姐夫会这么傻，帮他们打开装置，送宝给他们？他们到底是怎么想的？难道要绑架我大姐夫？"

自从云霞的大姐跟着丈夫去台湾后，全家人都不敢向外提这事。这也是三己在审讯克己时不想延伸的话题，同时也不敢十分坚持进一步审讯克己的原因之一。他知道这个装置和里面的《兰亭序》唐摹本，在钱府老爷去世后，曾经由于云霞大姐夫的一念之差，要去交给国民党政府，后来因战乱和政局不稳，考虑再三，夫妇俩又把它送了回来。岂知，它又被带去台湾，又要因它去找回那位大姐夫……这样的事，让三己的脑壳也痛。如果不是叔叔和婶婶上门质询，他仍然是"岂是一个愁字了得"，现在这样说开了也好。

"因为我姐姐不愿去台湾一直拖着。听说他们是在一九四九年九月，在上海港乘上一艘美国军舰'戈登'号离开的，后来去了台湾哪里都不知道。"

钱云霞幽幽地自言自语时，三己马上把趴在饭桌弯着脑袋看婶婆的小雨拉了下来。他对小雨悄悄地说："阿婆讲的话你不懂，千万不能到外面乱讲哦，快叫你妈洗脚，洗了睡觉！"

吴小雨这样被请出大人的"故事会"，有点不情愿。但他除了嚷嚷几句反抗一下，别无选择。

大人们更是别无选择地除了叹气还是叹气。

冯诗夫妻俩担心爸爸妈妈又要被旧事纠缠，影响身体，赶紧拿出两张电影票，说正是看第二场电影的时间，硬是把他们拉去了电影院。

三

冯诗三十六岁那年生下女儿钱小桑，那是她在采摘桑叶时，突然肚痛羊水破，来不及送医院，就在桑树地里生下了这个女孩。外婆钱云霞说，就叫小桑吧！

钱小桑由外公外婆带着，住在杭州。在她四岁那年，一个寒夜，家里来了一位和外婆年龄相仿的婆婆，外婆让她叫"梨子阿婆"。梨子阿婆和外婆一个晚上都在说话，睡梦中的钱小桑，能隐隐约约听到她俩的哭泣声……

梨子这次来见云霞是一九六六年的冬天。

梨子和丈夫张一弓是在新中国成立后进了北京工作。梨子在政府机关任处级干部，张一弓在一家医院任副院长，孩子们的家庭也都幸福美满。说起来，冯珉泉最后能到图书馆工作，也是张一弓托朋友帮的忙。可天有不测风云，有一段日子过得并不顺心，这时的梨子，想起了老家，想起了像亲人一样的钱家冯家，冒着危险她挤上火车，坐了两天一夜，来了杭州。

还是熟悉的金家小院，熟悉的梅花树影，但小院早经金家同意，交给了政府。里面住了好几户人家，珉泉他们已成这里的一个租户，厨房厕所均为公用。金家在浙江应该没什么人了，金大医也于一九五一年在北京去世……一切都已物是人非。

梨子把自己裹得严严实实的，一进家门就掏出胸口藏着的小包袱。她脸色灰暗，声音沙哑，未开口，眼泪就已扑簌簌落下："姐，没办法了，你从前给我的这些东西，已经藏不住了。抄家，没完没了的抄家啊，要不是我藏在米缸里，早就没了！"梨子把包里的金银首饰，一样样放在云霞面前，还能说出它们到她这里的不同时间，"看到这些，我就看到当年我们在一起的时光，我都记得，有一次我真生气了，小姐为了讨好我，拿下头上的凤钗插到了我头上，眼睛都不眨一眨……我想啊，就想我们那个时候无忧无虑的样子！"梨子哭了半天，又不得不告诉云霞，珉泉放在一弓那里的字画和一弓自己收藏的，统统被抄家的人拿走了。

云霞也不得不告诉梨子，其实，她这里也是同样的不安全，随时都有可能被人盯上……湖州钱云竹也被抄家了，仅有的几幅字画被抄走，包括赵孟頫的字。钱云竹被下到农场喂猪。冯家的绍兴老屋那密室藏品早晚要见光，一见光，不是被烧掉，就是到了哪个人家里……总之，厄运难逃。

"我想不通的是，当年老爷为了一幅画把命都搭上了，怎么现在……"梨子又无声地流泪。

云霞又告诉她，冯琴和吴三已的儿子吴小雨才上初中，被人叫去参加了什么组织，回家就找到了那本《皎然诗集》，拿去给了组织头头，证明他革命的决心。三已知道后，气得把他赶出了家门，后来还是冯琴去把他找了回来。

"这本《皎然诗集》在谁手上都是用丝绵兜裹得密密的，不见风不漏光，也不知道小雨是怎么找出来的！"云霞反反复复地说着这句话。

梨子也不知该说什么了，只是一个劲地叹气，一个劲地抹泪。

珉泉回家看到梨子来了，嚷嚷着要出去到馆子吃一顿，但一摸口袋即刻气馁。大哥病了，月前就想着要回趟绍兴，但盘缠还没有着落呢，总不能空着手去看大哥！

梨子看到了珉泉脸上的瘀痕，问是怎么弄的。珉泉叹息一声，坐入椅中也不想回答。云霞告诉她，几天前，珉泉又被通知去参加学习班，路过西泠印社，发现有人在砸石刻造像，就上前劝说，这些都是珍贵的文物，不可以这样弄的。结果被他们拎起皮带就打……

"西泠印社后山的石坊都没有了。作孽啊，作孽！"珉泉痛苦地摇头，而后望向墙上一幅字，那是佛门一佳话——有位叫寒山的和尚问："世间谤我、欺我、辱我、笑我、轻我、贱我、骗我，如何处置？"诗僧拾得笑道："只要忍他、让他、避他、由他、耐他、敬他、不要理他，再过几年，你且看他。"拾得和尚活到一百零八岁，有如此修养，是为根本啊！

每遇迷惘无助时，冯珉泉就是这样来宽慰自己。

梨子在钱家冯家时就见识了许多遭遇，没有气量也变得有气量了，再想不开的，也就慢慢想开了。

在杭州，在已经是大杂院的金家小院，梨子见到云霞一家后，没几天，又像从前搞地下工作那样，把自己裹得严严实实的，不让人看到真容地潜回京城。离开前，她把云霞不肯收下的金银首饰悄悄地塞进了云霞的被窝。她没让云霞送出大门，而是在大门口悄悄地对她说："我是真的没办法，才又把这些东西拿来还你。你就让姐夫拿去换点钱，给绍兴的大哥看病吧！"

梨子已是没有什么不可忍的了。原本，穷苦人家出身，经历过战争，能够活下来已经是赚了，还有什么抛不开的呢！

对梨子拿回来的东西，珉泉和云霞都不敢在白天打开看。晚上，也要等小桑睡着了，确定门外没有其他眼睛时，才就着暗淡的灯光拣出认为可以拿到银行兑换的金戒指什么的，而那几样原本比金器昂贵的玉饰，两个人只能摇头——银行不收玉器，只能把它们藏起来，等到有不怕死的徽商来收玉器时，再出手。此时一副翡翠玉镯，能从徽商手上换回一二十元钱，就算是不错的交易了。有的徽商嗅觉特别好，会直奔有可能被抄家的人家，悄悄地表明身份。也有不愿做这窝囊交易的，但不久就会后悔，那些抄家的往往会把你家弄得片甲不留。假如不那么执着，被抄家弄走的东西，原是可以跟徽商换几个钱的……这个时候的一二十元钱，蛮可以给家人救急的（即使送礼也就一只鸡、几条带鱼，或者几斤苹果加一两斤饼干和小白兔奶糖，一二十元钱可以买好多东西了）。

在那包东西里面，有一只异常好看的白鹅玉佩，那是她家祖传的"回头鹅"。可它是一对，是她出嫁前父亲给的。这白鹅玉佩不是普通的玉佩，它是左右对称的一对，且都朝内里回头，双鹅合璧后即成心形。那年梨子随张一弓去了北京，有了正式姓名"钱亦陈"。想到梨子认自己是钱家人，云霞就把这家族祖传"回头鹅"玉佩交给她保管。可玉鹅怎么剩了单个呢？是否梨子把另一个搞丢了？

珉泉说，这种时候哪顾得这些。先放着，以后再问梨子不急。

云霞又睡不着了，祖传家藏几乎都已弄个精光了，这对玉佩就因为怕在自己手上保不住才让梨子带皇城保管，岂知还是丢了一半……"回头鹅"玉佩，世人只知那个宋代的传说，殊不知当年吴越王钱镠早就给它们赋予了极高的内涵　　文化不高的钱镠王，却是王羲之的拥趸。王羲之曾隐居奉化六诏，当时的皇帝下六道诏书召他回朝廷做官，他坚辞不去。奉化六诏村因之得名。钱镠曾任镇海节度使，驻浙东一带，对王羲之隐居地六诏兴趣浓厚，多次到六诏巡视探寻书圣遗迹。爱屋及乌，平常人家出身的钱镠也喜欢起鹅来。

古时玉佩一直是女性钟爱之物，佩戴玉佩也是一种品德的象征。吴越王钱镠的原配夫人戴氏，原是横溪郎碧村一个农家姑娘。嫁给钱镠后，跟随钱镠南征北战，担惊受怕了半辈子。成了国之王妃，就要给她置备些可随身佩戴之物。有能工巧匠呈上了质量上好的和田羊脂玉，奇巧的是，这块羊脂玉上面有细小的一抹胭脂红。钱镠问戴氏，想做啥样的玉佩？戴氏指指墙上挂着的王氏所书"鹅"字，就说，憨头鹅吧！

成双富贵，这是江南的吉语。能工巧匠就把这块上等羊脂玉雕刻成头顶红冠的双鹅。这双鹅，一只佩带在戴氏身上，一只钱镠带着。

戴氏年年春天都要回娘家住一段时间，住得久了，钱镠便要带信给她，除了问候，也有催促之意。钱镠最念这位糟糠之妻。从临安到郎碧要翻一座岭，一边是陡峭的山峰，一边是湍急的苕溪溪流。钱镠怕戴氏夫人轿舆行走不方便，就派人前去铺石修路。那一年，戴氏又去了郎碧娘家。在杭州料理政事的钱镠，一日走出宫门，却见西湖堤岸已是桃红柳绿。想到与戴氏夫人已是多日不见，不免又生出几分思念。回到宫中，便提笔写上一封书信，其中有这么一句："陌上花开，可缓缓归矣。"而后，取下身上的玉佩"回头鹅"放入香囊，让宫中信使把玉佩和书信一起带上。戴氏看到书信和玉佩，知道另一只"鹅"在唤她回去了……

千古一族，枝繁叶茂。六房妻室三十三子的钱武肃王，为了让子孙一代代有根的意识，能传承家风，便让能工巧匠制作了数对造型相似的双鹅玉佩，给每房妻妾各一对……他的子嗣很快繁衍开来。他的第六个儿子钱元曾任苏州刺史，成为苏南钱氏支脉的先祖；他的第七个儿子钱元璙有十个儿子，其中第九子便是后来的吴越王钱弘俶。公元九九〇年，钱弘俶的子孙约有三千人奉诏从杭州迁到汴京，分散在开封、洛阳、南阳一带；北宋后期，因金兵侵袭，宋王朝被迫南迁，一部分钱王子嗣回到江南；到了清代，一些钱氏后裔踏上了台湾岛……无论散枝落叶在何处，知道钱氏家族双鹅玉佩的，一旦发现哪里散落有"回头鹅"玉佩，就会想方设法把它收回钱家，还原双鹅，告诉祖上，无论去到哪里，我们都会回归，认祖归宗。当国家和民族需要的时候，义不容辞。

想着想着，钱云霞又记起另一则典故——

据说，宋代的那个回头鹅玉佩也叫"状元佩"，说的是北宋靖康年间一王姓秀才，要上京赶考，他的哑妻给他的贴身短褂绣了回头鹅。哑妻聪颖灵慧，操持家务相夫教子样样精明能干。王秀才辞别妻儿，晓行夜宿，风雨兼程。几日下来，与一个教书先生、一个和尚和一个道士结成了伙伴，一路上谈古论今，诵词和阕，倒也和谐。当来到离京城开封只有一日路程时，四人进了三官庙投宿。用过斋饭，便到井边提水洗漱。王秀才正要脱衣，教书先生见他贴肉穿着一件小孩的褂子，欲取笑，但褂子上绣的那只"回头鹅"跳进眼中，顿时惊呆。和尚和道士过来了，见了也是惊讶，何人所绣如此美妙？王秀才告知是娘子绣的。

教书先生指着"回头鹅"说："这是一幅多么美妙的'秋波图'，池水涟漪，波光粼粼，白鹅缩身蜷首，慵懒弄姿，随波逐流，怡然自得；王兄啊，一鹅回头而知秋韵，没有水而见流水淌，你娘子将你高中榜首已绣在这儿了，实在高明啊！"和尚对着"回头鹅"说："哪里有水？这就是鹅回头嘛。'鹅回头'即'我回头'，苦海无边，回头是岸，回头，才能离苦得乐。秀才娘子的意思是，秀才赶考，是离寒窗之苦得功名之乐啊，善哉，善哉！"道士却慢悠悠地说："'道可道，非常道'，你们看，鹅口中还夹着一根丝草，颇显洋洋得意之状。夹住丝草首先就要张口，张口即'鸣'，'鸣'，'名'也；口夹住丝草，'夹'，'甲'也；这'一鸣一夹'不就是寓意'一名一甲'吗？鹅曲颈而夹草，老子曰'曲则全……诚全而归之'，秀才要金榜题名了！无量天尊！"

待到发榜日，喜讯传来，王秀才廷试第一名，殿试一甲。果真是一名一甲，状元及第。三天后，钦宗皇帝召见中榜之士，见新科状元仪表堂堂，经纶满腹，便留在身边侍读。一日，钦宗对王状元说："按例，要封你妻子为诰命夫人，与你同享荣华富贵。你把她接来京城如何？"王状元连忙跪下告曰"不可"。皇帝问其缘由，王状元呈报妻是聋哑人。钦宗说："你在皇族中找个女子为妻可否？凡是宫中公主，你看上哪个，我都恩允。"王状元不敢应承，把哑妻之贤禀告皇帝，并饶有兴趣地讲了"回头鹅"的事。皇上听后颇感动，说："你娘子虽身残不能受封，然而其蕙质兰心少有，实为女贞之典范。"

皇帝要状元呈上那件短褂，令宫廷馆藏，另命能工巧匠照图雕琢和田玉佩一块，赐给状元之妻，以示褒奖。钦宗说，你娘子绣的这鹅图，儒释道三家都解义为状元及第，那么这玉佩就叫"状元佩"吧！

钱云霞小时候最喜欢听这样的故事，尤其是儒释道三家对哑妻"回头鹅"

的不同解释，可谓经典，由此，也打开了她不同角度看问题的视野。后来父亲把自家流传的"回头鹅"说与她听，并把祖传的"一双鹅"交到她手上，这就不是听听故事那样轻松了，而是一种责任感自然而然地要落到她心头。

那么，父亲给的双鹅玉佩真是钱镠王传下来的吗？父亲说，信则灵，不信则泯。

钱云霞唯有信其真，对父亲的行事作风才能理解至深，对家族种种神秘之举才可习以为常。

四

唉，还想什么钱缪王王右军的，什么回头鹅双鹅佩的，如果有人知道你钱云霞还在偷偷地念及这些，那么就这单个的"回头鹅"玉佩就不要想可以藏到哪里了，赶紧自首交出去吧！

可是，钱缪王怎么不好了？他治江、治河、治湖，解决了海潮灌入内河的问题，使居民饮用水得到改善；治理了太湖，使居民旱则运水种田，涝则引水出田；让百姓割蔚草、清淤泥，疏通城中诸河……他自知小时读书不多，当了吴越国王后，认识到治理江山必须延揽人才。所以，广揽四方士人，为己所用。不少名士闻讯钱缪肯听谏言，便从各地前来投奔，一时府中人才济济，文韬武略，出现了"满堂花醉三千客"的盛况。其中有个叫罗隐的，很快就发挥出他敢谏言的特长。钱缪和他的家人喜欢吃鱼，令每户西湖渔民每天向王府缴纳数十斤鱼，名曰"使宅鱼"。渔民每天很辛苦，打不了多少鱼，这个"使宅鱼"的任务不大好完成。罗隐知道后，去见钱缪，看着钱缪府中壁上挂的《蟠溪垂钓图》，便作诗道："吕望当年展庙谟，直钩钓国更何如。若教生在西湖上，也是须供使宅鱼。"意思是说如果姜太公到西湖垂钓，也得每天给钱缪送鱼，这显然是在讽谏钱缪，钱缪听后哈哈大笑，非但不生气，反而称赞罗隐敢于直言，即刻下令取消了"使宅鱼"。

钱缪自然不是什么人的主意都听。曾经有位术士提出，把西湖填了建城。钱缪回答道，百姓用西湖水来灌田生活已经很久了，填了西湖就断了百姓的生路。钱缪假如听信这个术士的话，填湖建城，西湖真的被填了，没有了断桥，没有了三潭印月，没有了柳浪闻莺……这会是什么样的杭州啊！

这一晚，钱云霞的脑子就这样被扯东到西的，一刻都没有停过，那种惊恐又焦虑的感觉又来了。她只得起床打坐。天刚亮，她给珉泉做了碗阳春面，唤他早早去银行。

冯珉泉拿了两个金戒指到银行。从银行出来，戒指没了，但他口袋里有了十多元可观的人民币，加上云霞再给他十元，他就可以备些营养品和药石，到绍兴去看望大哥了。

他到邮局通了长途电话，请冯琴单位的人传唤冯琴，他想叫她一起去绍兴。接电话的人告诉他，冯琴丈夫生病，她请假照顾丈夫。这时，他想起吴小雨的事——三已被气吐血了，估计还病得不轻。本来三已因为工作太忙，身体严重透支。这么一来，能不大伤元气？

在绝大多数家庭都没有电话机的日子里，相互间的信息互通除了信函，就是靠人来人往的口头传递。冯珉泉犹豫，是先去德清看望冯琴一家，还是先去绍兴？到了绍兴，大哥肯定要问他冯琴一家的情况。他这个叔叔，总不能一点情况都不了解。他赶紧取了纸和笔，给冯琴写信。可还没把信寄出，绍兴老家就捎来口信，要他立马赶回去。

火急火燎地赶到冯家老屋，老屋的秘藏之处已被掘开——冯钰昌无法忍受被批斗的痛苦，在一半清醒一半糊涂的状态下，向城里来的人坦白了以前没有交代的历史，带他们打开了密室之门……

珉泉眼前的冯钰昌，已经半身不遂瘫痪在床。他口齿不清地对他说："好了，好了，没有事了，不用再担心了。我会跟爹爹去说的，所有的都是命，我们都逃不过命……"

珉泉后悔啊，后悔没有在国家稳定的时候把宝藏交给国家，现在都不知道哪个强盗抢走了它们，不知道它们最后的命运。

大哥冯钰昌拖了没多久，就辞别人世。病床上的女婿没法来给他送终。女儿冯琴带了小雨过来，要小雨给躺在棺木中的外公下跪。小雨居然脖子一昂，说他不跪。冯琴气得拿了鸡毛掸子抽他。他宁死不屈，就不跪，就不向外公下跪，哪怕他已经死了。要不是珉泉出面劝阻，冯琴也许会一头撞死在父亲的棺木前。

彻底凋零的冯家老屋后院，已经多年没有出水的古井，被冯珉泉叫人给填了。从前老爷的书房、后来冯钰昌的栖身之处，生产大队也作为集体资产收了去。

真的是无牵无挂无欲无念了，珉泉和云霞觉得自己像无根之萍，漂浮在这个不确定的世界。只有当他们看到活泼可爱的钱小桑，在一天天没心没事地长着，没完没了地"外公外婆"叫着，才感觉到日子的平实和甘味。

　　钱小桑在外公外婆几乎没有笑声的日子里，叽叽喳喳自说自话地又长了一岁。外公突然想起要教她写字画画了，外婆也很想教她画画，但他们住的只是原来金家小院的一间房，一张大床和一张小床一放，就没有了书桌。一张饭桌兼具各种功能，还放满了东西，要在上面铺纸写个字描个图什么的，得把门板卸下来铺在上面，需折腾好半天。

　　想想从前的书房，看看现在的狼狈与尴尬，面对幼小的孩子，珉泉和云霞一时都觉得写字画画已经不是他们这样的人家可以做的事了，两个人竟心照不宣地没让小桑碰墨，也不与小桑提从前的事。

　　直到钱小桑长成一个小姑娘，一个人见人爱聪明伶俐的小姑娘，原本已经不多说话的外公外婆，才渐渐地话多了起来。

　　那段不堪回首的日子，也终于随着一个叫"四人帮"的彻底垮台，翻过了页。

　　张一弓爷爷和梨子阿婆又有电话来了，又有了从前的笑声。

　　钱云霞七十岁那年，开始跟小桑讲起许许多多的故事，有钱家的，有绍兴冯家的，还有云门寺、云岫寺……外婆讲的，都是小桑在学校里没有听到过的。外公冯珉泉把大床当书桌，教小桑写起毛笔字。外婆还要外公买颜料，她要画画。钱云霞画了一幅外孙女看得懂的《观鹅图》。

　　"小桑，外婆这辈子没法做成啥事了，外婆多想小桑可以成为女中豪杰……不过，外婆还是希望小桑永远快快乐乐的，永远没有烦恼、没有那种绞断心肠的牵挂。得之是福，失之是命，不惊不忧，不怪不怨……"

　　外婆画的《观鹅图》上面多了一种快乐的色彩，一种明快亮丽的橙红色，跳跃在池塘边的竹林间，在钱小桑眼里，像极了一个个欢快的小精灵，填补了她幼时缺少笑声的心灵……外婆问她："这画好看吗？"

　　"好看，那几只憨头鹅好像都在笑呢！外婆是不是把精灵放到竹林里了？耶，那大王眼睛看着鹅，耳朵听着竹林中精灵的笑声哩！"

　　钱云霞没想到小桑会这么领悟她这幅画的用意，不由开心得大笑起来。很少见外婆如此开怀大笑的小桑也跟着大笑，一旁的冯珉泉也想跟着笑，不想弄了个涕泪横流，只得躲到外面望星空去了。

钱小桑终于发现，原来自己的外公外婆是这么有才、这么有趣、这么有故事，她相信他们，相信外公外婆，相信他们的祖先（也是自己的祖先），是那么的高贵、儒雅、坚忍。他们是真实的存在啊——数千年来，即使贵为帝王，亦如过江之鲫，大多湮灭在历史的长河中，但浮华过后，最后名垂青史、流芳百世的是李白，是杜甫，是王羲之，是老子、孔子、庄子，是诸葛亮……这些大文学家、艺术家、大思想家，也许他们生前受尽了磨难、吃足了苦头，然而，千百年来，他们这样的灵魂人物，与后辈们无时无刻对着话，直至心灵相通。

　　"随风潜入夜，润物细无声"，被绵绵春雨滋养着的钱小桑，从身心到气质，有了比其他女孩脱俗靓丽的一面。当她一脚踏进中学门，就成了学校书画兴趣小组组长，协助美术老师课后召集小组同学练书画、办壁报，常常是最后一个离开学校的女生。

　　看着小桑一副不亦乐乎的劲头，珉泉和云霞似乎又看到了一种新的希望，而对新希望，他们谁都不敢讲出口，只怕一切又是黄粱美梦一场空……他们只想着日子安安稳稳平平静静地过，想着小桑不要再像他们那样经历那么多磨难，有着那么多辛酸。

　　小桑的父母钱之君和冯诗到学校来看她了。他们来到学校书画室，看着女儿在那里指导同学画画。她的画作为样板挂在墙上，其中一幅是外婆指导的《观鹅图》，这让钱之君和冯诗不约而同地对视一眼，目光中流露出的是酸甜苦辣五味杂陈，是绕不过去的心结……小桑发现了爸爸妈妈，正要叫，爸爸却示意她别出声，继续画。

　　老师来了，告诉钱之君夫妇，说钱小桑悟性很高，也爱帮助同学，样样事情会替大家着想。"是不可多得的好女孩！"老师悄悄地评价。

　　"这位老师有水平，她怕孩子骄傲，就不当面捧孩子！要不，其他孩子也会有想法！"钱之君的看法得到了妻子附和，冯诗说："这下我们小桑不会像在小学时被同学欺负了！"

　　小桑在小学低年级时有段不愉快的经历，那是有位势利眼老师看她父母都在小县城工作，就特别不待见她，连同学选她当小组长都宣布无效。有同学就欺负她，甚至故意朝她身上吐痰……她没哭，只是回家后偷偷哭。外公外婆知道后，很想到学校去找校长说说，但思来想去，这样做只会给外孙女带来更多的麻烦。

她上中学了，钱之君夫妇来学校看她，也就是因为小学的阴影让他们心有余悸。现在他们放心了，孩子在健康成长，她和书画组的同学都阳光着呢！

五

这一年，钱小桑十四岁。梨子阿婆的孙子要结婚了。她邀请小桑和她的外公外婆一起到北京参加婚礼。

所谓的婚礼，其实就是在家里做两桌酒菜，招待一下亲朋好友。梨子借题发挥，希望云霞能带上丈夫孩子到北京好好玩玩。云霞倒是也想，十年没见梨子了，张一弓更久，去北京看看他们也好。可算了一下，这么多人进京，盘缠是一笔不小支出不说，也不知梨子家住不住得下。最后还是珉泉说了算，派钱小桑代表全家去北京参加婚礼。

小桑并非一人进京，与她同行的还有李进爷爷。

梨子也邀请了李进参加孙辈的婚礼。这让李进觉得又有了用武之地，他自告奋勇，要做这婚礼的掌勺。年轻时就在北方一带做大厨的李进，后来又回到湖州，钱府衰落后，他到杭州一个酒家做了大厨。退休了，还到处给人帮厨，带出一个又一个顶级江南厨子。梨子好一阵激动，也不顾李进已七十多岁，却早早地给他们买了车票，让他们提前几天到北京。

看到小桑，梨子既高兴又伤感，她说："好想你外婆外公能来北京看看，他们这辈子啊……"梨子终究说不下去，抱住小桑半天不松手。

张一弓过来认小桑。让小桑惊讶的是，面前的张爷爷与她脑子里想象的怎么也衔接不上。外公外婆嘴里的张一弓爷爷是多么的潇洒帅气，而眼前的张爷爷背驼腿瘸，手扶拐杖颤颤巍巍。梨子阿婆说："爷爷的腿是被人打瘸的，年纪大了，又犯起了腰病。要不，我们真想回杭州看看。"梨子阿婆去搀扶她老公，又说，"阿婆可能也不会回老家了，阿婆也老了，很多事，想起来就疼！"梨子指指自己的心口。

"没有那么多疼！看看，一切都在好起来。都要向前看嘛！"张一弓说话的声音中气十足，与他颤颤巍巍的样子形成两个极端。

"是啊，要向前看！我们的孙辈都成家了，大喜的日子啊！这日子肯定一天比一天好，我们大家都开开心心的，来来来，先尝尝我的奶油茴香豆，等新郎新娘回来后，我们就要下厨开灶了！"李进爷爷变戏法一样，拿出一包他自己做的茴香豆，放到了客厅桌上。

比起自己的家，梨子阿婆的家就是大屋了。小桑不知道的是，这大屋曾经被封了，落实政策后，梨子阿婆这一大家子才又搬回来住。

钱小桑这趟首都之行眼界开了。婚宴上，梨子阿婆让她认识了金诚大医的孙子。他叫金秋，在北京一所大学教美学，是六六届大学生。文质彬彬的他原本话不多，但在恭恭敬敬叫自己叔叔的小桑面前，俨然像长辈一样为人师表起来，嘴里蹦出的一句又一句金句，让钱小桑不得不顶礼膜拜，尤其那字正腔圆的京腔，令普通话没有翘舌音的小桑都不好意思开口了，就那"叔叔"两个字在非叫不可时，才轻轻出声，让一旁的梨子着急："像蚊子声音，叫人都不好意思？这孩子像她妈妈冯诗！"梨子想了想又说，"金秋，孩子聪明着，那对眼睛跟她外婆一模一样，将来要是能到你们学校上学就好了！"

金秋点点头，说："等所有事情都拨乱反正后，教育体制一定会有很大的改进，到那时，估计要凭每个人自己的实力考大学，像小桑这样，完全可以通过正常考试进入大学的。"

"那就是要恢复高考啰！"张一弓又响亮地甩出一句。

"这样就好，我们小桑肯定会考进大学。要知道，钱家世世代代是读书人，小桑的毛笔字可是深得祖传真诀，他们家有王羲之的唐代临摹帖，那时候的钱府啊——唉，不说了，说说又是一把伤心泪！"在梨子心中，钱府是她永远的心灵家园，无论走到哪里，她都没离开过这个家园。跟了张一弓后，她就把自己的官方姓名取为钱亦陈。她只记得她父亲姓陈，其他有关她家的事，脑中早已模糊一片，穷家百事哀，且那么小就由钱府收养，印象中可以记忆的，自然都是钱家的事了。

"一幅《王羲之观鹅图》，唉，让钱府彻底……"刚讲过"不说了"的梨子，却又自言自语起来。

钱小桑受到感染，脑中冒出几个问题，嗫嗫嚅嚅地向金秋提问。于是，有了下面的对话——

"叔叔，您对《王羲之观鹅图》中有《兰亭序》密码这事怎么看的？您相信吗？"

"这是个几代人的百年之问，你要问我信不信，那我要先问你信不信。你是画家后裔，你们对这幅画和这个问题的研究绝对在众人之上，而且，你们为了这祖传国宝倾尽了家族之力。从这个角度看，我宁可信其有。可是，要破解一个文化符号的密码，是需要具备相应的条件，首先从目前来讲，我们根本就没有看过这幅画，怎么来确定这上面有什么密码呢？"

"是的，就是我的太公也没有亲眼见过这幅画，可他却为这幅画付出了生命！"

"那是因为信仰，是信念和信仰让你的太公不顾一切地迎了上去。我想，他未必一定相信密不密码的事。"

"世上保存下来的古字画很多，有的非常好，为什么《王羲之观鹅图》会让几代皇帝厚爱，是因为他描写了书圣王羲之观看白鹅的情景？是皇帝太喜欢王羲之，才过高地看重这画？"

"这里的原因很多，各种因素兼而有之吧！"

"叔叔，您是怎么评价这画的艺术成就？"

"我肯定也是没有看到过钱氏此画真迹。我专门查过有关它的资料。有人从美学角度评价，认为此图看似笔画简约，格调枯瘦，但用笔技巧不失精密，笔画老辣而沉着；整个布局疏密有致松紧结合，意境空灵；画中一河两岸式的构图使画面舒展、节奏舒适。在清丽恬静的图卷上，我们可以看到近景处绿坡青石、苔痕河草，远景处则林木笼烟，峰头相叠，缥缈连绵，意境深远。"

"是的，我外婆从小就依照大人的指点画《观鹅图》，她是先背书，再画图。她教我也是这么先背书——画面左方近岸绿坡青石临水，水草依土坡走势散落岸边，青石在土坡相叠回旋处耸立，形态多样，凸显出正面之状的傲然、夹杂于树木的俏卧之姿、半隐土坡的残石之形、散落坡脚的细碎之态。记住，郁郁葱葱的树木丛生于绿坡之上，闲亭掩映其中；树木错落有致，或散于土坡，或交错于青石间，或掩映于闲亭后，长势奇巧、千姿百态；树叶有用重色点就淡墨罩染出树形的，有用浓墨勾画叶形再赋色的，有直接用色点在树枝上的；淡色罩染时不完全按照勾画的叶形进行，自由用笔，信手而成，潇洒自若……我就像外婆那样边叨叨边画，画到今天，还没有外婆画的《观鹅图》十分之一好！"

"你外婆是真正的童子功，她是全面理解了古代艺术家所追求的那种效果，所以手到之处便是神韵。"

"真的，外婆老讲，你必须真正理解了背书内容，吸取了其中的精髓，那么你离神来之笔也就不远了。我就是想，可不可以画着画着，就发现了密码……嘿，我也觉得自己很可笑。不过，我练习着画了好几幅《观鹅图》后，就感觉到我们老祖画家那平和、宁静、淡泊的心情；从画的空间意象中，迷迷糊糊感受到画家所要表达的东西。"

"这就对了，这未必不是你的外公外婆教你学画的初衷之一。"

"之前我真的太不了解他们了……假如可能，我就要去实现他们一辈子都无法实现的梦想。叔叔，你不会觉得我很幼稚吧！"

"不会，你真的很棒！"

他们的对话，让一旁的梨子夫妇不免嘘唏。他俩相互搀扶着离开了座椅，走向冬日暖阳斜照的阳台。

钱小桑想知道的太多了，面对已经十二万分信任的金秋老师，她又提出很多疑问，比如《王羲之观鹅图》现在到底去哪里了，这是她最想知道的。

金秋略一沉思，缓缓说起："九一八事变后，溥仪存放在天津的书法名画连同珠宝玉翠等一起装箱运到了长春伪皇宫，《王羲之观鹅图》也在其中。一九四五年八月十一日，溥仪在日本关东军挟持下乘火车去了通化，长春伪皇宫小白楼就成了伪军和其他盗贼的洗劫之地，他们把天津运来的珍贵国宝书画抢夺一空，《王羲之观鹅图》就这样流入民间。之后，有一个名叫王己千的人收藏了此画。这个王己千去了美国，也带走了他的收藏。一九七三年，他把《王羲之观鹅图》连同其他二十余幅宋元名画一起，出售给了美国大都会艺术博物馆。"

"那么，《王羲之观鹅图》到了美国这是真的？这个美国大都会艺术博物馆会让我们去看看我们的国宝吗？"

金秋没有正面回答小桑提出的这个问题，而是按自己的思路说了下去："其实，《王羲之观鹅图》进入清宫前在民间已流传很久，在画卷引首部分有早于乾隆年间的空白藏经纸，上钤收藏人耿嘉祚'会候珍藏''湛思记'等印。此画于乾隆初年进入宫廷内府，乾隆十一年（1746）左右重裱。同年，乾隆皇帝将该图列为上等书画精品，藏于长春书屋。乾隆四十五年（1780），乾隆七十岁生日前后，在展观画卷时，他在画心钤印'古稀天子''王福五代堂古稀天子宝'，左侧有'养心殿鉴藏室'玺，后有'养心殿宝'印，说明此时画卷已被乾隆藏于养心殿内。乾隆六十年（1795），在传位给嘉庆后，乾隆又组织群臣观赏题跋。之后，嘉庆皇帝也对这幅画产生浓厚兴趣，在画卷左侧钱选诗跋上方钤'嘉庆御览之宝'的椭圆印……"

钱小桑惊讶，金秋把画上题跋和钤印如数家珍般弄得一清二楚。这位年轻的美学教师还真是满腹学问，难怪外公外婆那么崇敬金秋的爷爷，他们家也实在是了不起的呢！

金秋对于钱氏家族，感慨良多。面前的这个中学生钱小桑，自是引发了他的恻隐之心。他想，需要帮助的时候，他一定会不遗余力给予帮助。

"小桑，以后多来北京，这里一定有你感兴趣的东西！"金秋没有提让小桑将来考北京的大学这类话，因为将来的事变数太多，一旦无法实现，就是包袱了。

从此，小桑有了一位真心愿意帮助她的叔叔，尽管他才比她大了十多岁，但在小桑心里，这是一位像神一样地存在的叔叔，而在金秋眼中，小桑是聪慧善良的化身，她有着金秋熟悉的那种贵族气质，他愿意尽自己所能去帮助她。

第六章

一

　　中学毕业，钱小桑没有考北京的大学。外公外婆、爸爸妈妈都想小桑继续在杭州上学，杭州的丝绸工学院，是全国此类专业顶尖大学，父母又是从事这项事业，小桑进这所大学，一切显得顺理成章。此时的高考择校，还没有像后来那样都盯着北大清华，而是适合自己的就是最好的。

　　北京的金秋叔叔赞同小桑的选择，在与小桑书信往来中仍像长辈那样，给了很多提示。不知从什么时候起，小桑对金秋叔叔有了一种依赖，遇到需要考虑的问题，他的意见十分重要。

　　一九八七年，钱小桑二十五岁，丝绸学院研究生毕业的她，在杭州一家丝绸服装公司做设计。这年秋天，钱云霞那跑到台岛的姐姐在台湾开禁后要回大陆探亲。八十好几的她在台湾的子孙有现役的，也有还在上学的，她等不及，就由孙子的好友陪同，回到了日思夜想的大陆。

　　陪老人回大陆的这位年轻人叫安野藤。老人把他介绍给大家，说这位不到三十的年轻人，在台湾主要从事设计工作。

　　钱小桑跟着外婆他们到上海，迎接这位从未见过面的大姨婆，就这样与安野藤相识了。

　　彬彬有礼的安野藤，那台湾普通话听来很特别，柔和的音调中带着谦恭和儒雅，当他弯下高个耐心倾听老人、安抚老人焦虑的情绪时，十分熨帖无懈可击的一举一动，深得旁人默赞。他把老人送到亲人面前，详细地转述了家人的嘱托，介绍了大姨婆的习性爱好，将一桩朋友之托做得尽善尽美。

小桑全家挽留这位台岛来的年轻人，希望他能到杭州一游，他们可尽地主之谊。

安野藤有点羞涩地红着脸说："杭州有个美丽的西湖，我们读小学时就知道了，好想去看看喔，不过这次没时间了，我要与上海的设计师朋友们交流。我会很快再来大陆的，钱阿婆的孙子也会很快来大陆，我再跟他一起去杭州看阿婆！"

看年轻人说的做的很得体，久别重逢的亲人不再客套，而是选定在上海锦江饭店共进晚餐，邀请安野藤参加这个不平凡的家宴。安野藤不再推辞，和钱小桑坐在了一起。

两个不同文化背景的年轻人聊了起来。

"我们都说要解放台湾呢，哪知你们的日子过得不比我们差哦！"

"我们那边还说大陆人没有饭吃，衣服都穿得破破烂烂，大街上也破破烂烂。实际上你们都穿得漂漂亮亮，马路上干干净净，酒店也好气派。真是笑死人！"

两个年轻人都毫无顾忌地大笑起来。看着他们乐，其他人也跟着大笑。从台湾归来的大姨婆更是笑了哭、哭了笑，诉不完的亲情。

所有不经意的节奏，让两个自带光环的年轻人相互欣赏起来。

"你是做丝绸设计的吗？我做的是室内设计，也可以说住宅空间设计。以后多多指教！"

"应该要向安先生请教，我知道，你们那里做设计的在学校经过非常专业的学习，受过高强度课题训练，你们早就养成了独立思考的习惯。我觉得我们在这方面还是发展的初级阶段，不少东西仅是触及皮毛。这不是说我们这里的人不行，而是我们荒废了那么多年。"

"其实我从小也没想过要做设计，后来服兵役——在台湾，男孩子都有服兵役的义务——我就开始琢磨设计，慢慢喜欢起来。离开军队后就做了这行。"

"假如你还没有退役，是来不了大陆的，对吗？"

"是的，台湾'政府'主要对那些老兵开禁了，政府公务员和现役军人还是被禁止的。"

"我的大姨婆真可怜，再不回来都要走不动了……"

此次初见，要说的话题竟是那么多。似乎给他们三天三夜，也是没法说完。

分手时，安野藤一再说会很快再来大陆。

一个月后，安野藤真的来到杭州，大姨婆的孙子还是没来成。

钱小桑做向导。他在满城都是桂花清香的杭州游玩了三天后，跟小桑说想去绍兴看看。

十一月的绍兴，大街小巷秋风飒爽、秋阳温煦，两个人且走且停，随着安野藤手中相机不停的快门声，钱小桑青春靓丽的身影与绍兴城古朴美丽的景致镶嵌在了一起。说来也是，绍兴是小桑外公的老家，但来到这里的次数屈指可数。两个人只能边看地图边找安野藤想去的地方。八字桥、沈园、兰亭……安野藤在地图上一一圈点着，有些是钱小桑都不曾去过的。

"哎，你一个台湾同胞，怎么会知道大陆这么多地方？"

"杭州、绍兴、湖州这些地方我们读书的时候老师都有讲啊，教材里都有的。我们很小很小的时候，就知道'上有天堂下有苏杭'，王羲之的《兰亭序》是在绍兴。对了，我们马上去兰亭好了，去看看那些白鹅还在不在！"

两个人坐上从杭州包的出租车，前往兰亭。

兰亭，中外游人瞩目之地。位于绍兴西南十三公里的兰渚山麓，一个古朴典雅的园子，相传是王羲之的园林住所，后经过多次改建。最近一次修复是在一九八〇年，保留了明清园林风格。前往观瞻的人慢慢地多了起来。

"你喜欢书法？"

"喜欢！"安野藤不假思索脱口而出。

"难怪你的钢笔字看上去有点王氏行书的味道。"

"没错，我们从小就练毛笔字，不过只是皮毛而已。尤其是看到了你写的字，我就知道只能甘拜下风。"安野藤说着，还真的双手抱拳，朝小桑谦逊地作揖。

"先别谦虚，告诉你吧，我是快长大了家人才记起叫我磨墨。不像你们，是有童子功的，有十八缸呢！"

"十八缸？"

"是啊，临池十八缸！"

安野藤略一思索，马上哈哈大笑起来："拜托，三缸都没有的啦！"

这十八缸说的是王献之练了三缸水后，就认为自己已经写得很不错，不想练了。有一次，他写了一些字拿去给父亲看，王羲之看后觉得写得不怎么样，其中一个"大"字上紧下松，一撇一捺的结构也太松，于是，他在儿子写的这个"大"内随手一点，变成了"太"字，说"拿去给你母亲看吧"。王夫人看了，说"吾儿练了三缸水，唯有一点像羲之"。王献之听了非常惭愧，知道自己还要刻苦练习。练完了十八缸水，他长大了，也成了著名的书法家，与他父亲王羲之并称"二王"。这十八缸水就是童子功的象征，是要求从小到大不间断地苦学苦练。

原本钱小桑说出十八缸时，暗想安野藤未必知道这典故。岂知，他居然说出"三缸"轻松应对。

"很遗憾，我没有你说的童子功。十八缸水是真的没有，只是我们从小有背书，你听咯——公元三五三年（东晋永和九年）三月三日，时任会稽内史的王羲之邀友人谢安、孙绰等亲朋好友共四十余人，在兰亭举办修禊集会。酒后的王羲之趁着酒兴方酣之际，用蚕茧纸、鼠须笔疾书著名的《兰亭集序》。此序全文二十八行，共三百二十四字，凡有重复的字，皆变化不一；有如神人相助，《兰亭序》通篇字字精妙灵动、点画遒媚飘逸，似有舞者在其间舞之蹈之乐之……后人但凡学写行书，都迷醉于《兰亭序》而不能自拔。"安野藤昂扬顿挫地讲完他的古韵国语后，又感慨一句，"极品就是极品啊，千百年来，《兰亭序》终是不可企及的神话啦！"

"大陆台湾真是一家亲哎，都要背书。"想起外婆要她背书，这会儿听安野藤背书，钱小桑就抑制不住地笑。

"台湾的国学是讲究的，就连西湖边发生的《白蛇传》，老师都会在讲台上连开几课的啦！"

"是吗？"

"没骗你！"

两个人说着说着，就到了兰亭景区，下车小跑而去。

当迎面出现一座三角形的碑亭，亭内碑石上两个草书大字"鹅池"时，安野藤不再出声。像朝圣者踏上了朝圣之地，刹那间，他挺直了身子，抱着相机的手拉近胸口，屏住气息凝视前方，眼中似有泪光开始闪动……不知过了多久，只见他单膝跪地，慢慢举起相机，轻轻地按住快门，小心地摁了下去。

钱小桑跑到了前面，他没有追，而是寻找最佳角度，拍摄兰亭每一处他认为要带走的地方。

"鹅池碑亭"建于清同治年间。相传这两个字中的"鹅"字铁画银钩，为王羲之亲书，"池"字是其子王献之补写。"鹅"字略瘦，"池"字略胖。一碑二字，父子合璧，成千古佳话。

碧清的鹅池，真有几只白净的鹅漂浮在水面；池边，躺卧着枯黄的落叶，瑟瑟秋风下，草木已不再绿意盎然，却有几朵小黄花从石缝地下钻出来，似在静静讲述着王羲之爱鹅、养鹅、书鹅的故事。

"真是侘寂之美啊！"安野藤喃喃自言。

兰亭，以曲水流觞为中心，鹅池、鹅池亭、小兰亭、玉碑亭、墨华亭……围着这个中心，在静谧的岁月中，各显神韵。

流觞亭，曲水叠石，绿柳轻拂。这里就是王羲之与友人吟咏作诗，完成《兰亭集序》的地方。流觞亭面阔三间，四面有围廊。亭前一条弯弯曲曲的溪渠，溪水在这里缓缓流过，成了有名的曲水。当年王羲之等人列坐在曲水岸边，等待曲水的上游，一只盛酒的杯子，由荷叶托着顺水漂流，漂到谁的面前，谁就赋诗一首。如若做不出诗，那就要罚酒一杯。流觞亭木雕长窗，走廊环绕，古色古香。亭内墙上挂着一幅"流觞曲水图"，画中人物形态各异，在惠风和畅、茂林修竹之间有的举杯畅饮，有的低头沉吟，有的援笔而书，有的袒胸露臂醉态毕显，将魏晋名士洒笑山林、旷达萧散的神情表现得淋漓尽致，生动再现了当年王羲之等人修禊雅集的情景。

"三笔三迹，哪有此等潇洒啊！……"安野藤又轻声自言自语起来。

"你在说什么？"钱小桑停下来等他。

安野藤微微一笑，给了她一个特写镜头，算是作了回答。

钱小桑落在了安野藤身后。她发现安野藤在说些她听不懂的话，问他，他也不作解释。只是给个暧昧的笑。难道他认为她的水平没他高，说多也是枉然？

她心里开始嘀咕。安野藤却沉浸在一个个惊喜的发现中，在游人还不那么多的兰亭园林内，循着每一个细节，观赏着琢磨着，不时发出一声赞叹。

见小桑落在了后面，安野藤赶快折回来，拉着她到了整个园子的标志性建筑——小兰亭。这是一个四角碑亭，建于清康熙年间，内有康熙帝御笔"兰亭"大字的石碑。安野藤仔细看石碑上的字，许久，有点不解地看向小桑。小桑知道他想弄明白什么，却什么也没说，只是仿照他对她微微一笑的模样，转过了身子。原来，此字碑"文革"时被砸成四块，一九八〇年修复后，还是留下了"兰"字缺尾、"亭"字缺头的遗憾。其实，安野藤是隐约记得一些信息的，此刻只是想在钱小桑这里得到某种证实，钱小桑却一时懒得说。

安野藤轻叹一声，看回碑文，又吐出"侘寂"两字。这下钱小桑听明白了，她问："你刚才是在说侘寂之美吧！"

"你看，这残缺的碑文，不是在隐隐地述说着它的残缺之美吗？"

侘寂之美，是日本美学的核心。侘，大致意思是"在简洁安静中融入质朴的美"；寂，是"时间的光泽"；两者结合在一起，形成了一种日本独有的、对日本文化至关重要的哲理。然而，"侘寂"难以翻译，且在日本文化中也被认为是无法定义的，而是经常在深入鉴赏时的喃喃自语，是那种"只可意会不可言明"的丝丝缕缕的感觉。侘寂之美，也包含了残缺美……

"哦，哦，我知道了，你刚才还说了三笔三迹？"钱小桑仿佛一下回过了神。

三笔三迹是日本古代书法家的代表人物，三笔，即空海、嵯峨天皇、橘逸势；三迹，即小野道凤、藤原佐理、藤原行成。

"小桑，你不认为日本的书法一直在吸取中国书法的精粹？日本书道史里，就记载了日本向中国不断学习书法的过程。"

"我当然知道，日本人太喜欢中国的书画了，包括中国的其他宝贝……"说到这里，钱小桑突然定定地看起安野藤，"你不会是日本人吧？！"

看小桑一副紧张的模样，安野藤笑了："不瞒你说，我外公是日本人。我的爷爷和外公都酷爱书画，我的名字是外公取的，这让我爷爷很长时间都不高兴。"

"是啊，把'三迹'中的'野'和'藤'都占了，都不可能超过二王啊！"小桑说。

"没错，我爷爷也是这么想。不过，我家其他弟兄的名字都是非常中国的！"

钱小桑想笑，却没法笑出来。想到家族的历史，历史中那个凶残的"日本浪人"，她对极度爱慕中国宝贝的日本人有了一种天然抵触。尽管安野藤说他是四分之一个日本人，但实际情形到底如何，她怎会知道？

两个原本互不防范的年轻人，突然间有了一种莫名的隔膜。

"永和九年，岁在癸丑，暮春之初，会于会稽山阴之兰亭，修禊事也……"安野藤忽而咏诵起王羲之的《兰亭集序》，颇有讨好小桑之意。

"嗯，不错，念，继续念，知道安先生也会背书……"钱小桑故作矜持，又是微微一笑。

安野藤没有再咏诵，而是心怀仰慕地对小桑说："你看，王羲之并不需要丝竹管弦之盛，只需茂林修竹、清流激湍，以流觞曲水之趣，一觞一咏，畅叙幽情，足矣。你看，今天也是天朗气清，惠风和畅。可是我们没有曲水流觞，没有临水宴饮，我们……还没有古人风雅！"

"那还不简单，我们在杭州西湖边找个酒家，不就可以临水宴饮了吗？"

"酒家？好煞风景唉！"安野藤哈哈大笑起来，转而又说，"在台湾就听说，绍兴的'曲水流觞'这种饮酒咏诗雅俗历经千年，一直盛传不衰。想想，你们绍兴人好有趣啊！"

"可是，我长这么大，也没有看到过外公这个绍兴人有过这种乐趣。他们……"钱小桑突然觉得没法说下去，"唔唔"几声转变了话题，"这里除了外国游客，平时客人不多呢！你看御碑亭那里，那一排游客，看上去像是日本僧侣。日本人韩国人最喜欢来这里了！"

说者无意，听者有心。安野藤没再吭声。

两个人来到流觞亭北面的御碑亭。

建于石台上的御碑亭，始建于康熙年间，一九五六年一场台风毁了它。一九八三年重建。八角重檐的亭中立的巨碑"御碑"，是清朝原碑，已有三百多年历史。御碑高三丈、宽一丈。碑的正面是康熙皇帝一六九三年所临写的《兰亭集序》全文，字体雍容华贵，书风秀美晶润。碑的背面是乾隆皇帝一七五一年游兰亭时即兴所作的一首七律诗《兰亭即事诗》，书法飘逸，字里行间对兰亭的仰慕之情溢于言表。祖孙两代皇帝同书一碑，所以又称祖孙碑。

两个人伫立在此，看着碑文许久不说话。终于，钱小桑打破了沉默，说："知道这御碑亭的故事吗？它曾经遇到很大劫难，除了一九五六年被强台风破坏，"文革"时还差点被砸烂。

"哦！"安野藤满脸困惑，想表达，却说不出一句完整的话。他用相机以最快的速度，消灭了一个又一个菲林。钱小桑警告他，菲林剩最后一个。

从御碑亭再北行，出园林北门，就是兰亭江，浅溪清流，绕兰渚山陂潺潺而过。

两个年轻人眺望兰亭江片刻，返回园内。

来到兰亭的精华所在——王右军祠，安野藤再次肃然。此祠建于康熙年间，粉墙黛瓦，四面临水，山水廊桥亭于一体。祠内有一方清池，相传是书圣洗笔之墨池，池中有墨华亭，亭旁连桥，祠旁环廊；祠内有王羲之像，两侧回廊是历代名家临写的《兰亭序》刻石，涵括了唐宋元明清，正草篆隶行。真正是书画圣地所在，与星辰相映，与日月同辉……不知是疲倦了还是内心的震撼，安野藤拿相机的手在微微颤抖。他不得不提出坐下歇息一会。

但是，安野藤并没有坐下，而是跪在了草地上，仰望着面前所有的一切，沉吟起来。

钱小桑想到一个问题："你试过流觞吗？觞，古代盛酒的酒杯，如果是木制的，小的底部有托的，是可以浮在水上的。如果是陶制的，两边又有耳，古代称'羽觞'的那种，比木杯重很多，就是放在最大的荷叶上，恐怕也要沉下去，怎么会浮水而行呢？反正，我家没人试过羽觞。"

安野藤并未听清小桑在说什么，等他反应过来，小桑已经走向廊桥。

在廊桥，安野藤问："小桑，你刚才在问我吗？你问我什么？"

钱小桑昂起头故意四处张望，一副惊讶状："我有请教你吗？没有啊！没有，岂敢！"

安野藤被她搞了个大红脸，举起拳头假装要敲她脑袋，不想小桑自己先"扑哧"一声笑了起来。

"你是精灵，绍兴的精灵！你们绍兴可真是风流之地。你看，唐永淳二年（683），少年才俊王勃到云门寺，仿王羲之永和雅集，在云门寺修禊，还仿照《兰亭集序》写了一篇《修禊云门献之山亭序》。这年秋天，王勃再次到云门寺修禊，作了《越州秋日宴山亭序》。用今天的话来讲，这修禊就是一次初唐诗坛的斗诗会。这个赛诗会好厉害喔，那时全中国最有名的诗人都到齐了。这唐代的诗人，真正是把前朝贵族的神仙做派发挥得淋漓尽致。你看，你们绍兴是诗意的存在，一条山阴路，从东晋链接到后面辉煌的唐诗起源……"

钱小桑又昂头看起安野藤，这下她真的惊异这位台湾来的安先生，对绍兴喜欢得比她还多。"你干脆留下来做绍兴人好了！"她开他玩笑。

　　"要是能在兰亭，我愿意啊！"想了想，又加了句，"去云门寺如何？"

　　"云门寺？早就剩下一堆断壁残垣啦！你去开荒还是狩猎？"

　　"狩猎好了。"

　　"你是岛民哎。"钱小桑抑住了后半句，潜意识告诉她，还不到可以随便开玩笑的时候。

　　太阳在向山那边移去，一阵风吹来，有了深秋的寒意。安野藤从摄影包里取出一条围巾，围在了小桑的脖子上。"天晚了，我们回去吧！"他搂住了小桑单薄的双肩。

　　回去的路上，安野藤一会儿沉默不语，一会儿又兴奋地要与小桑探讨。

　　"你看，'简单是美之母'。兰亭，朴素、自然、幽玄、超凡脱俗，而王右军祠，那么多书圣手笔，环肥燕瘦，各呈丽质，可真是千姿万态，热热闹闹啊，但不嘈杂。静观之，有一种能让人瞬间感觉到心脏颤动的暖流遍布全身……整个空间从设计角度讲，应该是比较成功的有温度的设计。"

　　小桑静静听着，心里对这位台湾来的设计师，越来越钦慕。

　　一周时间很快过去，安野藤意犹未尽。要回台湾了，临别时，他望着钱小桑的目光是复杂而柔软的，有着希冀、期待、念想……

　　钱小桑想装出一种无所谓，可躲闪的目光却诚实地暴露了心底的秘密——她喜欢他。

　　他握紧了已然在他手掌里的一双小手，久久不愿放开。她无力从他的掌心抽出手来，低下头去茫然一片。

　　突然，他把她揽入怀中，在她乌黑的发际留下轻轻的一吻。

　　"别送了，我不想你一个人从机场回来。"

　　安野藤拉过行李箱，快速走出酒店大堂，一个人坐上出租车，去了机场。

　　此后的每一天，他都会打电话给她，无论他在美洲还是澳洲还是欧洲，无论时差有多颠倒。每隔一个月，他都会飞来杭州。

　　钱小桑就这样遭遇了爱情。

二

与安野藤若即若离一年后，钱小桑的公司希望她到深圳的合资公司工作，加强那里的丝绸产品设计力量。她不想去，安野藤却鼓励她，说："你要知道，这是大陆对外开放的试验特区，它会在很多地方与从前的封闭落后告别。你到那里后，我去看你也方便许多，不是吗？"

外公外婆和金秋叔叔的意见则是：到外面见识见识也好。

就这样，钱小桑到了深圳。这是一家国资和外资合作的丝绸服装企业，工厂在蛇口。此时的蛇口，被誉为改革开放的试验区，到处是彩旗飘扬的建设工地，到处是轰隆隆的开山炮声。一到夜晚，这里的酒吧、卡拉 OK 夜总会，又是另一番热闹景象。这里主要是"三来一补"加工厂唱大戏，服装公司占了大半江山。

在她来这里之前，冯琴姨妈的儿子吴小雨，早就在这个地方倒买倒卖了。

吴小雨这样的个体小老板，在蛇口有不少。他们专门与服装公司做面料生意，就是把江南各地的丝绸面料倒腾进深圳，满足深圳各丝绸服装厂的生产需求。所以，江浙人居多。

此时三十三岁的吴小雨，还带着钱云竹的孙子钱小岫。钱小岫二十出头，不愿再读书，看到吴小雨他们只是做个面料生意，就几十万几十万地进账，出入宾馆酒店夜总会，潇潇洒洒走几回，什么都搞定了。这与上一辈的活法，简直是天壤之别啊！

钱小桑来后，兄弟俩马上在蛇口最好的酒店设宴接风。

小桑看着弟弟比哥哥还穿戴得洋气，就问他俩谁是老板。谁老板，谁埋单。

钱小岫不好意思起来，连忙说，他是小雨大哥的马仔。

"你是马仔？你是马仔还要我每天喊你起床，给你买早餐？"吴小雨好像对这个"马仔"弟弟也是十分的无奈。

小桑从他们的对话中慢慢听出，钱小岫以为一切得来都不费功夫，他没有去想，小雨他们酷暑底下也要顶着毒日进货出货，一旦原料质量不行，就要退货，要吃赔账。他跟了小雨半年，有时几百米的路都要打的，说"受不了这里的紫外线，太毒辣"。

"小岫，不是哥今天当着你姐的面出你洋相。其实，哥自己十几岁的时候比你混账，欠父母的这辈子都还不了。哥现在只想多赚点钱，让我妈过得舒坦些。等这里做得差不多，我就回家陪我妈去。你呢，我还真觉得不是做生意的料，何况我们这种跑单帮的生意，哪是你这样的人吃得起的苦？你再上学念书可能还好些。你家祖祖辈辈都是念书的。你要同意，我出钱，你考大学去，好不好？"

钱小岫面红耳赤的，最后说了句"我再想想"，就顾自先开吃起来。

"你就不能等等？等下小桑的朋友到了，看我们已动了筷子，多难为情！"

"没事的，没事。我的朋友不讲究！"

小岫停下筷子，既尴尬又好奇地看起小桑："阿姐，不会是你的男朋友吧？"

"是一位男的朋友，其他无可奉告。"钱小桑并未公开过台湾男友的事，对小岫这个问题只得含糊其词。只是看到小岫这个样子，她不免想，有些方面，小岫跟他爷爷真是有点相像。她脑中的舅公钱云竹一副穷酸书生相，却还好高骛远。

小岫说既然主要的客人还没到，他先要出去透透气。此时，过道里传来安野藤的声音。服务员把他引入包房。小桑起身迎去，把身旁的表哥表弟一一介绍给他。

"不好意思，让你们久等！入关的人太多，排了几个小时的队。"

安野藤已经不像第一次到大陆那样西装革履，而是穿了宽松的休闲服。只是拉杆箱还是沉沉的，里面的照相器材不轻。

小雨、小岫都跟着小桑称他"安先生"。安先生跟小桑叫"小雨哥""小岫"。小岫心里嘀咕，安先生应该称他为"钱先生"才是。

没那么多规矩——吴小雨用胳膊肘碰了下小岫，喊了服务员"把菜上齐"，就"砰砰"打开啤酒瓶，往每人的酒杯倒酒。倒到安野藤面前，恭敬地说："我姐说你不会喝酒，本来都已经准备了XO。这啤酒只能意思意思，无酒不成宴，我们就吃个家常便饭。你是我姐的朋友，就是我们的朋友，不要客气，随意随意……"吴小雨这套生意场上的饭桌开幕式主持，已滚瓜烂熟，后面的气氛跟着就来了。

小岫的马仔功能马上显现，他开始不停地要和安先生干杯："台湾同胞都会喝酒，不醉不归。"

"品酒，品酒。喝啤酒干杯的是傻子！"小桑说。

"好吧，听姐的！安先生，你，随意。"小岫说完，自己咕噜咕噜先喝干了一杯。

　　同样是深秋，杭州那边已是毛衣秋裤的把人包裹起来，可深圳这里又热又燥，还要开空调喝冰啤。

　　"阿姐，你刚才说品酒。这个啤酒有什么好品的？比方说，一个小孩随便写几个字，你也要我们来品他的字？"

　　"小岫，你看你又来了，三句话一说就要讲写字。我就说你是个书生，不适合做生意。喝完这杯酒，你就写字去吧！"

　　"我不写，现在谁还弄那玩意儿！你以为我傻？"

　　"不是的，现在台湾的书画市场还是蛮厉害的！"安野藤说。

　　钱小岫开始认真地看起安野藤，原本迷茫的目光忽而清澈忽而更加迷蒙，心里就像下起毛毛雨，湿腻腻起来。他还是五六岁幼童时，爷爷就教他怎么拿毛笔、怎么在一块方方正正的吸水石上练习写字……他有一手漂亮的钢笔字，就因为有幼时的毛笔字打底。家里人都知道，写字这个事他是有童子功的。然而，他突然发现，这个时代要把他这样的人边缘化了，他不干。他扔下笔杆，跑出课堂，跑进了一切都被物化了的经济特区……岂知，他更加迷茫。

　　此刻，安先生的一句话，仿佛让他在迷失的天空看到了一丝光亮，心里忽明忽暗起来。

　　钱小岫不再大口喝酒，而是慢慢地品酒。他很想跟安先生探讨些什么，却又理不出个头绪。

　　没有了小岫的咋呼，饭桌又显冷清了。吴小雨就把话题拉到台湾的丝绸生意，再延伸到欧洲。有关丝绸方面的事，安野藤还是从小桑那里了解了许多，慢慢地，这话题就由小桑和小雨哥对话了。

　　饭后，吴小雨安排了卡拉 OK，钱小岫照例地做"霸麦"青年。吴小雨腰带上别着的 BB 机开始不停地"滴滴"叫，他跑进跑出地要去服务台电话回复。小雨哥业务繁忙呢！

　　卡拉 OK 包厢的空气浑浊，加上小岫模仿港台歌星死去活来的唱腔，让小桑很不舒服。她独自走出吵吵闹闹的歌舞厅，毫无目的地走着，不想，一走走到了海滨广场。

凭栏眺望海面，远处，几条渔船在夜色下静静地躺卧着，悄无声息；近处，海滩上人头攒动，海潮声中不时有泳者被浪头抛起……一旁的六湾海滨，停泊着"海上世界"。这个海上世界，原是一艘法国制造的万吨豪华游轮。一九七三年被我国购买，命名为"明华轮"。一九八三年八月，它完成最后一次航行后，抵达蛇口，经整修改造，就成了集酒店娱乐于一体的综合性海上旅游中心，也是中国第一座海上旅游中心，游客必到之处。

海风吹来，拂乱了她的披肩长发，长发遮住了她的双目，她懒得去理。她要厘清的是心里的那团乱麻……蓦然，一件外衣披在了她身上，一个富有磁性的男子声音十分体贴地在她耳畔响起："海风很大，别着凉了！"

安野藤出现在身边，他把自己的外套披到了她身上，那肌肉微微隆起的双臂裸露在短袖外，显得十分有力和坚毅，可轻扶着小桑肩头的双手却又是那么温和与优柔。

小桑抬头看他，他的眼睛还是那么雾蒙蒙的，与朦胧的街灯有着一种呼应。但她可以感受到他对她那种深切的爱意。他俯下身子，想吻她的眼睛，她却躲开了。

"哦，你不卡拉 OK 了？他们两个呢？"

"他们又有一帮朋友来了，好像都是做同样业务的。我们还是去酒店吧！"

"对不起，差点忘了你一路的辛苦！"

酒店的房间是钱小桑早一天就预订好的。房间的阳台面向大海，打开落地玻璃门，海风就扑面而来，带了一点微微的海腥味。

望向海滩，穿了泳衣的男男女女一簇簇地在夜色下流动，一波接着一波的涛声"哗哗"地传来，引诱着屋内的人有了扑向它的冲动……小桑忽然发现有一个醒目的橘红色点，在向这里慢慢靠近，当这个点越来越清晰时，她看清了，这是一个穿着橘红色泳衣的女人，她正在往这边抛飞吻。月光与微弱的灯光，把这个女人的剪影风情万种地投射在了海滩上。

小桑要叫安野藤过来看，哪知他就在她身后两步远的地方，也定定地望着这海滩上的一切。

"要不，我们也下去游泳？算了算了，还是让我给你看一样宝贝吧！"安野藤迅速拉上窗帘，把小桑带离阳台。

三

安野藤拿出一个海螺工艺品，问钱小桑认不认识它。

小桑迷茫地摇头，承认自己对海洋一无所知。

"这海螺跟你的设计有关。"

这让小桑开启了思维，她没让他马上说下去，而是在脑中尽快搜索与设计有关的海螺……一道闪电划过，她的脑际出现了"黄金分割率"，她叫出："鹦鹉螺！"

"是的，没错！"

小桑惊异的神色不亚于发现了新大陆。她双目紧盯那神奇的鹦鹉螺，双手却欲伸又缩地放在了胸口。

鹦鹉螺是一种古老的动物，从五亿年前的寒武纪诞生，崛起于之后的奥陶纪，是当时的海洋霸主之一，到了志留纪开始没落，直到今天，鹦鹉螺依然存活在地球上。由于五亿年来它没啥变化，因此被视为海洋里的活化石。好看的卷壳鹦鹉螺，幸存下来活到今天，螺壳神奇地带着数学原理，这就是斐波那契数列。这螺旋排列暗含的斐波那契数列，在自然界中很常见，从树的分枝数、花瓣的数量、叶片的排列方式中都能发现这一数列。它又被称黄金分割数列，不仅在现代物理、准晶体结构、化学等领域都有直接应用，而且，它被广泛发现于艺术、建筑、设计甚至是人类身体比例中。自然界里看似随意的图样，却是极富艺术价值的。换言之，黄金分割率能创造出具有视觉吸引力的比例。

"斐波那契数列具有无限可能，设计的各方面都能应用。许多设计师虽然知道斐波那契数列，但常常忽略它。设计师为色彩图形所迷惑，这是天性使然，因为有洋溢的热情，是不是？但设计更多的是对空间的规划和分割。设计的每个层面，都需要空间规划。间距的选择和空间的使用，使设计作品成为整体，而精准有效的空间排布，能催生绝妙的艺术作品。"安野藤拿起小桑的手，让她去触摸那个熠熠生辉的鹦鹉螺，像老师讲课一样滔滔不绝起来，"其实，我们古人早就把黄金分割率运用得十分娴熟，比如我们中国的古书画，就说书法吧……哎，这个你就比我知道得多，我再说，就是班门弄斧了。哈哈！"

钱小桑乜一眼他，嘻嘻一笑，狡黠地说："我知道了，你发现了我设计中的毛病，不敢直说，借这海螺说事呢！这些比例当然事关设计中的平衡感、重心感、流畅感，我当然要注意的啦，具体说，我的哪件作品让你不看好，我一定虚心接受。"

"误会误会，我真心想给你一个海洋的——知道吗，鹦鹉螺死亡后，软肉从壳中掉落，沉入海中，而它那美丽的壳，则随波漂流，于是，有了一个个美妙的海洋传说。不过，也许不用多久，它将又是一个灭绝的物种。人类对它们无限制地捕杀，把它们做成各种工艺品和纪念品……"

"那你还跟着拿它做工艺品？"

"这螺壳是我早年在海滩上捡的，有一对。为了给古老的物种多留一个标本，我把它们处理后保存到今天。早就想拿一个来给你，这次记住了！"安野藤边说边教小桑如何捧起海螺观赏，"你看，鹦鹉螺的螺纹数，还揭示着地球和月亮的距离。这个螺纹每隔一月长一格，就此可判断月球的绕行周期。科学家研究不同时期的鹦鹉螺化石，发现月亮离地球越来越远，以后会更远更暗。四亿年前的月亮，距离地球只有现在的一半都不到，看起来非常大非常亮。"

"这，我可是第一次听说。"

"鹦鹉螺让我们能感受到平衡，感受到强烈的韵律感和视觉愉悦感。由此，我们可以确定，即使仅仅是简单地使用了斐波那契数列，就有可能使作品产生戏剧化的改变。为什么有的设计师说，如果你在选间距和尺寸时有困惑，那么就试试斐波那契数列，它会让你很好地突破。鹦鹉螺还让我们意识到，我们在不停地寻求周边世界的秩序，以求理解，尤其是人们对视觉作品的评价，已经随着文明快速前进而无法回头的时候，我们需要持续地为所看到的东西寻求某种理由，需要某种模式或者某种合乎情理的解释。"

"我的天哪，你对鹦鹉螺几近崇拜耶！"

"为什么说，我要给你一片大海，在我眼里的鹦鹉螺就是海的精灵，海的图腾！"

"是设计师的引领之魂？"

"对我而言，不算夸张！"

两个年轻设计师说着说着，就会有了灵犀相通，有了不可分割的黄金定律。

不能不说，钱小桑已是在仰慕安野藤。当他们相互把自己的设计作品展示在对方的一刹那，她已对他刮目相看。她觉得他是真正把东西方文化精髓融入了作品，每一个细节都在体现一个哲学理念……到后来，她都不敢把自己的作品轻易拿给他看，再到后来，她认为重要的作品都要征求他的意见。他曾经给她说过黄金分割率，但没有这次这么形象。

她设计的丝绸作品，有时连自己都会抓狂。想想，丝绸是中国的特产，是中国古代劳动人民就大规模生产的纺织品；从西汉起，中国的丝绸就大批地运往国外，从中国到西方去的大路，被欧洲人称为"丝绸之路"，中国也被称为"丝绸之国"。在古代，丝绸就是以蚕丝为主制造的纺织品，到了现代，由于纺织品原料的扩展，凡是采用了人造或天然长丝纤维制造的纺织品，都称为广义的丝绸，而纯蚕丝所制造的丝绸，又特别称为真丝绸。

无论是真丝绸还是广义的丝绸，各种各样的产品设计，中国已经落后于印度这样的东方国家，也落后于德国英国这样的西方国家。这让钱小桑这代年轻的丝绸设计师深感压力山大。有一次，她干脆把篆刻艺术运用到丝绸面料设计上，客户也说新颖，但销量成了"滑铁卢"，让她消沉了好一阵子。是安野藤，让她逐渐打开了视界，原本想放弃丝绸设计的她似乎又看到了许多希望，于是对"中国丝绸设计再造"重拾信心。

"我该怎样保存它呢？"钱小桑捧着鸳鸯螺，开始犯愁。

"我带来了木盒子，先放在木盒里。等你安定下来，我们就去订制一个水晶罩，放到你杭州家里。"

"这样好吗，一个在台湾，一个在大陆？"钱小桑说出这句话就后悔，什么意思？向安野藤暗示什么？

这会儿的安野藤好像真傻，他并未把她的话听进心里去，而是显得有些没心没肺地答道："很好啊，台湾也有，大陆也有，哪天统一了，它们也就一统了。"

钱小桑实在听不明白他在说什么了，她把鸳鸯螺放到床上，悻悻地说："你该休息了！"

"好吧！"安野藤一下变得没有了兴趣。

小桑以为是自己突然的冷淡让他无所适从，就又嘻嘻哈哈地想挽回一点气氛，便说："大师，谢谢你的礼物，谢谢你的耐心，谢谢你的不吝赐教，让我的思想又有了升华……"

"停——"

安野藤手指电话机，那里面传出铃声。

他拎起话筒，里面是个女人的声音。他听着，没作任何反应。

"谁的电话？"小桑问放下了话筒的他。

"不知道，是打错了吧！"

"那你还接半天！"小桑想说"是不是鸡婆打进来的"，但忍住了。改革开放的试验地突然冒出许多"性工作者（当地人称'鸡婆'）"，客人一进酒店房间，就会有电话进来"谈交易"。安野藤否认这个电话是鸡婆打的，也有可能他怕引起小桑不适。小桑这么想。

然而，接了这个电话后，安野藤显出了一种疲倦感。他进了洗手间，半天才出来，还有点心神不宁的样子。他问小桑是不是也累了，今晚就住酒店，不要回住所了。

小桑告诉他，她另外订了房间，就在他隔壁。公司还没有安排好单间，她住集体宿舍，回去太晚影响别人。她又告诉他，公安会到酒店抓鸡婆，假如两个人没结婚同住酒店一间房，女的会被当鸡婆抓的。

他看着她，没再说啥。

她要起身离去，他抱住了她，手臂越箍越紧。

他吻她，她没再躲。

她提醒他，公安随时会敲门的。

公安没有敲门，电话铃声却又响起。他去接电话。

她理了理长发，整了整衣襟，离开了他的房间。

不到十分钟，他进了她的房，问候了几句就离去。她突然想起自带的洗漱用品落在了他的房间。她敲他的门，但怎么敲都没人应，打他房间电话不是没人接就是忙音。会不会去购买什么日用品了？她只好写张字条塞进门缝，期待着他回房后马上发现。

一晚上，她迷迷糊糊似睡非睡，始终没有听到敲门声。早上八点，她又打他房间电话，还是没人接。大哪，什么状况？她随便抹了把脸，急速打开房门要冲出去，却被吓了一大跳——他站在她门口，手里捧着早餐，正犹豫着。

"起来啦？还以为你没醒，正想着要不要吵醒你呢？"

"根本一晚上都没睡，找不到你人啦！"小桑有点气呼呼。

安野藤怔了一下。他放好早餐，垂下脑袋略一沉思，说："不瞒你说，昨晚是有鸡婆找来了！"

"你跟了去？"小桑眼中露出了惊恐的神色。

"怎么可能？我只是下楼跟总台说不要接电话进来，我自己又把电话线弄掉了。你敲门的那会儿可能正是我去总台了！"

"那我塞进去的字条呢？你没有看到？"

他一脸懵懂："我去找一下！"

不一会儿，他拿着她的字条回来，满脸歉意："对不起，对不起，我怎么就没有看到它呢？让它可怜兮兮地在门角落躺了一晚。你说，我要怎样被处罚才好？"

小桑没有理他，而是望着不远处海滩上一群嘈杂的人，吐出一句："今天的海风怎么那么腥气？好像还有点臭味！"

安野藤拉她到身后，迅速关上了落地窗。

"干吗？我要看海景呢！"

他把她按坐在沙发上，说："先吃早餐，吃了早餐再告诉你要不要看海。"

见他一脸的严肃，她没敢再扯，而是疑惑地喝起牛奶。

两个人简单的早餐完毕，安野藤说了起来："谢谢你没提去餐厅吃早餐。否则，我如提前回答你的问题，那么今天的早餐你会什么都吃不下。"

"为什么？"

"你刚才看到海滩上那么多人，他们在干什么吗？有人被害了，警察在勘查现场，不相干的人在围观。"

"那里有尸体？难怪那么臭！"小桑紧皱眉头，感觉要呕。

"是什么人被杀了？"她问。

安野藤似乎有点艰难地开口："好像是个妓女吧，别人这么议论……"他开始收拾起小桑的东西，"不管这些，我们还是换家酒店，不要住这里了！"

他伸手要取晾着的衣服，但看到小桑的内衣内裤时，他犹豫了。小桑过来要自己收拾，随手轻轻推了他一把。

他抓住她的手，手是凉凉的。他把她的手捂在了自己胸口，要捂热它。她冲他莞尔一笑，随之又露出了委屈与困惑。这让他心里最柔软的地方电击般猛然坍塌——他抱住她狂吻起来。"小桑，我要你，我要你！"他梦呓般的声音，让她不知所措。随着他的舌尖碰触到她胸口最敏感的地方，她叹息般呻吟一声，最后一道防线彻底溃退……

远处的涛声时隐时现，徐徐海风拍打着门窗，阳光躲进了云层……滚烫的泪水从小桑眼中滑落到枕上，濡湿了她的脸庞。

四

九十年代飞速而至。

吴小雨回老家做房地产开发。不愿跟小雨哥回去的钱小岫，到深圳大学读了不到一年的书，说要出来搞书画拍卖。

这年春，一个书画收藏的小圈子，要举行一个春季名家书画展览，展览的最后一天，还要进行小型的字画拍卖会。钱小岫不知从哪里获得此消息，拿了一轴古字画到小桑这里，说是钱家祖传，爷爷已同意高价出售。他还告诉小桑，说他爷爷手上还有名贵字画，只要能找到买主，一定大发。

小桑告诉小岫，钱家的东西不是被偷就是被盗，或者被抢被烧，哪还有名贵字画？外婆跟她说得清清楚楚，无论是钱家，还是冯家，已经没有真正的藏品。"文革"中被抄家的，"文革"后有机构退回桌子板凳之类的，也没听说有退回字画的。突然间又冒出钱家祖传古字画，啥意思？

小岫对她神秘地一笑："信不信由你，反正我家还有！"

小桑真的蒙了，这钱小岫葫芦里到底卖什么药呀？她写信给外公，外公回信说，前次他去湖州看他的妻弟，发现钱云竹家里进进出出人不少，好像个个都是字画鉴定家，在那里高谈阔论，什么到台湾地区是多少价、香港地区多少价、日本多少价，美国多少价，都搞不懂这个舅佬在跟他们弄什么。外公要她小心，不要被假字画假古董骗了。已经和外公外婆一起住在杭州的爸爸妈妈，也在信里说，现在造假的东西很多，要告诉小岫，不要叫掮客骗了。

小桑把这事在电话里跟安野藤说了。他在电话那头沉吟良久，最后对她讲，不要让小岫参加这样的活动，尤其是自家祖传的字画千万不要拿去展览。

"可是钱家哪还有值钱的古字画？不会是小岫在搞什么鬼吧！"

"你不是讲穷啊穷还有三担铜吗？相信你的舅公不会是大傻瓜，说不定他真的留了一手。小岫不会无中生有！但是一定要阻止他把宝贝带到那种地方去，风险太大！"

让小桑更觉恐怖的是，小岫居然当着她的面，临摹制作出一幅古代书法，相当逼真。

"阿姐，你真以为我会把真品拿出来放那种地方展览？到夜半被蒙面人如假包换？我会不知道现在的手段？告诉你，阿姐，张大千那年代可以模仿真品，现在就更加可以啦！"小岫毫不忌讳地告诉小桑，他就是掮客，他把自己做出的赝品推向书画市场，这是迟早的事。

"你就不怕毁了钱家的声誉？"

"姐，你还是不是现代青年？怎么比那些老封建还迂腐？什么钱家，早就没有了！现在谁还跟你讲祖宗？"钱小岫理直气壮，可以说不知天高地厚了。

钱小桑对自己曾经那么了解的表弟，唯有刮目相看。

安野藤突然出现。他已经几个月没来看小桑了，不是说工作太忙，就是又去哪个国家谈业务。这次没打招呼的从天而降，说要去浙江云岫寺，希望小桑能一起去。

为什么，为什么如此匆忙地做出这样一个决定？钱小桑不解。

他的解释是，不是突然想起，早就想去云岫寺了，现在正好有个机会，赶紧去。到了那里，自是知道怎么回事了。

设计师往往是心血来潮的，当然，也不排除安野藤故作神秘。她没法反对他，只得简单收拾行李，次日一早就跟他登上到杭州的班机。没来得及去看望家人，俩人直奔德清武康镇。

在武康镇简单用了午餐，择道前往云岫寺。

通往寺庙的山路已经拓宽，一直从山下的宝塔山村修到了寺庙前。从宝塔山村到云岫寺全长五里，他俩下了出租车，背上行李徒步上山。云岫寺于一九八五年修复后钱小桑来过一次，那时她走的是通往寺院的一条石径小道，是从前唯一通往寺院的小道，小道旁有潺潺流水，鸟语花香。现在拓展的路，却已找不见那时处处生机盎然的景观了。

钱小桑有点怀疑是不是走错了路，但她不想开口说话，她觉得安野藤有点异样。

安野藤也不说话，只是默默地走在小桑身后。

从塔山村右转穿入山，终于两旁出现茂林修竹，和风煦煦；近寺庙，出现了石门洞，两侧壁立如屏，上覆巨石。一座居高临下城堡式样的门楼，上砌青砖雉堞，大有一夫当关万夫莫开之势。过了门洞，一路平坦，没走多久，看到了望岫亭，这就是云岫山"山云出岫"的地方。再往上，两旁石砌如墙，寺院红墙在望。

新建的云岫寺牌坊正面额书"云岫禅寺"，背面额书"佛国乐土"，两侧楹联："佛日高悬光明世界；法轮大转普利人天。"环山拥抱的云岫寺，政府于一九五五年拨款重修过，后于一九八五年国家文物局拨款，按宋代风格进行恢复修整，使八百年古刹重现光彩。如今，寺院朱门粉墙，翼角腾空，雄健古朴。

寺内有苍老悠馥的宋梅和四季飘香的古桂。还未走进寺门，那馥馨的花香就扑鼻而来。

此情此景，让钱小桑心情好转，吁出一句："吾又来也！"

安野藤也不再沉闷，像往常那样掏出相机，左右开弓，兀自赞叹。

进入寺院，即见天王殿，高悬着的红底金框匾额上书"敕赐云岫禅寺"；沿山势而上，依次是大雄宝殿、配殿、藏经阁。寺院殿宇间的连接，皆由东西两侧上坡的廊道串通。

"小桑，你过来！"安野藤也忽然轻唤她，声音带着惊讶。

她过来，他让她看相机镜头——里面的人影随着聚焦逐渐放大。

谁呀？她抬头看一眼满脸诧异的他，又望向不远处坐在石凳上的人。大，那里坐着说话的两个人，一个是她舅公钱云竹，一个就是钱云竹的孙子钱小岫。

什么巧合，竟然在此遇见了他们？钱小岫哪天离开深圳到这里的？他们祖孙俩来这里做什么？

正在钱小桑惊讶之时，钱小岫也发现了他们。他站起来喊道："阿姐，安先生，你们也来这里了？"

老舅公也惊讶，怎么真的在这里遇上了自己的曾外甥女？他问小桑来这里做什么，但还未等小桑回答，就提醒小岫拿上包，说："我们还有其他事，小岫啊，先跟阿姐再见，我们回湖州等阿姐来家里做客。"他转而又对小桑说，"小桑啊，舅公还有点急事要马上去办，你和朋友好好在这里玩玩，这个地方不错。你带朋友也到湖州玩几天，我让小岫爹妈好好做几个家乡菜，我们一家人欢欢喜喜喝几杯！要来，你们一定要来啊！"

钱云竹拽着小岫的手臂，急于要离去。钱小岫却意味深长地向安野藤使了个眼神，说了句"后会有期"，期期艾艾地跟着爷爷下山。

假如不是安野藤一脸的茫然，钱小桑完全可以断定这次来云岫寺他和小岫是约好了的呢！

"哎，我说安先生，小岫什么时候跟你如此近乎啦？你们还有暗号？这个舅公也是，看到我竟然慌里慌张，什么意思？安先生，你突然让我跟你来这里……"

面对她满脸的问号，安野藤尴尬起来。他欲把行李放石桌上，准备对她作些说明。此时却过来一人，问他们是不是香港过来找住持的。

钱小桑正要说不是香港是深圳来的，安野藤却回答说"是香港来的"。

来人讲，能山法师正在和北京来的客人切磋书画艺术，他们可以过去一起喝茶。

安野藤问来人怎么称呼，来人说他是寺院附近村子的村干部，因这段时间来这里拜访法师的客人特别多，他是来帮忙的。

两个人跟了这位村干部来到禅房。

屋内，身着僧侣服的法师正与几位来宾慢声交谈。见安野藤他们入内，法师起身，双手合十相迎。

"法师，他们就是香港来的客人！"村干部把年轻人引向法师。

"能山法师，您好！"安野藤双手合十恭敬回礼，并递上一张名片，带有歉意地说，"本来我们董事长是要亲自过来拜访并邀请法师的，但他实在太忙了，就让我先过来征求法师的意见。还请法师谅解！"

"不客气，不客气。你们先坐下喝口茶！"

能山法师转而向其他客人说明，香港来的客人就是他刚才向大家说的，是来邀请他去香港举办书画展的。

"噢，那就要祝贺法师了。看来香港人也识货，知道法师的书画了得。"有人大声捧场，法师却不好意思地摆了摆手。

此时的能山法师已经八十七岁，矮小的身材使他看上去更显老态。他说自己可能不大适合出远门了，所以去不去香港办画展还得三思而行。

一行人又要坐下时，钱小桑怔住了。客人中有位学者样的男士，让她差点惊呼出口——这不是金秋叔叔吗？他，怎么也会在这里？

显然，金秋叔叔也已经看到了她。他用手势做了个"别声张"。"来、来，我们还是先听法师继续讲下去！"他对大家说。

法师又端坐着讲起："那时，有年轻人问我，法师你养鸡是为了有鸡蛋，可你舍不得吃，把鸡蛋都换了很贵的徽墨，其他墨就不能画画写字了吗？那，我就告诉他们，艺术追求无止境不是讲讲的，当我们已经有了更好的方法，我们却不用，不愿花成本，那你还追求什么？什么都可以随便应付是不是？那么生活中还有什么不能应付的，吃不吃鸡蛋有什么关系？艺术是什么？艺术就是要讲究！我为什么要用徽墨，大家都知道，徽墨色泽黑润、坚而有光、入纸不晕、舔笔不胶、经久不褪，它香彻肌骨，渣不留砚；它宜书宜画，变化无穷，妙趣横生，墨色历千年而不褪；还有，它防腐防蛀。我们那么多国宝可以保存下来，徽墨功不可没。徽墨本身也是书画艺术的珍品，它的两面镌绘各种图案，美观典雅。再说我们的宣纸，我们文房四宝中的第三宝……"

"法师，听说您还有乾隆朝宫廷做的松花砚，是不是？"有位艺术青年按捺不住好奇心，突然间冒出这个问题。

能山法师的眼中闪过一道光，那光瞬间弥散，在法师下垂的眼帘隐去。

见法师没有马上回答，这位艺术青年自己说将起来："据传，清朝造办处的作坊如意馆，参与了砚台的成造。如意馆汇聚了造办处各种工匠翘楚，在松花砚的成造中扮演着描样设计者的重要角色，他们主要由南匠担纲。这些南匠是在江南和广东民间招募的匠人，在康雍乾三朝数量巨大的松花砚成造中，发挥了最大作用。我想请教法师的是，有没有如外人所传，您的祖上就曾经是进京参与制造松花砚的南匠？哦，南匠之一？"

能山法师双手合十，双目闭上缓又微启。

"法师，如果这个问题很不合适，万请谅解，冒犯了！"艺术青年虔诚地深鞠一躬，站在那里不敢落座。

能山法师用手势让年轻人坐下，颔首轻声诵念起来："出天汉，胜玉英，琢为研，纯粹精，软几摘藻，屡省成。"念毕，他抬头望向众位，"知道这是哪位的御铭，被刻在了一方松花砚上？"

"这是乾隆御铭！"有人轻呼。

"我知道，这方松花砚上还有乾隆的篆体方印'会心不远'和篆体方印'德充符'。"还是那位艺术青年，接着抢答。

能山法师微微一笑："如果我没猜错，那位湖州钱云竹大师应该也是你的师父。"

"法师灵光，我确是云竹大师弟子之一，但我也学西洋画。我家老祖宗中也有当朝内廷画画人。今天能来这里聆听法师的禅参，三生有幸，还请法师多多指教！"

"你的问题，我会作出一个正式解答，但不是今天，不是此刻！"

"阿弥陀佛！"

所有人都双手合十，满目期待。

有一种坚持，有一种气派，叫作贵族精神。在能山法师身上时不时显露。

钱小桑与这位法师有过一面之交，是那次一起来的同学带她看了他的书画。小桑回家后还与外公外婆讨论过能山法师的书画。外公说，法师的书画是考究的，他应该在西泠印社举办个人展，要有人能帮他去做这些。

同学告诉她，法师于一九五一年从江苏应天寺来到德清云岫寺。因他能书能画能诗，也有叫他能三法师的。

关于他的身世，一开始，外人都道神秘，不知其来历。有人说，他喜饮酒而精书画。三十年代曾在上海卖画为生，与张大千、吴湖帆、冯超然、潘天寿等名画家有交往；他曾潜心创作三百余件书画作品，在吴铁人、陈其采、杜月笙、潘公展等人支持下，打算在上海宁波同乡会会馆举办个人书画展，孰料，抗日战争爆发，日本人占领了上海，他带着这批早期画作回到家乡湖州，后又将它们带到云巢山道观，结果散失殆尽。抗战期间，他家破人亡，书画也毁于战火，他身无所恋，看破红尘，皈依佛门。有一日，法师见到一憨大（傻子），随即行礼并口称师兄，旁人不解，问他何缘。法师对人说，因为憨大修为比他高，故称之为师兄；憨大只有经过很多世的修持，才有今世的福分。憨大的心中是永远没有烦恼的。

云岫寺的秀丽风光，无疑触动了他的灵感，他又拿起了画笔。无亲无戚的能山法师无处可去，独守一座空荡荡山门。这位住持和尚成了五保户，生产大队便供应他稻谷口粮，他自己在庙宇空地上种菜养鸡养鸭，生活清苦，但仍有一些喜欢舞文弄墨的才俊，时不时会来到这座破旧的庙宇与他品茶谈艺，向他求教。天气晴朗的日子，在院子里摆一案桌，磨上一砚泉水掺合的徽墨，点上插香，铺开宣纸，随便取一支毛笔，即刻，梅花几朵、秋菊几枝、青竹几簇……一一活灵活现在诸人面前。如果兴致勃勃意犹未尽，画的留白处再做上一首诗，一众人更是赞叹不止，跃跃欲试。

进入改革开放年代，云岫寺作为古刹成为文物保护单位，各级政府领导上山察看，这才发现有个会书画的老和尚——能山法师。

能山法师就这样和古刹一起，开始了新生。

五

"小桑，小桑！"有人在叫她，是金秋叔叔。

金秋叔叔把她介绍给能山法师："这就是我给你讲过的表侄女，别看她年轻，看书画的眼光已经不是一般般，今天没想她也来了。正好，小桑，你过来拜一下师父，让师父教你一招，让你尽快达到炉火纯青的境界青出于蓝而胜于蓝！"

这下轮到安野藤傻眼了，在法师今天的客人里头怎么还有小桑的亲戚。难道他们是事先约好了的吗？怎么可能，他昨晚才告诉小桑要来这里，而这拨客人据说昨晚已经到这里了。

关于金秋叔叔，小桑有给他提到过，是位学者。其他就什么都不知道了。与小桑相处两年半，其实小桑这边很多他想了解的东西，他都一无所知。养父说他鬼迷心窍，连一个比他小好几岁的女孩都搞不定。他已确定，他真的搞不定钱小桑，如果说他从一开始就把她放入他的征服者名单，那么在闻到钱小桑的第一缕气息时，他已然排除。而钱小桑对他从喜欢到戒备到接纳和期盼直至现在的无所谓，则让他备受煎熬……他不知道是应该放弃还是坚持。放弃，意味着两边的背叛；坚持，同样会产生伤害甚至毁灭。他，自从小桑植入他的心灵后，那嫩嫩的小芽儿已经长成坚实的生命，再也拿不走了。他无法对她做出丝毫伤害之事。"我是认真的，请给我时间！"他难道还可以这样对她说吗？

他觉得自己的渺小和可笑，觉得自己的人生是畸形的。

小桑在唤他，把他推到了金秋叔叔面前。

"今天真是个好日子，我在这里既遇到了我的侄女儿，还看到了……"金秋突然觉得自己很难找出适当的形容词，更是不能把话说多；他转而放慢了语调，"安先生、小安，幸会，等下我们好好聊聊！"

"没问题，我与法师谈完后就去找您！谢谢啦！"

法师留下安野藤谈他们的书画展。

钱小桑跟着金秋叔叔到他住的居士房。

金秋给小桑泡了杯莫干黄芽，坐在那定定地看着她。小桑去年到北京，与他详细地谈了安野藤的事。他提不出好办法，只能告诉小桑顺其自然。但他可以感觉到，小桑已经为情所困。在这个问题上，他这个金秋叔叔有点爱莫能助。

"还爱？"他问低头不语的小桑。

小桑点点头，泪水滴落在膝盖上。

金秋起身拿过卫生纸，递给小桑。

这是一场不公平的爱情之战，一方在明处一方在暗处。在明处的必定是悲惨的失败者。是该告诉小桑的时候了。

"想听听我所了解的情况吗？"

小桑除了点头还是点头。

"好吧，接下来不管你听到什么都不用惊讶，这就是人生，太多太多的不确定性，太多太多的荒唐离奇，也是太多无法改变的真相，这些真相往往比小说精彩，是因果关系，不可避免！"

金秋开始剥开困惑着小桑和其他所有相关人的那个茧——

日本人后裔安野藤，养父佐佐木是佐木次郎的养子。

那年，佐木次郎挟持钱阿钿到台湾并没有去找钱家的人，原因之一应该是怕宝贝被钱家索回。几年后佐木次郎提出把宝贝拿去日本，以日本人的技术和对中国古书画的痴迷程度，必定会有大买家要这个离奇的唐摹本《兰亭序》。佐木次郎没有让钱阿钿一起去日本，而是让钱阿钿留在高雄等他消息。此时的钱阿钿根本没得选择，再想，佐木次郎在高雄置有房子等产业，还领养了一个儿子，再怎么他也是逃得了和尚逃不了庙。钱阿钿自己也和台湾当地人生了孩子，他只得留在台湾的帮佐木次郎看管房子和养子，同时料理自己的家。

没多久，佐木次郎的养子佐佐木也去了日本，这让钱阿钿心里忐忑。佐佐木也是日本孤儿，佐木次郎把他从大街上领进门时已经超过十岁，会做很多伺候人的活了。佐木次郎答应给佐佐木念书，佐佐木欢欢喜喜地跟了他。接着佐木次郎又把他接去日本，想必佐木次郎已经不准备回台湾了。他告诉钱阿钿东西还未出手，钱阿钿可以继续住他的房子，等到东西出手后，他会给钱阿钿想要的金条；佐佐木是日本人，要到日本上学。钱阿钿不傻，他从各种迹象判断出，佐木次郎其实已经把宝贝出手（他是确定了日本的大买家后才去了日本），而且回报颇丰。高雄的房子对佐木次郎来说已是鸡窝，随便扔。之后的佐木次郎果然没有了音讯。钱阿钿越想越气，随着孩子一个接一个出世，家里的开销越来越大，他的心里也越来越不平衡。就是破釜沉舟，他也一定要找到佐木次郎。

高雄的日本人很多，他拿佐佐木的相片挨家挨户地问。毕竟佐佐木曾经是流浪儿，有知情人告诉他，佐佐木在日本做贵族了，"他的义父是贵族啊！"曾经和佐佐木一起在高雄大街上讨生活的流浪儿，掩饰不住满眼的羡慕。

慢慢地，钱阿钿掌握了佐木次郎在日本的行踪——台湾也好日本也好，太小了——以决一死战的狠劲，去了日本。两个人在东京的一家酒廊见面。钱阿钿显然是啥也没有得到。诡异的是，两个人都做了向对方下毒手的计划，但钱阿钿回到客栈就暴毙，佐木次郎到第三天才一命呜呼。有人说，佐木次郎买通了陪酒女郎，让陪酒女郎对钱阿钿下了手，而钱阿钿对佐木次郎下的毒是有解药的，只因钱阿钿已死，解药不知在何处。比较真实的是，佐木次郎是脑中风死亡，钱阿钿根本无法对他下手。佐佐木继承了佐木次郎部分遗产，之后又回到了台湾地区。

台湾高雄佐木次郎的房子自然由佐佐木继承。但他没有把钱阿钿的家人扫地出门，后来还抚养了钱阿钿的大孙女。她叫媚子，现年十九。

佐佐木继承了佐木次郎的物质遗产，也从事起佐木次郎的勾当，这也是当年佐木次郎让他去日本受训的目的。相比佐木次郎，佐佐木没那么狠毒及不计后果。毕竟，社会在发展，时代在进步，佐佐木还是有他的畏惧之心。他手下同样有一帮啰喽，但他基本信不过。他如法炮制，把当年才五岁的安野藤抱进家。他让安野藤与自己的孩子一起，接受良好的教育——实际是安野藤比佐佐木自己的孩子在中国国学上获教更多。佐佐木安排媚子做安野藤的助手。

媚子的父亲是钱阿钿长子，二十多岁就吸毒毙命。她母亲把她扔给佐佐木后就离开了高雄，去了基隆，跟一条外国船走了。钱阿钿的小儿子一家后来也去向不明。没有父亲母亲的媚子，对钱阿钿这个爷爷压根没任何印象。媚子也不怎么喜欢读书，念完高中就宣布跨入社会。佐佐木对她也没寄予厚望，只想她可以协助安野藤就行。让佐佐木措手不及的是，媚子居然喜欢上了大哥安野藤，在明知安野藤有个杭州女友的情况下，用跟踪等形式要把事情搅黄。这岂是佐佐木可以容忍的！从一些不那么靠谱的信息来看，媚子有可能已经被佐佐木以家法之名处理了。

是佐佐木让安野藤趁台湾开禁之际，以帮助钱小桑大姨婆回大陆之名，接触上了钱小桑。目的就是要弄清楚钱氏家族到底还有没有祖藏，还有没有国宝级书画……钱小桑的大姨婆跟着丈夫到台湾后，还真给佐木次郎放出的诱饵钓上了——在台湾很苦的那段日子，大姨婆夫妇把带着的家藏书画，拣了几幅通过中间人转手给了佐木次郎，换取家用。就这样，大姨婆夫妇又暴露在佐木次郎的目光下，直到佐佐木这里，干脆把安野藤弄进了大姨婆孙子就读的中学……

钱氏家族延绵至今，依然人才辈出，这本身就是一个值得揭开的谜。佐佐木继承佐木次郎，把目光盯向钱氏。他不惜代价，用出了养子安野藤这步棋。

他没有想到的是，安野藤动了真心，让爱情变得至高无上。

听着听着，钱小桑把面前的茶水喝得一干二净，剩下杯底那坨茶叶，原先的鲜青色似已荡然无存，只有一堆暗驼色沉淀在杯底。

"安野藤为什么要来云岫寺？"她问。

金秋叔叔告诉她，近年来，能山法师的名气越来越响，尤其是当他被称为当今佛门书画高手时，他的真实身份也全面曝光。他原名潘镜秋，生于一九〇四年，祖居湖州汇溪。早年曾从清末名家费晓楼的高足李寿习人物。他同杜月笙、陈立夫等都颇有渊源。他的画，无论是罗汉观音大士像，还是水墨山水，抑或是书法，其构图、色彩、用笔均有独到之处；构图意境苍莽新奇，笔墨苍遒恣意，善于变化。和许多大师的书画一样，可以在上面看出他浓浓的情感，"泼墨为山皆有意，看云出岫本无心"，这是他在自己画作上题的诗。赵朴初先生这样称他："法师书画笔墨浑厚，格调高雅非一般俗流所可望其项背。"

如今的能山法师，已是炙手可热的书画名家，各色人等可谓蜂拥而至啊！

最让人不能省心的就是佐佐木这样的书画"爱好者"，他们的虎视眈眈中，还不仅仅是法师自己的作品，法师曾经的经历让他们想入非非，他们必须用尽方法与法师最近距离接触。早已有什么香港收藏家画廊邀请能山法师到香港，这次佐佐木派安野藤过来，已经不是第一个了。

"法师会去吗？"

"去香港举办画展，这对画家来讲是好事。可法师这么大年纪了，他不知境外的复杂性，一旦有个闪失，首先生命安全谁负责？当然，可以买保险，但保险是身后的物质，对他来讲还有什么意义？"金秋喝口水接着讲，"是啊！还有，他的书画，还有可能他收藏的名家珍品，真的拿去了外面，会没有风险吗？八十多岁的老人，他再不糊涂也没能力保护自己了呢！"

"应该会有人跟法师一起去的吧！"

"不过，香港举办画展的可能性很小，首先，那些太过热心的'收藏人士'要的可不是法师自己的作品，他们意在'捡漏'，可这样的漏基本是没得捡！"金秋把手中的茶杯重重地摁在桌上。

望着金秋叔叔坚毅的脸庞，钱小桑感觉恍惚。她记忆中的金秋叔叔是个有主意的书生，有着暖暖的温度……他几乎没有脾气。

"小桑，你怎么不问我为什么来这里？"金秋叔叔那眼镜片后面的目光意味深长地闪了一下。

钱小桑望着他，艰难地咽下口中的一片茶叶，迟疑着说："我更想知道的是，叔叔你为什么全都了解？"

金秋微微一笑，起身望向窗外。

"古塔入青云，阁上梵经皆贝叶；深山藏古寺，佛前灯焰尽莲花。"他轻诵起能山法师写的这副楹联，它就镌刻在大雄宝殿。他回到座前，往小桑和自己的茶杯续上水，说，"在那样的年代，我们为了保护自己民族的文化瑰宝，可以不计代价，直至献出自己的生命；到了今天，我们更是没有理由看着民族瑰宝流失，或者让它们成为人类相互残杀的因果……小桑，不瞒你说，你金秋叔叔还真不是简单的一介书生，他和你的外公外婆一样、和我的爷爷一样，是有天职的，必须竭尽全力捍卫我们的文化宝藏，不能再让我们的国宝轻易流失。"

"那，叔叔，您是……"

"我有个身份，去年你来北京有提起过——中外文化交流机构成员，合法的民间组织。这次也是了解到台湾佐佐木他们的计划后过来了这里。其他就不需要金秋叔叔讲很细了吧！"

钱小桑正式琢磨起"中外文化交流机构"的含义，之前听金秋叔叔说时并未放进心里，此刻她不得不肃然起敬，金秋——金诚大医的孙子，他有着特殊身份，而这一特殊身份可以让他和他的伙伴们，像狙击手那样消灭伸向我们国宝的贼手。

那么，安野藤是贼？钱小桑的脸色越来越惨白，目光中开始流露出恐惧。

金秋眼看面前这个表侄女要崩溃，连忙又给她续茶水，接着说："还幸亏你跟我讲了安野藤，否则，我不可能对台湾地区那边了解得这么全面。现在，我可以告诉你的是，对安野藤大可放心，他不仅不是坏人，还是个优秀青年，是一个对中华文化富有研究的好青年。"看小桑迷惘，他提高了声音，"不用怀疑，他是真心爱你。但是，他毕竟由佐佐木养大，并且拥有良好的教育；要他彻底与佐佐木决裂，也没那么容易。所以，他是一个矛盾体，他面临的痛苦可能比我们想象的还要严重！"

金秋不是不知道，这样地把里子翻开给钱小桑看，她依然是惊恐与痛苦。但他别无选择，他必须告诉小桑真实情况，假如小桑能理智战胜感情，也许还会柳暗花明又一村。

已到寺庙晚饭时间，来人带他们去斋堂。能山法师与安野藤已经在斋堂等候。

六

饭后，金秋与安野藤坐而论道，海阔天空信马由缰地聊起。从能山法师的书和画，到中国古代书画，一直讲到古字画的鉴定，双方似乎都在鉴赏对方的品相。其实，金秋比安野藤大了也就十来岁，假如不是那种剪不断理还乱的关系，他们完全可以成为好朋友。

"在台湾地区，鉴赏、鉴别、鉴定古书画，觉得哪些方面值得大陆借鉴的？"金秋向安野藤提出这个问题前有过多重考虑。

安野藤想了想，说道："在台湾地区，关于书画鉴赏、鉴别，已经设有专门学科，有一套科学理论化的体系，有多部研究著述，为书画的保护、研究奠定了基础。在鉴定的实际操作中，采用碳十四检测古代墨迹，以判断存留的时间，判别古字画成书年代。"

"能不能谈谈你的实践经验？听小桑说，在这方面你很有造诣。她挺佩服你呢！"

"我？在金教授面前不成了班门弄斧？"安野藤想呵呵一笑绕过这话题，转而又觉得不能显得太没诚意，特别是面对小桑的金秋叔叔，除了敬重有加，还得坦诚如兄。他又说，"作为传世艺术品的古书画，书写和描绘材料除了纸，还有绢、绫等等，因古书画鉴定与古书画收藏相生相伴，是一项实践性很强的工作，需要长期的知识与经验积累，而台湾地区在这方面肯定没有大陆这样的条件，尤其是我们年轻人，只能说是触之皮毛而已。"

"哦，那你对二王书迹被造假是怎么看的？"

安野藤略一沉思，说道："从记载来看，书画艺术品赏鉴收藏之风渐盛是在六朝，那时名迹买卖已成为普遍现象，造假就屡见不鲜。二王书迹被造假，应该是王羲之在世就有了。南朝王僧虔在《论书》中提到，晋穆帝司马聃时，有张翼擅效仿王羲之自书表，观之者难分真假，令王羲之也慨叹'小子几欲乱真'。同时还记载说，'康昕学右军草，亦欲乱真。与南州释道人作右军书赞'。张翼、康昕、南州释道人等，均与王羲之父子时代相近。他们模仿右军书，均能达到乱真程度。在位达四十八年之久的梁武帝萧衍，也曾很不客气地指出有王羲之赝品乱人耳目，乃至损害了王书声誉。在鉴别王书真伪方面，他也有精辟之语，如'逸少书无甚极细书，《乐毅论》乃微粗健，恐非真迹。《太史箴》如复方媚，笔力过嫩，书体乖异，上二者已经至鉴'。据记载，精于鉴赏的梁武帝，搜求名书画不遗余力。萧衍时期宫廷所藏二王书迹最多，计有七十八帙七百六十七卷，据当时中书侍郎虞龢《论书表》中所记节录，这些秘藏的王羲之、王献之书法，'缣素书珊瑚轴二帙二十四卷，纸书金轴二帙二十四卷，又纸书玳瑁轴五帙五十卷，皆金题玉躞织成带'。这些分别以珊瑚、玳瑁、金玉等不同材料作装裱的轴头，皆重加装裱，呵护备至。以萧衍之眼力，其如此华彩的宫廷之藏二王书迹，应该极少赝品。至唐代，宫廷所藏王羲之传世书迹，以及民间所藏，不可避免地假货多了起来，由此，唐宋以来，举凡收藏、著录、赏玩、品评、装潢等，必定涉及鉴别、鉴定，于是，形成了一套方法和经验，赝品也就不那么容易蒙混过关了。当然，像王羲之唐摹本这样明确告知是临摹本的，那又是另外一个范畴，但是一样有着艺术品赏鉴收藏价值，是绝品！"

"你知道最早的书法作伪是怎样的手段吗？"

"较早记载的书法名迹作伪，是这样描述的——先模仿二王书迹形貌，再用茅屋脏水染色，加上搓磨作旧；有的还故意把真伪书迹糅杂一起，以求鱼目混珠，瞒天过海。"

"你看，时代到了今天，类似的手法居然还有人在沿用，甚而有人不计贵贱买进，实在匪夷所思！"

"台湾地区确有这样的市场，但真正的藏家是唯恐避之不及的。假如事情与规则老在打架，原有的市场也会崩塌！"

"你知道吗，一九八三年开始，大陆组织专家用了八年时间，对全国六万多件藏品进行了鉴定，同时将鉴选出的三万多件藏品编为《中国古代书画目录》，另又把其中最佳的编为《中国古代书画图目》，以多卷本形式陆续刊出。这是中国历史上最完整并且配有图版的古书画目录。这项工程之后，书画鉴定专家总结了经验，作了较为系统深入的阐述，为古书画鉴定奠定了理论基础，使古书画鉴定逐渐形成一门学科。不知台湾那边借鉴了没有。"

"我看过相关资料，台湾应该有学习。"

"你是不是发现，大陆已经出现不少乱七八糟的艺术品拍卖会，不少书画赝品在打击人们的信心，这是非常不好的趋势，它会使书画艺术品市场走向歧途。"

"不好意思，对此我还没有很多了解，不能妄加评论。"安野藤歉意地表示。

至此，金秋对安野藤给出的分数是九十分以上。安野藤不卑不亢的姿态，让金秋不得不暗暗赞许。可惜了，他和钱小桑如果没有被毒藤缠绕，会是多么令人艳羡的一对啊！

好吧，不绕了——他向安野藤抛出了不想抛的问题："对钱小桑是认真的？"

安野藤抬头看他，与他对视的目光是坚定的，甚至可以看到目光中在慢慢氤氲的湿雾。

金秋单刀直入般切入了问题的关键："你接触钱小桑的初衷是不纯洁的，也可以说不道德的，当然，假如那时我们知道你是佐佐木的养子，而佐佐木又是佐木次郎的养子，你们仍然在窥视我们中国望族的传世瑰宝，那么，不要说可以让你如此轻易地见到钱小桑，很可能你连大陆的门都进不了，除非你们改邪归正。"

"教授，到目前为止，我并没有做过对不起大陆的事啊！而且，以后我也不会做的！"

"那，你这次来云岫寺干什么？"

"对这个问题，我想法师已经如实告诉你了！"安野藤起身欲离，"我可以告诉你的是，我回去后就会取消法师的香港之展，这对几方都是负责任的。当然，我会被怀疑，甚至被……不说了，自己家里的事。"

看安野藤黯然神伤，金秋示意他坐下。他放缓了口气："你知道，你对小桑造成了多大的伤害吗！"

"有些事，还要请金教授帮我说明一下。比如，之前我一直被告知我的一半血统是中国，所以我也这样告诉了小桑；之前我也不知道有个叫佐木次郎的日本人曾经……唉，真的不知道该说什么。假如必须用生命来证明什么，那么我会这样做。但是，我的生命不能不说养父给了一半，总不能彻底背叛他吧！"

"为什么不？当然，目前也没说要你用生命来证明什么吧！"

安野藤沉默不语。

金秋想，是否逼年轻人太紧了。

安野藤终于又开口，他自言自语般讲了个典故——公元前五九四年春，楚庄王率军队征伐宋国。此时，宋国的盟主晋国正在跟秦国作战，无法及时赶来救援宋国，而是让壮士解扬送信给宋国，要让宋国人坚守，不要投降楚国，等待晋军的救援。解扬经过郑国时，被郑国人捉住，送给了楚庄王。楚庄王厚待解扬，要解扬劝宋国投降，就说晋国不来救援了。楚庄王苦劝了三次解扬，解扬才答应了楚庄王。可当楼车升起到达宋国城墙时，解扬却对城里大呼"千万不要投降楚国，晋国大军马上就要到了"。楚庄王大怒，说"解扬你答应了我，为什么又反悔？是你自己放弃，你准备受极刑吧"！解扬对楚庄王说："君主下命令，要讲义。臣子执行命令，要讲信。用信承载义而行，这样去行动才是诚信义的体现。"

"是的，解扬还说，讲义，我就不能够两个承诺两个信誉。讲信，我就不能够去听从两个君主的命令。你向我行贿，这是你自己不知道为君之命。我受了君命出来办事，我宁死也不会让君令失落。我怎么可能接受贿赂呢？我完成了使命，我是个信臣，我死得其所，你就看着办吧！楚庄王二话不说，马上'舍之以归'，礼送解扬回晋国。"金秋接上了典故，看安野藤在微笑，就又添了一句，"这是解扬和楚庄王身上体现出的春秋式贵族精神——讲义、讲信。你是不是想用它告诉我，你不能背叛佐佐木的原因？"

安野藤又沉默。

"其实，我知道你们到目前为止并没有在大陆有什么重要目的得逞，相反，我从安先生身上发现了台湾青年好学钻研的一面——原谅我，没有把你当作日本人——我担忧的是你和小桑，真的不知道，会是怎样一个结局。到时，受伤的还不止小桑一人……"

"金教授，您不用再说了，我知道接下来该怎么做，我会快刀斩乱麻，结束早该结束的一切！"

不知什么时候，钱小桑出现了。她问："你们的谈话我可以参加吗？"

安野藤看一眼金秋，不置可否。

金秋哈哈一笑："你来迟了，我正想把下面的时间交给你和安先生呢！你看，这寺院的晚上多安静，是抚杯品茗、聆听竹雨松风的好时光啊！我要去找法师问禅了，你们聊！"他起身离开前，又转而对安野藤话中有话地说，"一九七二年中日邦交正常化，周恩来总理就说，日本军国主义发动的侵华战争，给中国人民和日本人民都带来了深重灾难，中日两国都应采取向前看的态度，积极发展中日友好事业，致力于维护两国关系的健康发展。中日两国人民世世代代友好下去，不仅符合两国人民的根本利益，而且对亚洲以及世界的和平都有重要意义。相信你们年轻人懂的！"

安野藤和钱小桑望着金秋的背影离去后，一时相对无言。

教授把他正式当作了日本人，还是另有所指？安野藤想。他是台湾地区的日本人后裔，并由日本义父养大，这没错，可他早已把自己看作正宗台湾本地人。那时第二次世界大战结束，日本战败投降，被日本殖民统治五十年的台湾及其附属岛屿正式重回中国版图。约三十万在台日本人转为台籍，几代人过去，他们中相当一部分因所处的文化背景及接受的教育，而对大中华文化的亲和感就像血浓于水那样，已是深入骨髓……安野藤从高雄到台北接受中高等教育，除了教材是中华民国国民政府督编，他还要接受更多的汉文化熏陶，致使他很多理念都是非常中国的了。

"金秋叔叔有的话可能是想你带给日本人的。你是中国人，这还用说吗！"钱小桑想打消安野藤的疑惑，但也希望安野藤能解除她的疑惑。她问："小岫和他爷爷上山来做什么？"

　　"这个小岫，有些事情估计你也知道了。适当时候你们家族可能要提醒他或者你舅公，很多东西并非他们想象得那么简单，一旦掉入陷阱，便是灭顶之灾。不好玩，真的一点都不好玩。这跟赌博没有区别！"安野藤有点答非所问。他想到佐佐木要他收买钱小岫后，曾经也对钱小岫作了很多了解，以致钱小岫以为这个未来的表姐夫可以成为他的一块跳板，就主动频繁地联系他。最后安野藤竟对钱小岫没有了兴趣，反而劝他迷途知返。这让钱小岫一时转不过弯，以为是表姐钱小桑在从中作梗，就与小桑淡漠起来。

　　钱小岫和爷爷这次来云岫寺，也是他们听说了能山法师被邀请出境办展的事。为这事，小岫专门打电话到台湾找安野藤沟通，希望趁这个机会把他家藏品也随法师出展。安野藤当然知道参展是假，卖赝品是真，就没有告诉小岫他就要代表香港机构与法师洽谈，但说了可能近期会去云岫寺看法师的书画。没想，真在这里遇见了他们爷孙俩。听法师说，他俩已在寺院住了几天，对境外办展的事非常热心。因钱云竹在湖州雇了人兼做书画装裱，能山法师也是他的客户。他来山上是常事。只是年岁大了，要有年轻人陪同。这次由孙子陪同，有可能钱小岫估摸着安野藤这段时间会到云岫寺，就过来候着。没想表姐也一起来了，而且钱云竹最不愿和老姐家的人袒露他的现状，一见小桑有如老鼠见了猫，溜之大吉……钱小桑怎会知晓这样的内情呢？而安野藤又无法说清，两个人便又是别扭。

　　本想今晚一定要和安野藤把话挑明了的钱小桑，竟是不知从何开口。她是那么迫切地想听安野藤的解释，但还必须装得若无其事。

　　安野藤几次欲开口，几次又把话咽了回去。事到如今，总是侃侃而谈的他，却连说一声"对不起"的勇气都没有了。在情感问题上，一方最怕另一方说出"对不起"这几个字。可不说"对不起"，他又能说什么？

　　两个人都不敢不愿直视对方。夜色深沉，寒意袭来。安野藤习惯地要拿自己的风衣给小桑披上，小桑却推开了。

　　"我们回屋去吧！"安野藤说。

　　走到房门，小桑说："我累了，我想一个人静静，你回你的房吧！刚才有人已经把你的房间收拾好了！"

钱小桑关上房门，听安野藤的脚步远去后，终于抑制不住地哭泣起来……

次日一早，小桑没有准时出现在早餐桌。有人过来转告，她一早就爬山去看日出了，不用等她。金秋看向安野藤，安野藤一脸惘然和歉意。

早餐后，金秋回房看到小桑的一张字条，上写："请金秋叔叔告知一声安先生，我要在寺院多住几日，向法师请教书画艺术，就不和安先生一起走了。谢谢！"

安野藤一步三回头地下了山，泪水时不时涌上眼眶。他胸闷得快要爆炸，好几次都想返回寺院，但还是克制住了。

在云岫寺住了十多天，抹去泪水的钱小桑强打精神下山，去杭州看望外公外婆。

这一别二十多年，钱小桑没来云岫寺。通过媒体报道获悉，能山法师于一九九二年十一月在杭州西泠印社举办了书画展，展前，钱君淘、谭建丞写来了展标，展出的画作中有施南池、任政、爱新觉罗、启博等名家题词；在杭的著名书画家郭仲选、刘江、周昌米、姜东舒、吴山明等，亲临画展给予极高评价。历时四天的画展，不仅引来京沪诸多名士，香港、台湾地区都有前来捧场的。而一九九四年的二月元宵佳节，能山法师书画展在县城的人民会堂大厅举办，政府领导来了，与他相谈甚欢。九十一岁的能山法师当场挥毫泼墨作画，题诗"深山寒白石，地僻到人稀"。

第七章

一

安野藤离开云岫寺并没有马上回到台湾，而是在香港住了好多天，中间几次想到深圳，哪怕见钱小桑最后一面。但小桑的电话始终没人接，他不得不在佐佐木的一再催促下，回到台北。

佐佐木这次对他的空手而归似乎已在预料之中，并未咆哮雷霆。倒是安野藤对佐佐木开始了大不敬。他对佐佐木讲，大陆早已不是你们想象中的大陆，大陆的开放也不是随便把门打开就是。还想用从前那套方法去拿人家的东西，只会自取灭亡。

佐佐木嘿嘿一笑，老谋深算地说："知道有个叫金秋的教授把你吓坏了，早知他们出手快，这趟就不让你去白费蜡了。"

安野藤惊讶，佐佐木怎么就知道了金秋的事？他还正犹豫着要不要跟他讲。

"你以为戏台子上耍猴，只有他们看我们，没有我们看他们的？书生，这个世界本身就是你中有我、我中有你，要说透明，什么都是透明的。你说呢？不过我要惩罚一下那个送情报迟到的人，替你压压惊！"

"我没有什么惊不惊的，但从此以后，我不会再这样地去大陆。请父亲宽恕！"

"你要把钱小桑娶来台湾？"佐佐木的眼睛瞪得像铜铃。

安野藤想不到佐佐木会如此荒唐。他苦笑一声，反问："你觉得钱小桑还相信我吗？"

"错，错，你错！男人不坏女人不爱！"佐佐木又想兜售他那一套，但安野藤强烈的挫败感让他颇觉不妙，他转而又说，"你说我们的安野藤先生哪点配不上那位钱小姐了！好吧，先冷静冷静，一切从长计议！"

安野藤却无法冷静，他有点破罐子破摔地责问起佐佐木："为什么要杀媚子？她还不到二十岁，你的家法里面不会连她都容不下！"

轮到佐佐木惊讶了，他上上下下地看起面前这个养子，感觉不是一般的陌生，"你不是不喜欢她吗？她跟踪你，妨碍我们的计划，你对她又束手无策，我再不出手，你清楚后果！"

"可也不至于非要了她的命！"

"那是她自作孽，不得活！她带了凶器，不是要对你下手就是要对钱小桑下手。她已经疯了！"

"那是她不知道自己的身世，如果你告诉她，她根本就不是日本人，而是中国钱氏家族的后人，也许她不会这么疯狂！"

"那是你的天真想法。自从她的上一辈，那个叫钱阿钿的和尚背叛了钱氏家族后，他生养的崽子，再也没有了钱氏血统。我帮中国钱氏家族消灭了一个孽障，他们应该感谢我！"佐佐木逼视着面前这个不知好歹的养子，露出了十二万分的不耐烦，"让你选择钱小桑，因为她才是钱氏宗族千百年正宗传承！"

"你这不是悖论吗？既要树德立品传承优秀，又要不择手段掠取他人。这是什么人生逻辑啊！"

"我们大日本国，就是在悖论中挣扎、重生、再挣扎……"

"你，你……你荒谬！你的大日本国根本就不存在，你只是代表你自己和你那群贪得无厌为非作歹的日本败类，真正的日本人民，日本国只会替你们惭愧、所不齿！我不会再是你的工具！"

安野藤说完摔门而去。

盛怒之下，佐佐木抓起茶几上的一只茶盏掷了下去，当茶盏"咣"一声碎裂后，他才清醒过来——他砸碎的是一只建盏，是当年他义父佐木次郎从云门寺偷来的建盏。佐木次郎也就留下这只给他，今天他拿出来是要给安野藤见识见识，继续灌输一些他认为重要的东西，要让这个小子死心塌地听命于他。什么侵华战争，大日本无非想建立"东亚共荣圈"，日本的一些历史教科书根本就不承认侵略罪行，而安野藤刚会说话时，他佐佐木就是这么教他的……安野藤这个小子，他到底要干什么？悖论？他就是要拿建盏解悖给他听！

可是，成了碎片的建盏，那上面的泪滴有了血一样的殷红，似乎在向地底渗去……看着地下这魔幻的图案，他感到了些许恐惧，不由唤来手下，下了一道指令："媚子……"声音很低，只有把耳朵凑他身前才能听到。

执行指示的风一样离去。

不知过了多久，一个凄惶的声音突然像钻子样扎进佐佐木耳朵——"安野藤，安野藤……快来人哪！"

这是一座日式宅邸。距佐佐木的茶庭不到三十米的一侧，有连廊连着几间卧室。安野藤就在其中一间躺着，任由一旁跪着的女孩大声呼叫着、哭泣着，毫无反应。

一张裁剪成 A4 纸大小的宣纸，滑落在他身旁，上面是清朝满洲的正黄旗人纳兰性德的诗："人生若只如初见，何事秋风悲画扇。"安野藤那漂亮的手写体就像一束激光，十分亮眼地直射屋穹；安野藤的头旁有一个药瓶，里面的安眠药已所剩无几。佐佐木一下瘫坐在榻榻米，发出狼一样的嚎叫："送医院，快送医院……"

在海峡的这一边，钱小桑于云岫寺自舐伤口后，回到了杭州的家。

爸爸妈妈已经退休，和外公外婆住在了一起。对于小桑受到的感情打击，他们自是清楚，但他们谁都装作不知，谁都小心翼翼地不去碰女孩这根脆弱的感情之弦。

外公找理由，带小桑不是去满觉陇，就是去九溪十八涧，或者去梅家坞品龙井新茶。已经八十四岁的外公，还像年轻时那样喜欢东走走西走走，也幸亏年轻时练出的脚劲，只要慢慢走，水涧山路可以悠闲地走上一天又一天。青山绿水间，小桑有了爽朗的笑声，有了对书画更加脱俗的感觉。还是外公有办法，每到一地见到书画，无论是裱糊的挂轴，还是镌刻在柱子上匾额上的，抑或拓碑，他都会一一讲述它们的特征特质，这让小桑对书画的鉴识鉴别鉴赏能力无形中加速提升。

中国书画，书法与绘画，它们尽管形式不同、功能不同，作为艺术种类也不同，但在中华民族文化中却如同一对孪生兄弟，有着不可分割的血肉联系。在杭州的山山水水中，冯珉泉把随处可见的中华民族独创的艺术奇葩，以考察求证的方式，与外孙女逐项道来：你看，目鉴中不只是辨析作品的形式，同时也是感知笔墨中所蕴含意味，要对作者有全面的了解，才能从作者的笔触中体味出其流露出的情感、意趣及个性，这也是鉴定作品的一个依据。对古书画鉴定，观察和识别能力是基本功。你还需要多读书画史文献，要充分利用文字学和文学史知识，利用历史知识，利用书画家传记和诗文信札等等进行考订，在日积月累的学习与实践过程中，头脑中形成一部形象的书法史和绘画史，成为鉴定的依据。这是个漫长的历程，需要耐得住寂寞……

冯珉泉恨不得把自己所有的经验，在几天内无一遗漏地输入外孙女的大脑中，让可怜的外孙女彻底排除心中的忧伤，换成更加充实的活法。这也是金秋在电话中再三跟他商榷的。

在游客稀少的山涧竹林木亭，他居然也能找到冷僻的崖刻和石雕，让外孙女跟他一起感受"发现新大陆"的喜悦。

"笔法特征是最难以临仿的，只有吃透了书画家笔法特征，才能对不同书画家作品的判明真伪成为可能。"他见缝插针地反复向外孙女灌输之前其实已经灌输过的，他始终认为现场的重温是最有效的训练。他甚至不忌讳带外孙女到郊野的墓地，察看大型墓碑上很不一般的书法碑文。

在吴越王钱镠时期，摩崖石刻、佛像塑造、佛经雕刻尤为丰富，园林寺宇、佛塔经幢随处皆有，佛门禅坛的诗词文章更是层出不穷。冯珉泉带着外孙女转山一样的修行中，还真的发现了一两处疑似钱王时期的东西。

看到爷孙俩每天出门回来后的话题越来越丰富，外婆和爸爸妈妈也加入了游杭州、赏书画行动，与小桑一起听冯珉泉高谈阔论书道画艺。这让冯珉泉有了一种失之东隅收之桑榆的感觉，觉得这样给子孙补课，与他在图书馆开课相比，完全是另外一种全新的体验。其实，外婆钱云霞并不比外公冯珉泉知道得少，只是她已经不善言教，喜欢倾听，尤其在外孙女这个时刻，她愿意做一个安静的陪读，留意着每一个不可忽视的细节……在这么多人里面，她是最不愿意后人再遭遇从前的那种磨难了。

在杭州差不多一个月时间，钱小桑不知不觉地在治愈中度过。要回深圳的前一天，家人不再参与，让小桑自己安排。李进爷爷又带徒儿去乡下采购了野味，除了腌制一些腊味让她带去深圳慢慢吃，今晚他要徒儿做吴越最好吃的，可让小桑没几个月就想着回来。这就是李进爷爷的撒手锏，任你走遍天涯海角，任你金屋银屋，最终还是想着快快回自家的草屋。

小桑要出门，忽又来了吴小雨。他说老妈让他给婶婆家送些乡下土产，也给小桑带点去深圳。见小桑要出去，问去哪里，他开车送她。小桑想了想，说也行，就让车子开到哪里是哪里。这让吴小雨发蒙，车子启动后只能先往大街上遛。"妹子，给你去买点什么带深圳？"

"去灵隐寺吧！"小桑开口。

灵隐寺，四海闻名的东南名刹，它始建于东晋咸和元年（326），背靠北高峰，面朝飞来峰，开山祖师为印度僧人慧理和尚，南朝梁武帝时赐田扩建。到五代，吴越王钱镠命重兴开拓，并赐名灵隐新寺。宋宁宗嘉定年间，灵隐寺被誉为江南禅宗"五山"之一。清顺治年间，仅建殿堂时间就前后历十八年之久，规模之宏伟使其跃居"东南之冠"。清康熙二十八年（1689），康熙帝南巡时，赐名"云林禅寺"。

传说灵隐寺求姻缘很灵，可以邂逅三生石。

两年多前，安野藤与钱小桑相识到杭州去了灵隐寺。他居然熟门熟路地提出，这里有三生石。这让钱小桑不免怦然心动，这是什么鬼，他在娘胎里就到过杭州？不过，三生石不在灵隐寺，而是在三天竺寺。三天竺是下天竺（法镜寺）、中天竺（法净寺）、上天竺（法喜寺）的总称，从灵隐寺"咫尺西天"照壁沿天竺溪顺势而上，依次为下天竺、中天竺、上天竺。三座千年名刹中，下天竺历史最悠久，已有一千六百多年。它的门口就是代表前世、今生、后世的三生石胜景。那天，安野藤与钱小桑从灵隐寺到下天竺，只走了十来分钟，就见到了那魔性十足的三生石。在石头光滑的一面，镌刻着苏东坡写的《僧圆泽传》，这是关于它神秘传说的文字，由于历经沧桑，那些文字已模糊不清，这让一个奇特的典故显得更加扑朔迷离，也使这三生石名扬四海，千古流传。其实，那个典故与爱情无关，但不知什么时候起，三生石竟然成了中国历史上意涵情定终身的象征物。它让很多人认定，爱情是从一种似曾相识的感觉开始，而随之感情的升温，相信这辈子的姻缘其实是上辈子早已注定；相爱的人们，之后又一定会期待缘定三生。

在下天竺三生石前，安野藤念道："身前身后事茫茫，欲话因缘恐断肠。吴越山川寻已遍，却回烟棹上瞿塘。"这是那个典故中牧童最后唱的那句，听了会起鸡皮疙瘩，只因那个典故太阴森——唐代隐士李源住慧林寺，和住持圆泽互为知音。两个人相约去峨眉山游玩，却对路程产生分歧。最后在李源的坚持下，两个人从长江水路入川。途中遇到一个怀孕三年的孕妇在河边，圆泽见了就哭，说他就是这个原因而不愿走水路，因为他注定要做这个妇人的儿子，遇到就躲不开了。他和李源相约在十三年后的杭州三生石相见。当晚圆泽圆寂，孕妇顺利产子。十三年后，李源如约来到三生石，见到一个牧童在唱："三生石上旧精魂，赏月吟风莫要论。惭愧故人远相访，此身虽异性长存。"李源要与他相认，牧童说他就是圆泽，但是尘缘未了，不能久留，又唱"身前身后事茫茫"，唱完就离去了。

显然，安野藤和钱小桑都不会相信什么三生三世，但是无论如何，对于三生石蕴含的爱情意寓却是无限神往。三生石前的两个人相视无言，心里却荡漾起蜜一样的暖流……

天竺峰为西湖群山的主峰。它双峰削立，形同天门，故又有"天门山"之称，也有"西湖第一高峰"之称。当钱小桑跟着安野藤一起爬时，丝毫都不觉得吃力。

今天，钱小桑要一个人上天竺寺，她让吴小雨在车里等她。她对他说她去灵隐寺，没提天竺寺，更不提什么三生石。她就这样在小雨哥不解的目光注视下，在自己也不明白为什么要来这里的纠结下，步履沉沉地爬向下天竺。

三生石前，该了的债，该还的情，一笔勾销。

此刻，下天竺三生石跟两年前一模一样，只是石碑上的字，似乎已被油刷过，清晰了很多。仔细看，这所谓的三生石，不就是泥质石灰岩石一块，只是长相奇特了一点。为什么和安野藤在一起的时候，看它就像是从宇宙哪个神秘之处漂移过来的，可以把两颗原本陌生的心刹那间融为一体，不分你我……而今，你我又分割分离，他，远离而去；她，孤独兀立，心中唯有悔恨莫及……一切是否如佛家所云："情是妄念，四大皆空，万物皆无。"

万物皆无，一切如梦如幻了无痕迹。

然而，都说前世的因，今世的果，宿命轮回，缘起缘灭，都重重地刻在了三生石上。如是，那她与安野藤，到底属于哪一世啊！

上山不易，下山更难。在抹去一波又一波泪水后，她才强颜欢笑地出现在吴小雨万分焦急的目光中。

吴小雨手中像砖头那样的"大哥大"手机，已经要被婶婆的电话打爆了。他只有不断地拣好的说，编一些小桑的最新动态向婶婆汇报。他已向菩萨暗暗许愿，只要太阳没下山前，小桑安然无恙地出现在他面前，他一定要给菩萨烧三炷高香。当眼睛红红强挤出笑颜的小桑没少胳膊没掉腿地从天而降时，他的第一反应就是举起"大哥大"，连呼"阿弥陀佛"。

小桑知道自己让哥等急了，连说"对不起"。钱小桑不知道的是，安野藤曾经多次打过她深圳住所的电话，有次甚至把电话打到了云岫寺庙务办公室。庙务办公室告诉他，一位叫小桑的女施主已下山。钱小桑更不会知道安野藤吃了安眠药……

也许，所有的不知道，就是一个"好"。

钱小桑以决绝之痛，回深圳准备开启新的一页。

二

一九九三年的冬天，金秋和吴小雨组织老人到开放的深圳一游。赴深考察亲友团中有张一弓和钱亦陈（梨子）夫妇、冯珉泉和钱云霞夫妇、钱云霞大姐、钱云竹和李进，等等。计划中钱云霞二姐和二姐夫等资深亲友也在其中，但出行前不是患了感冒，就是骨关节扭伤，各种状况发生，只得取消出行。这让金秋和吴小雨不免担忧整个行程的安全系数。好在冯诗和冯琴这一辈还健康，担当起赴深考察亲友团护理，加上吴小雨派出的三人青年护航班给力，走走停停吃吃喝喝的深圳行，老人们笑声不断，掌声连连。

金秋联系政府部门朋友给予关照，给老人提供些文化资源，比如让老人参观旁人进不去的古老建筑什么的，看看画展听听戏文什么的……到老街戏院听了场粤剧，没人能懂，大部分老人在打瞌睡；有书画展览，不是很对老人胃口不说，还差点让几个老人吵起来。

在某个书画展览兼拍卖会上，几位老人对作品的真假争辩起来。争到后来，变成了相互攻击的吵骂。

钱云竹说："你又没有看到过真品，怎么就知道它是赝品？"

冯珉泉说："正因为我没有看到过真品，所以我可以确定它是赝品。我有充分的证据证明它是假的！"

"证据呢，证据在哪里？你只是强词夺理，根本什么都不懂！"钱云竹对这位姐夫已是十二万分的不耐烦，"你有看到过《王羲之观鹅图》吗？没有吧，照你说你没看到过的就是假的，那我家老祖宗钱选的《王羲之观鹅图》也是假的喽！"

"你这是偷换概念！我指的没看到过并非你说的那些实际存世的，这是两个概念。"

"那你是想说，放在博物馆的那些是真的；民间收藏的只要你没有看到过的，就是假的？"

"你还是在混淆概念！拉倒吧，我懒得跟你说！我知道你的心思还不就是巴不得市场越混越烂，可以浑水摸鱼对不对！请记住，只有轻薄之徒才会用造假来骗取好处，但总有一天会跌倒了爬不起！"

"阿姐阿姐，你听听，这就是我的姐夫！他恶毒我呢！"钱云竹很委屈的样子，拉了钱云霞讨要说法。

其实，钱云霞早就对自己弟弟的一些行为产生怀疑。有人曾到她这里告状，说钱云竹把人家的一幅古字画，在裱糊中做手脚分成两幅，他把其中一幅再加工处理，重金卖给了港商。钱云竹却从不承认这样的事，而这种事人家也拿不出证据。钱云霞夫妇只能凭感觉，认定弟弟在做些见不得光的勾当。眼下，冯珉泉气不过挑开了一只角，钱云竹却还是真理在手的样子。钱云霞只能甩脱他，顾自上了车。在弟弟面前她实在也是硬不起来，偶尔，钱云竹会来一句，要不是阿姐提出把一部分家藏放入云岫寺，说不定现如今就靠这些……显然，老弟内心深处无不怨着背时的老姐。她还能怪老弟吗？这次来到深圳，所见所闻无疑让她想起了很多。太多的感慨，太多的遗憾，太多的不甘，但又能怎样，都是七老八十的了，能活下来已是不易，知足吧！

夜晚，城市似乎比白天还热闹，大街上除了来来往往的各色人群，就是川流不息的车的光影。

灯红酒绿的歌舞厅，张一弓和钱亦陈进了舞池，随着苏联歌曲《山楂树》缓慢地摇摆，竟也摇得合拍跟节，魔性十足。这时的梨子，哦，钱亦陈，也已是八十多，比她长几岁的张一弓已窝在北京二十多年，哪里都不去，可这次却死活要钱亦陈带他一起来，哪怕回去就见马克思也是情愿。钱亦陈动员一位后生跟着来，重点保护张一弓。不想张一弓一听到熟悉得不要再熟悉的音乐，竟驼着背把钱亦陈拉进了舞池，一对老夫老妻就这样相拥着，在改革开放的特区歌舞厅，在霓虹灯闪烁迷离的歌舞厅，如痴如醉地摇摆起来……正在舞池翩翩起舞的其他舞者，发现如此特殊的一对舞伴后，先后退出了舞池。当乐曲最后一个尾音消失，舞池中张一弓和钱亦陈的摇摆慢慢停下后，周围爆发出一阵掌声，认识和不认识的人，都为这对至情的舞伴把手掌拍得脆响。

带头卡拉OK的是云霞的大姐，尽管她是这个团中年龄最大的，八十九岁，离九十还差几个月，可她却是老人中最见多识广、状态最好、穿戴最时髦的，每天换一条漂亮的丝巾，美其名曰：给小桑孙女设计的作品做广告。

看到老人们玩得如此快乐，专程从杭州赶来的吴小雨躲到一旁悄声啜泣："爸爸，你要还在多好啊！"

钱小桑也被老人们感动得大呼小叫，她手中的速写一刻也没停过。

就这样，钱小桑的相机和手中的笔给老人留下了在深圳的靓影，甚至是人生最后的高光时刻。接着，她编了一本图文并茂的纪念册，电脑制作后寄到每个老人手上。

没几年，张一弓爷爷、台湾大姨婆、舅公钱云竹……他们一个个先后去世，在深圳的这几个日夜，成了老人一生中非常有意思的经历。尤其是张一弓，从深圳回北京后，写了几万字的感想，说自己当年革命的初衷就是要建设这样一个经济繁荣、百姓富裕、人人平等的社会，深圳的发展是令人惊喜的。

带着一些欣慰离开这个世界的老人，也让后辈对生活有了更多理解。一代代的人都会老去，前赴后继也好，岁月静好也罢，来日方长也行，其实，很多时候一日就是一年，一年也就是一日，生活的意义是多样性的，随遇而安，是没得选择的选择；永不放弃，不愧为积极的人生姿态，但终是没得抱怨。

深圳游后的第四年，湖州钱府三小姐钱云霞终于也变成最后一片云霞，隐入了浩瀚的天际。

这年的清明节前，钱云霞提出，趁着这次上坟祭祖，无论如何都要去 ·下云岫寺。

自云岫寺修复以来，她一直想去看看，但家里人都担心，万一那不堪回首的往事又激起她什么不适，不又凄惨？毕竟是近九十的老人，已很脆弱！

云霞就跟珉泉闹，非去不可。一条充足的理由是，湖州的钱氏家族坟地已因土地开发没有了，她的父母都迁葬到了离云岫寺不远的地方。她去上坟，到云岫寺顺路，不用转方向。她这次的决心，家人是拗不过了。

每年的清明，钱小桑都会回来祭祖。今年她提前十天就到了杭州。她觉得外婆除了年纪大，可身体健康着呢，不就是去云岫寺吗？去就去，那个外婆的伤心地，也可说是她的伤心地，这么多年过去了，还能把她们怎么样！

钱云霞见小桑理解她，开心了。她笑眯眯地出个谜语，要小桑猜："有个小木匠，盖房不用梁。墙壁白如雪，拆了做衣裳。打一个动物。"

小桑差点喷饭。"外婆，这个谜语你在我三岁时就叫我猜了，现在还猜？你不会在怀疑我的脑子出什么问题了吧！"

小桑咯咯咯地笑，笑得连话都说不出来。冯诗夫妇脑中却出现一道不祥的闪电，会不会老人的智力在衰退？

如果拿其他同年龄老人相比，钱云霞的智力绝对在他人之上，而且总是那么善解人意。然，近段时间来，她好像固执起来，越来越不愿讲道理。前两天还在嚷嚷要去北京看梨子，说，没人陪她去的话，她会叫人买了机票自己去，到北京后让梨子来接她，梨子家有小轿车，小桑每次去北京都是她家的车接的。她怪梨子，这么久了，不来一个电话。她让珉泉给梨子打电话，珉泉总告诉她梨子不在家。

没有人告诉钱云霞，梨子——她已经失忆，最初的症状在张一弓去世第二年就出现了。那时她让家人拨通电话后，她和每个人说话，常常把张三叫成李四，把李四叫成张三，讲着讲着她会来个"脑筋急转弯"，叫电话这头的人听了一头雾水。一开始，大家以为爱开玩笑的梨子又在讲什么冷笑话，没多久，等到冯诗夫妇觉出有什么问题时，梨子的电话再也没有响起。后来，她的孩子来信告知，梨子住院了……小桑代表全家去北京看了她，才知道这是不可逆转的老年痴呆症。她已经不认识小桑了。

对梨子阿婆的病，小桑对外婆只能是守口如瓶。此刻，突然地看到父母那种小心翼翼的目光，小桑想到了梨子阿婆。她不敢再笑了，而是同样小心翼翼地问外婆："我猜不出那个谜语，外婆你说是什么？"

钱云霞像孩子那样调皮地眨眨眼，反问："你都忘了我们家对什么动物有特殊的感情？"

"没有啊，外婆你说是什么动物啊！"

"好吧，你们都想考我。"钱云霞手指墙上的《观鹅图》说，"去那里找！"

全家人不约而同长长地吁出一口气——老外婆没傻，是家人想多了。

冯珉泉说："就照她说的，我们上坟后就去云岫寺。明天就打电话给能山法师，看庙里可不可以找几个年轻村民，不能开车的地方用手推双轮车或者独轮车。"

"这事由小雨哥哥解决吧？"小桑说。

"不能什么事都找他！"冯珉泉说。

"清明时节，每家都有事。就绍兴那里够小雨忙的，他妈身体又不好！"冯诗说。

"冯琴又住院了吗？"钱云霞突然问，接着又说，"今年绍兴那边我们去就好了，让冯琴不要太累！"

全家人又不解地看起钱云霞——她以为自己还是年轻的时候，可以奔来走去的几天里完成几地的琐碎事？她不知道她现在出门意味着全家人要把心拎起来的？怎么走，走什么路，什么样的交通工具……冯珉泉都觉得自己不该提出门的事了，以免子女麻烦。但这次看来无论如何是拗不过她了。

清明时节雨纷纷。杭州的春雨往往一连几天不肯歇，离清明只剩两天了，淅淅沥沥的小雨还在下个不停，冯珉泉对小桑说，看来鬼天气又要与你外婆作对呢！

江南一些地方清明祭祖的习俗，不是在清明节的这一天上祖坟，而是在节前或节后那几天里。冯珉泉一家每年都是节前去湖州，节后去绍兴，成了惯例。今年的雨水这么多，人不留人天留人。钱云霞不得不再次向现实低头，对丈夫说："让孩子们去吧，明天即使雨停了，湿腻腻的山路也是不好走的。我们两个留在家里，不难为他们了！"

清明节前一日，钱小桑和父亲钱之君带了祭品，乘上吴小雨派来的车出城。冯诗留家照顾两位九旬老人。再过半年，钱云霞就要过九十大寿生日了。

然而，就在清明这天，钱云霞说自己胸闷有点喘不过气。珉泉给她轻轻捶背，她更不适。冯诗赶紧叫来救护车送她到医院。医生说心脏在闭合，只能靠药物和输氧短期维持一下，随时会走。也可以尝试心脏搭桥，但有可能手术台上没醒过来，年龄不饶人。

冯珉泉抓住她的手死活不放，医生没劝止，只是提醒赶快唤齐家人见她最后一面。她却十分清醒和坚定地提出要回家。珉泉点头答应，像当年把她迎进门那样，附身在她耳畔，轻声说："回家，我们回家！"

钱之君接到消息后，一行人火急火燎赶回杭州。钱云霞已由医院回家，床上的她瘦小成婴孩，一旁的冯珉泉满脑袋白发竖起，眼窝深陷，与他们出门时判若两人。

氧气袋和输液瓶工作着，钱小桑绕过它们，把脸贴到外婆的脸上，泪水簌簌落下。

钱云霞睁开眼睛，看到小桑，目光闪出一道欣喜，把头偏向了冯珉泉这边："珉泉，小桑回来了！"

冯珉泉"哦"了一声，从她床头摸出了一个香囊。

香囊里装的是玉佩白鹅，白鹅头顶上还有红色的冠。这玉佩妙就妙在回头鹅顶上那一点玫红，把鹅冠点缀得恰到好处，令整个玉雕白鹅惟妙惟肖。

"这是双鹅玉佩，有两块。另一块，梨子阿婆记不清去了哪里。"钱云霞说话声音清晰，听不出是快要离去的老人。

冯珉泉替妻子作了补白。

这白鹅玉佩确是一对，是当年钱仲霖老爷交给女儿的，万一她遇到过不去的坎时，可以典当了救急。这对白鹅玉佩与其他玉器不一样，据说是钱镠王留给后代的，不止一对，但每一对回头鹅玉佩造型各异，有红冠的唯有此对。钱氏家族一旦有人知道它们到了当铺，会想方设法去赎回。可直到梨子潜回杭州把一包东西交还云霞，钱老爷担心的那种绝对死局没有出现，所以白鹅玉佩还幸运地留着。那次由于太慌张，梨子完全忘了白鹅玉佩的事。在后来老人团游深圳时，云霞带了此玉佩，问梨子还记不记得另一只"回头鹅"去向。梨子想了半天坦言，实在记不清去了哪里。梨子也不愿再接手这只"鹅"。云霞只得相信父亲那句话，只要钱家人见了这玉佩，会设法赎回来的。也许，有一天它们又是成双成对。只是她已经等不到它们成双成对的那天了。

"小桑，外婆把它交给你，相信你会好好保存。心里有什么不高兴，拿出来看看它，仔细看，它会通体发亮，很高贵。"冯珉泉替云霞说。

钱云霞接着一字一顿地补充："憨头鹅，憨头鹅，它就会憨头憨脑地笑，做人这样就好，不要跟自己过不去。你外婆……大风大浪……总以为熬不过了……憨，人憨点是好事，什么都不要想很多……写字画画，最适宜……"她的声音在渐渐变弱，直至缥缈虚无。

能来的亲人都来了，送她最后一程。

有位在杭州的远亲说，前阵珉泉大哥患感冒时，大嫂就已经不是很好，说自己会突然胸口闷。其实她已知道梨子认不得人说不了话了，她就是想去北京看看她，也想……唉，她已经晓得自己来日勿多，很多事就藏在心里不愿给家人添堵了，只想了个最后的心愿。

"她最后就这么点念想，都要落空！"冯珉泉悔恨万分地拍自己脑袋，"早知这样，就是下刀子也要陪她去啊！"

从民国十四年嫁入冯家，钱云霞跟着冯珉泉走到一九九七年，为人之妇的七十二年人生，风云跌宕，惊涛骇浪，悲苦远远多于甘甜，以致见怪不怪，荣辱不惊，所有的念想都寄予了书画。

"姆妈要能再活十年，她一定会享到这世上最好的福。老天就是不给机会！"冯诗没完没了地哭，没完没了地叨叨。

这注定是不安宁的一年，清明过后安葬了外婆，没过多久，又接二连三传来其他老人的噩耗。李进爷爷、梨子阿婆都在这一年先后离去……十二月十八日，外公冯珉泉在电话里告诉小桑，云岫寺能山法师圆寂，高龄九十四，寂前吟一偈"人运如同不系舟"。"不系之舟"，这是苏轼苏东坡《自题金山画像》中对自己漂泊不定的一生比作无法拴系的小船。

不系之舟，钱小桑不知自己是不是亦成不系之舟，来去飘忽不定……不，不是，她是有根有须的，除了扎在土地上的根，还有气根，就像深圳这里的大榕树，从树顶都会垂下很多根须，往大地抓扎……她向外公讲榕树。外公说，这是一种有意思的树，人能这样就好了。

她拿出外婆给的"回头鹅"细看，小巧玲珑的玉佩，雕琢得异常细腻精致，简洁流畅的纹饰中似乎蕴含着某种空灵，意欲与拥有者相通。她摸着很是光滑圆润，一种王室富贵之大气让她通体豁亮，感觉自己就是扎根大地的女儿……回头鹅，你会成双成对的。

三

钱小桑依然一本接着一本地"啃"书，将书画鉴赏鉴别的功底打扎实了。在碎片化的时间里，她还得北上南下地参加各种书画展、各种大大小小的书画拍卖活动。

金秋给予她许多帮助，包括介绍她结识名家泰斗，让她堂而皇之地进入这个圈子……渐渐地，她的眼力竟然也快跟上外公冯珉泉了。

进入一九九八年，在书画界鉴定的圈子里，钱小桑的实力已崭露头角，只要是她的鉴定，基本不会有人质疑。此时的她才三十七岁。然而，慢慢地，她出去参加这方面的活动开始减少——如在现场实话实说，得罪人是必然的；如说假话，德行不保，更是悲剧。唯一的守则，只能是少露面，少开口。

一次，深圳一位小有名气的收藏老板举行了一场半公开的名家名藏书画品鉴会。邀请了她。当一幅幅字画看过，她开始怀疑自己，怎么百分之九十以上看不出是真的？她从头再看，还是这样。看了不下三遍，她对主办方毫无保留地说出自己意见：看来，这位老板被骗了，这里面起码百分之八十是赝品。这还是保守的评估。

也许，这位收藏老板自己已清楚被骗了，但他要捞回损失，所以他需要行内人来帮他站台，帮他讲几句，挺一下他的收藏。哪知，适得其反，请来了一只乌鸦嘴，把他彻底唱衰。

钱小桑也知道，这种事不能公开讲，但她毕竟年轻，以为办公开展就是举办方想听真话的，又架不住一旁有人催问，就这么实话实说了。

钱小桑让人觉得不可理喻了。她不得不对这种活动选择回避，除非邀请者是真诚希望她讲实话的。

有一天，钱小岫神神秘秘地来找表姐，说吴家弄丢的《皎然诗集》真迹有线索了。这让钱小桑被电击一样，从沙发上跳起："你没发烧吧！"

钱小岫有鼻子有眼地讲，这诗集在一位名不见经传的收藏者手上，但他也无法确定，这是不是真的出自皎然之手，还是后人瞎搞的。他希望真正的行家给个鉴定，如果表姐可以，仅鉴定费就是……小岫伸出了五个手指。

"五万？"

小岫摇头。

"五十万？"

小岫点头。

"那好，如果我鉴定是假的，这收藏人不是赔了夫人又折兵？"

"姐姐，这就是我要告诉你的，这个有钱人跟别人不一样，当真是假货，他会当着众人的面烧给你看。他要的就是一句真话！"

"为什么呀？"钱小桑不解。

"你想想，如果他把假的都消灭了，最后只有他的手上是真的，那不就更值钱了！"

"烧掉的就是他手上的，他还哪来真的。再说，你认为假的都能消灭掉？"后面这句是钱小桑故意嘲讽钱小岫的。

"这，这……当然不是绝对的。"钱小岫有点语无伦次起来，他摸了摸脑袋，又说，"确实也不是很清楚他的真实用意。不过，有钱不赚……"

钱小桑想了那么几分钟，说："答应他。这送上门的生意为什么不做？"

让钱小桑感兴趣的是，假如这东西万一是真的，那吴小雨大哥不就救赎了，这辈子可以与那刻骨铭心的悔恨彻底告别？即使已买不回这个东西，但只要知道它有了一个好的归宿，那也是心灵的慰藉啊！

钱小岫马上与那收藏人约定了时间地点。

次日，他们开车来到一个神秘的会所。这里与城市中心区相连接，但目前还属于比较僻静的地段，区域的另一面在不停地填海。可以预见，将来这里必定又要竖起一栋栋大厦，又是一个灯红酒绿的地方。

车子进入地下停车场，已经有人在那里等他们。乘电梯上地面，小岫替姐姐拿了鉴定工具包，两个人跟着来人走进一个园子。这园子有点像江南苏州园林，有一簇簇青翠的竹子，也有婀娜垂摆的柳丝；低矮的假山草坡后隐隐约约的角亭翘橼，随着脚下的曲径延伸，看它挑起不同的光亮点点；点点光亮就像一把把金银碎角，撒向园中小湖，令水面荡开涟漪闪烁起炫目的粼光……然而，这个与江南园林十分相似的自然山水园，出现了一个风格别致的湖中小岛——小岛上有个半封闭式的大亭屋，几扇窗子半启半开。

走过一段池泉曲廊，就进了这小岛石筑的亭屋。

这是自然之中见人工的园林，但它似乎还隐隐约约藏着一股武力和杀气，或者说有一种叫作"尚武"的意识隐藏其间。这个亭子犹如一座庭院，除了门窗，其他都由大大小小的石头和石子堆砌。亭子四周铺满白沙，没有生物，哪怕一棵小草。置身在此，如身临战场，令人的神经越绷越紧。这座园林内说不定还有射箭场、武术馆……这样格调的园林似曾相识，只是想不起在哪里见过。钱小桑很想问小岫，他到底来过这地方没有。可看他一副木瓜相，就懒得开口。

姐弟俩被引入亭内的木椅坐下。环顾四周，亭子内墙悬挂了几幅精致的古画，就着外面带着树木疏影的光线，钱小桑发现了其中一幅《王羲之观鹅图》。姐弟俩凑前看，那画跟真的一样，仿造得找不出瑕疵。要不是框内有标注"仿制品"，你说它是真迹，估计也没人反对。

钱小桑不由浑身起了鸡皮疙瘩。这到底是什么地方？稀里糊涂进来了，还能舒舒服服地出去？钱小桑与这个收藏人签了协议，假如最后证明是钱小桑鉴定有误，那就是她赔收藏人收费标准的双倍。

其实，这个买卖不好做，假如不是其他因素，钱小桑都懒得搭理。

有人泡上了绿茶，那青瓷茶杯上有竹林、山泉、奇石的图案，奇石上有淡淡的"紫笋"两字。这微甘润唇的绿茶，应该就是当年的朝廷贡茶"紫笋"。

收藏人出现了，竟然是与钱小岫年龄相仿的年轻人。钱小桑差不多要啐小岫了，那年轻人却温文尔雅地先说起来："不好意思，本该是我父亲亲自来接待两位的，但外地来了客人，就由本人替代效劳。看看，我需要先做什么？"

都不用细想，外地来客显然是托词。说不定这位年轻人的父亲，在哪个地儿正瞪大眼睛看着这一切呢！

钱小桑觉得快点了事是上策。收藏人的儿子也没浪费时间，核对了由他父亲与钱小桑签署的协议。待钱小桑戴上鉴定古籍用的手套后，他即扭头轻唤一声"请呈藏品"。

两个西装革履的男子，抬着一个二十四英寸电视机大小的木盒，把它轻轻放桌上，仿佛这里面放的是易碎品。掀开木盒上蒙着的紫绒方巾，首先映入大家眼帘的是透亮的水晶罩，罩里面静静地躺着一本旧黄旧黄的古代线装书籍——假如这是真迹，那绝对是价值连城的孤本。

一般来说，在良好的放置条件下，用了檀皮的宣纸，寿命可达两千年，普通好宣纸也可活八百年。自唐宋元明以来，文人墨客首选的纸大多是古法竹纸，这使得重要的书画作品，在符合条件的保存下，就会品相好寿命长。这个水晶罩内，如有恒温装置，那保存的藏品就有幸了。

"这盒子内是恒温的，里面既不会太干燥，也不会太潮湿。其实，父亲请你来鉴定前，已经有多位大师级鉴定家过来看过。但鉴定结果无法一致。您看？"

听收藏人儿子的口气和他那双手放置背后的样子，钱小桑可能没法提取出古籍的要求了，也就是说，这个样子，根本无法按程序进行鉴定。

恒温，这个亭子显然不符合恒温要求。主人没再言语，钱小桑也不可能有不当提议。如主动提出要取出鉴品，这样的环境下，万一脆弱的纸张经不起哪怕最细微的碰触，责任谁负？如只能隔着水晶罩来鉴定真伪，未免荒谬。怎么办？……原本信心满满的钱小桑，没料会陷入这样一个困局。她束手无策。

她只能拿着放大镜，隔着水晶罩不同角度地测看。看着看着，脑子里就想起家族中关于《皎然诗集》的故事。这些故事，在她幼小时，外婆是讲邻家故事那样讲给她听的，到她快懂事时外婆就正式告诉她，这是发生在家中的真事。

她的手在微微颤抖，额头上开始渗出细密的汗珠——她越看越觉得这是真品，是《皎然诗集》真迹。千年前的诗僧皎然，在不可触摸的时空，意欲与她对话……"我有云泉邻渚山，山中茶事颇相关。鸎鷃鸣时芳草死，山家渐欲收茶子。伯劳飞日芳草滋，山僧又是采茶时……昨夜西峰雨色过，朝寻新茗复如何？女宫露涩青芽老，尧市人稀紫笋多。"

嗬，好一个"紫笋多"——无论是唐德宗贞元年间，宫中高僧所编的文集，还是颜真卿《韵海镜源》里面收入的皎然诗都有这个"紫笋"。紫笋茶名扬千年，这《皎然诗集》难道也是千年前皎然的真迹吗？不可能，没法相信。然而，这么看着，不是千年之物，那又是什么？那上面似乎还有外婆提到过的汤汁痕迹，不知是吴家人弄上去的，还是冯家不小心沾上的，是带有菜籽油的那种汤汁呢！

钱小桑晕了，她没计算，她的鉴测已经过了一个钟。

她坐回到沙发上，紧闭了双眼。

得搞清楚这藏品的来历。当然，很少有藏家会告诉你背后的真相。

"这是你家祖传的，还是从哪位藏家手上转过来的？"她问。

"哦，应该是祖传的吧，这些要问我父亲。我家东西太多，都有自己的故事，我都搞不清哪个对哪个。"

"你家曾经出过高僧吗？"

"应该有吧！"

这样的问答已毫无意义。亭内的人，似都在满腹期待地等待着她的鉴定结论，她却一下泄气般虚脱。

"这样很难鉴定，技术难度太大。有可能的话，还是请检测机构做一个年代测评吧，他们有先进的检测设备！"其实她是带了这方面仪器的，但是隔了水晶罩怎么整？

钱小桑这样的意见，肯定没有达到协议要求的标准。她和钱小岫显然白忙活了。

说这生意做得没亏赢，不准确，应该是藏品人那里占了便宜——不付一分钱，叫来书画鉴定家，没说他们的藏品是假的，那么他们完全可以向世人告白，这是真迹……

离开这个石亭，钱小桑又仔细看了眼墙上那幅装潢一流的《王羲之观鹅图》，很想问，这是怎么弄出来的，怎么看着与真的一样？可是，她能问谁？一旁的钱小岫早已呆若木鸡。

此事，钱小桑从未再提，更没有向吴小雨说起。

钱小岫曾在电话里对她说，他摸清了这藏家的背景，可不得了，绝对是重量级的，是他钱小岫有眼不识泰山，给姐添堵了。

钱小桑只能告诉钱小岫，赚不赚钱是小事，过程很重要；人生就是 N 个过程的链接，有了非同一般的过程，这过程资产也就了得。

她提醒钱小岫眼睛不要只盯住铜钱："你跟舅公不一样，舅公吃过太多的苦，所以他想在生命的最后阶段使劲搏一把，给自己一点补偿的同时，也让子孙不要再像他那样吃苦。而你完全可以凭自己的真本事吃饭，现在不都在拼实力吗，拼得好拼不好无非钱多点少点，日子还不都一样地过？其实，你家现在已经比大多数人家好得多了，没必要再折腾那些不靠谱的事了。"

钱小岫当然听得出姐的话中话，还不就是叫他见好就收吗！事实也是，自爷爷钱云林走后，他已经做不出像样的东西了。看来看去，做出的假古董书画还没有他自己画的写的像那么回事。可他的作品再好，就是卖不动啊！

不过，小桑说得也没错，再怎么，日子总是过得下去了，也算滋润。爷爷走前也说了，张大千只有一个，该认命还得认命；不求大富大贵，小康即安。

"阿姐，听你的，我这还真只有靠自己拼实力了。拼得过，大鱼大肉；拼不过，吃糠咽菜。总归不会饿死，你说对吗？"

"不要说得这么可怜，我是不会向你借钱的！"

"哈哈，知道姐阔！"小岫道了声再见，又去忙着招呼他的那帮道友了。

四

春去秋来，在轮回的季节中，很多东西却在不经意间变换着。

深圳，中国的经济特区，一座移民城市；一座没有冬天，总是郁郁葱葱花木繁盛的城市。它又有了新的定位：高科技产业之城、创新之城。

服装加工业极速衰退。不少服装设计师去了国外。三十八岁的钱小桑想不出更好的发展路径。朋友说，去美国吧，至少可以学点东西回来。这触动了她心底的一根弦——她几乎走遍东南亚各国，也去过欧洲多国，为什么还没去美国？其实，她一直在打听纽约大都会艺术博物馆的情况，她希望到了美国后，可以在那里看到她祖先的书画。她要带上外公外婆的心愿，带上太公太太公他们的心愿，好好地品赏我们自家的顶级珍宝……然而，没有人可以告诉她，怎样才能进到那里面的中国馆，进了中国馆可以看到哪些东西。只是有人对她说，中国馆几乎是封闭的，即使进了里面，估计也难看到她想看的东西。

害怕失败的她，始终没有勇气去签证美国，特别是在表姐冯小星签证美国失败后，她更懒得去做这事。都说，离婚的，单身的，到美国领事馆签赴美证照，拒签率是百分之九十九以上，理由只有一条：有移民倾向。签证官不需要作任何解释。离婚的表姐被拒签，在意料之中。一旦遭遇拒签，后面假如再办，基本也是拒签，根本没有商量余地。美国就是这么牛。你可以跟他说，我们老祖宗的东西都在你们那里，你们让我们去看一眼都不行吗？他们才不会理你，谁叫你们没守护住老祖的东西！

表姐冯小星是外公二哥冯国明儿子冯棋的女儿。她在深圳报社做记者，满大街扫新闻，很忙。平时各忙各的，不常见面。

表姐忽然来电，说几天后要去广州参加一个新闻发布会。发布会由岭南一位名画家后人举办，她要广而告之，目前文物市场上关于她父亲的画，百分之九十以上是假的。她甚至还要在发布会公开点名，哪几个收藏者手上有赝品。这可是一个不大不小的新闻。表姐小星说，一旦发布，就是一个重磅炸弹。收藏界要地震。表姐认为小桑是这方面行家,最好能跟她一起去,可以有个军师帮着参谋参谋。

小桑答应了,想着,顺便去美国领事馆试着做签证?小桑已经很久没有朝五晚九地坐班了,拿到了活,就在家里做。去哪里都是她自己安排。没有料想到的是,小星那里很快变卦了。小星在电话里说,"发布会去不了啦,有领导直接给她电话,要她不去参加这个发布会"。

"领导干吗不让你去?这个领导是谁?他有这样的权利吗?"钱小桑一连问了几个为什么。

小星回答说:"肯定是有权让报社不报道这个消息的领导。所以我们去了也是白去!"

"唉,这……"

小星最后也只能跟她说:"你是行家,应该知道这里面的潜规则。一开始,我也把它想简单了。妹妹,尽管我们已不年轻,但脑子还是那么单纯。这才是真正的悲剧!"

与小星通完电话,小桑扔了手中的画笔,骂了句脏话,什么鬼领导,到底懂不懂啊!假如他家里有赝品就要趁此赶紧处理掉(有大智慧的领导绝对知道如何处理),免得让子孙后代替他受罪,被后世笑话。与其让子孙后世被人耻笑,还不如叫人家现在就戳穿,还有补救的余地。小星是不是要告诉领导这么个真事:有一著名藏家,把一幅画的赝品和一幅书的真迹放进了银行保险柜,保险柜的钥匙儿子和女儿各一把。藏家去世后,有一次,儿子提出去银行看看书画,女儿就陪了去,但打开库房保险柜后,儿子却坚持要把书画分了。女儿没辙,就让哥哥先挑。做哥的取了那古画,古书就归妹妹。岂知,藏家儿子手中的画经严格鉴定是赝品,而女儿手中的书法却是真迹,也不知藏家大人自己清不清楚这样的乌龙。儿子不干了,要拿手中的画换妹妹的字。这下妹妹就没那么好商量了,只给三个字"不可能"。结果,哥哥把妹妹告到法庭,说妹妹做了手脚,而妹妹说哥哥早有预谋,想独吞父亲留下的遗产……类似这样的事还真不少,原本父母出于对子孙的爱,想留下财产保富足,哪想反而叫子孙因此反目。而儿孙几个为了几幅假字画闹得鸡犬不宁、亲情不再,这种事还真不少。显然,这样的祸根越早铲除才好。

小桑拿起电话,想让小星跟领导说说,让记者参加这样的新闻发布会,是有积极意义的，至少可以打压社会上的造假风气。片刻，她又打消了这个念头，觉得犯不着。

　　既然没去广州，还申请什么赴美签证？她给自己泡了杯龙井，听起了古旧的民谣，民谣的背景音乐是古琴独奏《高山流水》。这是外公朋友的作品，制作后只是朋友中间分享，从未被当作商品放在销售架上。即使当商品卖，估计也卖不出几个铜钱。不是任何东西都可以物化的，真正精神层面顶端的，还是那物质以外的心灵需求、灵犀相通……外公总是这么说。

　　钱小桑突然想回杭州了。环顾四周，当年跟她一起来深圳的杭州人、上海人、北京人，都回去得差不多了。不少回内地创业的，都像模像样地成了上市公司老板，还有听说公司业绩不怎么样，而是以拥有价值多少的字画和紫砂壶来平衡账目数字的——数字，现在很多人都在玩数字了……这个世界真是越来越精彩，落伍的可能就是她这样的人了。

　　是的，连她曾经认为没有希望的钱小岫，也已在深圳买了房和豪车。在他不打折扣地被骗了的那一回，没饭吃了，只好跟她来借钱，还让她不要告诉家里。当然，钱小岫这条咸鱼的翻身，她舅公钱云竹功不可没……钱小岫对别人大书特书的励志故事，到她这里就是哑炮一个。

　　她打小岫手机。小岫好像正兴奋着，连叫了几声姐，说在谈一笔大生意呢。当听小桑说准备回去时，很是惊讶地问："姐姐，为什么啊？深圳这么好，你也在这里赚了不少钱。为什么要回杭州？噢，对了，是不是姑爷爷年岁高了，你要回去陪陪他？也是，你从小就是他们带大的，我听爷爷说，我们家的书画啊……"小岫又絮絮叨叨地说个没完，小桑不知道这个弟弟什么时候变成了"演说家"，可此刻她没心情听他的"游说"，而是整理起外公喜欢的拓碑字帖，她已经积了不少。小岫没说错，她想外公了。七年前，几位老人在深圳游了半月后，再也没有来过，逢年过节都是小辈们回去看望老人。

　　一旦决定回杭州，她就兴奋得满血复活。父母和外公早已搬离金家小院，在距西湖不远的住宅小区买了商品房。她卖掉深圳的房，到杭州可以买更大的。她还可以接外公一起住。对了，去杭州前，还是去广州美国领事馆办一下签证吧，怎么总要试一下。

　　晚上，她竟兴奋得睡不着，好不容易迷糊了，却又突然醒来。什么事，还惊惊的,不会是焦虑症了?她自嘲。干脆起来看书,却心慌慌地啥也没看进去。打开电视机,换了N个台,也不知在哪个频道上,手中的遥控器掉落,她在沙发上迷糊过去。

东方天际有了鱼肚白。手机蓦然响起,是爸爸钱之君的声音,仿佛很遥远。

"小桑,爸爸要告诉你一个不好的消息——"

她蒙。渐渐地,她听明白了,外公冯珉泉于今天凌晨仙逝。他走得很安详,没有痛苦,也没有打搅任何人。

一早,他的女儿冯诗像往常那样,给他准备早餐后去他房间帮他起床,可他没有任何动静,像是睡着了……医生说,他应该是黎明时分离去的。

外公无疾而终。昨晚他是来向小桑打招呼了,小桑的心神不宁,原是祖孙俩难舍亲情将要被阻隔啊!

小桑怎么也没有想到,是这样地奔赴杭州。她什么都没有带,但带上了那整理好的碑帖拓片。

一路上,钱小桑在责备自己,为什么不早点回杭州,不早点回来看外公?明明知道和外公在一起的日子不多了,却还是麻木不仁地拖了一天又一天。

她跌跌撞撞地扑进了家门。看到外公的遗像,哭倒在地。

妈妈过来,两个人抱在一起,她一连声地说着"对不起,对不起"。

外婆给她画的《观鹅图》由外公保管着,母亲冯诗把它挂了出来。小桑忽然发现,画上又添了外公题的词。其中有首写得通俗有趣,像似外公专门写给小桑的,是写给还未长大的小桑。小桑轻声念了出来:"王氏观鹅兰亭,钱氏画图留存。祖祖辈辈觅踪,终是梦境之云。"

这是冯珉泉去世前不久写的,也可以说,在他预感来日不多时,对人生的最后感悟。这让钱小桑备感凄惶,无论如何,外公和外婆一样是带着遗憾走的,心有不甘,却又奈何。人的一生那么短暂,从太公钱仲霖到外婆钱云霞,再到外公冯珉泉,一辈子要做、想做、能做的,还没有起好头,生命就要结束了,这就是残酷的现实,是人类无法改变的宿命。

钱小桑再看父亲和母亲,也已七老八十,而自己似乎还什么都没有开始……她不无愧疚地拒绝吃饭,甚至连水都懒得喝。假如之前她还没意识到,自从外婆走后,外公就是她的主心骨,那么,现在这个感觉是如此强烈,她不晓得,没有外公的日子，她是否还会那么踏实，是否还会把外婆的寄托化作生命的动力……她悲伤，她张皇，她迷失在白茫茫一片的时空。

吴小雨来了，他的母亲冯琴依然在医院。他代表全家来送三叔公最后一程。

地产老板吴小雨看上去很辛苦，四十多岁的人头上已有不少白发。他对小桑说，钱是赚不完的，但心里总像压了个磨盘，越来越沉。假如父亲还在，应该不会有如此沉重的负疚，可是父亲没有享受到儿子的成果，没有等到这一天，就心带遗恨地走了。相比较而言，小桑的外公外婆还是有福，他们长寿，他们的晚年有了享受，有了满足，有欣慰和希望。

"我爹爹真的没享过什么福——小桑，你说，我赚钱有什么用？我想信佛，可我爹爹当了和尚又还俗。信基督教吧，总觉得那是洋人的，不是他们水土不服，就是我们水土不服。我吴小雨本不用想那么多，但我爹爹多半是被我气死的，钱赚得越多，心里头却越不开心啊！"负疚感对吴小雨的压迫有多残忍，知情人清楚，这辈子他可能都不会放过自己了！

冯诗悄悄地告诉女儿小桑，小雨把老婆孩子送到国外后，一度有了出家当和尚的念头，"是外公和你冯琴大姨费了很大的劲，才把他从那个念头里拉了出来！"

不知怎么，听了这些，钱小桑并不感到十分惊讶，而是长长地"吁"了一口气，把给外公的拓碑当纸钱烧了。

这是二〇〇〇年的十一月，冯珉泉九十五岁，寿终正寝。

冯诗说："爸爸和妈妈又在一起了！"

冯珉泉和钱云霞又在一起了。那个地方，应该没有这么多烦恼，这么多痛苦，这么多的牵丝绊藤……他们从民国走来，又会去向何方？

之后的钱小桑，像一个女侠客，飞来飞去，到处仗义执言，到处撩开"皇帝的新装"，又到处寻寻觅觅……

第八章

一

又一个十年飞逝而去。

城市中心区的深圳湾不知啥时冒出一条美食街——走遍全中国各大城市，一条条美食街，雨后春笋般出现——各色菜系小点琳琅满目，无数的选择。

钱小桑徘徊在不是什么"食府"，就是什么"私房菜"的食肆间，难以选定落点。

深圳湾的傍晚正是鸟儿归巢时刻，可以看到水鸟在飞往不远处的红树林，眨眼就没有了踪迹。海风吹来，热热的，黏黏的，赶着人往空调房钻。已经汗透后背的钱小桑数着步子，决定在数到第十九步时，面前的不管是什么食肆，赶紧进去。否则，这座城市的夏夜会把人热得晕头晕脑，食欲尽消。

快数到第十六步时，钱小桑突然发现她的正前方几个行云流水的大字，在太阳的余晖中熠熠闪亮，一下抓住了她的心——江南厨子。天哪，真的是得来全不费工夫。刚从北方回到深圳的她，就是想吃家乡的杭州菜，没想深圳湾畔也有了"江南厨子"。

她快步走去，推开门就像进了自己家，径直往里走，扑面而来的是四面悬挂着的名人字画，裱潢得古色古香，仿佛与那时的文人墨客即可对话；桌椅板凳和厅堂的整个装饰，无不带着江南元素，典雅不失质朴，秀丽不减庄重……

还有优雅精致的小桥流水，带着悠悠的江南情怀，让喧嚣都市中的游子，把心灵和思绪转回到江南的秀丽山水，在幽静而安宁的时空中漫步神游。

钱小桑在大堂的最里面找到了最安静的一个双人卡座，把自己完全放松下来。不由自主，她的脑中出现了李进爷爷。李进爷爷比外公冯珉泉大两岁，对那次深圳游最念念不忘。他是外婆去世半年后去世的。那段时间钱小桑正在杭州，去医院陪了他最后的几天。爷爷终于向她敞开了心扉，告诉她终身未娶的秘密。

"别看我只是一个微不足道的厨师，旧社会三六九等中属于最卑微的那种，可我心气很高。自见到你外婆后我就一直做梦，要娶一个像你外婆那样的女孩做老婆。这个梦做了一辈子，转身就要离开……我，从没后悔过！"

李进进入钱府时，正是钱府的鼎盛期。那每天人来人往的流水席，加上府上举办的各种诗画酬唱，各种佳节礼仪，让出自平民的他大开了眼界，增加了知识。心智聪慧的他，不到两年时间就基本掌握了江浙菜系的要旨，偷偷地尝试起新品制作。所谓新品，总要有人赏识才好。他就讨好梨子，让梨子把他的创新作品拿去给小姐评分。他仰慕钱府三小姐的才华，只要三小姐说好，这道菜一定是成功了。梨子果不负厚望，每次都会把小姐的意见复述得明白无误。有一次，他改变了菠菜的做法，把油炒菠菜改为和地耳一起凉拌，而地耳只是配角。要知道，那时的江南宴席极少上凉拌菜，况且，地耳是春夏季节长在荒郊的一种菌类，在讲究用材和做工的钱府，这种东西绝对上不了桌面。是梨子村里的人来看她，当礼物带来的地耳，梨子舍不得扔，给了李进。于是，琢磨半天，李进把它与碧绿的菠菜按比例，用白芝麻和着香油，做出了一道要颜色有颜色、要香味有香味、要有多鲜就有多鲜味的凉拌菜。

三小姐云霞吃到这碟凉拌菜，还多吃了半碗饭。消息传到李进耳中，他不免欣喜若狂，觉得自己离大厨的距离已经不远。最让他激动万分的是，第二天，梨子竟然拿来了小姐为这道菜写的诗。梨子要他赶快把诗抄下来，原诗稿她要拿回给小姐。李进在钱府耳濡目染，加上自己用功，文化程度自然要比梨子高好几个档次，不用梨子催，他拿了老爷用丢的笔，在梨子带来的宣纸上，抄下了三小姐的诗。诗曰："红嘴绿鹦哥，地耳白麻籽。搭伴游香河，神仙唱山歌。"红嘴绿鹦哥，这是乾隆皇帝给菠菜取的雅号，他当年下江南，吃到从未吃过的菠菜，有感于此菜红色根须和碧绿菜叶的鲜明映衬，与之极鲜并自带甘甜的菜味，就赐予此蔬菜如此高雅的大号。这首诗只是钱云霞吃到一个新鲜菜品后的随性之作，谈不上什么艺术价值，而且，不知道这事的人，根本就不知道当初十三岁的女孩在写什么。可李进把它当作宝贝，珍藏了一辈子。

李进后来到了杭州，仍旧做他的大厨。那年夏夜，金大医和几个年轻人相聚在金家小院，谈天论地之际，李进拎了一笼菜盒过来了。他做了云霞最喜欢吃的几道菜，走了大半个杭城，除了来探望他们，也想请他们参谋参谋——有个女人看上了他，但他想不好，要不要娶她为妻。结果，当他敲响了金家小院的门，才发现里面欢声笑语一片，好像人很多。他犹豫了。各种经历告诉他，此时突然出现也许不大合适。几乎没做多想，在小院的门还没打开前，他就悄然离去。这也就是那年，梨子开门后，却不见敲门人的原因。

在李进后来的几十年中，想嫁给他的女人也不少，可男人一过四十岁，论及婚姻，就有了说不清道不明的顾忌，尤其像李进那样，老要拿人家跟心中的偶像比，只能越比越糟糕，越比越没心情。

云霞去世，给李进打击不小，从此不再有新菜品出自他手。他把小桑当作自己的孙女，替补了小桑生下来就没有爷爷的缺憾。

钱小桑尽管从未见过自己的亲爷爷钱几何，但李进爷爷见过她的亲爷爷，通过他的描述，亲爷爷钱几何的形象清晰地刻入她的脑中，她可以想象出祖父走路的姿势。

毫无疑问，李进爷爷是钱小桑另一个亲爷爷，而当他身为一代江南厨子，生命即将落幕时，钱小桑心中的哀伤自是无以名状。李进爷爷说："这辈子，我最敬佩的人走得太早，你太公，你的二外公冯国明，你的三巳姨父，还有你外婆……什么是仁义？看他们就知道了！"

江南厨子李进，他心似明镜。来给他送行的徒子徒孙，披麻戴孝，胸口挂了"江南厨子"的标识。

这些年来，以"江南厨子"为标识的饭馆，已经在浙、粤、豫、沪、京等地到处开花，除了出品正宗地道的杭州菜，还不时推出新菜肴新美味，吸引了来自不同地域文化的众多食客，把江南餐饮文化彰显得淋漓尽致。李进爷爷要是还在，他也许不会再说，"我活得够长了，可以走了"。这个世界日新月异，此一刻不知下一刻又要发生什么，人人都在期望着越来越好，都想尝试新的味道……

　　服务生过来问她需要什么，她这才如梦初醒般，选了菜谱上几个自己最爱吃的，开始做减法。一个人的餐席，她要减了再减，减到两荤两素，吃不完打包。

　　服务生递过来新品菜谱，她晃了一眼，一道叫"云门之鹅"的菜抓住了她的目光——这道菜肴，是鹅掌加鹅翅，放几只白白胖胖的新鲜菱角，配几朵黑木耳——这不是李进爷爷的菜吗？它的特色是，必须要用边沿很大的瓷盘装菜，瓷盘的留白处要放一只白萝卜雕刻的白鹅，白鹅一旁点缀几根细葱，那细葱要看着像竹子。这种像细竹子那样的细葱不好找，李进爷爷拿个陶盆自己种。啥时候这"云门之鹅"也上了菜谱？莫非这里有人……钱小桑问服务生："你是杭州人吗？"

　　"我不是，我们领班是！"

　　"哦。"

　　还是先把"云门之鹅"点上，看看是不是李进爷爷做的那个味道。

　　"这道菜每天限量供应，因为食材和做工都非常讲究。今天已经卖完了！"服务生说。

　　"云门之鹅"今天吃不到了？钱小桑失望的表情，让服务生徒生同情，他提议，可以吃鹅肉做的其他菜肴。

　　"不，不，我不是这个意思，我并非想吃鹅肉！我……"她发现自己居然都无法向服务生表达明白自己的意思。她只好苦笑一下，让服务生在她点的几道菜中，挑最快的下单。

　　江南厨子的速度就是快，没多久，她要的菜都齐了。两荤两素，很有回家的味道，明明知道吃不完，却还想要。哪次回家，桌上不是七大碗八大碟的？尤其是李进爷爷在的时候，每天都是早早地出去，到菜市场兜兜转转半天，什么野生青壳甲鱼、野生田鸡、野生河虾……统统都要野生的，可越到后来，野生的越稀少，直至有钱都买不到。

　　家，就剩下她和母亲冯诗了。父亲钱之君，那几年在急着寻找他的父亲钱几何，除了泡图书馆资料室，还时不时地背上行李坐上火车，去往他认为有了线索的地方，但直到他倒地不起，终究也没有钱几何的任何音讯。父亲钱之君要上山了，小雨大哥提醒她，剪下父亲一束头发。收藏的父亲头发由小雨大哥保管。家里只有母亲的时候，也是小雨大哥帮着照顾。

有吴小雨这个现代企业家，无论是冯家的事，还是钱家的事，只要他可以做的，几乎给承包了。他的母亲冯琴也已九十多岁，他像呵护婴儿那样，细致精准地保护着母亲。

但是，吴小雨从不提与云门寺有关的事，家里也从不挂有鹅的画。看到人家写鹅字画鹅图，他就会转身离去，不说原因。钱小桑曾经跟他开玩笑，说他有恐鹅症，可说完后就后悔——她难道不比吴小雨惨吗？几代人的"寻鹅"不得，老祖宗把命都搭上了，那鹅图却在异国他乡静静躺着，她钱小桑想看一眼的资格都没有……四十八岁了，她的赴美签证已被拒签两回，不知道哪里出了问题，问别人，都说正常，被拒签了十回八回的大有人在，照样还在"签签签"。她却没有了再次签证的勇气，至少一段时间内，她要弄清楚一些事。

吃着面前的家乡菜，灰暗的心情好受了一点。可她还是想问问"云门之鹅"这道菜，这道菜的名字到底是怎么来的。

她问服务生，可不可以见见他的领班。

服务生一脸错愕。

"哦，我没有别的意思，因为我也是杭州人，与你们的领班是老乡，有一道菜，想请教请教他呢！"

听顾客这么说，服务生理解地表示，没问题，现在就去找领班过来。

杭州人小领班，也是一位小年轻。他阳光灿烂地过来，问钱小桑有何指教。"有何指教？"这可是李进爷爷常用的自谦词，钱小桑乐了，问领班："知道'云门之鹅'这道菜是谁发明的吗？又是谁给这菜取了这个名字？"第一个问题，她是要考考这个领班，第二个问题，她真的希望获得正确答案。

"噢，这道'云门之鹅'，据说是一位大厨的大厨传下来的，用的鹅从绍兴那边运来，绍兴那里的鹅喝的水干净，那里的池塘，水就直接从山上流下来，那里的鹅，毛都是雪白雪白的。因为那地方离云门寺近，这菜就有了这个名字。"

"你去过那里？"

小领班抓抓脑袋，诚实地说："我还真没有去过，但我们经理说了，如果想去，可以提出来，但要等机会。你问的具体哪位大师取的名，我就不清楚了！"

钱小桑还想问什么，手机响了，是吴小雨打来。

吴小雨在那边兴奋异常地大声说："小桑，你在哪里？回来，马上回来，如果今天还有到杭州的航班，请你立刻飞回来，我们都在等你！"

二

夏日的杭州上午是凉快的，湖面上偶尔一阵风吹来，带着丝丝湿露，轻抚脸颊，让人从里到外的清爽。西湖边楼外楼，靠窗的席位，湖光山色尽收眼底，梦里荷花当可触摸。

曾经是那么遥远那么无望，倏忽间却一切尽在眼前——昨天，钱小桑终于听清楚小雨哥的话，当晚就搭乘最后一个航班，从深圳回到杭州。

找到了，爷爷钱几何的踪影找到了，可他，人早已不在，他的外孙——他女儿的儿子，在那个遥远的北方冒了出来——他们默默无闻地活着，平平凡凡地生着。

吴小雨，把公司业务拓展到了北方，发布招聘广告。此广告奇葩之处是，从招聘普工到主管、经理、技术人员，凡钱姓人氏优先，懂日语或其他外语的钱姓人氏优先。前来应聘的姓钱的不多，一旦有姓钱的，人事经理差不多要从他祖宗十八代问起——面试有窍门，即使应聘者十之八九在瞎扯，老练的面试官还是可以看出其撒谎程度。终于，奇迹出现了，人事经理拿着一沓应聘者材料，激动地跑进吴小雨临时办公室，语无伦次地报告："钱，钱晓天，他叫钱晓天，他的外公叫钱几何，没错，钱几何。我们聊下来，基本各种特性的相吻合度达百分之九十以上……"

吴小雨不敢相信自己的耳朵，让人事经理再复述一遍。接着，他走在人事经理的前面，到大厅的招聘区，自己亲自面试这位钱姓应聘者。

面试前，吴小雨打量这位钱氏应聘者，足足有两分钟，面前这位看上去三十五六岁的男子，朴素的外表下藏着精明和机智，近视眼镜后面的目光没有丝毫胆怯，没有回避他的直视。"你叫钱晓天，你的外公叫钱几何？他是从哪里来到北方的？什么时候？为什么？"吴小雨看进他的眼里，毫不客气地一连甩出好几个问题。

对招聘单位老板的如此提问，钱晓天原本可以不了回答，因为这已超出招聘面试的范畴，可钱晓天在沉吟了那么几秒后，还是一五一十地讲述了他所知道的。

他说，钱几何来自南方，是江南最富饶美丽的那个地方——像天堂一样的苏杭。他跟着清王室来到北方，但最终发现日本人要杀他，他逃出了行宫，在乡下一个小地主家藏了起来。没多久，地主家的女儿与他有了感情，生下他母亲。之后，他多次动脑筋要逃向南方，但日本人把守得很死，只怕还没上火车就被抓去。好不容易等到日本投降，他决计带老婆孩子回江南，但政府抓汉奸抓得紧，他得找到当年与他接头的抗日人员，以证清白。结果死的死，失踪的失踪，没人可以帮他说清在"伪满洲国"的那段历史。不久，他中风，几乎没有留下什么话，辞别了这个世界。外婆只知道他在老家有个儿子，儿子还当了什么军官。他不敢回老家，也是怕自己讲不清的身份，会影响儿子前程。但还是因为地主家庭出身，他们的女儿到了三十多岁才结婚生子。结婚没多久，家庭解体，儿子改钱姓。钱晓天是在"文革"快要结束时生的，在郊区小学上学，初中后进城，到大学学了日语和英语，母亲希望他像外公一样有学问，尽管她的父亲在她那么小就离开了她们，但钱几何在女儿的心目中，就是知识渊博不做坏事的好人。钱几何还教过女儿日语，女儿有了儿子后，就把父亲教的教给了儿子……儿子大学毕业后到中学当了外语教师。

　　"你外公去世后，你外婆就没有想过去江南寻亲？"吴小雨想着，但还未问出口，钱晓天喝了口水，又接着讲。外公去世，外婆守着娘家的几亩旱地，勉强生存。解放后，土地交公，外婆要养活自己和女儿，就有点力不从心。她想过去江南找寻丈夫的亲人，可千里迢迢，一个女人带着一个孩子，要到苏杭大海捞针一样找她从未谋面的亲戚，谈何容易。她也写信寄往外公曾经告诉过她的地方，但不是"查无此人"被退回，就是信如石沉大海，没有任何回音。

　　"外婆去世时都不能瞑目，她心中的遗憾也只有我们知道。"钱晓天的眼中闪起泪光，他突然盯视住吴小雨的双目："贵公司的招聘广告似有玄机，我在网上看到的第一感觉——你们也发了外文网——这家公司在找人，一个失踪了很多年的钱氏家族的人，找的也许只是他的后人了……我的判断没有问题的话，老板，你必定是认真的！"

　　轮到吴小雨双眼朦胧了："没错，我找的就是钱几何，如果你就是他的后人，可以用什么来证明？"

　　钱晓天朝吴小雨深鞠一躬，把填写的应聘简历放到吴小雨面前，含泪道："这上面有我家电话和地址，三天后，您来我家，我和母亲恭候！"

说完他转身就走。人资经理赶紧跟上。

当人事经理回来时，手中有了钱晓天的几根头发，那头发上还带有毛囊。他把这几根头发装进信封，对老板吴小雨说："他出去后就蹲在一棵树下猛哭，哭得像个小孩……唉，不是真的难作假啊！这些，不知道可不可以给他证实！"他把信封交给了老板。

三天后，生命的基因鉴定结果出来，钱几何儿子钱之君的头发，与钱晓天的头发比对，相符度百分之六十以上。有舅甥血缘关系？这让吴小雨欣喜若狂，但转而他的情绪又像水银表中的水银飞快直落——相似度百分之六十？不是说要百分之九十九以上吗？不对，舅舅和亲生父母还是隔了一层，所以百分之六十以上应该属于基本相符。不过，仅仅这个东西无法证明全部。他得尽快登门直接感受。

尽管这是钱家的喜事，但这么多年来，钱家、冯家、吴家还分得清谁是谁吗？就说他当年犯下如此混账事，要不是云霞婶婆跑到德清劝他父亲，他父亲吴三已说不定早就跳长桥河做了冤鬼。现在能替钱家做这样的事，假如父亲地下有知，也一定会高兴的，而他也就将功赎罪了……他兴致勃勃赶往钱晓天留下的那个地址。

在这座城市为教师们建造的住宅小区，他看到了钱晓天和母亲迎接他的身影。

七十多岁的钱晓天母亲，面慈清朗，手脚灵便。她带他们走进了一个干净朴实的家。钱几何的照片就挂在客厅，那种黑白的，年代久远的。钱几何一副教书匠打扮。看看墙上的钱几何，再看看面前的钱晓天，两个人真是神似，而钱晓天母亲的脸庞，和钱几何几乎是同一个模子出来的。

钱晓天拿出了外公的日记本。这几个日记本，是他母亲冒着各种危险，想尽办法保存了下来。打开一层层包裹着的棉布，日记本泛黄的纸张，也是脆弱得叫人不敢掀动。

其中一个日记本夹着一枚书签，翻看夹有书签的这页，日期、地点、事情，记载得清清楚楚——这上面的内容吴小雨知道，是那年佐木次郎闯入钱府，钱几何在不知情的状况下受朋友之托当了翻译，因而引起钱府钱仲霖老爷的误解……看到这些，钱几何这个儒生不明不白的形象，在吴小雨心里活了起来，使他不用思考就明白，这就是钱几何，面前的老妇人和她的儿子就是他的后人。

吴小雨当即邀钱晓天跟他一起到杭州，见他舅舅的家人。"你知道吗？你的舅舅去世前几年都在找你们哪，真是遗憾！"他叹着气告诉钱晓天。

当钱晓天还在犹豫时，他母亲却态度坚决地说："去吧，马上就去！家里有我和媳妇，孩子不用操心，他已经会管自己了！"

正值暑假，钱晓天不用向单位请假，简单收拾下行李即可出发。

吴小雨见一切停当，马上向钱小桑打了电话……钱小桑是边与吴小雨通话，边赶往机场的。在机场候机时，又与吴小雨通了几个小时的电话，直到把所有细节都问明白。

今天的见面地点是钱小桑提出的。来的是自己亲姑姑的儿子，从老远的北方过来，而自己和父母都没有见过他们，甚至都不知道他们的存在。这个管自己爷爷叫外公的人，如此血缘之亲，要怎样来完成初见之仪啊！

父亲，你要还在就好了！你一生都在寻找你的父亲，你心里的那种苦，那刻骨铭心的不舍和疼，女儿自然清楚。而今，你的父亲、我的爷爷，以这种方式来告知地下的你，让我们既欣慰又抱憾——人生，究竟是怎样一种状态啊！

吴小雨带着钱晓天，还有他的女儿范未艺；钱小桑带着母亲冯诗，几乎同时出现在楼外楼。此时离午餐还早，楼外楼几乎还没有客人。

在二楼这个靠湖的餐桌，钱家、冯家、吴家，还有范家，带着自己的家族密码，欣喜而又伤感地围坐一起，道不尽的思念和遗憾，说不完的情谊和追悔……似乎西湖水有多少，这几家的泪就有多少。

一道道漂亮的杭州菜上桌了。想到昨天还在深圳的江南厨子，今天却已在闻名天下的杭州楼外楼，钱小桑无限感慨，她先举杯谢了大哥吴小雨，然后把杯中的绍兴黄酒一饮而尽，接着，把爷爷钱几何和父亲钱之君席位上的酒拿来敬了大哥："一切尽在不言中！"

面对一桌的美味佳肴，冯诗和钱晓天几乎没怎么动筷。冯诗抹不尽的泪，坐一旁的钱晓天不时递纸巾给舅妈。对初次见面的舅妈，除了敬重，更多的是忽遇亲情的无措与梦境般的不真实感。一切都太突然了，寻寻觅觅多少年，竟是这样的方式让梦想成真！

一桌人中，也有没什么感觉的，这就是范未艺。二十二岁的她，初中就被送到国外，现在快念硕士，学的营商，肚子里已有不少经商之道。照吴小雨的话说，未艺的太奶奶（吴三已的母亲）是范蠡后裔，让她姓范，就是要她传承范蠡的经商之道，将来可以接他的班。也有人说，吴小雨这是幌子，他主要还是想生个儿子，给吴家传宗接代。因为政策，他再生就属于超生，不仅要罚款，还有其他麻烦，他就干脆让女儿跟了太奶奶的姓，后又送国外上学。她是在听了爸爸的找亲故事后，激动得喊了几声"伟大"，但一转身，又呼朋唤友地四处寻好玩的，对于爸爸希望她能够张罗一下这不平常的见面会，她显得茫然，甚至不耐烦。可以说，她是被吴小雨硬拽来的。见了各位，还得由爸爸教她怎么称呼。

对于范未艺的淡漠，除了吴小雨这个爸爸心里在意，其他人其实都没觉察，因为他们都沉浸在感情的旋涡中，范未艺显然是个局外人，她的生活背景与他们有天壤之别，她无法走进他们中间。

她快活地夹菜吃菜，偶尔看到爸爸的眼色，就乖巧地替大人夹菜。最后，大人的碗中都冒了尖，她没法再夹，只得自己慢慢地扒饭粒。

冯诗终于平静下来，对钱晓天讲起《王羲之观鹅图》的故事。范未艺放下筷子，瞪着双眼竖起耳朵，听起了故事。

吴小雨不知什么时候离开了酒席。

钱小桑望向窗外，看到"恐鹅症"的小雨大哥坐在湖边发呆。

美丽的西湖，在阳光直射下，水雾在蒸腾。树荫下的人，感觉不到一丝风，只会感到被热雾渐渐包裹，脑袋会晕晕乎乎……钱小桑提醒母亲先吃点什么，等回家后再给钱晓天补课。

"未艺，你打一下你爸爸手机，叫他回来，外面太热了。房间已经开了空调，我们还是喝酒吃饭吧！"钱小桑关了靠湖的窗子。

"嗳，爸爸啥时候出去的？"范未艺打吴小雨手机，边打还边跟冯诗说，"阿婆，我要听你讲的故事，我爸妈没有这样讲过。我奶奶耳朵聋了，我们问她什么都要大声喊。以后我去你们家，你讲给我听，好不好？"

"好，好，这些事，你小桑阿姨都知道，也可以让她讲给你听。"冯诗说，"你奶奶快九十了，常常闹点小毛病是正常的，我比你奶奶小六岁，有时还没你奶奶灵活。过几天，我们钱家冯家再好好聚一聚，让你晓天叔叔知道一下更多的事，回去后再找个时间，把北方的钱家人都带来，我们一起好好庆祝庆祝……杭州越来越热闹，西湖越来越漂亮，我们也要越来越好！"

"是的，姑姑，这次我回去后要好好做个计划，等天气凉快了，我带上母亲和孩子回来看大家，江南，也是我的老家，我的老祖啊，我要把外公的魂带回来！"说到这里，钱晓天再也说不下去。

吴小雨没有接范未艺手机，钱晓天说："他应该没有带手机，你们听，他的包里有手机铃声！"

这时，大家都听到了吴小雨包里的手机声，范未艺把包一拉开，看到爸爸的手机来电显示，正是她的手机号，不由哈哈大笑起来，其他人也跟着笑，笑出了泪……

湖畔的吴小雨仿佛听到了这厅房里的笑声，起身走回楼外楼。

回到楼外楼的吴小雨，从皮包里取出一沓复印资料，给大家看。这些文字资料是手写的供状，从复印内容看，像有不少年份了。吴小雨告诉大家，这是当事人写的检讨材料。是他几年前在一个存放资料的库中寻找他想要的东西时无意间发现的。征得政府部门同意，他照原件复印了几份。

这里面是否还原了历史全部，谁都没法说清，但应该距真相不远。

三

"文革"时，当年云门寺的二当家释得被揪了出来。释得供出了最后如何与克己勾结盗取云岫寺宝藏又杀了当惠的那段历史。

"当惠是释得杀死的？"冯诗盯着小桑拿起的资料，不无惊恐地问。

"他写的是被克己弄死的。"小雨说，"不过他也应该是谋害者之一。可以推定的是，他写这些的初衷是想'坦白从宽，抗拒从严'，他就这么想。哪想反而招致更加严厉的打骂。没有多久，他自杀了，也有说是被打死的。"

"造孽，报应啊！"

冯诗要小桑赶快说说，释得到底讲了些什么。

小桑把释得写得歪歪扭扭的"检讨"作了以下解读——

一九四八年云岫寺劫难的罪人中有克己和释得，另一个是钱阿钿，大家都叫他呱啦和尚。

那年的春节，汉奸克己和奸商释得相遇，这两个原本你死我活的人，十余年后再次见面，居然结为犯罪同盟，把罪恶的目光盯向了云岫寺。

此时的克己，是汉奸中的漏网之鱼，佛门进不了，他也不想再过苦伴青灯木鱼的日子。他靠贩卖盗窃来的古字画，过着饿不死撑不死的温吞日子，窝在乡下，不敢露面。见抓汉奸的风头已过，他又重返江湖，与几个同道上的商议要做一票大的。有人扯出了释得。一开始他绝口反对。但那人说，只有释得知道云门寺的宝物去了哪里，释得要能加入进来，这一票就铁板钉钉地定了，而且从此可以歇手，他们几个便是富甲一方的大财主。诱惑很大，克己无法拒绝，他选择不与死对头计前嫌。

找来了释得，哪想释得见到他扭头就走。嘴里头还低声骂了句，汉奸！

他们把释得绑架一样拉了回来，好鱼好肉待着，好话烂话哄着，软硬兼施一番，让释得无法脱身，只得就范。可释得怎么会知道云门寺宝藏已移到云岫寺？释得说，他不是傻瓜，对转移宝藏这样的大事他可以装作不知，但他必须耳目清醒。那时，云岫寺清空法师三五年来一次云门寺，他和支一禅师那点事能瞒得了谁？

释得像个英雄那样亮一亮底牌，但这是有保留的，他知道这帮人的狠毒，他得防着点。

宝藏到底转到云岫寺哪个密室藏了？密室？这么多重要的宝贝哪个密室可以放？云岫寺那几个房子都已烂成那样，可以放什么宝嘛！释得把话说到这里，就不再说下去了，哪怕承诺给他的赃物比例越来越大，他把紧紧闭住的嘴不再张开。

他要到了现场才肯指出藏宝之处，而且要见机行事。他收买了云岫寺的知情者，行动那天，那个知情者必须悄悄出现，倒不是说他怕找不到宝，而是要有个在暗处的人可以保他活命。所以他是不会让这个内线暴露的。释得很清楚克己的阴险。释得自己对自己说，无毒不丈夫。他之前偷出去的云门寺佛器字画等已卖得差不多，做干净生意又没有那本事，只得铤而走险去做丧天良的事了。他　想到宝藏中曾经听闻讨的宝物，就会激动不已，仿佛这些东西即刻就要被他拥有。

克己问他，你要到了哪里才肯指出藏宝的地方，万一找不到了怎么办？黑夜里，不事先定了方位，时间一长弄出动静，还能做啥？

内心深处，他释得实在不想与克己啰唆，但既然上了这条贼船，没法再装清高。他就说，你们不是先要解决寺里的人吗？

克己讲，只能把他们关起来，总不能统统杀掉吧！尽管官府有人护着，可是官府也不想你老杀人啊！闷声不响发大财，这是老古话，要听的！

当然不想杀人，不就是为财吗！放心好了，到了那里宝库的门自会打开！释得作了承诺。

尽管有夜色和伪装掩盖，但聪慧的当惠，还是从释得和克己露出的眼中发现了熟悉的东西。当惠甚至盯住他俩的目光喊出"奸细"两字。这让释得和克己无法安宁，他们总觉得当惠已经认出他俩，开始忧心忡忡起来……无毒不丈夫！无论是释得，还是克己，在惶惶不可终日之下，两个人又不约而同地决定，干掉当惠。

当惠疯了。他们却认当惠是一时失疯心，哪天醒来万一又记起他俩，说不定麻烦更大。克己要释得想办法，释得说，这种事克己和尚应该比他更多办法。克己心里恨死释得，但也没有更好的办法来除掉当惠。

大半年过去，来年开春，从云岫寺传来当惠在康复的消息。释得紧赶慢赶从杭州到上海，把克己从上海的赌场拉出来，告诉了这个坏消息。要改朝换代了，新政府一来，当惠向新政府一报告，我们都要完蛋的！

他提醒克己，问题相当严重。

克己表面装出镇静："怕啥，跑到外面去，啥人管得了！"

释得是真的怕："你自己跑了，到哪里都可以跑，家里人呢？跑得了和尚跑不了庙，家里人要死蟹一只的！"

克己想了想说："这样讲，只有做掉他这条路了！"

释得没有接克己的话。在这个犯罪行为上，他始终把自己放在从犯的位置，甚至连从犯他都不想认。他时不时地认为，自己是被挟持的，是克己害了他；事到如今，克己有责任让他摆脱被追罪的命运。

克己想到自己不一定能逃去国外，到国外他连口都开不了，况且都一大把年纪了，还背井离乡？现在想想，他甚至有点后悔没有尽快铲除当惠这个祸根。但在释得面前，他依然装出若无其事的样子，淡淡地说："晓得了，不是大事体，疯子这种情况说不定是回光返照。他的寿数不长了！"

听克己这么说，释得本想反驳，但转而一想，克己这是给当惠下了"斩立决"呢！

释得感觉自己吃了定心丸，在上海反请克己吃了一顿山珍海味，看了一场戏。

释得没有直接回杭州家里，而是来到武康镇，等候隔几天到镇上采购日常品的呱啦和尚，他的内线。云岫寺庙小和尚少，但五脏六腑俱全，僧人的吃喝拉撒除了靠庙产的几亩地，还得到市场采购解决。采购的日用品要从镇上挑到寺庙，对于老和尚叽里来说已是力不从心，尽管庙里的和尚越来越少，采购的东西也是越来越少，但老和尚不放心年轻和尚的管钱能力，每次下山要亲自督阵。一年前的那场浩劫，让老和尚更是把手头那点日常开销揣紧了，再是腿脚不便，也要跟着徒儿一起下山。

老和尚叽里当然不知道他的徒儿呱啦已是罪人，当年寺庙遭劫，呱啦不仅充当了"出卖者"，让盗贼轻而易举地盗取了宝藏，而且自己悄悄盗窃了宝中宝……那么呱啦怎会知道宝藏之地？这就是释得的罪孽了，是他软硬兼施，加上亲自调教，让原本就不厚道的呱啦和尚，在不到半年的时间里，发生翻天覆地变化——他暗下跟踪老住持，摸清宝库位置，最终成了万恶的奸细。事发后，呱啦几番想着出逃，特别是他在钱云霞的鼻子底下，把钱家的《兰亭序》唐摹本藏箩筐里挑走，在信任他的师父面前上演这风险极高的大逃亡时，那一刻的他，腿肚子剧烈颤抖，心脏要胸膛跳出，脑子几近空白……之后很久他对自己的侥幸都不敢相信——没有人敢对他搜查，师父叽哩还以为徒儿被惹生气了，也没敢喊住他。他，堂而皇之地转移走了赃物。

仍然是释得稳住了他，告诉他，这世上没有人知道呱啦和尚犯了天条，他们每天要磕头膜拜的菩萨就是烂泥做的，否则，菩萨为啥不保护寺庙，而是看着寺庙被洗劫？释得不是不知道呱啦也有顺手牵羊，却不知道呱啦偷了钱家的《兰亭序》唐摹本。释得知道钱家把部分宝藏也放进了云岫寺，却没想其中有《兰亭序》唐摹本。呱啦是在经过几番偷窥，记住了那个被特殊装置封藏的字画，相信一定是最值钱的，而在释得他们把宝藏洗劫一空前，神不知鬼不觉地先下手盗取了。释得绝对没想到这个呱啦居然是道中高手，他们最想要的那份却被他神不知鬼不觉地搬运走了。呱啦得手后一直想逃得远远的，释得坚决不允。释得要留住呱啦继续给他当奸细，至少要等当惠消失后——呱啦其实也怕当惠，总觉得这个疯子的眼睛里面藏着什么，"疯子"其实什么都明白。呱啦就像躲凶煞一样避着当惠。可释得控制着呱啦的经济命脉，一时三刻呱啦逃不脱释得的手掌，他只得藏了赃物后又回到云岫寺，继续跟着叽里和尚打杂，好在没再见到钱云霞，呱啦的焦虑去了一大半。

释得在镇上的小客栈住了一晚，次日一早，在闹哄哄的茶馆一角，看到了老和尚叽里和他的徒儿呱啦和尚，一前一后地躅踥而来，呱啦的担子里空空如也，估计一个上午以后才会装进一些东西。

两个人渐渐地离茶馆近了，释得拿起桌上的一盅茶水，泼出窗外。呱啦即刻条件反射般朝茶馆望来。两个人的目光对接上，之后，释得继续喝茶，呱啦继续跟着老和尚半购买半化缘。

一个时辰后，呱啦和尚来到茶馆要水喝，释得借施茶食为名，唤了呱啦和尚近前，急速表达了他这次过来的目的，其中最要紧的当然是如何监视当惠……他对呱啦说，如果有什么人要对当惠动手，你能抓住对方的证据最好，这样万一人家要往我们身上栽赃时，我们可以证明凶手是哪一个。一定要小心，不要弄出任何动静！"人家要怎样做，我们是挡不住的！"

释得把一个银元宝给了呱啦后，离开了茶馆。呱啦和尚装作收拾茶客施舍的茶食，接着不紧不慢地也离开了茶馆。

武康镇不大，人来人往大多是面熟陌生人。为避嫌，事体不是太急时，释得与呱啦的接头基本是在杭城，常常是呱啦借口到省城给寺庙办事。释得在杭州的银行给呱啦开了一个户头，呱啦到了那里，就卸下僧侣装，变成年轻的生意人。这也是释得操纵呱啦的手段。

这次，呱啦领旨后同样不敢怠慢，回到寺庙就把平时唯恐避之不及的当惠暗中监视起来。

果不其然，十多天后的一个傍晚，山那边还有太阳的余晖，呱啦看到了有人在靠近当惠——当惠每天这个时候要沿着溪边来来回回地走，有人说他在"游魂"。一边游魂一边嘴里咕噜些什么，"奸细"两字是他口中频率最高的。

当惠明显不再像之前那样神神叨叨了，而是安静了许多，徘徊在溪边的步履不再那么凌乱、那么焦躁；他开始正常吃饭、正常睡觉，没有了那种鬼哭狼嚎般的惨叫；那对像死鱼眼珠的双目有了光泽，有了内容——最令人惊讶的是，当惠在云岫寺这么多年，似乎没有长岁，哪怕傻了，还像二十几岁——他的脸庞开始光洁了，愿意让其他僧侣帮刮胡子了；一旦发现身上哪里不干净，还会向赵妈提要求，是不是要洗衣服了。赵妈高兴得连连拍手，放下手里的活，立即给当惠取干净衣服。她跟住持说："见光景，当惠会好起来。"盼着当惠好起来的人们，开始传递一个信息：当惠的魂魄要回来了！呱啦听后，内心的恐惧可想而知。他向叽里和尚说了声要下山看牙，就搭了顺风车赶到杭城，向释得报告了这个重大消息。释得听后，立马到沪上。

眼下，真的又有魔爪伸向了正要好转的当惠，这让呱啦既兴奋又感罪孽深重。他只有找各种理由来为自己减轻负罪感。他自是没有忘记，当年是因为当惠，他才从一群小叫花子中被带进了钱府。在钱府他有吃有喝，冬天不再冻着，夏天不再晒着，还可以跟着钱府的孩子听先生念书。后来当惠去了云门寺，他莫名其妙羡慕起来，觉得当惠肯定过上了更好的日子，因为他看得出来，钱府上下都喜欢当惠。有一天，他见了老爷就说，想去庙里当和尚。其实，这是钱府不喜欢他的佣人在捉弄他，故意对他说，当惠到云门寺有多开心。他要有当惠一样地开心。钱老爷听了他的话，以为这又是一个与佛有缘的孩子，就送他去了云岫寺。进了寺庙，他才知道自己不适合这里，但已经回不到昨天。有时，他心里会不可遏制地埋怨当惠，没有当惠，他就不会到庙里吃苦。他觉得当惠那时还不如不带他进钱府。他就不想想，没有当惠，他可能早就被人家打死扔在哪个乱石坡了——在那个经常闹饥荒的年月，小偷常常被往死里打，他曾经偷了一只烧饼，就被人家一火钳打脑袋上，那上面留下一道很深的疤痕，让他光秃秃的和尚脑壳更亮。他不想想，他那难看的吃相和不知感恩的心，让钱府的厨娘都嫌弃他，说三岁看大，他与当惠都没得比。他从小就长歪了，不念当惠的好，也不念寺庙和众僧对他的好……

呱啦，不，钱阿钿，他清楚知道危险在向当惠一步步靠近，但他不仅不阻拦，而是希望这一切尽快发生立马结束。

暮色中，那个靠近当惠的影子倏忽间变得清晰起来——这不是支一禅师吗？躲在树丛中的呱啦使劲揉揉眼睛，再往前看去，还是支一禅师，没错。只是他看不清那张脸，但身高、穿着，走路的形状，向当惠招手的动作，像煞了支一和尚……当惠在犹豫，没有马上跑向师父。当惠在想什么呢？是不是觉得师父要召唤他去天国呢？

一只阴沉的大锅开始罩向山谷，天空失去最后一点亮色。当惠弯腰用双手掬一捧溪水，向着正在朝他招手的"支一禅师"走去。"师父！"风中似乎传来当惠的叫声，这让躲在暗中悄悄跟踪的呱啦头皮发麻。

　　"师父"带着当惠一直在走，当惠却怎么都无法走近"师父"。当惠手捧的水已一滴不剩，可他还是做双手捧水状，紧跟着师父的步子，曲里拐弯、跌跌撞撞地走着。

　　夜的降临，让呱啦无法看清一直在移动的人影，前面跟踪的目标，不时跑出他的视线，他只有时走时停地用耳朵辨别方向。走出一大片竹林，面前一块阴森森巨石突兀在那里，恶魔样挡着前面的路。这是来到乱石冈了，连竹子都不长的地方。

　　什么声音都没有，人呢？是不是绕到巨石那边去了？

　　呱啦要让自己更像幽灵，才可以不被恶魔杀手发现，甚至可以拿到杀手的证据。他蹑手蹑脚绕向巨石那边。突然，脚下一团软乎乎的东西把他绊倒，差点让他喊出声来——惊魂甫定，他的手摸到的是一个人的身子。他跳了起来，往后退了好几步，一时大脑空白。

　　风儿来了，吹散了空中的乌云，月亮和星星一起朝乱石冈撒了一把银辉。

　　此时的呱啦清楚地看到，地下躺着的是当惠，已经没有了气息。他的身旁扔着一件袈裟，那颜色和式样，以及密密麻麻的补丁，与支一禅师生前穿的一模一样。

　　杀手装扮成支一禅师，把心智不全的当惠引入陷阱，像屠宰羔羊一样，杀了他。此时的当惠离生日只有六天。

　　鲜血渗入了乱石下面的泥土，无声无息；哪天来场大雨，连石头上的血迹都会被冲洗得干干净净。至于尸体，说不定夜半就会有野兽来吞噬掉，连一根骨头都不会剩。

　　哪里来的杀手，如此邪恶阴毒？呱啦不敢细想，直催自己赶紧离开，不要让当惠不散的阴魂附体。呱啦拔腿要跑，却莫名其妙地被一块石头绊倒。这次的摔倒要比趴在当惠尸体上严重十倍，膝盖磨掉一层皮不说，膝盖骨麻麻的无法直立。他干脆双膝跪地，朝当惠的尸体磕起头来："当惠和尚，我是罪人，我是罪人，你饶了我，饶了我。你不是我杀的，你去追那个装扮师父的坏人，是他杀了你！"

他开始扒石头，边扒拉边念叨："菩萨保佑，菩萨保佑，我本无意触犯你，是那个该死的释得，让我做了罪人。我要赎罪，我要赎罪。我现在就给当惠和尚好好埋了，让当惠和尚马上投胎做贵人！"他拣了块像斧头般的石头，疯了一样刨坑……

这一夜，微弱的星光和月光再也没有离去，熠熠银辉抚摸着当惠犹如处子般的脸，引领着他的心灵，缓缓地去向天国。

呱啦挖好墓穴，用那件袈裟铺墓底，把当惠的尸体移进后，随手捡了大大小小石子，铺了上去。此时，已是后半夜，周边的狗吠声此起彼伏，不知从哪里钻出来的虫子，爬到了呱啦身上，钻进了他的夹衣，咬得他骨头都离奇地痒。呱啦觉得自己这身臭皮囊，快像当惠一样伏地而去了。

云岫寺就这样没有了当惠。谁也想不明白，明明快好起来的当惠，怎么说不见就不见了呢？谁也不会想到，当惠是这样被害的。

最可怜的是赵妈，她把当惠看作自己的儿子。当惠疯后，她无时无刻不照看着他，就那几天见他慢慢开窍了，她开始放松，他出去游魂时不再跟着。哪想，他真的一去不复返了……

和尚呱啦再也不敢留在这里，他对叽里师父说，国家要改朝换代，将来都不知道和尚会怎么样，不如早点还俗。叽里和尚再生气，对这个徒儿也无可奈何。毕竟这个徒儿也已快三十岁，硬是被他压制了二十多年，要是在大寺庙，世道不这么乱，他也可能升级做个执事什么的了。叽里和尚每日操心的是吃喝拉撒的事，他对人心的不可测终是佛的意愿。

呱啦最终去了哪里？释得的检讨材料没有交代。

楼外楼这个临湖的餐厅，此刻坐着的每一个人，再一次被扎伤了心，他们面色悲切哀叹连连，原本窗外明丽的湖光山色，仿佛都被蒙上了一层悒郁的霾，大气沉沉，山水无言。

四

无论是忘却从前，还是铭记昨日，在世的人依然是要匆匆赶路，依然要把日子过得像那么回事。至少，心里头有一盏灯要始终亮着。

自视情感世界已彻底坍塌的钱小桑，突然接到金秋的电话，告诉她，他来了深圳。他说，有一位很重要的人物要见她，希望她可以抽出时间。

他告知了见面地点。小桑觉得这个地址有点熟，想了想，没错，就是十五年前被小岫拉去过的地方。

什么状况？金秋叔叔要她去那里见一位重要人物，难不成是那位小岫提起都要打寒战的影子藏家？

钱小桑满腹狐疑，越加觉得金秋这位叔叔深不可测。不过，好久没见他了，几次到北京匆匆忙忙，他也忙，常常是近在咫尺远在天边。这么多年过去，她都已经五十多岁，孑然一身，若不是心底还留有一束光，她会把自己彻底封闭。她想起，再过几年金叔叔也要做七十大寿了吧！真的，还挺想他的！

她打开衣柜，拣了最素色的那件上衣和深色的长裙。与从前最大的不同是发型变了，飘逸的披肩长发变成了那种简洁的小包菜短发，便于打理，每月只要去一次发廊，不排队的话，半小时就打发了；不少白发在悄然浮现，都懒得拔了。脸上的肉在松弛，不上眼霜不涂口红，不要说见重要人物，即使去菜市场买菜都不待见了。

对镜梳妆，不再年轻的她不敢细看自己的容颜。在家已经三天不出门，手头的事还没做完。接了金秋叔叔的电话本想赶紧去发廊，但这里那里的一番收拾，时间又不够了。

初冬深圳，还是初秋的样子。她快步走出小区，拦了一辆的士，去往那个她一直想揭开神秘面纱的地方。

这次不需要有人引路，在园子门口下车后，她打通金秋叔叔的手机，由他的声音引入园中。还是那个小岛，还是小岛中那个石头砌的亭屋，金秋叔叔在亭屋门口，远远地向她招手。

她几大步走过湖面曲廊，面对金秋她大声说："叔叔，我来过这地方，你认识这里的主人？"

尽管钱小桑在来的路上已经设想了N种可能性，但金秋的回答仍然让她合不上嘴——知道，知道你来过这里，也知道你在这里差点遭遇"滑铁卢"……她奇怪，连这样的事他都会知道？他与那位神秘藏家到底是什么关系？

"不过，我也是第一次来这个地方。"他已经在亭内给她泡好了茶，摆了水果。

有了茶气和水果香味，一切就不那么冷冰冰了。不过，她面前的金秋叔叔已是满头银丝，脸上除了原先的笑纹深了许多，眉心间的竖纹像刀刻般醒目，使整个脸庞的线条有了一种可称"坚毅"的硬度……金秋叔叔儒雅的学者形象，已变成一位阅尽人世不再悲喜的智者。

"这位重要人物，你认识。不仅认识，还——"他没再往下说，似乎在等待她心智中最敏感的那部分记忆。

她却像失忆那样茫然地望着他。

"安野藤？"

"是的，是他！"

钱小桑瞪大了眼睛在摇头，目光中有薄雾一样的东西在弥漫。

"你要见他。"金秋的声音微弱起来，却有着不可抗拒的磁力。他深深地叹了口气，向小桑讲起安野藤离开她之后的一些事。

安野藤因服安眠药，被佐佐木紧急送医后，折腾了一番，醒来望着围自己一圈的人很是惊讶。当他被告知他服用安眠药被救醒，很是哭笑不得。他服安眠药不是自杀，实在是因为睡眠出现严重障碍，才不得不服药催眠。安眠药的瓶子空了，是因为已经服用一段时间，剩下的最后几粒服完，瓶子自然空了。是媚子进来看到后不分青红皂白，想当然地以为他自尽，便大呼小叫起来。

"媚子不是已经被佐佐木处理掉了吗？"

"没有，佐佐木没有杀这个养女，所谓让她消失是用来警告像安野藤这样不听话的徒子徒孙的！"

"那海滩上的尸体是怎么回事？"

金秋笑笑，起身走到窗口，加重了语气，改革开放，国门打开，苍蝇老鼠都会进来。佐佐木是被佐木次郎培养出来的冒险家，这决定了他必须抢占先机来深圳。这个园子最早就是他在深圳的大本营。他收罗了几个本地人替他做事。想想，那时要弄个尸体伪造个假现场，对他来说还不是小菜一碟？

钱小桑彻底晕菜，半天都反应不过来。

金秋似笑非笑地等着她继续提问。她忽而心中一闪："我说这个园子怎么有日本园林的味道，是不是就是安野藤设计的？他跟我讲过日本空间设计的特色，包括园林。"

金秋笑而不答。

"那么，金秋叔叔，那次小岫带我来这里鉴定，背后就是佐佐木在操纵，安野藤知道？"钱小桑愤怒起来。

"这些安野藤都会亲自告诉你。我让他过来吧！"金秋拨通手机号。

"不，我不会见他！"

金秋正要解释什么，门口悠然响起一个久违的声音："小桑！"

阳光把一个坐着轮椅的男子身影投射进来，刚毅中透着苍凉——钱小桑霍地站起，可双脚却像被钉住在了地面，挪动不得。

"小桑，你好吗！"还是轮椅中那个男子的声音，可以让钱小桑百肠愁结的声音。

"你，你……安野藤？！"钱小桑觉得自己这是在梦境，这难道就是她在三生石前已一刀两断的男人？二十三年了，她确实无时无刻不想起，却从未想过会以这样的方式重见。

他身后，是一位四十出头的女子，轻轻推了他进来。她大方地向小桑伸出了手："小桑姐，我是媚子。是一个和野藤大哥一样崇拜你的人！"

媚子长得不算漂亮，却打扮得时髦靓丽。一身短装长靴，把她那凹凸有致的身材衬托得性感有加。

时间在凝固，可以听得到每个人的呼吸声……见小桑完全被面前的一切炝煳了，金秋向媚子打了个招呼，媚子便跟着他悄悄地退了出去。

终于，小桑的泪水喷涌而出，她跪倒在轮椅前，昂脸望向安野藤："安野藤，这是你吗？这到底是怎么回事啊！"

安野藤捧起小桑的脸庞，泪水也不由潜然而下。

两个从前的情侣，二十多年后就这样再次相见，所有的猜忌、自责、嗔怪在一刹那烟消云散，而钱小桑除了钻心地疼，就是十万个为什么需要安野藤亲自解答。

安野藤轻抚小桑的头发，发现已有不少白发夹杂其中。他更是难以抑制的自责和心酸，这二十多年的沧桑不知从何说起。

他，因被误认自杀而过度治疗，加上之前的过度劳累和极度焦虑，引致脊柱末梢神经受损，但他置凶险后果于不顾，一个人又去了绍兴，爬了秦望山，寻找云门寺遗址……他还一个人去湖州、苏州、杭州，在大陆的江南腹地跋山涉水——不为别的，就是想着怎么样才可以自以为没有和小桑分开，他们的心灵依然是相通的。然而，突然之间他下身瘫痪，被大陆好人送回台湾……从此，他要靠轮椅行动。佐佐木只得让媚子照顾他。

他害怕媚子因他耽误了自身大事，很快学会了生活自理。

他被佐佐木安排在香港和深圳常驻，他一边继续他的设计工作，一边帮佐佐木做些力所能及的事。这个园子就是他担任主设计。本来他是要照搬江南园林格调，可佐佐木听从了其他日本设计人员的提议，才有了这样一个肃杀的小岛和近乎封闭的亭子。

钱小桑知道，他特别中意江南园林，曾经说过要亲手设计一座以江南园林为格调的文人园林。中国文人很早就参与造园，到了隋、唐、宋，文人的写意山水园成了主流；而进入元、明、清，江南文人辈出，加上得天独厚的水利气候条件，文人的山水画、山水诗文、山水园林，这三门艺术达到了一体化境界。而日本园林景点不多，以池岛为主，且日本园林独特的心游方式，讲究赏景不需身动，只要静坐三思即可把园景纳入心中天地。日本相当一部分人崇尚武士道精神，佐佐木要在这个园林中体现这样一种理念，自是不足为奇。这就是钱小桑感觉这个岛子诡异的地方。而这个园子不伦不类的格调，也让她产生了一种似曾相识的幻觉。她万万没想到的是，这里的一切竟然真的与安野藤相关……

"这里是佐佐木的地盘？"

安野藤苦笑了一下："他当时以港商的身份租用这地方二十年，二十年中，他利用这里赚了不少。他还想续租，但感到这里很多东西在规范，事情没有原来那么容易了，去年开始慢慢撤离，毕竟，要养这么一个园子也需要大笔开销。不久，这里就要归中标的发展商了。"

"那，你？……不，我想知道，那年我被小岫带来这里时，你在哪里？也在这里吗？"

"我在这里，但我根本不知道这个事。因为那时佐佐木对我已经有了防备，涉及所有业务上的事一概不让我知道，我也懒得知道。我已经被他彻底边缘化。之所以我愿意到香港到深圳，离他远点少惹他心烦，也是想着……想着……"他扭头望向窗外。

钱小桑可以感觉到他在流泪。"为什么会这样，为什么……"她不顾一切抱住他，呜咽出声。

两个人相拥，让滚烫的泪水肆意横流。

二十三年，人生有几个二十三年？他俩本该好好享用的幸福时光就这样不可思议地付诸东流。漫长的二十三年，两个人相思的煎熬都变成了皱纹和白发；二十三年又是那么短暂，短暂到一个电话又让他们相逢。

钱小桑感觉到又像从前那样，安野藤的手臂越来越有力地在箍紧她，仿佛再也不会让她从他手中挣脱。她快透不过气，快窒息，但她没有挣扎，想着就这样在他的怀中永远地闭上眼睛，会是最好的结局。

然而，安野藤突然松手，仔细地看起她的脸庞，她的容颜——还是浅笑如初的莲花，还是水波荡漾的双眸，双眸中浮着一层似乎与生俱来的浅淡的忧伤，忧伤中带着秋去冬来江南绵延的雨丝；还是一样入耳绵柔的侬语软言，还是吟诗作对才情横溢的江南女；江南女啊，一旦家国有难，便是不让须眉，转身间已是一脸毅然……安野藤感慨啊，唯有感慨命运对自己的不公。

"别看，老了！"

安野藤轻微地摇摇头："没有，你没有老，你还是我心中永远的那个钱小桑，那个杭州来的精灵！"

"不精也不灵了，我都已经五十多岁了！"钱小桑又嘤嘤哭泣。

"不管你多少岁，你在我这里——"安野藤手指心口，"永远是不变女神！"

可以相信，他说的是真心话。钱小桑看他，脸庞不再像从前那么光泽，下巴的肉也在开始下垂，眼睛周围的皱纹传递出历经沧桑的信息……这让钱小桑除了心疼，还是心疼。这就是她的安野藤，不管他有多老弱病残，不管他有多穷途潦倒，他，还是她朝思暮想的安野藤；他，灵魂依然是高贵的。

"不好意思，为了见你，我让媚子帮我染了发。其实，我的头发全都白了。"

她默默地看着他，他也凝视着她。

两个人默默地你看我、我看你，仿佛要找出这二十多年留下的伤痕。

为什么，为什么现在才想到要见我，就不能早一点再早一点吗！近在咫尺，近在咫尺啊！钱小桑在心里呼喊着。

似乎明白小桑在想什么，安野藤开口："小桑，很高兴你来了。今天要见不到你，可能这辈子都见不到你了。我明天就要回台湾了！"

钱小桑满脸狐疑，都不明白安野藤到底在说什么。

安野藤从随身带来的皮包里取出一样东西，一层层打开——蓦然，一道闪电划亮了整个亭子，钱小桑差点喊出："回头鹅！"

是的，红冠白鹅玉佩，是钱家祖传玉佩双鹅的另一只"回头鹅"。

五

有人过来问，是让金秋教授他们几个先吃饭，还是小桑和安野藤过去一起吃？

安野藤说，一起过去吃吧，正好金教授可以和他一起告诉小桑这只"回头鹅"的来历。

两个人相互把脸擦干净了，来到餐厅。金秋和媚子此时的等待，无比焦虑和担忧。见小桑推着安野藤进来了，他俩忙起身迎去——二十多年前多么美好的一对，而今再次相见，却是……这次第，怎一个"愁"字了得！

三人都想把安野藤扶上餐桌，他却很快用双臂把自己撑上了餐椅。小桑默默地看着，喉头又开始发紧——那个走路飞快的安野藤，那个可以用双手托举她的安野藤，那个阳光灿烂活力四射的安野藤……像电影过片一样，从前的安野藤在她脑屏幕来回映现，与眼下的情景实在没法衔接。她坐到他一旁，给他盛饭夹菜擦桌面，把之前他给她做的事拿了过来。

金秋不由想，小桑必定会心甘情愿地把安野藤当孩子一样伺候下去，但是，小桑不知道，她连这样的想法都是奢望……金秋心里不免替小桑落泪。

沉闷而压抑的晚餐，钱小桑几次想挤出笑容，旁人看了却是比哭还难看。

用完餐，可以看出安野藤已非常疲倦，但他微笑着示意媚子讲一下"回头鹅"玉佩。

媚子望着金秋叔叔，金秋想了想，说："还是我先讲吧！"

于是，这一只"回头鹅"玉佩的故事，像餐桌上的白餐布，明明白白无一遗漏地铺在了桌面。

那年亲友老人团考察深圳回去后，梨子阿婆马上唤来了金秋，告诉他，钱家的双鹅玉佩只剩一只，另一只"鹅"不知去向。这"双鹅"是云霞叫代管的，她被两次浩劫搞怕了，只怕这东西在她手上又保不住，而北京梨子家应该像官府一样牢靠——她就没想到梨子家也有被抄家的一天。这宝物倒是躲了抄家，但不想拿去杭州后"双"变了"单"，不用说，在北京家里时已经变成单只。

家里还会有谁拿这东西呢？梨子阿婆要金秋帮破案。他了解了一些情况后，基本判断被那个保姆顺手牵羊拿走了。梨子阿婆家换过好几个保姆，有的还出身富裕人家，识得玉器，知道哪些玉器值钱。保姆没有把一对全部拿走，估计也是需钱急用，只偷了其中一只换钱去了。这么多年，上哪里找那个保姆？唯一的办法，到古董市场淘宝，碰碰运气，因"双鹅"成了"单鹅"，有可能搞收藏的不感兴趣，说不定这只"单鹅"还在市场转悠。

但是，谁有时间天天跑古玩市场？就是有人跑，也似大海捞针，没可能再找回来。金秋只能对梨子阿婆说"放弃"吧！

之后有一年，金秋在一个书画展上与安野藤相遇——他早就知道安野藤已坐在轮椅上，但见面后还是震惊，这也是他不愿与小桑说安野藤情况的原因——他俩在聊天中讲到了"双鹅"玉佩，安野藤告诉他，此事钱小岫早已对他讲过，他也多次去过北京琉璃厂淘宝，但每次都是扫兴而归。一旁的媚子对金秋表示，她是淘宝博士，接下来她会试着把各地的古董市场淘个遍。金秋听了，只当她在说一个十分幼稚的玩笑话，没放心上。

哪想，不到一年，安野藤给金秋打电话，说"另一只鹅找到了"。可惜，此时的梨子阿婆已经认不得人了……

这只"鹅"是媚子在江浙的古玩市场通过线人摸查到的——很厉害，"鹅"又游回江南去了不是？因为是指定"货物"，物主要价很高，媚子显然一时拿不出高额现金，安野藤也不会让媚子出钱。他知道，媚子这样做一旦被佐佐木知晓，必然又是"家法"伺候，因为各地市场的线人都是佐佐木的资源，她动用这些资源却不是给他干活，这意味着什么不言而喻。

安野藤卖了自己的车，加上积蓄"赎"回了"回头鹅"。

听金秋讲到这里，安野藤望向媚子，甚是不解。媚子赶紧说明："哦，大哥没让我把他卖车的事告诉金教授，只是那天和金教授通电话说漏了嘴。大哥，不好意思了！"

"其实，这车放着很少用，媚子过来她开，她也不是天天在这里，常常要东奔西走的。这里的司机也很少开这辆车，每年保养费用却很高，就一直想卖掉它！"

"是这样，是这样的！"媚子附和着安野藤。

金秋没再说什么，只是问安野藤是不是该休息了。媚子点了点头，目光却转向了钱小桑。

安野藤没有一点要去休息的样子，他情不自禁伸手过来拉小桑。

"让小桑姐陪你去房间？"媚子问。

金秋却说："媚子你先帮你大哥一下，我这里再和小桑说几句，等下她再去看你大哥！"

媚子推着安野藤走了。

金秋带小桑来到了园中一个小亭子。夜空中，月光时隐时现，庭院中的植物在不时地变幻着它们的形状，让它们时而柔美、时而刚毅、时而迷离……有什么虫子在轻声鼓噪，使园子安宁中透着不羁。

在月光又一次隐入云层后，金秋开口："小桑，你要做好思想准备——"

"我知道，他就是这样了，还是要甩脱我！"

"不对！小桑，不是这样的！他从来就没有想过要离开你！"金秋不知该怎么说下去了，停顿了好一会，他才深深地叹了口气，摘下眼镜摸了把脸，沉沉地往下说，"对不起，小桑，可能我也要反思——现在，我先要告诉你，安野藤，他的病很凶险，随时……"

"随时都会有生命危险？"

金秋点点头。

钱小桑怔住了，旋而，脑子一片空白。

在金秋断断续续的叙述中，她明白了，安野藤不愿再见她，完全是替她考虑。这次，他原是要把"回头鹅"交给金秋，托金秋转交给她的。他准备回台湾后不再来大陆，他似乎已经预见到自己离生命终点不远了。金秋叔叔没有接受他的请托，他要他自己亲手交给小桑。因为他知道，安野藤内心深处绝对想见小桑，何况在这种情况下。他也曾经找了最好的医生，希望能治好安野藤的病，可医生在了解了他的病情后，表示爱莫能助。

金秋赶来了深圳，也是因为有机构邀请他来讲课。他说服了安野藤，答应见钱小桑一面。

"金秋叔叔，这太残忍了……"钱小桑悲泣。

"其实，我也没有正确答案，你们这样见面到底好不好，对你好不好——我只是凭直觉，应该要安排你们见面！"

"谢谢，谢谢金秋叔叔！"

"他明天下午就从香港回台湾，你就好好送送他吧！"

"不可以，不可以，他不可以这样就走！我要他留下来，我要照顾他，哪怕他只剩下一分一秒，我也要让他和我在一起……不能让他离开我了！叔叔，你要帮我！"

金秋走出亭子，含泪仰天长叹。

钱小桑止了哭声，金秋又讲："要你来这里鉴定《皎然诗集》的事得怪小岫，他财迷心窍，结识了一帮损友，阴差阳错地差点与佐佐木撞个正怀。不过，这个佐佐木也是，对江南宝物情有独钟，在通过小岫掌握了《皎然诗集》的一些细节后，还真的像模像样地搞出一个！"

"就那放在水晶装置中要我鉴定的那个？那就是说小岫与佐佐木勾搭上了？"

"那倒还不至于，小岫还没到那种层次。那回他也是糊里糊涂被人家牵了鼻子。幸亏你没有上当！"金秋要小桑多提醒小岫，尽管他爷爷去世后他有所收敛，但欲望太大，把握不住自己，要不是安野藤几次提醒，他可能早就掉入泥沼出不来了。

"明天我就让他过来！"最让小桑忍无可忍的是，他让安野藤帮他，却把安野藤的真实情况瞒了她二十多年。这是什么样的弟弟啊！

夜深了，估计安野藤已熟睡。金秋说，他明天一早就要去讲课，希望小桑理智冷静，让安野藤先安心回去。后面的事再作商量，海峡两岸往来已是分分钟的事……

媚子来了，问小桑姐还去不去看大哥。"他刚才已睡了一会儿，很快又醒来，问我小桑姐还去不去他那里。我出来，看你们在说话，不敢打搅。他房里的灯一直亮着，估计在等小桑姐。"

小桑望向金秋，又是泪眼婆娑。

"去吧，他已经给了你'雁'，而且是你最想要的！"金秋此话一出，不由把自己也吓了一跳，都什么时候了，还幽默？然而，惊恐抓狂又有什么用，此时不经意间的祝福也许是一种慰藉，是另一种可能性。

媚子一下没搞明白金教授这话的意思。小桑明白，所谓的"雁"，就是"鹅"。

鹅是中国古代婚仪中的重要礼物。在古婚仪中有纳采、问名、纳吉、纳征、告期和亲迎"六礼"，六礼之中除了"纳征"男方的聘礼是财物布帛，其他五项仪式送给女方家的礼物均需要用雁，无论贵族还是平民都一样。古人认为，雁是"逐阳之鸟"，春天从南飞到北，秋天从北飞到南，而男为阳，女为阴，用雁作礼，即取女子从夫之意。另外，鸿雁秋去春来，从不失时，且飞行的时候非常有秩序。那么，引用到婚姻上，就可以有各种吉利的寄托了。但是，雁毕竟不是易得之物，因此，古人想了一个变通的方法，即用鹅代替雁，因为鹅就是由雁驯化而来的，两者相似。最终，鹅就成了古代婚礼中普遍使用的礼物。

金秋取了吉祥之意，可见内心深处是多么期望这对情人可以回到从前，尽管他清楚，一切都已不可逆转。

看到钱小桑失魂落魄地跑向安野藤，无论是金秋，还是媚子，心里都是说不出的哀伤。两个人挥了挥手，默默地各回各处。

月亮不知什么时候隐藏了，天空没有了光亮，整个苍穹漆黑一团，原先在鸣叫的虫子都不知钻去了哪里，气压好沉好沉。

安野藤和钱小桑说不完的话语。假如时间可以凝固，那么他们就会永远地说下去。遗憾的是时空就是要拽着生命跑步，当情侣间的卿卿我我远没有展开时，终点的旗子似已遥遥在望……晨光熹微，安野藤终于说不动了，脑袋枕在钱小桑的胸口，很快有了轻微的鼾声。

次日午餐，钱小岫来了。他迈着鸭步，模仿着鹅行。这让钱小桑纳闷，他什么时候学会这样走路了？是的，鹅走路的姿态挺拔、雍容。人说像鹅一样走路的人，有富贵之相，如五代王朴《太清神鉴·卷一》中说："鹅行，富贵家荣。"可小岫个子不高，形体也不雍容，最关键的是，不管什么样的步子，是少年时就已形成，而不是中年想学就会的。此刻的小岫显然成了东颦效西，没学成西施，反而洋相了。或许是想掩饰什么，还是不想让人看轻，他那夸张的走路姿势，实在有点滑稽。

"小岫，可以啊，富贵的成功人士了，走路都不一样了！"

钱小岫还以为小桑对他一直隐瞒与安野藤来往的事依然气不平，马上又拱手又躬腰地连赔不是："阿姐，不是我故意要瞒你，你看，安先生这样，这……他不是怕你伤心吗……好咯，怪我怪我，是我不通人情，哪有这样的事一瞒就二十多年。不过这日子也太快了，一眨眼我都不知道怎么要变老头了。唉！"

钱小岫的最后那句话，让所有人都黯然神伤，是啊，怎么眨眼间就老了呢？仿佛还是昨天蹦蹦跳跳的日子，可此刻一坐下来不是鬓有霜雪，就是眼角下垂，这里头算媚子最年轻，可一笑起来也是满脸的纹路了。

"媚子为了照顾我，一直没结婚。我是欠她的……不过，她应该会很快解脱！"这是安野藤和钱小桑单独在一起时说的。此刻她仔细看媚子，也确实感觉到了媚子的沧桑。

酒店定好的午餐送来了，小桑、小岫、安野藤和媚子共四人正好一桌。金秋去演讲不可能过来吃饭了。四人坐着，没人要拿筷吃饭的意思。

小岫忍不住开腔："安哥，你没在我姐面前说我坏话吧，要不，你去了台湾没事，我可就没好果子吃了！"他说这话原是想开开玩笑活跃活跃气氛，没想钱小桑却捂着嘴跑去外面哭了。

他无辜地望向安野藤，安野藤低着头似乎也在垂泪。

他只好出去找姐姐。

钱小桑蹲在树底下哭得稀里哗啦，见小岫过来，抽泣地问："小岫，你说我该怎么办？怎么办啊！"

钱小岫抓耳挠腮的，答非所问："其实我就知道你会这样，这是我们钱家人的毛病，尽为人家着想。他都已经这样了，你说你还能怎么办！"

"你给我闭嘴！"小桑发飙了，这可是小岫很少见到的。

小岫嗫嚅着，想解释什么，但小桑没等他开口，就噼里啪啦砸下来一串："你中了人家的圈套心有不甘，你在这里意外守到了安野藤，为什么不告诉我？你让安野藤给你找这个港商那个台商的，满口的谎言，然后又差点被他们套牢，为什么？难道我没有警告过你、还是我外公外婆没有提醒过你？安野藤帮你那么多，可是你对他有一点良心吗？"

"姐，阿姐，你就是怪我没有告诉你是吧，但是你问问安哥，我跟他说了多少次，是不是你们俩见个面，他始终不答应。作为一个男人，我当然理解他。不过，我可是也有帮过他的时候，为此，他还专门奖了一辆车给我呢！"

"什么？"

小岫见小桑瞪眼，知道自己话多了，但已说出口，只得继续讲下去："不就是安哥看漏了眼吗，差点把一幅赝品当真迹买。要真买回来，可是上百万损失啊！"

"钱小岫，你不会告诉我，你的眼力胜过安野藤吧！"

"唉，姐，你不知道，碰巧我知道这画的底细，要不，可能你也会犯迷糊，这水啊，实在是太深了！估计安哥都还来不及跟你说这事！"

是啊，什么都还没来得及呢，尽跟小岫在这里扯什么！

钱小桑抹去泪水，返回餐厅。她捧起饭碗，头也不抬地说："媚子，辛苦你把大哥接回台湾后，再好好照顾他一阵子。我马上去办进台湾的手续。到台湾后你可以把大哥交给我了，我会好好照顾他，只要有一丝希望，再是天涯海角，我都会带他去治病。我不信邪！"

媚子望着她，不住地点头。

小岫觉得要给姐姐帮个腔了："是的，是的。我姐姐是不言放弃的人！安哥，你到台湾后别忘了我，要跑腿的事尽管跟我说！"

"小岫，你在深圳帮我找间大房，我要换个大房，现在的太小。要快！"

安野藤像个孩子那样手足无措起来。他轻声对她说："小桑，不要这样，你有你的事业、你的……不要再做无谓的努力，这辈子能遇到你实在是老天的恩赐，我已经很满足了，真的！"他情不自禁地在小桑的脸颊吻了一下。

媚子和小岫想回避，钱小桑却说："赶快吃，等下要来不及了！"她主意已定，明天就去政府部门弄清楚赴台的办理程序，尽快拿到通行证。当然，到了台湾后，她要尽一切办法把安野藤再接回大陆，无论是深圳还是杭州，哪里适宜安野藤就住哪里。她相信爱情的力量，

她要救回她的爱人。

六

几个人匆匆忙忙收拾好，把安野藤搬上商务车，与这座奇怪的园子作了最后的告别。在这里，那个神神秘秘神龙见首不见尾的佐佐木，曾经空手套白狼地赚了不少白花花的银子，而安野藤、媚子这些年轻人的青春，一半埋在了这里。

来到海关出入境处，小桑和小岫不能过去了，他们只能看着媚子推着安野藤慢慢消失在人群里——"藤，等着我！"小桑第一次在外人面前喊出安野藤的昵称。

半月后，小桑不是奔波在办证的途中，就是在焦虑的等待中。每天，她与安野藤手机通话，不是告诉他办证的进展，就是讲一个笑话给他听，最甜蜜的还是回忆他俩最初相识的时光。一切犹如昨日，犹如钱小桑房间里那只依然光泽如初的鸳鸯螺，曾经见证了多么心心相印的一对啊！

"还记得你最初叨叨的那'侘寂之美'吗？一开始没听清楚，以为你在念经，差点把你当和尚？"小桑总在想着法子逗他开心。

他笑说："你那样想也没错，这个'侘寂之美'源于佛法印，默诵着和大声说出完全不一样……乔布斯设计的苹果，就是这样的味道。"

两个人一说到这样的话题就刹不住车，手机都打到烫手。钱小桑想到不能让他太累了，但说着说着就无法控制，甚至两个人不说话，也是谁都不愿先搁电话，而是长时间地等待，等着电话的另一头说"搁了"，"搁了"……

又一个约定的时间，安野藤的手机无人接听。打媚子的手机也一样。她慌了，要小岫接着打。一小时后，小岫来电了，他磨磨唧唧地先问阿姐在哪里，得知她在政府机关找朋友催证后，他脱口就说："阿姐，别催了！"

"为什么？"

他半天没有声音。

"小岫，你说话呀，你听到没有！"她的预感在告诉她，最恐怖的一击走在了她的前面。

钱小岫哭出了声："阿姐，你等我，我现在就过去你那里！"

她瘫坐在马路牙子上，手机滑落在地……有路人过来扶她到绿化带树荫下。靠着树干的她，肝肠寸断，泪如雨下。也不知过了多久，小岫赶到了，见姐姐这个样，实在也是心痛不已，毕竟，安哥也是他这辈子最可信赖的人。

"姐，我们回家吧！"

"家，在哪里？！"钱小桑号啕痛哭，绝望和无助将她彻底击垮。

她的手机又响，是金秋叔叔打来的。小岫帮她接了，金秋叔叔在那头已经听到了小桑的痛哭声。他告诉小岫，安野藤是心脏受到压迫导致心衰竭，抢救了几个小时，最后还是不治，但听媚子说，最后那几天他还是很愉快的……小桑还要不要去台湾，由小桑自己决定。听说，佐佐木也想见小桑一面。

钱小桑再没有力气想这想那，她把自己关在屋里，像木头人那样不吃不喝，直到小岫把小雨哥招来……

到台湾地区，是一年以后的事了。

媚子带她去了安野藤的墓地。墓地是在离城市比较远的郊区，这里背山面海，视野辽阔；随海风摇曳的宽大树叶，带出沙沙的声响，似在轻吟着富有野趣的安魂曲。在幽静独立的一块花岗岩石碑前，媚子停了下来。这就是安野藤的长眠之处了。雕塑成中国线装本古籍书样的墓碑上，刻着一行醒目的王氏体"最忆是杭州"。这是白居易《忆江南》中最动人心弦的一句，也是情思无限中的绝句。小桑懂爱人的心思，他已经把对她的无尽思念都融入了这几个字中。

墓碑一角是安野藤在杭州天竺三生石旁的全身照，他迷离的神情朝向远方，似在作一种永久的期盼。

"墓碑和墓志铭都是大哥生前自己设计好的。"

钱小桑轻轻拂去墓碑上的叶草，雨滴样的泪水洒落在上，令碑石上漫出一朵朵水晶般的素花，四处散去……

离开安野藤的长眠之地，媚子说，父亲佐佐木想见她。

钱小桑瞥了她一眼，以为自己听错了。

媚子有点委屈地低下了头："请小桑姐别误会，我不是要你非去见他不可，其实他也是挺可怜的，那时要风得风要雨得雨，霸道蛮横自以为是；现在老了像油灯那样要灭了，围着他的大多是盯着他的财产。他心里明白得很，所以他更加想念野藤大哥了。野藤大哥仁厚，也有才华，就是他的亲生儿子，也没有野藤大哥那样才华横溢、稳重知理。他想见你，也只单纯地想看看你而已，不会再有其他想法了。见不见，你定！"

钱小桑想，既然这样，不妨一睹这位父亲的尊容吧！

在那个佐佐木曾经严厉训斥安野藤的地方，那个摔破了建盏的佐佐木茶庭，行将就木的佐佐木竟然拉起钱小桑的手说："能让我的儿子安野藤臣服的女子必定是奇女子。不过，千百年来，那'垆边人似月，皓腕凝霜雪'的江南女子，令中国文人神驰梦想的同时，皇帝老爷也不顾朝政而三下江南，何况我那凡夫俗子的安野藤。今日见面，果然是我当时没有错估你——温婉如玉，优雅高贵，不跋扈不张扬，素净含蓄；江南女子，读诗书、明事理、念家国、怀天下……唉，其实，你和安野藤真的是天造地设的一对，只是时间不对，让一桩好姻缘错过了。命啊！"

"不是命，是庸人之为！"媚子突然冒出这么一句。

佐佐木愣怔一下，刚才还为之一振露出光亮的眼睛，即刻又浑浊起来，话语中带出了颤音："我用最好的资源造就了我的儿子安野藤，却又用粗暴和陈腐毁了他。安野藤没说错，我就是一个活在悖论中的人……假如你们那里的云门寺还在，此刻的我，说不定正在那里敲鱼念佛。好了，不讲那么多了，我也快去那一个世界了。我们还是握手言和吧！无论如何，我还是崇尚你们中国的春秋贵族精神的！"

他那枯瘦的手颤抖着伸向茶杯，媚子赶紧帮他拿。喝了茶水后，他又说起来："你，你们钱家的老祖宗钱镠，还真是一个保境安民、纳土归宋的大王。他临终前告诫儿子，钱氏子孙要好好守住吴越，使吴越国变得越来越强盛、富裕；忠心侍奉中原王朝，即使其改朝换代，也不能失礼！他去世后四十余年，公元九七八年，宋太祖赵匡胤决定挥师南下消灭吴越国。为了不让江南子民陷入战乱之苦，当时的吴越王钱弘俶遵照祖父的遗训，自愿捆绑双手入京，以示愿意称臣归宋的诚意。这是何等的气度！那些心存感激的吴越百姓自发修建了保俶塔，保佑钱弘俶平安。钱弘俶果然平安归来。这座九层实心塔至今挺立在西湖宝石山山巅。这就是你们的杭州。我的儿子安野藤就是喜欢杭州，杭州好啊！未来的中国，是中华文化圈的整合复兴，中国日本之间有源远流长的文化因缘，还是做好朋友吧！"他说完这话，靠在软垫上，闭了眼再也没开口。

钱小桑无言以对。媚子对她做了个手势，她起身和媚子一起轻手轻脚地离开佐佐木，去往安野藤曾经住过的屋子。

"你别看他苟延残喘的样子，他的眼睛看东西还不用戴老花镜呢！"媚子边走边又说起佐佐木。

"不过，今天看到他，真是觉得不能小看他。他现在八十多岁了，还能说出这样的话，可见那时候，他想怎么操纵安野藤都是小菜一碟啊！"

"那是，我们那时谁敢冒犯他！"

安野藤的屋子门窗早已打开，里面点了插香，满屋是浓淡相宜的檀香味。

钱小桑手扶门框，许久都迈不动脚。

屋内摆设非常简单，却又无不透着精致。清晰的造型线条，把屋内空间根据功能划分出几个相通而又能隔断的区间。纯净简洁的四壁围合中，一盏鹅黄的宫灯悬挂其间，显出简朴高雅的独特格调；低矮的梨木柜靠壁静卧，在幽柔润泽的光影里自然沉静；屋内每一项用品不管大小，均采自草、竹、席、木、纸、藤这些天然材料，且都是不加修饰的原色，给人以大自然宽敞明亮的感觉。整个屋子"小、精、巧"，却又以小见大，从整体到局部、从空间到细节，一种祥和的生活意境，使得宁静致远的这里禅意无限。这是安野藤的世外桃源吗？它远离城市喧嚣，真的简洁清静。

媚子把她带到一个最大的木柜前，告诉她，这里面都是大哥在大陆的摄影，好多都是小桑姐的，他已经编就一本本有编号的相册，小桑姐可以把它们带回大陆。

钱小桑没有去打开柜子，而是仔细看起放在柜子上面的相框。好几个相框内是她和安野藤的合影，而其中最大的那个相框，放了她的一张肖像。她的头上披了桃色的纱巾，像个新娘。这张照片是否就是一个预兆，预示了她只能是没有新郎的新娘？佐佐木说，这是命。媚子却说，这是人为。

也许，这人世中大多数爱情是无法企及的彼岸。所谓有情人终成眷属，终是人们良好的愿望。

哦，鸳鸯螺！

放着书画图册的柜子上，有一只鸳鸯螺，和他给她的那个一模一样。没错，它们是一对。"很好啊，台湾也有，大陆也有，哪天统一了，它们也就一统了"，安野藤当年就是这样跟她讲的……安野藤，我是不是前世欠了你啊——钱小桑拿鸳鸯螺捂住胸口，那里头像似有把刀子在割，在流血。

不知过了多久，媚子唤她去餐室用餐。可她哪里吃得下，但她不吃，媚子也不会吃。泥塑木雕的她，只得起身跟媚子去餐室。

餐桌上只有她们俩。

媚子终于忍不住把憋在肚中很久的话说了："小桑姐，有些话不知该不该问。比如，我是不是你们眼中罪孽的种子长出来的……原谅我，我实在不知道应该怎么来形容自己！我早就听说了，我和你们一样是大陆钱氏后人。但是，我不被你们承认，因为我的祖上犯下了不可饶恕之罪。你们避我就像避瘟神一样。是不是啊，小桑姐？"

钱小桑没想到媚子会问她这些。这么多年来，她一直以为媚子根本不知道她的爷爷是钱阿钿。"是安野藤告诉你的？"她问。

"不是，十多年前，佐佐木发脾气时突然把什么都说了出来，骂我是魔鬼的种！"媚子的声音里带着哭腔，"后来我问大哥，大哥才把一切都告诉了我。我知道，你们现在还恨着那个钱阿钿，我是他孙女，你们是不是也恨我啊？"

"怎么会，你是你，他是他，他犯罪，你没有。我们为什么要恨你啊！"

"唉，摊上这么个爷爷也是倒霉。我们来到这个世界，连他长什么样都不知道，他也没为我们做过什么，可是，因为他要抬不起头来。真的，太窝心了！"

钱小桑安慰她，千万不要把这样的事放在心里，这真的没有什么。不要说钱阿钿早就不存在的了，即使还在，与她媚子也是桥归桥路归路，毫不相干。

"当我知道了我也是大陆江浙那边的钱氏后人，我一有机会就去那里，也想去寻寻我的根，可是我能跟人家说什么呢？说钱阿钿是我爷爷？"

媚子推开饭碗，拿来笔和纸，画出一张类似地图那样的东西，告诉钱小桑，她曾经在江浙这几个地方来来去去好几回。为什么，就是想在那里投资。"我不是大老板，只是赚了点小钱。舍不得花，就是心心念念要回那里投资，可人家说，现在不像从前，现在是招商选资，是有选择地引进资金。那个不加选择的招商投资年代在江南已经过时了。一开始我真的听不大懂这些，我想投资，只想替祖宗赎罪，根本不去考虑输赢了，可人家还是不要。我又不敢告诉他们我也是那边的人……小桑姐，真的很窝囊呢！"

"你不要再去想什么替祖宗赎罪，这是在跟自己过不去。"

媚子没再出声，只是拿笔在纸上毫无目的地乱画。有泪滴落到了纸上，她扭头抹泪："以前，大哥在，有什么事可以跟他说。他走了，我无依无傍，连个说话的人都没有！"她又转回身来，问小桑，"我可不可以把你当作自家的姐姐，以后去大陆我就当回老家，可以吗？"

望着桌上几乎没有动过的饭菜，钱小桑沉思片刻后，起身到媚子身边扶住了她的肩膀，说："媚子，我还没有向你说声谢谢，这么多年，大哥幸亏有你照顾，否则，我都无法想象他怎么乘飞机怎么坐火车……媚子，你就是我们钱家妹子，什么时候想回家了，过来就是！"

媚子拉着小桑的手，泪雨飞洒："原谅我年轻时的无知！"

是的，那时她恨不得钱小桑立刻在地球上消失。后来，她慢慢明白，即使没有钱小桑，安野藤大哥也一样不会娶她做新娘。她在大哥眼里只能是永远的自家妹子，与男女之情无关。

"房相西亭鹅一群，眠沙泛浦白于云。凤凰池上应回首，为报笼随王右军。"

谁在那里咏诵唐代杜甫的《得房公池鹅》？那昂扬顿挫的声调在庭院上空回旋，带着久远的浪漫和心灵深处的苍凉。媚子忽然停止哭泣，匆忙收拾起餐具。

离开餐室，经过一间木屋，分明听到有人在里面讲："王羲之可以拿自己写的一本五千言《道德经》，换山阴道士养的一群好鹅，为什么？不就是因为太爱鹅了吗？在爱的名义之下，管你是天价还是无价，皆可付出……"

"这是教孩子的中国课，老师要专门请，课程由佐佐木定！"媚子说。

直射而下的阳光，让两个人红肿的眼睛看着更加红肿，只剩下细细的一条缝。透过这条缝，仿佛看到无数星星扑来，旋而又消失在白茫茫大地。钱小桑和媚子默默走着，脑袋想的、心里记的，总是串不到一根线上，迷乱而又具象；踩在草坪上的步子是漂移的，像在寻找着一个踏实的落脚点。

七

二〇一六年十月，钱小桑终于来到美国。

纽约第五大街，大都会艺术博物馆，亚洲艺术特展离闭馆只剩三天。在金秋叔叔的帮助下，钱小桑在闭馆前到达。这里收藏的中国历代书画作品为世界之最，大都会艺术馆亚洲部成立百年，才推出馆藏的中国书画艺术珍品。

置身有着中国古代珍宝柜的展厅，钱小桑立刻被数量众多的藏品包围。凭着直觉，她的视线落到了一匹气势雄俊的马上，天哪，这不就是唐代画家韩干的《照夜白图》？这可是真正的千古名画，也是一匹名驹与三位帝王缔造的千年传奇。纵然辗转千载光阴，依旧散发出无比夺目的高贵气息。

《照夜白图》画的是一匹桀骜不驯的唐明皇爱驹，画面上的烈马被拴于一根马桩上，它鬃毛飘逸两耳高竖，它昂首嘶鸣四蹄欲腾……这匹马名为照夜白，因为它在夜色中也是白得闪亮。相传，唐玄宗将义和公主远嫁西域大宛的宁远国王，宁远国王向玄宗回献了两匹汗血宝马，分别为玉花骢和照夜白。照夜白伴随唐玄宗游山玩水，也在"安史之乱"时陪玄宗度过了最为落魄的时光，显然，照夜白是皇上深爱。

《照夜白图》上的马，雄浑健壮，韵律感十足，眨眼间，骏马像要挣脱远去……跃然纸上的骏马，给人无限想象的空间。看画幅右上角，有"韩干画照夜白"六字，这六字是南唐后主李煜的手笔。李煜热爱艺术，收藏大量书法字画。而《照夜白图》不仅是李煜的珍爱，在之后的岁月里，也成了历代收藏家们争相追求的至宝，众多名士均在作品上留下跋文，再后来此卷于清代入藏内府，被安置在内廷淳化轩，乾隆皇帝在卷面留有大量题诗和钤印……对了，今天钱小桑历经千辛来到这里，要找的同样是有着乾隆皇帝大量题诗和钤印的国宝书画，这就是钱选的《王羲之观鹅图》。

离开《照夜白图》，钱小桑在宋、元两代为主的特色藏品中寻寻觅觅，走过董源的《溪岸图》、黄庭坚的《草书廉颇蔺相如传》、马远的《月下赏梅图》、赵孟頫的《双松平远图》……

终于，画面上有水榭有远山、有鹅在水面上优哉游哉地玩的《王羲之观鹅图》鲜活灵动地展示在眼前……钱小桑眼睛湿润了，一种对祖先的仰慕，首先让她心头涌起无尽的波涛，多少个朝代更迭，多少个百年流逝，多少辈钱氏后人的前赴后继，与面前的图景成了一个终难解开的结。

观鹅图啊观鹅图，今天终于见到了你的真容——泪流满面的钱小桑，不时地擦去泪水，朦胧的双眼，一时什么也看不清。

她手捂胸口，微闭了双目，开始默默背书：纸本设色画《王羲之观鹅图》是长卷。开阔的画面，远景是平远山水景色，中景是一片宽阔河水，如镜水面，有几只白鹅正在河面上戏水；近处村落下面为坡石，坡石间和平地上，丛生松林杂树，树的后边那座较大的屋宇水榭，就是这幅奇画的主题：画中主人公王羲之在水榭中神情专一地凝视前方画面上戏水的鹅群……

当她再开启双目时，画卷的每一细微之处，开始清晰起来——茂密的竹林，涟漪微起的湖水；亭台掩映在覆郁的树木中，白衣飘举、头戴黑色方巾的王羲之站于亭栏边，手指河中追逐游水的白鹅，入神观赏，一旁侧立相伴的青衣拱手书童，追随着主人的目光，望向白鹅戏水的湖面；王羲之神态自若，悠然自得，水中双鹅相顾回眸，自在嬉戏；亭台后方有翠竹一片，摇曳生姿；远山青黛，山脚下树林间有村舍若隐若现……整个画卷的意境是如此古朴高逸，如此平和、幽静、淡泊；画的风格独特清新，充满文人雅趣。

画面左侧，有画家的一首七言题诗："修竹林间爽致多，闲庭坦腹意如何。为书道德遗方士，留得风流一爱鹅。"

钱小桑开始寻找起传说中的密码——王羲之的《兰亭序》藏匿路线图，在这一河两岸式的构图中，有显现吗？

　　"山分两麓，半喧半寂"，这是南宋虚实开合分明的空间分割手法，整幅画的景物左面稠密，右面疏旷，该是没有暗藏玄机。那就透视画中所有笔触：主人公身着的白色长袍大袖、头戴的黑色方巾以及入神细察的动势；还有，土坡与小假山平缓与突兀相间疏密相映之处；还有，舒缓清远的河水，连绵的丘陵，岸上错落其间的三五茅屋；还有，林木笼烟缥缈连绵的叠峰——这缥缈的山峦叠峰可是湖州的顾渚山？假如这画中人（王羲之）指向的"鹅（《兰亭序》）"必定还在哪座山头藏着，是否就在顾渚山？顾渚山可是诗僧皎然的神圣地，此山的金沙泉如果没有诗僧皎然，不会闻名于世；此山的紫笋茶，如果没有诗僧皎然引导陆羽写《茶经》，就不会成唐代贡品……外婆说，曾祖父冯鹤龄认定"皎然有王羲之家族血统"。假如云门寺都已无法守住《兰亭序》真迹，王氏后人是否又以僧人身份把其携至另一座山头？钱氏家族与王氏后人是否有某种历史渊源，或者纯粹是文化上的交谊，看到甚至收藏过《兰亭序》真迹？……

　　钱选老祖，此画如真的隐藏了惊天秘密，那就请给予我些微启示，让我解开其中哪怕千分之一；如果一切都是后人自扰的臆想，也请给个明示，后人将不再作茧自缚、拿生命换虚无——钱小桑双手合十，以十二万分的虔诚盯视着老祖的长卷，祈盼着奇迹出现。

　　显然，钱小桑的祈求已经越过红线，假如老祖真的能开口，也一定是生气地训诫。当她意识到这一点，不由后背渗出冷汗，两耳短暂轰鸣。她在心里一连声说"对不起对不起"，立马放空脑中的杂念，开始细琢画卷的艺术精髓。

　　看画的近景：绿坡青石间的苔痕河草清晰可见，水草顺势散落在土坡，傲然的青石耸立于土坡相叠处，而卧石、残石半显半隐于土坡的树木之间；郁郁葱葱的树木于绿坡之上、千姿百态错落有致……画卷布局合理舒适，且形态多样。

　　画卷着色的独特之处是，青绿敷色不同于晋唐工细的技法，而是自成相对粗放的笔势运转，用笔自由舒展、潇洒自若，如勾勒的叶形是信手而成，淡色罩染时也没有完全按勾画的叶形进行；有用淡墨罩染出树形的，有用浓墨勾画叶形再赋色的，有直接用色点在树枝上的，可谓用墨浓淡相宜，赤青相间层次丰富且又不失朴实。

全卷的画眼，是白衣飘举的王羲之和青衣拱手的书童，与那嬉戏水中的两只白鹅。人物的神态自若和悠然自得，水中之鹅的嬉戏自在回眸相顾，点活了画眼，恰到好处地表达了画的意境和纵深感……

钱老祖画出了王者风韵，画出了时代印记，画出了一代文人的胸襟；他创造的艺术精粹是汉文化的典范，有着厚重的无法用金钱衡量的价值。他给后人的启迪，应该说是毫无保留的。那么，谜底到底在哪里呢？

诚如传说，画上有几代帝王赏画的印章和题跋。

乾隆皇帝的印旁边，还有嘉庆和宣统的。

对着画上的乾隆玺印和诗跋，钱小桑脑中出现了乾隆帝痴迷此画的情景——

乾隆四十五年，公元一七八〇年，弘历七十大寿。已被移置于养心殿内的《王羲之观鹅图》再次展观。此时的内廷雅集，前来酬唱的词臣已今非昔比。这是乾隆帝文化盛典落幕的前奏。

乾隆六十年，公元一七九五年，乾隆在传位给嘉庆后，时隔首次召词臣观赏题跋《王羲之观鹅图》五十年，他又展观此卷，并留下其为太上皇的多枚印鉴，有"八徵耄念之宝""太上皇帝之宝"。自始至终，内府五玺——"三希堂精鉴玺""宜子孙""乾隆鉴赏""乾隆御览之宝"和"石渠宝笈"，一个没落下，都一一钤在了《王羲之观鹅图》上。

乾隆对《王羲之观鹅图》的厚爱，致使国宝名画上有了这么多红章章，不知道这样子到底是好还是不好。唉，乾隆皇帝下江南时怎么没去云门寺，那藏着千年之谜的云门寺，那令几代帝王如此神往的王羲之《兰亭序》真迹，说不定在真龙天子现身的一刻，谜底也同时显现了呢？

宫廷藏画观赏活动，嘉庆时还在进行。《王羲之观鹅图》左侧钱选诗跋上方的"嘉庆御览之宝"椭圆印，就是明记。

盯视着《王羲之观鹅图》，钱小桑排遣不掉《兰亭序》真迹藏匿图的幻觉，仍是心有不甘。外婆说，钱家宁可信其有，意在替老祖收回此画，给国家拿回瑰宝。是的，瑰宝就在眼前，然而，钱小桑哪怕是江洋大盗，哪怕即刻就可取画走人，她也不会动此念头了。是的，外婆说过，当一个家族无法保护这些瑰宝时，那就交给国家；是的，我们国家的瑰宝，已经成了人家的财产，就是要索还，也得光明正大……时光转至今日，一切都已颠覆，早已不是外婆太公他们想象的那样了。

钱小桑没有发现有啥密码的征兆，却在画卷上乾隆皇帝御章之下明明白白地看到那个被今人乐道的"囧"字章，其实，这个字不是囧，外面的"口"是印章的四边，里面的是篆书"公"字。这个"公"，是清代初期著名收藏家耿昭忠的号。耿昭忠的字，在良；号，信公。耿昭忠曾是康熙年间镇平将军，驻福州，代耿精忠治藩政，是个有才情的人。他自己收藏的画上印"公"的时候，下面都会附带"信公珍赏"。这幅《王羲之观鹅图》上面印有"公"和"信公珍赏"，显然，他收藏过《王羲之观鹅图》。当《王羲之观鹅图》传到他的儿子耿嘉祚手上时，耿嘉祚又在上面加裱了藏经纸，在空白上面又钤印……而后，他把《王羲之观鹅图》呈献给了皇上？这点，金秋叔叔说，他不敢肯定。

无论如何，当钱小桑看到画上这个很像囧字的"囧"字印，不免五味杂陈——"囧"，古同"冏"，"八"为眉眼，"口"为嘴，意象窗口样通明；冏彻，意为明亮而通彻，但现今却成郁闷、悲伤、无奈的同义字。可《王羲之观鹅图》中的那个"口"，却是半月形，像煞满脸笑容中两嘴角在往上翘……一种莫名的喜感，突然冲淡了钱小桑心中的伤感，眼中流下的泪水，苦涩中有了些微甘味，祖先的《王羲之观鹅图》随着大量国宝流失海外，而这些国宝却避免了战乱，得到了保护，这不能不说是不幸中的大幸。

闭馆时间到了，钱小桑朝《王羲之观鹅图》深深地鞠了一躬，仿佛先祖钱选就在面前。当想到这位生在宋末元初的先人不肯出仕元朝，后半生专心作画，致使穷苦潦倒的情景，眼泪又止不住地流下——我要回去了，不知什么时候可以再来看您。祈祷您在这里平平安安，可以向每一个来瞻仰您的人展示您的风采，说出您的希冀，您的期盼；而我，钱小桑，我的外婆、我的太公，再再上一辈……终是没法解读出您想告诉我们的真相，没法破解您所藏匿的秘密，是的，后人不孝，把您弄丢了，让您到了遥远的异国他乡……也许，这就是命运，是命，我们就无法抗衡。老祖，岁月如梭，愿您在此与日月同辉！

钱小桑一步一回头，依依不舍地离开了中国馆，离开了纽约大都会艺术馆。

十月的纽约，与中国江南的气候差不多，秋高气爽。公园里到处是悠闲的游人，有遛狗的，有推婴儿车的；夕照下的林间和湖水，闪着点点金辉和银辉，映衬着无处不在的喷泉，街头音乐家演奏的乐声，融入来来往往的人影中……秋天的纽约是美丽的。此时的钱小桑，不可抑制地想起了安野藤。哦，安野藤，你说过，你要和我一起来这里，一起到大都会博物馆看我们老祖的宝贝。可是你爽约了，你残忍地爽约了……不知道该去哪里找你，还能找到你吗？假如真有什么暗物质，你必定在另一个我们看不到的地方。你能看到我吗？我在这里，在一个你曾经信誓旦旦说过要带我来看看的地方，你一定找得到！你知道，我想你，不由自主……

　　钱小桑望向天空，蓝天上片片白云在不时变幻着各种图案，有的像植物，有的像动物，有的就是一个人的影像。晚霞中，人的影像忽明忽暗，她多么渴望有个影像就是安野藤啊！

　　云儿在慢慢散去。天际将抹去所有一切。

　　朋友希望钱小桑多住段日子，最好过了万圣节再走，感受一下洋人"鬼节"的氛围。金秋叔叔也希望她可多逗留些日子，彻底放松放松自己。钱小桑说，鬼节就不过了，还是争取再来大都会艺术馆，多看看我们老祖的瑰宝吧！

　　时差把生物钟搅混乱了，即使二十四小时不吃不喝，钱小桑也总觉得无法按时完成预定事项。手机上好多微信都没时间看。有条金秋叔叔发来的，抓住了她眼球。金秋叔叔说："据说有位哈佛教授，非同一般地阐述中华民族的特征。他说，中国人自己都不知道的一个民族特征，让他们屹立至今。比如，在美国的神话里，火是上帝赐予的；希腊神话里，火是普罗米修斯偷来的；而在中国的神话里，火是坚韧不拔地钻木摩擦出来的。中国人用这样的故事告诫后代，与自然作斗争！面对末日洪水，西方人在诺亚方舟里躲避，但中国人的神话里，他们的祖先战胜了洪水，仍然是斗争，与灾难作斗争！假如有一座山挡在你家门前，显而易见，搬家是最好的选择，然而在中国的故事里，他们却把山搬开了！每个国家都有太阳神的传说，在部落时代，太阳神有着绝对的权威，纵览所有太阳神的神话，只有中国人的神话里有敢于挑战太阳神的故事，有个人因为太阳太热，就去追太阳，想要把太阳摘下来，最后他累死了。很多人在笑这个人自不量力，但是中国的神话里，人们把他当作英雄来传颂，因为他敢于和看起来难以战胜的力量作斗争。在另一个故事里，他们终于把太阳射了下来。中国人的祖先用这样的故事告诉后代，可以输，但不能屈服。

"中国很多这样的故事令人不可思议，抛开故事情节，找到神话里表现的文化核心，你就会发现，只有两个字：抗争！

"中国人听着这样的神话故事长大，勇于抗争的精神已经成为遗传基因，只是他们自己意识不到，但会像祖先一样坚强不息。由此可以理解中国人倔强的不服输精神，这是他们屹立至今的原因。"

这位哈佛教授认定，勇于抗争不怕输不服输，是中国的民族精神，也是中国人的信仰。

是啊，钻木取火、愚公移山、大禹治水、后羿射日、精卫填海，太多太多这样的神话，她钱小桑就是听着这样的故事长大的——刑天与黄帝单挑独斗，被黄帝斩去头颅。而没了头的刑天并没有因此死去，而是重新站了起来，把胸前的两个乳头当作眼睛，把肚脐当作嘴巴；左手握盾，右手拿斧。因为没了头颅，所以他只能永远地与看不见的敌人厮杀，永远地战斗。

与看不见的敌人厮杀，这是不是外公和外婆一生中最值得敬佩、却也最叫人心疼的事儿？

无疑，是外公外婆的言传身教，让她从小就形成了挑战困难的意识，一根筋地不认命不服输。那童年被歧视的岁月，青年的恋情变故，中年失去挚爱……她没有被击垮，没有停止目标明确的步伐，而是依然带着外公外婆的期望，担当着她的担当，日复一日地继续着几个家族数代人的梦想。是的，到她这里，已经没有那种惊天动地的抗争，不需要以命相搏。她的坚持与上几辈人的奋争，决非同日而语。准确地讲，她只是传承了他们的精神，他们的信仰，他们那绝不妥协的人格。

金秋叔叔此时发来这位哈佛教授对中国人信仰的解读，真的挺有意思。仔细想来，她对自己有无信仰越来越持怀疑态度，甚至对上辈人的那种人生追求、那种献身精神潜意识中不无排斥。然而，她的言行却意味着是对前辈精神不折不扣的延续。这是不是一切如这位哈佛教授所说，从小听到大并口口相传给下一代的神话故事，让勇于抗争的精神成为遗传基因，只是我们自己意识不到而已。

当然，外公外婆教给她的，绝不仅仅一些神话故事那么简单。

她终于到美国见到了《王羲之观鹅图》，细数一下，这是多少代人的梦想，而且只是实现了梦想的千分之一。假如真有密码存在，那么，在没有解开前，她钱小桑依然要继续着那份担当……

天空完全暗了下来，灯光把城市分割出 N 个独立的区块，有喧嚣繁华的，有宁静淡定的，也有鬼魅幽暗的……钱小桑从公园的木椅起身，按照手机微信发来的定位，走向一栋泛着橙色的建筑物。建筑物不高，顶多也就七层，那里面有个规模较大的图书馆，金秋叔叔的一位朋友在那里等她。

她期盼，在那个图书馆可以找到《王羲之观鹅图》来到美国的历史踪迹。

八

两年后的春天，钱小桑再次来到纽约大都会艺术博物馆。这次，她的身边有了钱小岫、钱晓天和范未艺。

范未艺在澳洲念中学、大学，毕业后在澳洲工作，她来纽约，来到这个大都会艺术博物馆，也近而立之年，但她依然快活得像只小鸟，面前的一切除了新鲜有趣、那么美好，还有了一种对未来憧憬无法拒绝的明亮色彩。她生下来就是一个太平盛世，父亲吴小雨已经为她创造了足够的物质财富，至今，她都没法理解上辈人吃的苦；上辈的故事，对她来说太过遥远。她，只活在当下。此次美国之行，让她的情感世界悄然升级，那种与我无关的漠然在褪却。

钱小岫带着爷爷钱云竹的照片来了。老人一个个离去，自己也早已不再年轻，可是上辈的经历、上上辈的记忆、上上上辈留下的遗恨，不曾忘记，总是想起。钱小岫的爷爷、钱小桑的舅爷钱云竹，与书画打了一辈子交道的人，后来不甘寂寞地做了一些糊涂事，等到名利双收后又后悔了，教诲后人千万不能禁不起诱惑，做人总归是要有底线的，尤其是他们的祖先早已做出了不起的榜样……上辈人多么想到大都会艺术馆看看老祖的东西啊，可时间没有给他们机会，他们只能被后人框在相片中，跟随后人来到这个陌生而又牵扯不清的地方……钱小岫心里慢慢地真以为带祖父一起来了，他伸手摸往上装的内层口袋——那里藏着爷爷。

哦，大都会艺术博物馆，我们来了。钱晓天凝视着面前的一切，五味杂陈，复杂的心情无以言表。范未艺却手舞足蹈起来，恨不得放歌一曲。

真的有特别亲切的声音，在撞击着耳膜——噢，大门一侧有位黑人艺术家，用萨克斯在吹奏中华人民共和国国歌，钱晓天望向黑人艺术家，聆听着停下了脚步。

范未艺过来推钱晓天："你要跟着小岫叔叔，他不会英语，走丢了不好找！"

钱晓天掏出一张美元，让范未艺拿去放到黑人艺术家面前的盒子里。

"这是五十美元，折合人民币三百多元。你确定？"范未艺扬起纸币要晓天叔叔看清楚了。

钱晓天点点头，手臂向黑人艺术家那里十分肯定地一挥，就快步追赶钱小岫去了。

兴奋的钱小岫时而在钱小桑后面，时而又跑到了钱小桑前面。他忘了自己是在一个语境陌生的地方，顾自跟着人流兴冲冲往前赶，当发现钱小桑不见了，其他人也不见踪影，不由惊出一身冷汗。不过，也就几秒，钱晓天出现了。很快，钱小桑、范未艺又都聚拢过来。钱小岫不由自嘲："我差点以为今天要被你们扔在此地，给老祖宗当门卫了！"

"你给老祖当门卫？小岫叔叔，这牛皮也不是这么吹的吧！"范未艺一路地怼钱小岫，她总觉得这个小岫叔叔行事乖张，半土不洋。"不过，你真的是要跟紧我们，不要擅离自己人的队伍。否则，进去后就出不来了。人家大门一关，你就在迷宫里转吧！"

"未艺，还有你这样吓唬小岫叔叔的？"钱小桑憋住笑声，拍了下范未艺，提出让钱晓天挽着钱小岫一起走。

这下，范未艺不干了，说："不行，两个男人挽着，人家还以为男同呢！"她走上前挽了钱小岫，"算了，我给小岫叔叔保驾护航吧！"

这支钱氏后人小分队在钱小桑的带领下，带着一种神秘的自豪感和内心深处无法释怀的困惑，紧步慢赶地进入了纽约大都会艺术馆，来到了亚洲部。

已经有一支小分队在这里等候了。这是钱媚子带队的台湾钱氏宗亲后人，加上媚子总共九个人，年龄最大的一位老伯已八十八岁，由二十多岁的小孙子一旁护驾。当他们看到大陆来的钱氏后人，个个激动地上前拥抱。

"有幸有幸，三百年前是一家！"

"海峡两岸钱氏后人一起来看钱选老祖，实在难得！"老伯腰板笔挺，中气十足。媚子说他年轻时是运动健将，却练得一手好书法，在台中经营着一个规模不小的书画社，曾经也是安野藤他们一拨人的老师。

钱小桑、钱晓天与老伯拥抱，钱小岫却拉了范未艺到一边，悄声咬牙切齿："这个媚子，一口一个我们老祖，她有什么资格？她的爷爷钱阿钿是盗窃犯，是奸细，是钱氏家族中的败类！要不是那个钱阿钿，我们湖州钱府的祖藏也不会遭此大劫难！这个媚子，我见了就心堵！"

"小岫叔叔，她爷爷的事怪不了她的！"

"那也不能让她风头十足地在我们面前显摆！"钱小岫干脆背对了媚子，拒绝与她打招呼，"你看，我们大陆原本要过来的人，被美国领事馆拒签了一大半，她就以为她厉害了，她带来的人比我们还多，那口气，好像这次如果没有她，我们都进不了这个地方了！"

"叔叔，不会吧！"

"你年轻人，不懂！要不是看在她照顾了安哥几年的分上，这辈子都不会理她！"

范未艺不知该怎么安抚愤愤不平中的小岫叔叔，她只得嬉皮笑脸地拉扯着把他推到台湾同胞面前。

钱小岫不好再闹小情绪了，他马上堆起满脸的皱纹，眯起双眼，发动起全身的笑细胞，一个个握上了手："幸会，幸会！同根同源一家人，幸会！"

"我们小岫叔叔可是大书画家！"范未艺当起了托。

"久仰大名，久仰大名！"居然有人附议。这让钱小岫受用至极，顷刻从心底笑出："岂敢，岂敢！"

两岸钱氏后人寒暄了，亲热了，融合了，接着整衣拂帽，安静下来。

钱小桑挽着台湾钱老伯到一个僻静处，两个人悄悄地话语。钱老伯这次来，也是想见小桑一面，和小桑一起倾诉对已亡人的思念，释放搁在心头的痛。小桑知道，老人也想念着安野藤，她不敢流泪，她竭力用轻松的口吻，讲起安野藤。

"你要放下，我们每一个人都要走上这条路的，安野藤先走一步，也是一种解脱。但我相信他今天是跟我们一起来了，我们在这里带着他！"钱老伯指指自己的心口。

"是的，在天国的人和上帝与我们同在！"钱老伯的美国朋友来了，听到钱老伯的话，也不管前面他们在说些什么，马上接了口，而后就是一个美式熊抱。

一行人围成一圈，钱小桑把大陆制作的银质白鹅胸佩别到了两岸钱氏后人衣襟上。在征得同意后，银白鹅也别在了美国朋友的领带上，即刻，他那金黄色的领带被衬映得雅俗相宜。"Very good! Very good！"美国朋友欣喜连连呼叫"太好了"，还伸伸脖子扮了个鹅相，引得一阵哄笑。但他很快把食指放到唇边，示意肃静。

佩戴白鹅的一行人，即刻神秘兮兮地进入了亚洲部。

观展一天，出馆后的钱小岫像换了个人，边走边若有所思地自言自语："厉害，厉害，老祖宗不愧为老祖宗，那画，大有玄机！……"

看他如此神神叨叨，钱小桑示意范未艺过去拍他一下。范未艺用手在他眼前晃了晃，他居然没有反应。范未艺叫道："小岫叔叔，你没事吧！"

钱小岫还是没理她，木偶一样从口袋掏出手机，接了。

接了手机后的钱小岫，才又活过来一样，兴奋地招呼大家："听听，什么好消息？"

见每个人都是一脸茫然，他拍拍范未艺："你做阿姨了，晓得？！"

"早就有人叫我阿姨了！"

"这回是正宗的，晓勿晓得！"钱小岫又摆出他那夸张的慷慨，"我做爷爷了，你们跟着我一起升级！今晚我请客，你们说，去哪里吃饭！"

哦，钱小岫的儿媳生了个胖小子，这可真要大庆大贺的。每个人都说要去纽约最好的餐馆，让平时像铁公鸡一毛不拔的钱小岫好好放次血。不过，台湾钱氏小分队人员却说由他们埋单。

"肯定大陆这边埋单！我请大家，不要再争！"钱小岫似乎从来没有这么爽气过，这么大声地喊着要请客。

范未艺用手机查起餐馆。

岂知，钱小岫突然一个折身，返回大都会艺术馆。只见他站立了几秒钟后，朝门内恭恭敬敬地深鞠了一躬。旋而，蹲在地上不起。

大家走上前去，发现他泪流满面，呜呜咽咽地说："我要谢谢我们的老祖宗，一定是老祖宗知道我们看他来了……我有了孙子，今天是个大喜日子……

其实，我看到老祖宗那画的时候就想哭，我的太公钱仲霖，钱老爷子是为那画丢了命的，我没有忘记……"

众人木然。台湾来的钱氏族人，听到这样的哭声，也跟着眼湿湿起来。

"有生之年，我还会来这里的，我要带着我们的孙子来这里，来看我们的老祖宗，看老祖宗留下的宝贝！"

范未艺一个激灵，挽起了钱小岫："小岫叔叔，你就看我的，等我赚了很多很多的钱，把那老祖宗的宝贝再买回去不就得了！"

钱小岫却给了范未艺一巴掌："掌嘴！这种事也可以开玩笑吹大牛的？！"

没人再出声。

钱小桑的手机响了，是吴小雨打来，说婶娘要说话。冯诗和她父亲一样，九十多岁的人身体无痛无痒，思路清晰异常。她急着要了解女儿他们这里的情况，让小雨打通电话。此时她在陪伴冯琴，但百岁老人冯琴早已是睡梦中人，靠着输营养液维持着毫无意识的生命。大家都知道，是小雨不愿母亲离去，动用各种医疗手段，吊起一条命。冯琴就像婴儿一样，闭着眼蜷曲着身子握着拳，任人唤着轻语着，眼皮都不动一动。小桑知道，妈妈又启动了手机免提模式，要让冯琴婶娘听她们通话呢——尽管冯琴婶娘的听觉和意识早已不知去了哪里。她还活着，只是后辈和亲人舍不得她离去，硬是拽住了她的最后一丝呼吸，把她和各种机器设备连接起来，连成一个不那么美妙的活体。

她走到一个僻静处，希望母亲那头的声音可以更加清晰些。

夜色中，走在光色声影的纽约大道，他们中不知谁起了个头，轻吟起来："永和九年，岁在癸丑，暮春之初，会于会稽山阴之兰亭……"

蓦然回首，一行人不见了钱小桑。

"姐呢？姐去哪里了？"钱小岫茫然四顾。

一行人转起了圈圈，真的，钱小桑呢？

还是范未艺眼尖，她手指不远一灯光闪烁处，叫起："姨，小桑阿姨！"

街角的一个展示窗，窗内有一幅黑白人像图，就像我们小时候看到过的老照片。这幅老照片上面是一对夫妻或情人，男的身着淡青色长衫，女的穿着一袭镶梅花边的鹅黄旗袍；男人的一只手轻扶在女人的右肩，女人颔首凝视前方，脸颊露着羞涩的红晕，纤细的手指抚弄着挂在胸前的白鹅玉佩；两个人的目光含情脉脉，仿佛透着心灵相通的炫彩……天哪，这不是外公冯岷山和外婆钱云霞？他俩的照片怎么来这里了？钱小桑发怔。

　　来到小桑阿姨一旁的范未艺差点要尖叫。她在奶奶的相册里看到过这幅照片，还说这是民国的风情照呢——就为这话，差点吃爸爸吴小雨一个大巴掌。

　　凝望着这幅外公外婆的老照片，钱小桑实在已是分不清自己在何时何地。

　　其他人围了过来，面对眼前的一切，也是疑惑不解。

　　瞠目结舌的钱小岫，目光也似被钉在了放大的老照片上，凭范未艺在他耳边聒噪，也没了声息般不给反应。

　　钱老伯过来拉了小桑一把："安野藤曾经放大了一批民国老照片，想在大陆和台湾举办一个影像展，你是不是给过他这张照片？"

　　"应该是的，可它怎么会在这里呢？"钱小桑还是懵懂。

　　望向大门，大门顶端正在闪烁的英文，有人大声念了出来："Meet Jiang Nan。"

　　"遇见江南？哇，我在手机上找的就是这家店哎！"范未艺惊呼。

　　小星，会不会是小星姐？冯小星的孩子在美国工作，她去年也到了美国，曾经说过要在美国开个中餐馆，可她并不在纽约。看清楚了，这是一家台湾同胞开的中国影像馆，兼做中国私房菜。展示窗的这张老照片究竟源自何方？是的，无论是安野藤，还是冯小星，都有可能藏着这样的老照片，但此时此刻出现在此地，出现在钱小桑所带一行人的眼前，能不叫人目瞪口呆？！

　　钱小桑二话不说，推开大门旋风一样卷了进去。

　　一行人鱼贯而入。

　　"叮铃铃铃……"悦耳的迎客铃响起，随着一张写意画屏风往身后移去，太湖石、假山、湖畔竹林……还有美人靠廊亭，一一扑面而来。哈哈，来得早还不如来得巧，遇见江南，在纽约遇见江南！

　　每个人犹如回到了自己家，先自落座在了湖畔的美人靠。美人靠那枣红的漆色，在晚霞的映衬下，带着氤润的柔光，无声地告知着客人，它们早已在此静候。

　　有人过来了，款款地迎向他们。

　　小星？钱小桑差点喊出。人走近了，才确定这不是小星，但与小星太神似，那挂着许多问号的微笑，那利索短发黑亮的光泽，与那轻巧的身影一起出现时，与冯小星几乎没有差别。连钱小岫都不错眼地扫视了一遍又一遍，惊奇世上相像的人比他画的都相似。

她一开口，是标准的台湾普通话，比大家熟悉的港台歌星还要磁性十足。

原来，她真的是冯小星的朋友，是二十多年前在海峡两岸暨香港的新闻界联谊活动中结识。同行都说她俩长得太像，她们珍惜缘分，一直保持联系。三年前她到美国开这个映像馆餐厅，"遇见江南"几个字，就是与小星一起确定的。

"哦，刚才我们选餐厅时，我就照小星阿姨发来的微信定位的。难怪！"范未艺拍了下脑壳。

"本来应该我去看望你们的，但小星说先考验一下你们的方向感。如果今天你们不来，明天一早我就要去你们住的酒店接你们了。谢天谢地，你们还是目标明确地出现了！"

"方向正确！"有人附和。

"钱老伯，真的应该去接你们的，不巧的是今天有件事让我脱身不得。其实，我的夫君也是钱氏后人，我是钱家的媳妇。"她扶钱老伯坐到一张太师椅上，双手恭敬奉上绿茶。

当绿茶的清香弥漫在这座独特的影像馆时，一个大屏幕从天而降，中国江南的美丽风光和各种神态的人物影像，开始一一出现在众人面前。

每个人都屏住呼吸，都想搞明白自己身在何处，而更加令人恍惚的是，随着屏幕上一样样美食佳肴的出现，鼻中也闻到了十分熟悉的味道。没错，这就是江南的味道。诗画江南，她的美丽是独一无二的。

后 记

一九三一年十一月，溥仪在日本人的策划下秘密逃往东北出任"伪满洲国"皇帝，数量众多的故宫文物精品，除溥仪随身携带的四百六十八件最后回归祖国外，其他文物不知所终。整个晚清时期，从中国流失到世界各地的珍宝粗略估计有上千万件，故宫文物的身影遍布世界各地。

有人说："无中国藏品的博物馆不是真正的世界级博物馆。"据有关权威机构统计，中国至少有一千七百万件文物流失海外，远超中国本土博物馆藏品总量。大英博物馆是收藏中国流失文物最多的博物馆。

美国纽约大都会艺术博物馆于一九一五年正式成立亚洲部，一九七〇年至今，是中国书画的收藏盛期，五千年中华文明得以更好展示。目前，日本、美国、英国、法国、俄罗斯、奥地利、德国、加拿大、意大利、荷兰、新加坡、土耳其、瑞士、瑞典、丹麦、挪威等国的博物馆藏有清宫旧藏文物，具体数字却无从考证。

每一件文物背后都有一个特定的故事，它们命运的轨迹也标志着一个国家国运兴衰的历史踪迹。

定稿于 2023 年 3 月

文中出现及提到的人物——

一、第一代

钱仲霖（湖州钱府老爷／吴越堂堂主／钱云霞父亲）、钱夫人王氏（钱云霞母亲）、钱森泉（德清县乐善堂堂主／钱几何父亲）

冯鹤龄（晚清刑部师爷／绍兴冯家老爷／冯钰昌、冯国明、冯珉泉父亲）、金诚（中西结合大医／冯鹤龄老友）、支一禅师（云门寺住持）、清空法师（云岫寺住持）、吴家人（败落藏家）、赵妈（冯家厨娘）、

二、第二代

钱云霞（冯珉泉妻子／冯诗母亲）、钱云霞大姐＋姐夫、钱云霞二姐＋姐夫、钱云竹（钱云霞弟弟／钱小岫爷爷）、钱几何（钱之君父亲）、冯钰昌（冯琴父亲／吴小雨外公）、冯珞水（冯国明）、冯珉泉（钱云霞丈夫／冯诗父亲）、张一弓、梨子（钱亦陈）、李进（江南厨子）、大嫂（冯钰昌妻子／冯琴母亲）

释得（云门寺二当家）、克己（云门寺八大执事之一）、首己（云门寺守库僧）、二己（云门寺守库僧）、当惠（云门寺僧人）、叽里（云岫寺僧人）、呱啦（钱阿钿，云岫寺僧人）

佐木次郎（日本浪人／盗贼）、绍兴马陆镇镇长

三、第三代

冯诗、冯琴、冯棋、冯画、冯书、钱之君（冯诗丈夫）、钱晓光母亲（钱几何女儿）、三己（吴家后人／冯琴丈夫）、金秋（金诚孙子）、钱老伯（台湾地区钱氏宗亲后人）

佐佐木（佐木次郎养子／安野藤养父）

四、第四代

钱小桑（冯珉泉和钱云霞外孙女，钱之君与冯诗女儿）、钱小岫（钱云竹

252

孙子）、钱晓光（钱几何外孙）、吴小雨（吴三己与冯琴儿子）、冯小星（冯国明孙女，冯棋女儿）

安野藤（台湾籍日本人／钱小桑男友）、钱媚子（钱阿钿孙女）

五、第五代
范未艺（吴小雨女儿）